施定柔——

著

迷侠记

浙江出版联合集团
浙江文艺出版社

迷侠记

目录

目录

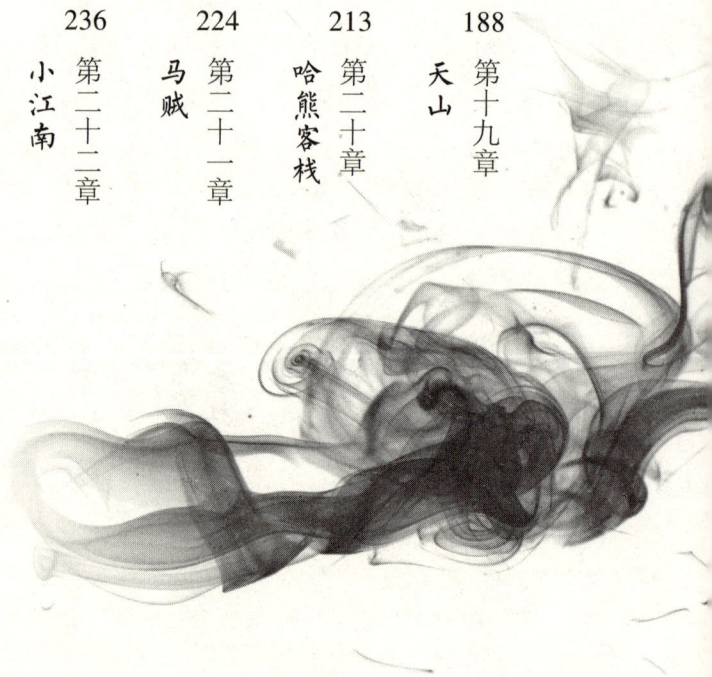

第一章

引子

"江干湖畔,深柳疏竹,在这里筑一小院,望远处的云山烟水,鸥鸟渔舟……"唐泪悠悠地摇了摇手中折扇,"所谓寻闲是福,知享既仙,你们谷主住的这地方,真真是个藏春避暑的好去处啊。"

"是啊,"赵谦和在一旁微笑,"慕容家住在这里已经超过四代了。"

"云梦与唐门,算是江南药业最大的两家,祖辈们在生意上偶有往来,向来井水不犯河水。唐门行事奉守六字真经:忍、方便、依本分。是以贵谷主近年来的所为,我们本着方便、本分之心,想着谷主身体有恙、心绪欠佳,尽量忍让。不过……"唐泪将折扇一收,开始摇头,"云梦谷大肆发售'江湖万应保全丹'一事,我们觉得有点儿过了!"

唐泪凌厉的目光射过来,就像两把飞刀打在赵谦和的脸上,可惜赵谦和的脸厚如铁壁,飞刀弹了弹,砰然落地。

"唐先生太过虑了,"赵谦和面不改色,"云梦谷经营的成药有千种之多,这只是给江湖人士防身用的,药效十分有限。要防范的主要是强盗、刺客,以及五仙教、霹雳门那些江湖败类。唐门规矩大,从不轻易用毒。唐公子怎能拿唐门跟这些下三烂的门派相提并论呢?"

"药效十分有限?"唐泪的眉头一挑,"唐门的药,保全丹可以化解八成。就连今年新出的夭魂散,保全丹也能迎刃而解。赵总管,你们谷主是存心想和唐门作对吧?他若想证明自己医术天下第一,这还用证明吗?——'巫山云梦,神医慕容'——偌大的名头摆在这里,谁也撼动不了!若是想多卖些草药,这么多五劳七伤的病人一拨一拨地涌进神农镇,救人还忙不过来,何必揪住毒药不放呢?云梦跟唐门,远无冤近无仇,这实在是……实在是……太不给方便了吧?"

唐泪本是个急躁的人,越说脸越红。赵谦和在一旁看了淡笑不语,过了片刻才道:"这样吧,难得唐先生大老远地来一趟,谷主理当亲自接待。可惜他今天实在抽不出空,被几个病人绊住了。唐先生的话我一定转告,若能说动谷主改变主意大家互相方便,自然是更好。实在不行……再找个时间聚聚,一起商量个解决的法子,你看如何?"

唐泪站了起来:"贵谷主向来不管江湖的事,何必用一枚小小的丸药扰乱江湖?三个月内,你们若不销毁市面和库存的所有保全丹,那就是向唐门宣战!"

"哟!唐先生,这话可就说重了!"

"是你们逼人太甚!"

赵谦和还想多说两句,唐泪冷笑一声,拂袖而出,走了两步,转过身来:"我住在云祥客栈,给你们一天时间考虑,我等你的回话。"说罢疾步而去。

赵谦和向前追了几步,差点撞到一位拿着锦漆提盒的灰衣侍者。

"赵总管——"

"郭总管在哪里?"

"竹梧院。"

疏雨零零落落地滴在阶前。

安平王妃安静地坐在一把红木圈椅上,身后立着两名黑衣侍卫。丫鬟给她添了一杯新茶。一旁云梦谷的副总管郭漆园默默陪坐。

一年中总有那么一两回,云梦谷会接待几位京师来的"重要"客人。这日不巧,慕容无风风痛缠身,不能起床,想回避,而王妃坚持要见,经不起两位总管的一再催逼,只好起身勉强陪客。怕将时气传给王妃,只得隔帘讲话。

"这么多年过去了,夫人还记得来看我,真是太有心了。"慕容无风道。

"应当的,谷主是救命恩人,不但救了我一条命,还救了我儿子一条命啊。"

"医家本分,夫人不要太放在心上。"

"本来——"安平王妃道,"像我们这样的人,出趟远门也不容易。哪知昨日我在后花园里行走,突然起了个大雷,正好击中我身边的一个丫鬟。"

帘内人惊讶了一下:"哦?"

安平王妃的脸色有些青白,仿佛那事又回到眼前:"那是我最喜欢的一个丫鬟,打小跟着我,又陪我嫁到王府。到了出嫁的年纪,不舍得配给小厮,我帮她找了个好人家,次日就要过门了。她不舍得我,知道我爱去后花园赏花,一定要再陪我走一遭儿……你说这事闹的,婚礼没赶上,直接进了坟墓。"王妃说着,眼泪就掉了下来,"所以我对王爷说,不成,明天我一定得去看望一个人,一定是我做了什么对不起老天爷的事。"

慕容无风哼了一声,不知是叹息还是嗤笑:"倘若夫人真做了什么不可饶恕的事,那雷岂不是打错了人?"

郭漆园咳嗽了一声,觉得慕容无风的话有点过头,瞟了一眼王妃,觉得她并不介意,于是保持沉默。

"所以说,这就是奇迹! 四年前,先生救了我一命;两年前,又救了我儿子一命。昨天,老天爷又救了我一命。我身上发生的奇迹太多了!"

"……"

"所以我一定要来看看你,把奇迹带给你!"

帘内人想笑,却发出一串猛烈的咳嗽。帘边站着的一个年轻人立即走入帘幔探视,片刻间又退了出来,向郭漆园使了一个眼色。

王妃立即说:"太晚了,我得告辞了。"

郭漆园将王妃引向门外,边走边说:"夫人好不容易来一趟,住几天再走。我陪夫人好好逛逛,还有……府上需要些什么药,我们给备几车过去。"

送走王妃,郭漆园折身回来,见到匆匆进来的赵谦和。

"唐泊怎么说?"

"先不提他,保全丹的事,谷主怎么说?"

"照常供应。"

"你也不劝劝他,至少把西北那边的货撤了,做出个幌子也是好的!"赵谦和急道,"看势头,两家要打起来!"

"打就打,怕他不成?"

赵谦和一把抓住郭漆园的袖子:"他年轻气盛也就罢了,你一把年纪的人也跟着起哄?"说罢,遂将唐泊的话复述了一遍,"他说给我们一天时间考虑,我在想,怎样说才能让谷主满意,又不至于挑起争端?"

"这很难吗?"郭漆园瞪了他一眼,"你就说:安平王有恙,诏谷主去京师会诊。你问他,谷主是去呢,还是不去?"

"妙啊!"赵谦和一拍大腿,"还是你脑瓜灵,就这么说!"停了停,忽又想起了什么,"那个楚荷衣什么时候到?"

"明天中午。"

第二章 云梦谷

"如果你沿江西行,就一定会看见那座山峰。它不仅是千里江岸无数山峰中最高的一座,也是最美丽的一座,样子就好像一位神女正低头痴痴地望着江水。"船夫一边摇橹,一边对荷衣道。

荷衣不由得仰起头:"难道它就是传说中的神女峰?"

船夫点头:"就是它。我在这江上行了四十年船,看它也不止几千遍了,但总也看不厌。因为每年里的每一天,或者每天的每一个时辰,它的表情都不一样。"

"山也会有表情?"

"你看那山顶上的绿树和红花,岂不是她的发髻?树有荣枯,花有开谢,一年四季她的发髻都会变换。山间的云雾,每个时辰都会从不同的位置漫出来。雨季来临的时候,浓雾从山下就开始了,这岂不是她的裙子?还有山上那两个凹洞,里面满是鹰巢和蝙蝠,不是神女的双眼是什么?有时你还会看见她在哭泣,因为黑鹰常常会从巢中俯冲下来,远远望去,就像一滴掉下来的眼泪。"

说完这话,仿佛四时美景毕现眼前,船夫低低地哼起了一首渔歌。荷衣看着他,过了很久,才轻轻地问道:"山的那边是什么?"

"云梦谷。姑娘难道没听说过'巫山云梦,神医慕容'?"

"当然听说过,我就是要去那个地方。"

"前面就是神农镇。凡是要去云梦谷的人,都得先到神农镇。"

江枫乍落,细雨如织。

时为正午,岸上人群涌动。荷衣不知不觉抬起头,看见几粒枯黄透明的海棠不知从何处荡荡悠悠地飘下来,在风中盘旋了几圈,落在自己沾满泥渍的裙子上。

脚下的街道完全陌生,却又如此熟悉。

商肆一望无际,飘着花花绿绿的旗幔。青石板的路面十分宽敞,两旁则是笔直清洁的马道。街巷纵横,闾阎相望,商旅辐辏,酒楼林立。行人装束各异,多是风尘仆仆的外地人,耳边叫卖之声不绝,细听下来,连小贩的口音也各不相同。

看到这样热闹的一条街,她不由自主地高兴了起来。

在荷衣的世界里,街道是她最熟悉的地方。

她茫然地立在码头上,正在想云梦谷该会在哪个方向,却见一个满面红光的中年人径直向她走来。中年人穿着一件绣工讲究的宝蓝色长衫,有些矮胖,宽宽的腰带上镶着一排宝玉,看上去很精明,说话的声音也很和气:"请问姑娘可姓楚?"

荷衣微微一怔:"阁下是?"

蓝衣人很优雅地一揖,款款答道:"在下郭漆园,云梦谷的副总管。赵总管初九接到姑娘的讯儿,我们算着若是当天就启程的话,今天或者明天就该到了。所幸神农镇的码头并不多。"

素未谋面却被一眼认出,荷衣有些惊讶:"每天从这里下船的客人那么多,郭先生何以知道我就是你要等的人呢?"

郭漆园淡淡一笑:"下船的人虽多,带着兵器的女子却并不多。姑娘手里的这柄鱼鳞紫金剑式样奇特,流传颇久,兵器谱中排名第十,在下有幸曾在他人手中见过一次。"

果然眼力不凡。荷衣微微欠身,做出钦佩的表情。

郭漆园一拍手,一辆四马并驱的马车不知从何处奔了过来,却正好在两个人面前骤然而止。马是少有的骏马,且训练有素。郭漆园很客气地替她拉开车门请她上车,然后一弯腰,跟着她坐了进去。

宽敞的车厢内陈设豪华,近乎奢侈。脚下垫着名贵的虎皮,坐垫和靠背松软舒适,用的是清一色的真红樱桃天马锦,上面绘满瑞草云鹤、如意牡丹,均恣意奔放、栩栩如生。一只鹤形鹿角的香炉从车窗边斜斜地伸出来,鹿角是镂空的,一缕暗香幽然荡出。鹤嘴上衔着一盏琉璃莲花灯,正当白日尚未点烛,灯下垂着一排五色彩珠,随着车身移动轻轻碰撞,嘀嘀嗒嗒,如潺潺流水一般悦耳动听。而荷衣却穿着一身粗布衣裳,靴子上满是泥泞,身上有股浓得遮不住的马汗味儿。

她坐得很泰然,脸上始终含着微笑。

郭漆园递给她一杯茶,缓缓地道:"姑娘从西北赶过来,一路上一定非常劳乏。我们已在停云馆替姑娘备好了客房,连热水和午饭都已准备妥当。姑娘一到即可沐浴更衣,用罢午饭,还可以好好地睡一个午觉。"

荷衣端起茶杯,喝下一大口,问道:"停云馆?难道我们要去的地方不是云梦谷?"

郭漆园笑着解释:"姑娘一向在北方行走,这大约是第一次到神农镇吧?停云馆是云梦谷接待客人的地方。"

话音刚落,马车已停了下来。推开车门,一座颇为气派的两层院落高高地立在眼前。郭漆园告诉荷衣自己只负责接待客人，具体的事宜由赵总管负责。

"什么时候可以见到赵总管？"她问。

"很快。"

浴桶内的水温刚好合适，里面居然还撒了一些花瓣。对于旅途疲惫的人来说，没有什么比洗一个热水澡更让人解乏的了。梳洗完毕，换过一套干净的衣裳，便有一个红衣女孩敲着房门送来了三碟小炒、一罐冬笋鸡汤和一碗米饭。

荷衣很饿，想都没想，拿起筷子就狼吞虎咽。女孩子一旁看着她，先还抿嘴偷笑，最后终于禁不住"哧"地笑出声来，似乎觉得不该笑，又忙掩住了口。

荷衣抬起头："你这小丫头为什么要笑？难道从没见人吃过饭？"

女孩越发笑得狠了："我笑姑娘是这几天来的客人当中吃得最快的一个。别的客人吃饭的时候，都要先把三盘菜一一看过，请教菜名，再慢慢品尝。因为这是神来阁孙掌柜的手艺，一般的人是吃不到的。就说姑娘刚才吃过的那碟松鼠鳜鱼就是神来阁一绝。做得出这味儿的，方圆几百里也就只有孙掌柜一个人而已。"

她这么一说，荷衣大觉尴尬，只恨不能把方才吃下的东西吐出来再吃一遍。至于究竟吃了些什么，压根儿没往心里去，只记得吃了一条鱼、几个蘑菇，如此而已。

荷衣只好笑道："你小小年纪，对厨艺倒是知道得很多。"

女孩给她这么一夸，脸立即红了起来，支吾了半天才道："也没有什么，我叫孙青，孙掌柜是我爹爹。"

荷衣道："过几年我再来的时候，也许已能吃到你做的松鼠鳜鱼了。"说罢，忽然想起了什么，问道："你刚才说，这几天里还有别的客人过来？"

"是啊。来得快走得也快，最短的只在这里待了一下午。他们吃的第一顿饭都是我爹做的。"

"你知不知道一共来了多少人？"

"前前后后有十三个吧。我爹做了十三次松鼠鳜鱼，包括你，就是十四次。我爹说，谷里来了贵客赵总管才会请他亲自下厨，他叫我好好招待你。"

荷衣听罢，淡淡一笑："能不能麻烦你带个话给赵总管，问他什么时候可以见我？"

女孩子点点头，撒腿跑了出去，一会儿工夫又回来道："总管说，如果姑娘觉得方便，现在就可以了。"

荷衣被孙青引至一间客厅，在那里，她第一次见到了云梦谷的总管赵谦和。他看上去五十来岁，身形高瘦，神态严肃，说话倒是很客气："楚姑娘请用茶。这是新到的'鸦山茶'，比市面上的'鸟嘴香'要好。姑娘若是喜欢，临走的时候莫忘了带上几盒。我已叫人替姑娘准备好了。"

"吴僧漫说鸦山好，蜀叟休夸鸟嘴香。"这两种茶之中的任何一种，市价都是贵得惊人,荷衣从未喝过,自然也说不出什么区别。只好谢了一声,心中却有些奇怪,不知为何初次见面赵谦和就提"走"字。

赵谦和接着道:"请姑娘来云梦谷是我们谷主有件事要托人办理,具体是什么事等你见到他,自会交代。实不相瞒,在此之前,像姑娘你这样的高手,谷主已经见过十几个了,一个也没看中。"

"谷主所托之事,一定十分棘手。"荷衣爽然一笑,"如果他也没看中我,来此一趟,能品尝到本地的新茶也不枉此行。"

"哪能让姑娘你白跑?就算是这样,谢银是一定少不了的。"听她这么一说,赵谦和的脸上露出了笑容,"倘若谷主选中了你,我们会先付给你三千两订金,事成之后再加七千,一共是一万两银子。"

人为财死,鸟为食亡。——何况还是荷衣这一只倒霉的困鸟,千辛万苦地替一位出了事的官爷押送一批细软,接货的人怕是"赃银",死活不接,她只得原路押回去。正赶上朝廷派人抄家,差点逮进牢去,挣的银子却还不够路费的。所以一听见"订金"两字,她眼睛蓦然一亮,数日萎靡一扫而光。

赵谦和道:"谷主下午正好有空,姑娘若是休息好了,就请随我入谷。"

马车在一个崎岖的山道上行了很久,进入大门之后,又走了半个多时辰,才缓缓地停下来。荷衣定睛一看,已到了一处院落,院门紧闭,上书着"竹梧院"三字。

推门而入,院内荷香扑鼻,竹影沁心,鸟声聒碎,林风荡漾。游廊纵横,直与远处大湖边的曲桥水榭相接。举目遥望,那大湖碧波浩荡,似与江河相通,沿岸垂柳拂拂,花影横斜。而山峦隐于大湖两侧,其中又似有数不清的流泉飞瀑、奇石怪涧。景色虽美,却幽静得不见一个人影。

廊上的大理石砖镶着铜边,光可鉴人,一尘不染。两旁坐栏上的扶手均用素绸缠裹。院落清雅却暗藏奢华,令人惊叹。

见荷衣举目四顾,一脸的好奇之色,赵谦和微笑:"这是谷主住的地方。院子很大,房间很多,却只住着谷主一个人。平时除了我们几个总管可以有事入禀之外,任何人不能擅入。谷主原本从不在自己的院子里会客,昨晚有个棘手的病人,他忙了一通宵,大约是累了。"

两人沿着游廊走到一个房间的门口,赵谦和停下来:"姑娘稍候,我先去通报一声。"过了一会儿,他出来道:"楚姑娘,请进。"自己则守在门外,没有跟进去。

那是一间宽敞的书房。门上悬着绛纱珠帘,三面的窗子都半开着,淡绿色的窗帘在风中微微飘动。墙角处摆着一个四尺来高的锦漆花樽,内插几株不知名的紫花。地毯是猩红的,柔软如发,履之无声。靠北墙之处有一个巨大的红木长案,案上整齐地堆着几卷书籍纸笺。

书案的后面坐着一个白衣男子,看上去十分年轻,只有二十来岁。但他不该穿这种纯白的衣裳，因为他的脸色也是苍白的，好像一直住在山洞里，皮肤从没有被阳光晒过。苍白瘦削的脸上有一双漆黑的眸子。

那是个英俊而矜持的男人，笔直地坐在椅子上，神情冷漠，目光奇特而空洞，看人的时候却含着一种说不出的压力。他明明注视着你，却让你觉得他的心其实离你很远很远。看见荷衣进来，他没有起身相迎，似乎也不打算向她问候。而这屋子里，也没有一把多余的椅子。

荷衣就这么站着给人审视，滋味当然不好受。看来江湖传言不假，国手无敌自然恃才放旷。听说无论病人在慕容无风面前病得有多严重，他都摆出一副高深莫测、俯瞰众生的"释迦牟尼"脸。年少成名，必是天才，天才的脾气总有些怪。所以当荷衣迎上他寒冰似的目光，她弯起嘴角，笑了笑，道："你好，慕容先生。我姓楚，叫楚荷衣，是个跑江湖的，外号'独行镖'。"

慕容无风的表情丝毫不变，漠然地看了她一眼，目光迅速越过了她的脸，停留在远方的某一点上。过了一会儿，他才缓缓地道："我对于江湖上的事情，一向不大明白。"他的声音出奇地低沉，低沉得近乎柔弱，说话的速度也很慢，似乎每说一个字都很费力："什么是'独行镖'？"

"就是押镖，只不过是单干而已。"她笑了，"实际上我经常干的事情是替人押送棺材。"

"押送棺材？"他皱起了眉头，"这也是一种职业？"

"嗯！"

"他们说你的武功不错。三个月前飞鱼塘的刘寨主还来过这里，三个月后他的鱼鳞紫金剑就已到了你的手上。"他看着她腰上的剑，慢慢地说道。

荷衣道："武功嘛马马虎虎，我和刘寨主素昧平生，这剑却是他送给我的。"

"他为什么要把这么名贵的宝剑送给你？"

"因为他发誓此生不再用剑。"

"金盆洗手了？"

"可以这么说吧。他在我手下败了一招，其实也没什么大不了的，可我偏偏是个女人，他认为败在女人的剑下是奇耻大辱。"

"难怪谢总管一定要请你，他曾经很佩服刘寨主的剑法。"这话听起来很像是恭维，但他脸上的神情却连一点恭维的意思都没有，语气中反而含着讥消。

"我对刘寨主也很佩服，其实我对他那样子的男人都很佩服。"

"哦？"

"他们败在了女人的手下，却照样还是看不起女人。这种气度，我想不佩服都不行。"

慕容无风愣了愣，道："我好像对你方才的话有点肃然起敬。"

"不敢当。"

慕容无风拿起笔,在一张纸上写了几个字。他写字的手居然是左手。

然后他把纸条递到她面前:"拿着这张字条,你可以到赵总管那里去领三千两订金。我现在还有几个病人要瞧,晚上子时二刻你再到我这里来。我会详细告诉你要做的事情。"

荷衣拿着字条,不禁疑惑:"子时二刻? 半夜?"

"有困难?"

"你是指……就我一个人,半夜三更,单独……见你?"

慕容无风明白她的意思,一抹冷笑浮到唇边:"你可以带你的剑。"

常在江湖走,不得不多心。荷衣打量了他一眼,虽觉他的要求于礼不合,但他只是个脸色苍白的书生而已。踌躇间,慕容无风的语气已经不耐烦了:"你还有事吗?"

"……没有了。"

"你住在哪里?"

"停云馆。"

"搬到听涛水榭,这样你今天就用不着出谷了。"说完这句话,他的眼睛就盯在了门口上。那意思虽没有说出来,荷衣却明白是"送客"两字。

荷衣从慕容无风的书房里出来的时候,赵谦和仍守在门口。

"怎么样?"他问。

"成了。这是他的字条。"

赵谦和喜道:"太好了! 这事总算是定了!"

荷衣道:"谷主说,请赵总管在听涛水榭里找一间客房,这样我就不必回到停云馆了。"

赵谦和一愣:"听涛水榭? 你住在那里?"

"怎么? 那里不好?"

"没什么不好,听涛水榭就在竹梧院内。"

水榭就在湖边,亭榭与游廊相接,房子里自然又是一种别开生面的精致。荷衣一向对住处不甚留意,江湖儿女,在哪里都住不久,若是恋上了某个住处,仇家找上门,便成了灾难。她将衣物略微收拾了一下,往熏笼里添了一把红罗香炭,便走出水榭,在走廊上凭栏而坐。

面前是百亩残荷,夕阳正慢慢沉入湖底。远处水天相接,飞鸥点点。暮色四合时,晚霞在天边敛起了最后一道红色,空气中忽然充满了水草与荷花的香味。

赵谦和把她叫出去吃了一顿沉闷的晚饭,谈笑间,天已经黑了。荷衣踱回自己的房间,觉得四周出奇地安静。无边的夜空似已与远处的群山融为了一体。隐隐传来的涛声与蛙声驱人入睡,而偶尔一声夜鸟的长鸣,又把人从梦境中逐出。荷衣在水榭旁边坐了很久,一直坐到午夜才慢慢起身,来到慕容无风的住处。

慕容无风已经坐在那里等着她了。这一次是他先发话："你来了？"

荷衣点点头。

书房里不知什么时候已多了一把椅子。慕容无风指了指它，道："请坐。"

荷衣便坐了下来，静静地等着他吩咐。

"这几天休息得好吗？"他问。

荷衣愣了一下，一时间还不能习惯这个冷面郎君的嘘寒问暖，只得回道："好。"

"这么说来，你现在一定很有精神。"

"谷主现在就有事情要吩咐？"

他点点头，突然从桌后拿出了一个长长的东西递给她。荷衣接过一看，是把铁铲。

"我知道你的江湖经验很丰富，不知道你有没有盗墓的经验？"

荷衣马上道："虽然跑江湖和盗墓是两种行业，但盗墓应该不会太难。只不过干这个，似乎……似乎……"

"似乎什么？"

荷衣道："似乎有点缺德。"

"所以当然不能在白天干，一定要选在半夜。没人看见，就不会心虚。"他说这话时脸一点也不红，好像这是个很明白的道理，"这墓就在谷中，附近没有守墓人。对你来说，小事一桩。"

荷衣想了想，不禁反问："既然这么容易，你为什么不自己去挖呢？"

听见这句话，慕容无风忽然抬起头来看着她，表情十分奇怪。过了片刻才慢慢地道："你这是第一次来神农镇？"

荷衣点点头。

慕容无风想了想，淡淡地道："我本想自己挖的。可惜我是个残废，我的腿不能动。"

荷衣的脸立即红了。这显然是这里尽人皆知的事情，而她却偏偏不知道。那张巨大的书案正好挡住了他的下半身，她完全没有发觉。

"好吧，我……我来挖。"三千两银子，就挖一个墓，荷衣觉得，这跟天上掉下来一块金饼子差不多。

"具体地点在哪里？我这就去！"

"我带你去。"

他坐在一张精巧的轮椅上，双手一拨椅上的轮环，从书案后退出身子，便从容不迫地来到她面前。他的双腿隐于衣袍之下，十分消瘦，一望而知萎废多年。除了两条腿以外，他身上的其他地方看上去都和正常人完全一样。荷衣的心中不禁微微叹息：这样的人能够名动天下，一定付出了常人不可想象的代价。

"不用不用！"荷衣连连摆手，"告诉我你想找什么，我胆大，一个人去就行，找到了给你带回来就好!"

"我想找的东西……"他迟疑了一下,似乎在考虑措辞,"你不方便带回来。"

荷衣还想理论几句,发现慕容无风摆出一副拒绝商量的神态,只好住嘴。

院内阒无人声,夜静得可怕。

走廊上每隔数步便挂着一个浅碧的绢灯,憧憧的烛影将院内的几株刺桐映入山墙的白壁,夜风忽起,树影婆娑,墙上的人影也跟着跳动起来。

两个人一言不发地沿着长廊向西走了约半个时辰,一路上慕容无风一直独自驱动轮椅在前引路。看得出他有些疲惫,动作并不轻快。荷衣一直跟在他身后,助他一臂之力是举手之劳,她却连问都没问。

他是个高傲的人。高傲的人通常不会喜欢别人的帮助。

路的尽头突然出现了一道陡坡,游廊虽是沿坡而上,却不再是光滑的平道,而是一级一级的台阶。慕容无风从椅后抽出一双红木拐杖放在肋下,靠着它站了起来。他好像很久没有站起来过,猛地直起身时,嘴唇都有些发白。

荷衣在一旁道:"难道我们要翻过这个山坡?"

慕容无风点点头:"对面就是墓地。"

荷衣忍不住道:"你是说……你自己也要过去?"

"难道我不能过去?"他冷冷地回了一句。

荷衣连忙闭嘴。

慕容无风上台阶的样子实在是很困难,任何人看见了都会觉得难过。好不容易上了两级台阶,已累得满头是汗。荷衣看着他,问:"要不要我帮忙?"

他摇头。

"这样好吗?你告诉我是哪个墓,我先去挖,如果墓很深的话,可要挖好一阵子呢。"荷衣实在没性子陪着他慢吞吞地走。照这种走法,就算是把墓挖好了再回来,他兴许还在山坡的这一头。

"写着'慕容慧'的那个就是。"他说。

荷衣愣住,神情古怪地看着他,半晌,满脸通红,吞吞吐吐:"我……不怎么识字。"说罢缩肩垂头,拿眼偷偷地瞧他。

他的脸上没有任何表情:"第二排,右手第一个。"

"我去了。"她身子轻轻一纵,在空中翻了个跟斗,一掠三丈,顿时在他眼前消失了。

夜雾弥漫,墓地一直延伸到远方,里面似乎立着数不清的坟头和墓碑。幽幽磷火,无声闪动,越发衬着四周静得可怕。

墓地显然已修建多年。青石板的地面上早已有了裂纹,几丛杂草从裂缝中探出头来。荷衣很快找到了那个墓,心里计算着棺木的大小,在地上画了一个大致的方位。

她曾给人押过棺材，见过别人挖墓，挥起铁铲干了不到半个时辰，就已触到了棺盖。等她返回到山坡，慕容无风果然还在山的这一头。她将轮椅抬过山坡，放到了山下，返身正想扶他快些走过台阶，慕容无风的身子忽然一抖，手抓着胸口，吃力地喘息了起来。荷衣顿感手足无措，紧张地问道："怎么了？犯病了？"

他双唇发紫，呼吸困难，根本无法说话。荷衣只好一把按住他的脉门，想用真气助他调理内息。一试方知此人心脉极弱，无法承受过强的真气，自己内力稍吐，他即心跳如狂。一时间她也不知如何是好，只好用力握住他的手，仿佛这样可以分担一些他的痛苦。

喘息良久，那一口气终于缓了下来。慕容无风这才腾出手，从怀里掏出个乌木小瓶，用牙咬开瓶塞，一仰头，吞下几粒药丸。荷衣怔怔地看着他，不禁皱起了眉头。晚饭时与赵谦和交谈，她曾几番打听慕容无风的境况，赵谦和三缄其口，只是说谷主生性好强却先天体弱，不耐车马之劳，所以从未出过远门。原来，他竟患有如此严重的心疾。

休息了近一炷香的工夫，慕容无风唇上的紫色方逐渐消退。

荷衣担心地看着他："这墓你还想看吗？要不要我先送你回去休息？"

慕容无风还是不能说话，过了片刻，才有气无力地回了一句："我没事。"

"你的心脏……好像不大对劲。"她迟疑着道。

"我的心脏没什么不对劲。"他冷冷地道。

听了这句话，荷衣只好苦笑：这个人无论自己身上有多么不对劲，统统都不承认。

两人一起来到墓边，荷衣撬开棺盖，点燃火折向棺内照去：那是一具女尸，虽还罩着衣物，肌肉早已腐烂殆尽。头骨的那一部分连着一大卷长发，绾髻的金钗散落在一旁。脸上还有一些干枯的肌肉。她看上去临死的时候十分痛苦，嘴惊恐地大开着，好像正在呼救。

荷衣回过头，悄悄地瞥了慕容无风一眼。他默默地看着棺中的一切，目中含着痛楚。过了片刻，似乎发现了什么，脸上露出愤怒的神色，双手青筋毕现，身子也跟着微微颤抖，半晌方平静下来。

荷衣喃喃地道："你方才说她叫慕容慧……她也姓慕容？是你的亲戚？"

"她是我的母亲。"沉默了一下，慕容无风道，"我母亲因生我难产而亡，我其实并没有见过她。"

"所以你让我打开她的墓，只为了想看看她？"

"这中间当然还有更复杂的情况。"

"再没有比和母亲同一个姓更让人觉得复杂的了。"荷衣淡淡地加了一句。

慕容无风显然并不喜欢这句抢白，脸色变了变，却又懒得争吵："你说得对。我的确不知道谁是我的父亲，不但我不知道，我周围的人也全都不知道。"

"因此你要我替你调查这件事?"

他点点头。

"可是这些事都是发生在你出生之前。对你而言,它们根本不存在,几乎等于没有发生过。"

"人对于和自己不相关的事,总是想得比较开,"他冷冷地看着她,"何况,你刚才的问题也不像是个想挣钱的人提出来的。"

荷衣笑了:"我只是谈谈我的看法,听不听由你。我一向以为有些事情知道得越多越痛苦,还不如不知道的好。"

慕容无风的手指忽然攥紧,指甲都似已深深嵌入掌中:"我只想知道真相。无论什么样的真相我都想知道,而且一定要知道!"

怕他过于激动,荷衣连忙息事宁人:"不管一个人生前是多么可爱,死后的样子都十分可怕。如果我是你,就决不让这种印象进入我的脑子。"

"我不是你,你也不是我!"

荷衣苦笑。

"你现在可以把棺材合上了。"他说。

"你已经看完了?"

"这人不是我的母亲。"

荷衣瞪大眼,吃惊地看着他:"你怎么知道? 怎么看得出?"

"我母亲擅长丹青,我的屋里有好几幅她的自画像。如果画像逼真的话,她去世之后的骨骸就不该是这种样子。"

"难道你只用看看骨骸就知道这个人生前的长相?"

"莫忘了我是个大夫,死人见得多了,各种死人的骨头我都曾仔细摸过。"

楚荷衣只听得脊背发凉:"那么你平时看人的时候,看见的究竟是人还是他的骨头?"

"一个人在一种行业里干得久了,看人的样子多少有些不同。"

"难道你真是神医? 真的这么神?"荷衣心想,以慕容无风病恹恹的样子,完全担当不了神医的重任啊。

"当然不是,"他的回答很干脆,"我只是个运气比较好的大夫而已。"

说话的时候荷衣已把坟墓恢复成了原来的样子。

回去的路上,慕容无风一直沉默不语。

夜雾中的一切都显得淡而潮湿。每次发病之后,由于身体过于虚弱,他会产生各种幻觉。次日醒来,又好像什么也没有发生过。可是这一回,身边的人影却是那样的真实,他可以闻到她的棉布花裙透出的薄荷芬芳。

那是个四肢纤长、身材矮小的女人,健壮得犹如一只小鹿。黑色的紧身衣下裸露出小巧的足踝。发尾上的一道紫红的丝带是她唯一的饰物。除了腰间的宝剑,她的身上并无其他锋利之处。那是她吗?

赵谦和曾经说过,这女人出道三年,头一年比剑六十七场;第二年,四十五场;第三年,二十九场。目前在剑榜上排名第九,是近七十年中第一位走入前十名的女剑客。她拒绝名门大派的收揽,一直以押镖为业。据说,生意并不景气,经常入不敷出。

"这么有名又这么穷的女人,在江湖上绝对找不出第二个。"

慕容无风面似无动于衷,其实充满好奇。为此,他用形形色色的理由拒绝了所有的申请者。想到这里,他的脸忽然有些发红,觉得自己很荒唐。

寂静的廊上晨雾弥漫,月光清冷,如浸水中。两人之间只剩下了周而复始的辘辘轮声。

慕容无风知道这刺耳的车轮声将会伴随自己的一生,那是一道无从更改的伤心。每思及此,愤怒便在心底悄然聚集,如水塘中的蚊蚋一般迅速滋长。在这种时候,他只有加倍沉默,仿佛只有如此,才能将这危险的情绪按捺消化。

他行进缓慢,好像推动一块巨石一样推动着自己。正在此时,不知何处传来暗器破空之声。

荷衣的身子倏地弹出三丈,在半空中已抽出了剑,"咯"的一声,暗器击在剑锋上,爆出一串火花。

未及多想,一柄锋利的长剑已抵到她的面前,荷衣顺势一挑,惊险避开。来者穿着黑衣,脸上裹着黑巾,在漆黑的夜色中只看得见一双冷酷的眼睛。若不是荷衣的剑及时挡住,他早已洞穿了慕容无风的咽喉。

黑衣人一击不中,身子平平地滑了出去,扭身一刺,剑锋指向荷衣的心脏。没人想得到他的身子可以扭成这么低的角度,也没人想得到他那一剑刺出的方向,对荷衣来说,几乎是不可避免的。

荷衣的整个身子似乎正往那剑尖上扑去。眼见剑锋触到胸口,她的剑突然脱手,径直朝着黑衣人的咽喉飞去。黑衣人只好回剑自护,而荷衣的身子却好像剑穗般跟着剑飞了过去,手已霎时间抓住了飞出去的剑,突然凌空一卷,身子倒悬着冲了下来。

荷衣这一招的变化和速度无人可以想象。黑衣人在地上连滚三圈,才逃开了这致命的一击,肩上却还是中了一剑。等到荷衣的剑一团光影般地追上来时,他已飞身一纵,消失在了夜色之中。

荷衣回过头来,看着慕容无风:"你没事吧?"

慕容无风摇头:"你不追过去看看究竟是谁?"

"我怎么知道是不是只来了一个人? 我若追过去,你怎么办?"

"他……是来找我的?"

"不是找你,难道是找我?"

"你是跑江湖的,我又不是!"

荷衣一时哑然。隔行如隔山,方才那几剑的凶险,说是绝处逢生也不为过。这慕容无风却完全没看出个道道来。

"你以为刚才我在跟他玩躲猫儿是吧?"见他一副不领情的情子,她快气得背过气去了,"知不知道若是没有我,你已经没命了?!"

"不至于。"

"你——"

荷衣气呼呼地往前走,突然想起一件事:"对了,下月初三,我要去趟峨眉山,有人约我比剑。"

"告诉他你没空。"

"为什么?"

"因为你已经收了我的银子。在这段时间里,你只能替我干事。"

荷衣想争辩几句,又觉得他说得有理,只好道:"约我的人是贺回,你觉得我能拒绝他吗?"

听见"贺回"两字,慕容无风皱起了眉头。他见过这个人。贺回是峨眉派青年子弟中最杰出的一位,出道以来身经三百余战,罕有败绩。此君嗜剑如命,骁勇好斗,已连续两年名列榜首。贺回绝不是个容易被拒绝的人。

"他的排名在你之前,说明武功要好过你,你若真的去了,岂不是有去无回?"他嘲道。

荷衣走了无数的单镖,自然知道做生意有一条基本原则,那就是千得罪万得罪,不能得罪主顾。于是,她只得解释:"比剑是刘鲲安排的,他是贺回的师弟。飞鱼塘一战,我伤了刘鲲的手脉。大约峨眉派丢不起这个脸,想让贺回来找回场子。"她叹了一声,无限烦恼:"我倒不怕比剑,只是想清净一段时间。不如明天就请人给他写封回信,说我受人所雇,要事缠身,一年之内都不会有空。"

慕容无风不以为然:"听说此人已很久没有遇到对手,说不定接到信后,会立即买舟东下,亲自到云梦谷来找你。"

荷衣蓦地停下脚步,道:"那我该怎么办?"

慕容无风道:"我不是你,我怎么知道你该怎么办?"

荷衣道:"谁都知道在江湖上比剑是件没完没了的事儿。胜了一场还会有下一场,直到输掉或死掉为止。"

"你能明白这一点很好。"

"不如我干脆告诉他不要来找我,我认输好了。"

慕容无风道:"你最好莫要这样说。"

"为什么?"

"他会认为你看不起他,只怕来得更快。"

"那我应该怎么办?"

“我不是你，我怎么知道？”

“你难道就不能替我想出个法子来？”

“想法子也是你自己的事，为什么要我来替你想？”

他居然这么说，荷衣气得直翻白眼，干脆闭嘴不理他了。

夜雾中，月光轻洒大地，四处花影朦胧，寒气却渐渐上来了。

两人默默地回到各自的屋子。荷衣带着一脑子的谜团，在床上辗转反侧，直到天亮方才睡去。

清晨的风中依然含着荷叶和水草的香味,湖上却弥漫着浓雾。浓雾中,一切都仿佛是润湿的,露水正沿着树尖悄悄滴落。

荷衣信手推开房门,发现郭漆园正在走廊上等着她。

郭漆园的脸上永远带着微笑,说话时的样子殷勤得让人喜欢。据说这位总管是谈生意的老手,喜欢带客人上馆子喝酒,他总能赶在人家半醉之前把价格谈妥。在热气腾腾的酒桌上他娴熟应对,绝不冷落在座的任何一位。只因他的眼睛永远盯着下一笔生意和下一个可能性。酒足饭饱之后,每一位客人的感觉都是宾主尽欢,刚刚谈妥的交易也是合理公道,两不吃亏。

他还有另外一个本事,就是无论是谁,只要见过一面,就永远不会忘记。无论时隔多久,任何时候碰见你,他都能叫出你的名字,拍着你的肩,嘘寒问暖,称兄道弟。尽管这个时候你可能已经完全忘记了他是谁。

荷衣笑着向他问好。

郭漆园道:"姑娘昨夜休息得可还满意?"

"很满意,多谢。"

"姑娘是谷主的客人,又住在这陌生的地方,我本该派几个丫鬟侍候姑娘的。只是谷主一向独居,院里不允许他人出入,只好让姑娘受委屈了。"

荷衣道:"郭先生太客气了。谷主今天可好?"

郭漆园迟疑了一下,道:"不大好。我们劝他休息半日,他不听,一早就去了诊室。这一连几日的浓雾天气,只怕他的风痹又犯了。"

"可不是,"荷衣道,"我也觉得奇怪,他诸事不便,为什么身边连个侍候的人也没有?"

郭漆园长叹一声:"谷主生性要强,从小就不喜欢别人多管他的事情。谁要是在这一点上惹恼了他,他会大发脾气。加之他素有心疾,劳累或激动过度都会发病,我们谁也不敢惹他发火。"

荷衣道:"他发病的时候是不是呼吸困难,胸口绞痛,浑身无力?"

郭漆园眼睛盯着她,脸色变了:"你怎么知道? 难道他昨天发过病?"

荷衣摇摇头:"没有。我不过是以前恰好遇见过这种病人而已。"

郭漆园松了一口气:"那就好,那就好。姑娘还有什么需要,请尽管吩咐。"

荷衣道:"今天我会去神农镇。"

郭漆园忙道:"我去准备马车。"

十月的阳光懒洋洋地洒在头上,还只是清晨,小镇已经忙碌开了。所有的门面都已开张,五花八门的货物令人眼花缭乱。街上的小贩充满毅力地追逐着每一个行人,口干舌燥地兜售着手中的什物。传说神农镇的小贩个个都是富翁,因为他们相信,只要不停地劝说,不放弃每一个机会,钱早晚都会赚到。比如,如果你被一个小贩缠上,他会一路跟着你,为了卖掉一包十五文钱的茶叶,他可以陪你翻过一整座山,甚至免费做你的向导。一路上你若只听他说话,就会相信他手中的茶叶根本不是茶叶,而是包治百病的"神叶",止渴解乏只是副效之一。

荷衣才在青石板的马路上走了一会儿,就已经买了十五包茶叶。她买东西的情形是这样的:只要看见一个小贩向她走过来,拿出一包茶叶,她就先把铜钱递过去,说:"这包茶叶我买了。"

小贩往往一愣,道:"是吗? 十五文一包。"

她这样在大街上买了十五包茶叶后,虽然还有小贩远远地看她,却不好意思走上来了。她终于摆脱了他们,走到一个剑器铺子里。

铺子的老板是个精瘦的中年人,脸长得有些失去比例。铺子的四壁悬着各种款式的剑。老板一看见她进来就热情地打着招呼:"姑娘是来买剑的?"

荷衣点了点头。

老板看着她腰中的剑,笑了笑道:"姑娘的剑已经够好的了,莫非是嫌它太重,不合手?"

荷衣道:"你认得这剑?"

老板道:"我若连鱼鳞紫金剑都不认得,还开这个剑铺做什么? 这是当年公冶大师的传人鲁隐泉所制,剑重七斤二两。据说剑成之时曾祭以七岁男童之血,所以剑色发紫,那是人血溅在铁上的颜色。"

荷衣道:"说得好。我虽知这是名剑,但关于它的来历还是第一次听说。"

老板道:"姑娘莫不是一剑大败飞鱼塘的楚荷衣楚姑娘?"

荷衣苦笑:"连你也认得我?"

老板道:"此剑来历不凡,姑娘战前易剑,岂非不智?"

荷衣道:"什么战前?"

老板看着她,很惊讶:"姑娘真会开玩笑。"

"什么玩笑?"

"姑娘和峨眉派的贺公子约好了,将于十日之后的亥时在神农镇北的飞鸢谷比剑。这消息已传遍武林,姑娘自己怎会不知?"

荷衣目瞪口呆地望着他,口中一片苦涩,好像吞进了一只苍蝇,忍不住道:"你是怎么知道的?"

老板道:"满街的人都这么说,我这里的生意也突然旺了起来。昨天我还押了一宝呢。姑娘莫要生气,你虽有宝剑在身,我却买的是贺公子胜。"

荷衣气极反笑,道:"有没有人赌我胜的?"

老板想了想,摇头:"不多。"

荷衣道:"如果我不去比剑呢?"

老板道:"你不去也算贺公子胜了,我还是赚了,何况姑娘肯定会去的。"

"为什么?"

"坊间传说,姑娘是十五年前中原第一快剑陈蜻蜓陈大侠的弟子。陈蜻蜓的轻功和剑术都是一流的,当年却独败在峨眉派掌门人方一鹤手中。姑娘若是临阵脱逃,这师门之辱……"

这话果然有用。

荷衣喝道:"不要再说了!"她一抬手,掷过去两锭十两的银子,指着墙上一把形式平庸的剑道,"这把剑我买了。"

老板见她眉头紧皱,忙把剑取下来交到她手中:"这剑只要十两银子。"

"另外十两银子是我送你的。"

"岂敢岂敢。"

"老板最好用它买一坛酒。一个人赌输的时候喝一点酒会想得开一些。"

剑依然是鱼鳞紫金剑,经过一番修改,从外面再也认不出来。剑柄缠上了黑布条,剑鞘也换成了最平庸的样式。荷衣走在大街上,已不用再担心有人认出她了。

这时,身后忽然传来马蹄声,健马长嘶,一个灰衣人从马上纵身而下,刚好落在她的身旁。

"请问可是楚荷衣楚姑娘?"灰衣人一脸风尘,脸上一道长长的伤疤,笑起来的样子有些可怕。他的腰上悬着一把形式奇特的长剑。

荷衣道:"你认得我?"

"姑娘在飞鱼塘比剑的那天,在下有幸也在一旁观看。"

"你是飞鱼塘的人?"

灰衣人点点头:"在下沈彬,是刘寨主的师弟。"

"你也是来找我比剑的?"

"人贵有自知之明,在下岂是姑娘的对手?"

"莫非是刘寨主有什么吩咐?"

"不敢。不过我师兄今天也到了神农镇。"

"他是来观战的?"

沈彬道:"姑娘当然知道我师兄以前本是峨眉派的弟子,贺回是他的师兄。"

"我怎么会知道? 他从没有告诉过我。"

"无论姑娘知不知道,峨眉派都丢不起这个面子。"

荷衣冷冷道:"所以他一定要逼我和贺回比剑? 用这种卑劣的手段?"

沈彬不置可否:"我们实在是很想知道究竟是姑娘的剑快,还是贺师兄的剑快。"他顿了顿,又道:"不过我来找姑娘却是为了另外一件事。"

"什么事?"

"师兄今天找到慕容谷主,求谷主给他的右手续上筋脉,谷主却一口回绝了。"

"难道是刘寨主给的诊费不够?"

沈彬道:"只要治好师兄的手,花多少钱飞鱼塘都不会在乎。问题是慕容先生从来不缺钱。云梦谷的药畅销天下,他本是天下最富有的人之一。我听说他根本不把诊费放在眼里,常常免费给病人动很复杂的手术。以前有个穷铁匠得了一种怪病,危在旦夕,慕容谷主竟在他身边陪了七天七夜,终于治好了他。据说那铁匠在谷里养了整整一年的病,吃了好几斤从东北长白山下快马运来的人参,慕容谷主却连一分钱的诊费都没收。可是这一回谷主却怎么也不肯替我师兄看病,不论出多少钱都不干。"

"这和我又有什么关系?"

"谷主说,我师兄的手伤在楚姑娘的剑下,而他却欠楚姑娘一份人情。"

荷衣笑道:"我明白了,你们是想叫我向慕容无风求情。"

沈彬道:"姑娘剑术虽高,在江湖上却势单力孤。姑娘若能说服慕容先生,从此以后就是飞鱼塘的朋友。江湖上有任何人想对姑娘不敬,飞鱼塘都不会坐视不理。姑娘应当知道,在江湖上混饭吃不能只凭本事,还得凭势力。"

荷衣冷笑:"你可知道刘寨主和我比剑的时候,下的全是杀招? 如果我不回剑自护,现在已是个死人。死在他剑下的人本就不少,我那一剑刺在他的手上,已经是很客气的了。"

沈彬的脸色变了变,道:"姑娘的意思是不肯为我师兄求情,宁可与整个飞鱼塘为敌?"

荷衣道:"飞鱼塘在江湖上也是名门正派。如果因为这件事要与我为敌,我也毫无办法。"

沈彬冷笑着道:"姑娘出道不久,风头正健,对江湖上的事其实并不清楚。所谓冤家宜解不宜结,得饶人处且饶人。姑娘一个女人家,这样的脾气怎能在江湖上混下去？"

荷衣微微一笑，并不在意："幸好这江湖并不姓刘。"

沈彬双拳一抱，道："那么后会有期。"

说罢，飞身上马，疾驰而去。

第四章

雾锁丛林

　　雾还未散,在湖中似乎显得更浓,浓得连远处九曲桥边的荷叶都看不清了。

　　荷衣找到慕容无风的时候,他正独自坐在湖心的小亭上喝茶。风炉就在他的椅边,木炭燃烧,发出"毕剥"之声,似乎在为他驱赶潮气。雾气中他苍白的肌肤和雪白的衣裳几乎令他整个人都消失在了雾里。

　　他一动不动地坐着,双眼望着远处雾气氤氲的湖面,似在沉思。他看上去完全没有注意到荷衣已走到他的身后。可是等荷衣走近时,他却突然道:"你怎么这么快就回来了?"

　　"我有事找你。"

　　慕容无风看着她,等她说下去。荷衣正要开口,却见一个青袍人端着一碗药走了过来,将托盘轻轻地放在石桌上。碗里散发着一股浓郁的药味。

　　青袍人五十来岁年纪,面容清癯,身材高大,在慕容无风的耳边低声说了几句话,显出很恭敬的样子。慕容无风点了点头,对荷衣道:"这位是谢总管,谢停云。"

　　荷衣道:"幸会。我姓楚。"

　　谢停云微笑着道:"姑娘一剑败了飞鱼塘的消息,在下早已听说了,佩服得很。"他看人的眼神很真挚,一副稳重有余的样子。不等荷衣答话,他接着说道:"姑娘慢坐,我有事,先告辞了。"

　　见他走远,慕容无风一抬手将药碗里的药倒入湖中。

　　荷衣瞪眼皱眉地看着他:"这药……你不喝的吗?"

　　"不喝。"

　　"倘若你的病人不肯喝药,你是不是也劝他把药倒掉?"

　　"我开出的药,谁敢不喝?"

　　"刚才的药是谁开的?"

慕容无风想了想，道："我。"

荷衣笑了。她实在想不出一个人说话会是如此矛盾。还想再问个明白，慕容无风却不愿意再谈自己，换了个话题："你这么快来找我，是不是已经打听到了什么消息？"

荷衣道："你想听的没有，倒是打听到了一条关于我自己的消息。"

"哦？"

"十天之后我会在飞鸢谷与贺回比剑。"

"我听说了。"他淡淡地道。

"你听说了？"她吃惊地道。

"你究竟去还是不去？"

"去。"

"你昨天说过你不想去的。"

"我改变主意了。"

"你有把握赢？"

"没有。"

慕容无风慢慢地从壶里倒了一杯茶，浅浅地喝了一口，一言不发，只是冷冷地看着她。

荷衣道："你盯着我干吗？"

他道："你别忘了，我们的交易在先，你和贺回比剑在后。"

"说得有理，只是……"

慕容无风的脸上已露出了不耐烦的神态："你还是要去？"

荷衣无可奈何地点点头："你别忘了我是一名剑客。大夫总要给人治病，剑客总要跟人比剑。职业所系，难以推托。"她顿了顿，见他还是紧绷着脸，又道："当然我和你有所不同。你天生就是个大夫，而我却是刚刚发现我是个剑客，哈哈哈……"她干笑了几声，发觉自己的笑声十分空洞。

在荷衣看来，一个人最糟糕的情况莫过于被别人"发现"。她身上有太多自己原本不知道，却被别人突然"发现"出来的东西。

不等慕容无风答话，她又抢着道："我能不能看看你母亲原先住的房间？或许可以在那里找到一点线索。"

慕容无风点点头："她的房间就在这附近，请跟我来。"

两人沿着花墙行至右廊边的朱门下，慕容无风推开门，道："请进。"

荷衣探身而入，见室内雅洁如新，绣屏之后便是宽敞的卧室。床前放一个二尺八寸高灰漆枣木案，紫檀木软底的太师椅上，铺着大红氍毹椅垫。一侧放着茶炉，虽无麝烟，却有余炭。墙角处摆着个半人多高的梅瓶，里面只有数茎枯枝。案边的巨樽内插着几轴画卷。荷衣抽出一轴，展开一看，见一位工笔美人乌云低绾，面白如月，目凝秋水,唇若含丹。她将之放下,又打开其他数卷,除了其中两卷画的是山水和禽鸟之外,剩下的均是同一美人,只不过忽而是翡翠衫、绿背心、荔枝裙;忽而是银红袄、绣绫衫、槐花裙;忽而是杏黄衫、花披肩、葱白裙。而发髻亦各有不同,或涵烟,或垂云,或百合;姿势则或椅栏,或戏水,或逗猫……极具神韵。那图卷的色调极是明快,只是女子的双目之中始终隐含着一缕忧郁。

荷衣仔细看毕,放回瓶中,问道:"画中人就是你母亲?"

慕容无风点点头。

荷衣道:"她看上去并不快乐。"

慕容无风道:"这是她十七岁以前的样子。十七岁的某一天,她突然从这个谷里消失了。"

"消失了?"

"之后再也没有回来过,谁也不知道她去了哪里。"

慕容无风的目光移向窗外,远山之中忽传来一阵悠长的猿声。

荷衣立时想起了渔翁在船上给她讲过的故事,道:"巴东三峡巫峡长,猿啼三声泪沾裳。——听说这里的深山常有猿猴出没。那猿猴若是百岁以上,便成了猿精,遍身白毛,专吃果栗,尤好美妇。凡是见到有些颜色的女子,一定会偷偷地掳了去。"

慕容无风冷冷道:"你是说,我的父亲是只猴子?"

荷衣一吐舌,做了个鬼脸:"不敢。不过,既然你母亲再也没回来过,你又是怎么来的呢? 你母亲出走的时候,并没有出嫁吧?"

慕容无风道:"我若知道,还花银子雇你做什么?"

荷衣道:"说你母亲难产而亡又是怎么一回事呢? 如果她失踪了,你又怎么知道她是难产而亡?"

慕容无风道:"这是我外公说的。他还说我母亲就是在这间房里去世的,葬在山后。他的话一点儿也不可信。"

荷衣道:"他始终没有告诉你你的父亲是谁?"

慕容无风道:"他的脾气很坏。不过关于这件事,可能连他自己也不清楚。"

荷衣道:"现在看起来,问题好像越来越多。我需要仔细查访。或许你的母亲现在还活着?"

慕容无风摇了摇头:"我不知道。至少我从没有见过她……你看完了吗?"他好像已经不想在这屋里待下去了。

"没有,我有好多问题不明白!"

慕容无风道:"你不要问我。因为我所知甚少,就算知道,也多半是假的。"

荷衣道:"我已打听到听风楼里有位伙计,专能讲此地的掌故,我今晚就去找他。你是想和我一起去呢,还是等我去听了来告诉你呢?"

慕容无风道:"什么时候?"

荷衣道:"酉时二刻。"

慕容无风道:"我现在还要看几个病人,到时我们在听风楼见。"

云梦谷通往神农镇的马道格外宽敞,放马疾驰也要半个多时辰方能赶到。一想到十天之后就要比剑,荷衣只觉头大如斗。加之慕容无风所托之事仍毫无眉目,不觉心事重重。马道掩映在丛林之中,浓雾未散,四处阒无人声。才骑出不到半炷香的工夫,她忽然发现远处有个人影一动不动地立在马道当中。

荷衣喝住马,看见一个灰衣人目不转睛地盯着她,脸上有一道长长的刀疤。

"沈彬?"她有些吃惊地道。

沈彬道:"我在这里等你。"

荷衣道:"等我?"

沈彬道:"我师兄听了姑娘的一番话后,很是失望。"

荷衣道:"是吗? 那你此番的来意是?"

沈彬道:"他不仅仅对姑娘失望,对我也失望得很。"

荷衣道:"所以你来找我,是想要我改变主意?"

沈彬道:"我这人从来就没求过女人。如果再求,那也一定是下辈子的事情。"

荷衣笑了笑,道:"有骨气,那就告辞了。"

她说"告辞"两个字的时候看见沈彬的手已经慢慢地放在剑上。"了"字之音刚落,他忽然已抽出了剑,拔剑的速度比刘鲲要快得多。

一道阳光正好射在剑脊上,上面有一道赤红的血槽。沈彬左手捏了一个剑诀,道:"拔你的剑。"

荷衣道:"你的功夫明明强过你师兄,却甘居他之下,佩服佩服。"

沈彬道:"江湖名人谱里我排名十二,他十五。焚斋老人的眼力,倒还公道。"

荷衣道:"贺回第几?"

沈彬道:"不知道。焚斋老人一向只排他认识和见过的人。他没见过贺回。"

荷衣道:"你若是技痒,我们比画比画也无妨。"她也下马抽剑。刚要交手,忽听一个声音远远地道:"你难道没看出来? 他是想试试你的功夫,好把握你的弱点,再回头告诉贺回,以保证他必胜。"

那声音忽近忽远,忽强忽弱,两人环顾四周,均不见人影。荷衣朗声道:"多谢美意,只是朋友既来相助,何不显身一见?"

那声音道:"我就在这里。"声音忽由弱转强,荷衣抬头一看,有一个灰影伏在几十丈高的大树上。荷衣纵身上树,那灰影竟即横掠数丈,往东北蹿去。荷衣一提气,也飞身追了过去。两人速度相当,在树间穿梭,灰影似乎有意将她诱往林中更深之处。荷衣想了想,忽觉不妥,忙退身而回,忽闻一股血腥之气,定神看时,沈彬已身首异处,倒在一片血泊之中。死者双眼圆睁,神情极为惊恐。荷衣转头再望时,灰影亦消失不见。

她忽觉头皮发麻，浑身战栗，脊背一片冰凉，连再看一眼死者的勇气都已丧失。这还是她第一次看见一个活生生的人被这么残忍地杀死。灰影的轻功固然与她相当，可他不会有分身之术。附近一定还潜伏着第二个人，而这个人的武功，一定还在沈彬之上。

她居然没有察觉。这说明第二个人的轻功亦不低于自己。如若两人联手……她看了看自己的马，马一点儿也没有受惊，很安静地在路旁吃着草。马背上放着她的包袱。包袱里放着几百两银票。

林子里有风轻轻吹过。左边的树丛忽然有一丝极轻微的响动。她整个人"腾"的一声弹了起来，剑已闪电般地刺了出去。果然有另一个灰影一掠三丈往北而去。

这一次灰影又是把她引向树林的深处，荷衣毫不犹豫地追了上去。她使出全力奔跑时速度很快，不一会儿，两人就已相差不到十步，灰衣人却好像故意慢了下来。荷衣也跟着慢了下来，始终和他保持五步的距离。林子里光线极暗，她不得不多加小心，谨防灰衣人的同伴突然相助。

还没等她思索完毕，灰影一扬手，一把铁砂暴雨般地向她射来，铁砂里夹杂着一股怪异的气息。有毒！荷衣挥剑如风，勉强躲过，却见另一个灰影挥剑冲了过来，做出了联手合攻的架势。荷衣心下暗忖，无论如何，自己得先避开有毒砂的人。她左手一扬，白练挥出，缠住头顶的树枝，身子借力腾空，一剑直指另一个灰影的咽喉。

腹背受敌，她已不能心软，使出的全是杀招。

而手中有毒砂的人却并未和同伴携手，反倒向林外逃去。

灰影沿着荷衣的剑势一退三尺，趁机御去了她的力道，回剑一格，只听得"铮"的一声，火花四溅，两力相撞，荷衣只觉一股大力沿着剑脊传了过来，震得自己的虎口发胀。她的剑走的是轻逸灵巧一路，和内力深厚之人对阵，体力上未免吃亏。何况来人的剑法浑厚精湛，已非寻常高手。

在这种情况下，她第一个想到的便是逃，快逃。可是自己的剑却不听话似的纠缠了上去。她不能忍受自己还没有努力就认输，何况里面还夹着一个沈彬。无论如何，至少要想法子弄清凶手的身份。

在这闪电般的思虑中，两人已战了二十回合，灰影的剑势愈加凌厉，而荷衣也愈战愈勇。三十招后，她已发现了灰影的一个破绽，反身一刺，直攻他的右腕。而灰影似乎料到了这一招，身子一沉，左手掌力挥出，直击她头顶，迫她撤招。荷衣腰一拧，人从他掌风之下斜蹿而出，一扬手，挥出"素水冰绡"。冰绡乃南海冰蚕丝所制，算是她独门的软兵器。白练缠住那人的左掌，身子却借着白练的拉力往灰影的背后弹去。

弹回去的还有她的剑。她终于松了一口气，这一次她终于算对了。

灰影的整个背已如一扇大门似的向她敞开了，这一剑直奔向他心脏右侧三寸之处，因为她已预料灰影一旦听见风声就会往右侧闪避。然后她就听到"当"的一声，自己的剑正刺在灰影反手递过来的剑脊上。他居然没有闪避,只是已准确地料到了荷衣刺来的方位,以剑作盾,正好护住自己的心脏。

高手相较,计在毫厘;毫厘之错,即是性命。

金刃相交,电光四射,两人各退出三尺。灰影突然道:"你不是唐十?"

树林里已阴暗得只看得见两个人影。

荷衣冷哼一声,道:"不是。你杀了沈彬?"

灰影道:"没有。"

荷衣道:"阁下是谁?"

"谢停云。"

"谢总管?"荷衣大惊,"我是楚荷衣,你……你怎么会在这里?"

灰影一晃,也吃了一惊,道:"是楚姑娘?在下和唐门有些私怨,正要在这里解决。刚和唐七交了手,他负伤跑了。"他顿了顿,又道:"唐六的毒砂没伤着姑娘吧?"

原来是唐门。唐门的毒药,沾上一点,就会丧命。

荷衣半信半疑地道:"没有。阁下真的是谢总管?"

灰影笑了,道:"我们方才还在谷里的湖心亭见过面,姑娘这么快就忘了?"

果然是谢停云。

荷衣暗道一声"惭愧"。倘若二人之中有一人的武功稍次,岂不早已做了剑下之鬼?云梦谷里果然藏龙卧虎。

荷衣松了一口气,道:"谢总管如何知道我不是唐十?难道唐十也是个女人?"

谢停云道:"是个很厉害的女人。按照她的脾气,十招之内必然撒出一把五毒神针。而姑娘三十招之后还没发出暗器,我猜可能不是唐十。不过姑娘的'素水冰绡'在下却是有幸领教了。"

荷衣道:"请随我来。"

她告诉了他沈彬的事,将他带到出事之处,却发现沈彬的尸体已不见,连自己马上的包袱也一同消失了。

谢停云道:"看来今天在树林子里的人不止一拨。杀人收尸也不是唐家的作风。"

荷衣皱着眉道:"也许是峨眉派自己的人干的。沈彬来找我,一定有不少师兄弟知道。或者他们怕有意外,尾随而来,正好赶上收尸。"

"希望不会引起误会。"谢停云叹了一口气,"峨眉派人多势众,近来却在江湖上连连受挫……"

荷衣认镫上马,苦笑道:"我和峨眉派的误会已经不少。我还有事,这就去了。"

"姑娘小心。"

第五章

藕风轩

风来四面卧当中。

吴悠赤着足，倦倦地躺在小楼的松藤软榻上。她的足柔软纤细，足趾上涂着枣红色的丹蔻。一把乌黑的长发从榻上一直拖到了地毯上。长发上已沾着几片枯黄的梧叶，她却只是看着，懒得收拾。

"姑娘，该用晚饭了。"月儿把一碟金乳酥轻轻地放在榻前的矮几上，把龙眼汤一直端到了她面前。

吴悠坐起来，喝了两口，便盯着汤，怔怔地出神。

"又胡思乱想了。"月儿叹道，"他虽最爱喝龙眼汤，姑娘就这么死盯着，也盯不出一个'他'来。"

又提起他。吴悠心中一痛，啐道："又来磨牙！什么他呀我的，快去把先生批的医案给我拿来才是正经。"

月儿从怀里掏出一叠纸稿，道："这个不是？月儿什么时候敢把姑娘的宝贝忘了？只是今天的稿子太多，我怕姑娘看了头昏，只拿了一半而已。"

随手抽出一张梅花笺，几个工工整整的灵飞小楷，是自己写的：

小儿夜啼，腹痛，面青，冷症也。大蒜一枚，乳香五分，捣丸如芥子大，每服七丸，乳汁下。又，曲脚而啼，状若惊搐，出冷汗。用安息香丸。另姜黄一钱，没药乳香各二钱为末，蜜丸芡子大，每服一丸，钩藤煎汤化下。

"安息香丸"之下是他的朱字：宜用紫苏汤。

字迹有些潦草，看上去好像是精神不济时写出来的。莫非……又病了？

慕容无风精神最好的时候，写的是一笔《吴兴赋》那样的小字。若风痹发作，笔画便僵硬起来。极累之时会写成行楷，更严重的时候又换上了陈大夫重抄之后的小楷。他严禁大夫们在处方与医案上草写，以为草书字迹难辨，有时候一字之差，便是性命。

还记得自己进谷后第一次写医案，用的是行草，结果被他毫不留情地退了回来，勒令重新誊正。他总是一副不苟言笑的样子。

每隔十天，谷里就会有一次医会。大夫们从四面八方赶过来，谷里的、外头的，认识的、不认识的，都聚在一起研究疑难杂症。蔡大夫这一天最高兴。他喜欢热闹，聚会的时候总是妙语连珠。

当然，抢着和慕容无风搭话的人更多。有些大夫是从几百里以外赶过来请教难症的，抓紧机会问个没完。他的话从来不多，三言两语，切中要害。但就是到了这种时候，他也很少笑，倒是很谦逊，也很客气。

"不成名相，便成名医"，谷里的大夫是清一色的读书人，说起话来之乎者也咬文嚼字。讨论到最热烈的时候，大家都开始旁征博引，滔滔不绝。而他则只是在一旁静静地听着，极少搭话。

有时是外面的讲会，谷里不时也有大夫参加，他却总是推辞。实是医务缠身，再者，行动不便，一出门不免兴师动众。他最不喜欢麻烦别人，以至于到了对自己过分苛刻的地步。他也不许别人提他的病，生了病也不许人探望。

每日入睡之前他都要批阅谷里所有大夫的医案。重要的会挑选出来汇编成册，在各大夫手中传阅；不重要的会退回来，由大夫们自行保存。

十年来，只要他不病倒，批阅之事便不会间断。他是个做事一丝不苟的人，性情坚韧，脾气固执。

吴悠还记得三年前和他初次相遇的情景。他只是和她客气地寒暄了两句，不知为什么，她却莫名其妙地紧张起来，吞吞吐吐，答非所问。

第二日，两人偶然在走廊上遇见，她便慌张了，满脸通红，脚步发软，心怦怦乱跳，口中嗫嚅着，说不出一个字。慕容无风倒是很镇定，给她让出一条路，她一阵风似的逃走了。次日医会，她便觉得和慕容无风之间有了一道无形的墙壁。所有的人都往他的身边凑，只有她远远地坐在一角，没有勇气离他很近，或者面对面地说话。一到那种时刻，她就好像被一道强力向外牵扯，仿佛再靠近他一步就要崩溃一般。

大家对这种情形并不感到奇怪。她是慕容无风唯一的女弟子，也是这行当里的佼佼者。在这男人成堆的地方，女人不免感到孤独。

来云梦谷三年，吴悠和慕容无风说过的话——除了在会诊时因切磋医务而不得不说之外——加起来还不到三十句。

慕容无风有自己的病人，通常不多，却是最棘手的。所有的重症，其他的大夫束手无策了，最后就会转到他的诊室。各大夫手头上有了难症，有时也会将他请到自己的诊室里商榷。这也是他的职责之一。只要有空，绝少推辞。有时一坐就是一整天,午饭和晚饭就摆在诊室旁边的抱厦里。这种亲炙的机会十分珍贵,吴悠也曾两次请他到自己的藕风轩里来。午饭的菜她头一天就开始准备了,清淡而精致,可他却推托有事,匆忙地走了。他从不在藕风轩里用饭。

"一共才五个字,用不着看这么久吧?"见她发呆的样子,月儿也把头挤了过来,"我也看看,紫苏汤,会不会是字谜? 或者藏头诗?"

"胡闹。"她一把推开月儿,小心翼翼地将纸笺收起来。

"晚上做什么?"

"读书。争取不要老让先生给我写红字。"

"又写错方儿了?"

"也没错,只是缺了点什么。我今晚要用功,你可得陪着我哦,给我研墨,叫上琴儿。"

月儿冲她挤挤眼:"他晚上做什么你知道吗?"

"做什么?"她淡淡地问。

"我刚碰到赵总管那里的小佩,她说谷主晚上要出去,只肯带两个随从,吓得总管差一点儿给他跪下了!"

吴悠吃了一惊:"大约有要紧的病人,要出诊?"

"不是。谷主从来不出诊!"月儿从小就在谷里长大,知道的当然比她多。

"你那天说的那位楚姑娘……她……还住在竹梧院里?"

"这个……不知道。只知道谷主今天……身子好像有点不舒服,在蔡大夫那里坐了不到半个时辰,就回竹梧院了。"

吴悠的心一下子乱了,忙问:"怎么不舒服? 心疾又犯了?"

"好像是。就算不是心疾,这几天的浓雾和湿气他也受不住。"

"可是,他晚上还是要出去?"

"嗯。要不赵总管怎么会这么担心?"

吴悠轻轻地叹了一声,又把身子倚在榻上:"月儿,帮我把灯拿来。我就在这儿看一会儿书。你和琴儿去歇息吧。"

今天晚上,她突然觉得对一切都没了兴致。

第六章

两情相悦

　　晚灯初上，袅袅的炊烟中神农镇隐约可见。马蹄踏着古老的青石板，发出一连串脆响，一过镇门，蹄声便迅速地淹没在了嘈杂的人群之中。

　　听风楼本名临江仙，是神农镇里最大、最气派的去处。只因楼在江边，不论你坐在哪个位置上都会听见呜呜的风声，所以干脆改了个名字。神农镇与别处不同的地方是除了药铺多、医馆多、客栈多之外，就是酒楼多，几乎每隔百余步就有一个，大小各异，满足各色游客。病来不分节气，一年之内的任何时候都会有病人来，所以生意不分淡季旺季。听风楼大约要算其中最为红火的。

　　手注香茗，茶烟袅袅升起。荷衣刚进大门就有小二殷勤地过来招呼。她却因为口渴先要了一杯菊花茶。茶盏是黑釉所制，一注沸水，片时工夫，菊花便在杯中盛开，好似水墨画一般。一流的名店当然要用一流的器皿，这黑釉茶杯仿照的是宋代的式样。宋人喜欢斗茶，茶色贵白，是以黑釉茶具最能显出茶色。如今市面上仿制虽多，却多为大户人家所藏。荷衣游荡江湖，吃过无数家酒店，像这样大量使用如此昂贵茶具的酒家还真是不多见。不过，听风楼的菜价也贵得吓人。

　　小二道："姑娘是初客，本店初客一律九五折。就不知姑娘想要点什么。"

　　荷衣想着昨天刚有一大笔进项，虽然刚刚丢掉的包袱里有六百两银票，还是决定要好好地奢侈一番。毕竟这是她这一生中的第一次奢侈。便道："你们这里有什么好的、特别的，只管送上来。"

　　小二道："有，当然有。本店新近推出了一套道家七星大餐，可按客人多少分成大中小三款。姑娘一个人用饭，小的以为，要个小款的就行了。"

　　荷衣道："就是它了，快些送来。"

　　一会儿工夫，小二端来了六碟小菜，看上去甚为精致，正当中却放着一个空碟。荷衣道："你说是七星大餐，应该有七碟才是，怎么只有六碟？中间这个空盘子可是用来吐骨头的？"

小二微微一笑，早已预备她有此一问，道："非也。空碟子也是一道菜，名叫'混元一气'。"

荷衣瞪着眼道："你们老板想发财想疯了吗？空碟一盘也算是菜？"

小二道："姑娘有所不知，本店的客人多为读过书的官宦人家。这一道菜，正是道家所谓'以无为有'之意。不瞒姑娘说，本店推出这一款有两个多月了，吃过的人都说有意思。不少客人还特意带朋友来吃，专点此菜，以显斯文。还有，这盛菜的碟子可是景德镇的珠光青瓷，白如玉，明如镜，薄如纸，声如磬，光一个碟子就值五两银子呢。"

荷衣一边吃，一边摇头，刚吃完一碟，只听得楼上传来一片打斗之声。只是楼下的酒客众多，大家自顾自地划拳猜令，喧哗之声竟将打斗之声盖了下去。荷衣禁不住问小二："这楼上好像有些不大安宁？"

小二点点头道："是水龙帮和飞鹰堂的弟兄们有些过节，在这里闹了起来。这是常事，姑娘不必惊慌。"刚说罢，只听得"砰砰"两声，两个彪形大汉被人从二楼的栏杆上掷了下来。两个人重重地摔在地上，砸碎了一张大桌，上面的筷子撒了一地。楼下的座客却是见怪不怪，大家只回头看了一眼，便又重新划起拳来。

在被砸的桌子上吃饭的是两个黑衣青年，一个个头极高，粗眉大眼，一身粗布短打，看上去甚为干练。另一个虽矮他半头，却还是要比常人高得多，蜂腰猿臂，穿着一身灰袍。别人的桌上全是菜碟，他们却一人捧着一碗白饭，桌上空空如也。两人看着有人掉下来，连忙托着饭碗，移到隔壁的一张桌子上坐下，捧着白饭继续吃。刚吃了一口，楼上又掷下来两个人，一个眼见着又要砸在他们的桌子上，只见高个青年伸手在来人的腰上一托一送，那摔下来的人本是四脚朝天的，居然被他像拨算盘似的在半空中翻了个个儿，双脚着地大步不迭地跑了出去。另一个人落在个头略矮的青年旁边，他却理也不理，任那人狗啃泥似的摔在眼前。只听那高个子道："上面究竟发生了什么事？"

他的同伴道："既然有人摔了下来，而不是自己跳下来的，自然是发生了事。"

高个道："我上去看看。"说罢要走。他的同伴却一把拉住他："别去。这里人多事杂，没来由别去惹麻烦。谨记行走江湖安全规则第八条：艺高切忌胆大。"

荷衣一听，"扑哧"一声，差点笑出来。

高个显然不买同伴的账，道："我偏要上去看一看，究竟是什么人在这里撒野。"没等同伴回口，他已一溜烟蹿了上去。没过多久，只听见"砰"的一声，又掉下来一个人。楼下的黑衣人伸手一接，正是自己的同伴，脸已经被人打出了血，便将他扶了起来，怒道："叫你别上去，你偏不信，非让别人把你的脸打破了才好。"那高个青年显然不服输，用手把脸上的血一抹，将同伴一推，又冲了上去。

荷衣依然喝着菊花茶，觉得这两个青年甚有意思。不多会儿，楼上"哗啦啦"一阵乱响,有几个人从窗外飞了出去,又一阵杯碟破碎之声。然后一切安静下来,那高个青年得意扬扬地从楼上走了下来。

他的同伴道:"摆平了?"

高个道:"摆平了。"

同伴道:"他们究竟为什么打架?"

高个道:"我不知道。"

同伴苦笑道:"你不知道?你也不问?"

高个道:"人太多,来不及。不过是些江湖恩怨,跟女人吵架一样,永远不知道谁是谁非。"

正说着,见有个矮胖的中年人不知什么时候已一声不响却笑容可掬地站在了他的身后。中年人肚大腰圆,一副气定神闲的样子。他一边摸着身上崭新的蓝缎子,好像对衣服的质料极为满意,一边用一块丝帕擦了擦右手食指的汉玉扳指,正在等黑衣人说完。

高个道:"阁下找我有事?"

中年人道:"不敢。在下翁樱堂,是这个小店的老板。方才公子打破了本店五十二个碟子,又砸了三张桌子。这碟子是本店从景德镇运来的,桌子是红木的,加在一起,一共五百零三两五钱银子。如果公子府上有现银的话,就麻烦您送过来;如果不方便兑现,银票亦可,大通、百汇、隆源、宝丰四大银庄的银票我们通收。"

高个冷笑道:"刚才那一伙人又打了你多少东西,砸了你多少桌子?你可要他们赔来?"

翁樱堂道:"他们已经赔了。不信你看,这是收据。"

他果然递过去一张纸条和一张银票。高个皱起眉头,道:"我没有这许多银子。"

翁樱堂道:"这就奇了。这桌子又不是你家的,也不打算赔,你为什么还要砸?方才那些人之所以要砸,是因为他们预先告诉我他们准备好了赔的银子,我才让他们砸的。"

高个道:"那一伙人,难道他们吃饱了撑的?又砸东西又付钱?"

中年人笑道:"这有什么奇怪?两帮相斗总要找个场子。他们共同相中了我这块地方,觉得杯子碟子砸起来够档次,只要给足了银子,尽管砸。只因这里人来人往,消息走得快。他们要个名头,好让江湖知道水龙帮和飞鹰堂的势力,再加上一点过节也要在这里摆一摆,所以就干了起来。阁下糊里糊涂地掺和了进去,又多砸了些东西。两帮的人都说他们只赔自己砸的那部分,他们不认识阁下,也就不好随便帮忙代赔。"

高个被他那么一说,也觉得是这么个理,道:"这个……"神情甚为尴尬。

荷衣在一旁道:"这位公子的银子我替他出了。"

三个人都转过眼去看她。高个道:"多谢。不过在下并不认得姑娘,不敢贸然领情。这银子我自会想法子。"

荷衣道:"公子过虑了。钱财乃身外之物,来去不过一念之间而已。"她掏出来一张精致的纸,上面画满了花押。

翁樱堂一见银票,脸上笑起一朵花来:"好,好,好!只要有人出钱就行。钱又没有名字,是谁的钱都不要紧。"他验了验花押,脸色微变:"姑娘,请问这银票是从哪里来的?"

荷衣道:"莫非银票有假?"

翁樱堂道:"银票倒是真的,只不过这银票是从云梦谷里出来的。姑娘莫非是云梦谷里的人?"

荷衣道:"虽不是,不过这银子倒是慕容先生给我的。"

中年人道:"谷里有一大堆人姓慕容,你说的是哪个慕容?"

荷衣道:"慕容无风。"

中年人盯着她,看了半晌,道:"你见过慕容谷主?"

荷衣道:"见过。"

中年人忽然垂首,道:"姑娘虽然大方,在下却不敢要姑娘的银子。"

荷衣道:"为什么?"

中年人把她拉到一边,悄悄地道:"今天的事,还望姑娘以后不要跟谷主提起。"

荷衣道:"为什么?"

中年人想了想,道:"此间的缘由不便多说。"说罢,转身对黑衣人笑眯眯地道:"公子,今天的事情就算了。以后光顾本店,见着有人打架,还求公子多问一声再打为好。"

黑衣人眼瞪着他,一副并不领情的样子,倒是他的同伴在一旁说道:"当然,当然。"

中年人哈哈一笑,道:"好说好说,三位方才经在下这么一搅,饭菜想必都凉了。请稍坐,我马上叫人照原样再送上一桌,算是我的一点心意。"

高个见他离去,说道:"奇怪,他怎么忽然大方了起来?"

他的同伴道:"想必是对神医慕容有些忌讳。"顿了顿,又道:"方才的事多谢姑娘,敝姓尉迟,尉迟静雷。这位是我弟弟,尉迟静霆。"他指了指方才上楼的青年人。

原来是一对兄弟,难怪长得很像。荷衣显然没有听说过这两个名字,道:"幸会。我姓楚,楚荷衣。"

尉迟静雷悚然:"难道是一剑挑了飞鱼塘的楚姑娘?我们已经在《江湖快报》上听说了。"

荷衣道:"《江湖快报》?"

尉迟静雷道:"姑娘难道不知道焚斋先生的《江湖快报》?每年的'江湖名人榜'都登在上面。"

荷衣道:"是吗?"

尉迟静雷道:"我们是西北人。姑娘可听说过昆仑派?"

昆仑派在江湖记忆中简直就跟昆仑山一样遥远,似乎只存在于传说之中。至少在近二三十年内,从来没有一个昆仑派的人到中原行走。

荷衣淡淡一笑:"当然听说过。"

尉迟静雷喜道:"昆仑派虽然近十几年来没有人到中原走动,但如果楚姑娘读过焚斋老人的《江湖旧闻抄》,就一定不会对咱们这一派陌生了。"

尉迟静霆凑上来道:"我们师祖'昆山二老'当年在西北,论名头,敢跟他们平起平坐的只有'天山冰王'一人。只可惜两位老人家一心向道,常年不出山,所以才弄得中原只知有'天山冰王',不知有'昆山二老'。"

荷衣道:"难怪,难怪。久仰,久仰。'昆山二老'的名头不但在西北,就是在中原也响亮得很。"

兄弟二人听她这么一说,顿时面露喜色:"师父临终时吩咐我们一定要光大昆仑派的门楣。姑娘乃武林名人,可否替我们引荐一二?"

尉迟静雷道:"我们的名号叫'昆仑双雄',又称'昆仑双杰'。这个名字甚好,我们花了三个月的工夫才想出来的。"

荷衣道:"出来闯江湖,当然得有个响亮的名头。只是……"

兄弟两人马上道:"只是什么?难道这个名头不好听?"

荷衣道:"如果你们叫'双雄',别人若是不喜欢你们,就会把'英雄'的'雄'字变成'狗熊'的'熊'字。如果你们叫'双杰',老江湖就会不高兴,因为江湖老人喜欢听谦虚一点的名字。"

兄弟两人一听,点头道:"极是极是,依姑娘看,该是个什么字才好呢?"

荷衣道:"不如就叫'昆仑双剑'。一来,你们都使剑,二来这剑字只是兵器名,不论你们是现在有名,还是将来有名,都当得。"

尉迟静雷一听,喜上眉梢,道:"好,好,'昆仑双剑',就是它了。我们到这里来就是来观战。飞鱼塘一战我们是错过了,但飞鸢谷这一战我们说什么都不能错过。"

尉迟静霆道:"我们俩明日和峨眉派的沈公子约好了在飞鸢谷比剑,如果能胜了他,我们的排名就会在十二名左右。姑娘如果有空不妨来观看。"

荷衣手一抖,道:"沈公子?沈彬?"

兄弟俩点点头,道:"正是。抱歉,不能多聊了,我们兄弟今晚还要加紧练剑。告辞。"荷衣正在犹豫是否要把沈彬已死之事说出来,抬头一看,兄弟俩已经走出了大门。

荷衣目送着他们的背影,心中忽然涌起莫名的惆怅。这两个看上去再纯朴不过的青年,带着满脑子的热忱和梦想,兴致勃勃地走上了江湖之路。像所有初入江湖的新手一样,他们追踪名人,四处挑战,争取着每一个出名的机会。他们可能要过好久才会知道江湖运作的程序，却很快就会明白江湖的凶险。

在最常见的一条路上走的，多半是年少而又势单力孤者，他们通常会先拜师学艺，投靠到一家有名的门派。而这门派必然会和另外几家门派有着世仇或宿怨。每年两家的子弟都要互相挑衅，然后是一场大战，由每派中的优秀子弟参加，从徒弟一直打到师父，争出胜负。负的一方必然咬牙切齿，摩拳擦掌，苦苦练习，以期来年相报。

已身怀绝技的，走的当然是另外一条路。这条路更短，更直接，也更危险。那就是向名人挑战，打败他，好让自己出名。当然如若不幸输了，后果往往就是丢掉性命、终身残废，或者被逐出武林。

走第二条路的人当然也有专门的途径。对于剑客而言，就是一句话：要经常观摩。他要对本行近几年最杰出的人物以及他们的活动了如指掌。在没有必胜的把握之前，追踪他们，不放过任何一个观察的机会。

这种成名的欲望推动着江湖上的各种赛事和赌局。

华山之灵仙台、云梦之飞鸢谷，和江南谢家的试剑山庄是最负盛名的三个比试场所。这些地方忙的时候一年中的每一个月都会有好几场赛事，而其中又以飞鸢谷的活动最为频繁。原因很简单：比试必有死伤，大家都愿意选在离神医慕容近一点的地方。

沈彬自然是第一条路上出名的高手。峨眉派人多势众，青年弟子中杰出的不在少数，最出名的当然是贺回，其次便是沈彬、沈桐和刘鲲。此外还有三个名头虽不大、功夫却极高的中年道人，是掌门人方一鹤的师兄弟，道名分别是松风、松雷和松云，人称"峨眉三松"。三人在武林中罕露行迹，却在峨眉山上有着极高的威望，据称连方一鹤见了，说话都得十分客气。沈彬就是松雷的弟子。

荷衣不禁又想起沈彬死时的样子，他那吃惊的眼神分明是在诧异着自己的结局。

在荷衣看来，每个人的一生好像都是在奔着某一目的而行，而这目的又是千差万别。慕容无风注定就是神医，沈彬注定要死于剑下，而尉迟兄弟也注定要成为"昆仑双剑"。每个人都为着自己以为的"注定"奔忙着。慕容无风忙着行医，沈彬忙着比剑，尉迟兄弟忙着阅读最新的《江湖快报》。他们好像都很明白自己在忙些什么，为什么而忙。

自己呢？忙些什么？为什么而忙？——不知道。好在荷衣还想得起自己来这里的目的：银子。她不恨银子，常常为了银子而接受荒唐的任务。现在她终于有了平生最多的银子，却觉得人生是如此空虚，如此身不由己。出名也罢，不出名也罢，都有可能被人摆布。

江湖少年因传奇故事所燃起的热情，第一个被焚烧的，总是他们自己。想到这里，她的胸口一阵憋闷，连忙离开桌子，跑到楼外的栏杆旁呼吸一下夜晚清凉的空气。

楼外面对着的就是镇子里最大的一条街。两旁的摊贩还没有散尽。这一片完全陌生的小镇,夜景是如此热闹。

远处渐渐传来马蹄声。依稀看得见是一辆枣红色的马车,由四匹彪悍的马拉着,不紧不慢地驶了过来。马车的后面还跟着两个灰衣骑客。

荷衣想起自己第一天乘马车的情形。自己一向骑马,却是第一次坐如此豪华的马车,里面铺着虎皮,宽敞得好像是一间屋子。而这辆马车比自己坐的那辆,还要大出许多。

马车到了门口,便慢慢停了下来。两个灰衣骑士一跃而下,在车门外恭恭敬敬地道:"谷主,我们已经到了。"

原来是慕容无风。早该猜到才是。

只听见车内一个声音倦倦地道:"这里吵闹得很,不知楼上有没有清静一点的座位。"果然是他。

"二楼里有一间翁老板的私室,在最北角,可以暂借一用。"

话音未落,翁樱堂已经从门内大踏步地迎了上来,对着马车一揖,肃然道:"谷主驾临,樱堂有失远迎。"

里面的声音淡淡地道:"翁老板客气了。我想借二楼的雅室一用,可有空否?"

翁樱堂道:"倒是有两间。不过属下在北楼有一间更干净的私室,平日只作休息之用,甚为雅洁。不如请谷主先移驾北楼再作安排?"

"不必了,雅室有空就好。"慕容无风咳嗽了两声,又说,"还要麻烦翁老板一件事。"

"请吩咐。"

"我约了一位姓楚的姑娘有事相商。如若楚姑娘到了,请把她带到我那里。"

"可是楚荷衣楚女侠?"

荷衣还是第一次听见别人称她"女侠",心里快活得差一点笑出声来。

"正是她。不过……她什么时候成'女侠'了?"

"谷主有所不知,这年头,江湖上只要有人拿着剑,人又不坏,就可以称为'侠'。而这之中,女人带剑的少之又少,非得称为'女侠'不可。"

说话间,已有随从将慕容无风从车内扶出。众人尾随着他正要左转而去,却听得背后一阵杂沓的脚步声。一个人叱道:"前面的人,统统站住!"

酒楼门前往来客人一向很多,听了这句怒叱,不知指谁,不由得站住了十来个人。慕容无风一干人却继续往前走。

只见黄影一闪,一个娇小的身子凌空一翻,已落到慕容无风面前。

大家定睛一看,却是一个十七八岁的女孩子,细眉大眼,身上穿着件淡黄衫子,黑油油的长发用一条紫色的丝帕系住。耳上两粒紫晶石的耳环,另一端垂着十几粒米粒般大小的五彩宝石,随着身体晃动,碰撞有声。她手里拿着剑,用剑指着慕容无风的鼻尖,道:"刚才是你提了楚荷衣的名字?"

灰衣侍从伸出食指,在剑尖上一搭,从容地将它从慕容无风的脸上移开,沉声道:"姑娘有话请好生说。"随手在剑尖上一弹,只听得"当"的一声,剑尖之处竟断成两截。

荷衣倒抽一口凉气,好厉害的指力!

女孩子看着自己的剑,又急又怒:"你敢弄坏我的剑!"

灰衣侍从目光一凛:"在公子面前无礼,岂止是断一柄剑而已。"

他看上去年岁在三十左右,身材魁梧,蜂腰猿臂。脸窄而长,高颧骨,鹰钩鼻,说话的时候,眼睛眯成一道缝。而他的同伴虽和他个头年岁相仿,看上去却斯文秀气得多。

一阵电光闪过,天空中忽然下起了小雨。两个侍从却如临大敌一般地将慕容无风连人带椅抬起,放到了廊檐之下。

女孩子不依不饶地道:"你们若把楚荷衣交出来,咱们万事皆休。要不然本姑娘……"她竟将手中的断剑又指向慕容无风的鼻尖,而眼里不知为什么,居然满是泪水和仇恨。明知不敌,却摆出了拼命的架势。

"且慢动手!"一个锦衣青年一闪即到,一挥手,轻轻移开了她的手臂。

来人是一个长身玉立的年轻人,一拱手,道:"在下峨眉沈桐。方才偶听得几位言及本派正在四处寻找的一个人,不免激动。敝师妹年幼莽撞,多有得罪。"说罢,又是长长一揖。他的身后,又跟上来了四个人,服饰各异,剑柄上却都刻着一个八卦,显然是峨眉派专有的佩剑。

翁樱堂哈哈一笑,也拱了拱手,道:"是什么风把峨眉七剑吹到我们听风楼来了?"他做了多年老板,阅人无数,江湖上他不认得的人还真不多。

"这位一定是方掌门的千金方离朱姑娘了。一晃眼都这么大了!你爹爹好吗?"他眼睛一转,道:"周孙十、叶伯胜、徐匡之、何瑞,咦,怎么只来了六剑,还有一剑呢?哈哈,明白了,沈彬那个醉鬼,一定先跑到楼里喝酒去了。"

他不提沈彬倒罢,一提沈彬,六人脸上均是悲愤之色。

沈桐道:"我们找楚荷衣,正是为了沈彬之事。"

翁樱堂见众人神色凝重,不禁愣了愣:"沈公子出事了?"

"他被人残忍杀害,我们刚找回他的尸体。诸位若肯将楚荷衣的行踪住处相告,在下感激不尽。"

"我在这里。"荷衣缓缓地从阴影里走了出来。她看了一眼慕容无风,发觉他也正看着她。

六个人握剑的手臂同时绷紧,杀气陡生。峨眉七剑近几年来风头正劲,特别是一年前他们大破了武当七星剑法之后。江湖传说,没有一个人能在七剑合攻之下全身而退。

"既然楚姑娘已现身,与此事无关的人,就请自行避开十丈。峨眉派不想伤及无辜。"沈桐道。

忽然间六个人分成两排，已开始摆阵。

荷衣冷笑："诸位连贵师兄究竟是怎么死的也懒得一问，就轻易袭击一个无辜之人，也太草率了吧？"

方离朱喝道："这还用问，你如若不使出阴谋诡计，我师兄怎会轻易而亡？"她挥着剑，又要冲上去。沈桐却将她一拦，对荷衣道："好，你说。"他看上去，倒是个冷静的人。

"沈彬是来找过我，不过我们根本就没有动手。"

"不是你，那么会是谁？"沈桐冷冷地问道，显然对荷衣的话一字也不信，"他走的时候明明告诉过我，他要来找你。现场又有你的马和包袱。"

荷衣看着自己的剑："我讲的是真话。若想隐瞒，就不必自己走出来。"

"你是说，你知道谁是真正的凶手？"

荷衣看着对面的飞檐，一字一字地道："知道，因为他们已经来了。"

话音未落，忽听得一阵叮当之声，两个披着长发的灰影，鬼魅一般地从远处飘了过来。

方离朱喝道："来者何人？"

"闪开！"荷衣将她一推，只听得"砰"的一声，灰影手中一个筒状物轻烟一冒，方离朱应声倒下。

她一倒，六剑只剩下了五剑，却已将来人团团围住。

灰影原是一男一女，女的明眸皓齿，长裙袭地，落地的时候轻得好像是一片刚从树上吹落的叶子。而她身边的男子身形微慢，浓眉朗目，极为英俊。他的右肋之下挂着一个漆黑的拐杖，衣襟飘飘，右腰之下一片虚空，一条右腿已齐根而断。他看着女子发出一筒毒针，皱了皱眉，道："老十，下次能不能换一种配方？这筒针的气味实在难闻。"说着，从怀里掏出一条绣花手绢，厌恶地将鼻子掩住。

荷衣的脑海里立即闪出一个名字：唐十。唐家的老十，那个惯使毒针的女人。

女子咯咯一笑，眼角之处，媚态顿生："三哥，气味难闻却着实管用，我特意为你配了一瓶解药。"她递过去一个小瓶："打开，涂一点在鼻子下面就闻不到了。"两个人明明被五柄剑团团围住，却是视若无睹，谈笑自若。

沈桐沉喝一声，道："唐十、唐三，两位是愿意束手就擒，交出解药呢，还是愿意死十乱剑之下？"

唐十娇笑道："三哥，他们问我们呢。你看咱们是束手就擒好，还是被乱剑砍死好？"

唐三淡淡地道："一样都不好。"眼睛却一动不动地盯着慕容无风。

翁樱堂道："小心，她的手上是五毒教的'百脉神芒'。"

唐十脸色微变。那暗器从外形上看和传说中的"暴雨梨花针"一模一样，而她在江湖上常用的,却是"五毒神针"。这"百脉神芒"是云南五仙教的秘传暗器,一般用袖弩发射。她拿来之后略加改进,装进针筒里,一次可发出一百多针。可她万没想到,第一次使用就被人一眼看出了底细。她笑得有些尴尬,对唐三道:"翁老板果然见多识广。"

她一面笑嘻嘻地说着,一面一撒手,五支毒镖飞了过去。却见人影晃动,翁樱堂的双手在空中疾抓,已用肉掌将飞镖好像摘豆子一般地摘了下来。唐十看着他的手,道:"翁老板的胆子越来越大了,连本姑娘的毒镖都敢碰。"那手,原本该立即起泡迅速腐烂才对。现在看上去,莫说有泡,连鸡皮疙瘩都没有。

翁樱堂道:"哪里哪里。我不过是涂了一点'江湖万应保全丹'而已。这是云梦谷特产哟,五十文一粒,专门对付江湖上流行的各种毒药。唐姑娘若是感兴趣,可以买几斤回去,很管用的!"

唐十的脸顿时涨得通红。

五年来,云梦谷一直都在和唐门作对。慕容无风是江湖上公认的解毒高手,而且似乎独喜破解唐门毒药。不仅中了毒的唐家仇人会跑到云梦谷来求治,唐门每有新药行世,过不了几天,云梦谷外的各大药铺就开始出售解药。这"保全丹"就是急救解毒丸中最通用也是最便宜的一种,几乎可以针对唐门所有的传统毒药。江湖上人手一瓶,出门必备。

据说,这只是两家之间众多的矛盾之一。唐家所有收入中有七成来自药材经营,近百年来都是中原一带最大的药商。最近十年受到对手挤压,加之族人众多,鱼龙混杂,家大业大开销大,财势已大不如前。不过还是这一行的老大。慕容无风的外祖父在世时,虽是本地最大的药商,且生意蒸蒸日上,也只专做江浙与西北一带的买卖,不曾与唐家有过直接冲突。

可是,自从慕容无风执掌云梦谷,唐门的事业和声誉便受到了前所未有的打击。云梦谷的成药畅销各地,在生意上逐渐与唐门平分秋色,近两年已大有超过之势。不过,两家正式交恶却是因为慕容无风收容了当年独闯唐家堡的谢停云。此人在众目睽睽之下"劫"走了行将出嫁的唐家二女儿。两人双双逃到云梦谷。唐门大怒,数次遣人交涉,威胁利诱,无所不用其极。慕容无风非但毫不买账,竟还让谢停云做了云梦谷的副总管。唐门深知云梦谷的瞬间崛起,不过是仰仗着慕容无风在医界如日中天的声望,此人一倒,万事皆休。以唐门在江湖上的势力和能耐,想要慕容无风的一条小命,轻而易举,不动声色。不料,这念头动得太晚,在谢停云的安排下,云梦谷也变得防守严密,难以进出。

唐三知道慕容无风极少出谷,想不到他竟会轻车简从地出现在这里,心中暗喜,又怕是个圈套——四周早已暗伏了不少人手。

唐十眼珠一转,笑着道:"三哥,这五个峨眉的归你,那个楚姑娘归我,好不好?"

"不,"唐三的眼光缓缓飘向荷衣,"楚姑娘归我,剩下的都归你。"他拐杖点地,人已如疾鸟般飞起,身形在空中一转,铁杖生风,直逼荷衣的"天台""灵泉"二穴。荷衣一让,闪过他霹雳般的攻势,却听得"当"的一声,唐三的拐杖已被灰衣侍从的一条铁棍架住,侍从道:"这人交给我,你去救方姑娘。"

荷衣抱起方离朱,看见另一个侍从也加入了战阵,正帮着五剑合斗唐十。慕容无风的身边只剩下了翁樱堂。

方离朱脸色青紫,已没了呼吸。

"她怎么样?"慕容无风问道。荷衣看了他一眼,发现他语调平静,仿佛局外人一般地看着眼前的一切。

荷衣叹息:"死了。"

女孩子的身子原本是柔软的,在她的手上却渐渐僵硬起来。

慕容无风摸了摸她的手腕,在她的身上飞快地点了十几处穴道,道:"还有救。你跟我来。"

翁樱堂将他们带入北楼的一间卧室。

那是他自己休息的房间,屋子并不宽敞,布置得却极为舒适。他的祖上曾是布商,对服饰和布料有着特别执着的讲究。

躺在床上的方离朱看上去已失去了所有的颜色,身上不见一个血点,几十枚毒针完全射入了她的体内。

掩上门后,慕容无风对翁樱堂道:"你到下面去看一看,我怕他们人手不够。"

翁樱堂迟疑道:"可是谷主这里也需要有人照应。"

"放心,有我在。"荷衣笑着道。

"你?"翁樱堂的眼中闪过一丝怀疑,却终于点点头,扭身大步走了出去。

"你去锁上门。"他向荷衣吩咐了一声。

他解开了方离朱胸前的纽扣。

二八少女窈窕光润的胴体便出现在眼前。慕容无风细心地察看了一下她的上身,突然在她左胸上用力一拍,"噗"的一声,方离朱的口中喷出一口黑血。

"她……还活着?"

看着方离朱的鼻翼已开始细微地张合,荷衣不禁吃惊地道:"我方才摸过她的脉。她……她明明已经死了。"

"是死了,只是没有死透。"他忽然这么说,好像死也分成好几种。然后他开始用手指在她身上的各处穴位一寸一寸地试探。

他的手苍白而修长,指甲整洁,指尖划过肌肤,虫须般灵敏地颤动。

"半杯水。"他忽然道。

荷衣飞快地倒了水,递了过去:"这水太冷,你若口渴,我可以给你烧杯热的。"

他没有吱声。用一个极细的刀片在肌肤上划了一道极小的切口,飞快地从里面挑出了一枚细若芒须的银针,然后把它放进杯子里。针沾着血,似乎可以粘在任何物事上，被水释开之后，便沉到了杯底。

原来这水并不是用来喝的。荷衣忍不住佩服地看了他一眼，道："看来大夫是个很不错的职业，我也想当大夫。"

说话间，慕容无风已用同样的手法挑出了十几枚银针，手法之快之准，在荷衣看来，一点也不亚于自己的剑术。

荷衣跪在床边，一直举着那个杯子。慕容无风则聚精会神地忙碌着，衣袖在她脸边拂来拂去。

慕容无风有一种使人平静的力量，让她怦然心动。她发现自己喜欢靠近他，喜欢和他说话，喜欢他的沉默、孤独与忧郁。

"射进她体内的神芒，一共有多少针？"见他手上的事已近尾声，她又问。

"四十九针。若不是你推了她一下，可能会有一百来针。"

"这针里，会不会有毒？"

"有。"

"这么说来，你还得解毒？"

"嗯。"

"你发现了没有，大夫要做的事实际上比剑客要麻烦得多？"荷衣得出了这么一个结论。

话未说完，只听得"啪"的一声，慕容无风的脸上已吃了一掌。方离朱忽然醒过来，看着自己赤着身子躺在一个男人面前，又急又怒，骂道："大胆淫贼！你敢碰本姑娘的……身子，我叫你碎尸万段，不得好死！"

她的力气居然很大，慕容无风的脸上顿时现出五个红通通的指印。

毕竟是重伤，大怒之下，她又气得昏了过去。

慕容无风点住她的穴道，令她不能再动。接着又把余下的针一一挑了出来，神色平静，好像刚才那一掌并没有打在他的脸上。

荷衣看着他，道："刚才我说过要当大夫吗？"

慕容无风道："没有。"

他仔细地在方离朱身上检查了三遍，确信每一枚毒针都已被挑出，就让荷衣给她穿上了衣裳。

他扶着椅侧，直起腰，直挺挺地靠在椅背上，额上已全是冷汗。方才他一直弯着腰，而他的腿又完全不着力，他几乎是困难重重地保持着这种姿势。待到坐直之后，方觉头顶上金星乱冒，呼吸也跟着急促起来。他只好闭着眼，等待自己的喘息慢慢平静下来。

无端地，喘息却越来越重。每当极度劳累时，他就会犯病。病来得突然，一个稍不注意的动作，就会引起一连串的发作。昨天已发作了一次。

他的手颤抖着，从怀里掏出药。那只乌木小瓶并不大，不知为什么，竟拿捏不住，

"当"的一声,掉到地上。他想弯下腰去,肩头却被荷衣按住。

"让我来。"

她捡起药瓶,倒出一粒药丸,递到他的手心,看着他服了下去。接着,又递过去半杯水:"要不要喝点水?"

慕容无风摇摇头,无法说话,只是急促地喘息着。

就在这当儿,门"砰"的一声被踢开了,进来的是唐十,手里拿着那只可怕的针筒。

这一声响得那么突然,慕容无风只觉胸口一阵绞痛,双唇立时发紫,呼吸越发吃力。

针筒对着慕容无风,手已经扣在了机簧之上。

屋子里因这紧张的气氛,忽然间变得闷热。窗外,是沥沥的雨声。

荷衣缓缓地抬起了头,道:"你不该进来的。"

她说这句话时,眼睛一直看着唐十的手。

"难道你不觉得我的针筒很美?"唐十笑着道,"他若是你,或许还逃得一死。只可惜他是个残废,一动也不能动。现在他这样子,就算是我一针不放,光是听见机括之声,他都会死掉。"

"他只是一个病人。"荷衣淡淡地道。

"当然。这几年我们一直都在等他的死讯,只不过近来已渐渐等得不耐烦了。"她笑得很得意,"你知不知道外面的情况?"

"正要请教。"

"唐门有六位高手,他却只有三个手下。"

荷衣皱了皱眉,难怪翁樱堂一去不回。

"峨眉七剑呢?"

"死了三个,没死的也都被我射成了刺猬。"她又咯咯地笑了起来,好像杀人是件很好玩的事情。笑到一半,脸色却变了。

她看见剑光一闪,一只手掌连着针筒一起飞了起来。血在空中画出一道优美的弧线,落在床上。那只手虽脱离了手臂,手指却还按在机簧上。

唐十吃惊地看着自己的断腕,好像不明白这一切是怎么发生的。等她略微明白过来时,荷衣的剑已经到了她的咽喉,却没有再刺下去,只是在她玉润光滑的左臂上轻轻一划。

她看着自己的左臂垂了下来,眼泪忽然大滴大滴地淌下来。

"你剩下的这只手,以后虽不能用力,却还可以炒炒菜。"

"我发誓,总有一天你要为此付出代价!"唐十嘶声道,一咬牙,撕下一块裙布缠住伤口,冷冷地看了荷衣一眼,飞快地冲到了门外。

那一眼阴森怨毒,直令荷衣从里到外地打了一个寒战。

屋内又复归了宁静。荷衣抱着剑，默默地看着慕容无风，他仍在吃力地喘息，满头冷汗，模样十分痛苦。

荷衣知道，他并不想别人看见他发病的样子。可是她仍然走过去，一面握住他的手，一面替他擦去额上的冷汗。

"我不该叫你出来的。"她叹了一声。

慕容无风看了她一眼，什么也没说，折腾了近半盏茶的工夫，呼吸方渐平缓。门外又传来一阵急促的脚步。这次进来的是一个灰衣人，一张完全陌生的脸。

剑光一闪，陌生人的脸上已多了两个血洞。荷衣的脚一踢，那人"啊"的一声掉下楼去。

她走回来，重新掩上门，手心是热的，脸也是热的。两人对视了一眼，都不再讲话。

门，也许过不了多久又会被人踢开。屋子里有两个手无寸铁的病人。荷衣已暗下决心，绝不让唐门的人再有机会走进这间屋子。

等待中，时间是那样漫长。无事可做，慕容无风只好拾起掉在地上的那只手，仔细端详。

"你是不是在想，为什么这个女人的手总是比脑子要来得快？"荷衣道。

"你不是我，怎么知道我在想什么？"他淡淡地反问了一句。

"你在想什么？"

"这是一只人手，"他凝视着她的脸，缓缓地道，"你是怎么把它给砍下来的？"

原来他在研究这个问题。荷衣苦笑："我是从左边把它砍下来的。"

"难道江湖就是这样的？经常要去砍人家的手？"

"不经常。"

"哦？"

"最经常的事情是砍人家的头。"

有人在门外轻轻地敲门。

荷衣笑道："这个人还不错，至少知道进来的时候要先敲门。"口里说着，手里已拔出了剑。

"楚姑娘，请开门，是我，谢停云。"

门开了，谢停云一头汗水地走了进来，看见慕容无风完好无恙，大大地舒了一口气。

楼梯上噔噔几声，赶上来了翁樱堂和先前的两个灰衣侍从。显然有一番苦斗，三个人的衣服都破了，身上都是血。

"有没有人受伤？"慕容无风问道。

"没有，只划破了几个口子而已。身上的血都是别人的。"侍从连忙解释，"谷主自己没事吧？"

"没事，多亏了楚姑娘相助。"

三个人的眼光一齐转向荷衣，目光中满是感激："楚姑娘，多谢！"

荷衣道："唐门的人呢？都跑了吗？"

三个人的目光忽又变得肃然。谢停云迟疑着道："没有。我们有麻烦，正要上来请示谷主。"

慕容无风道："什么麻烦？"

"他们的手里有吴大夫，一定要谷主本人才能交换。"

慕容无风道："吴大夫？吴悠？"

谢停云点点头。

"他们怎么会找到吴悠？她全天都在谷里。"他觉得奇怪。

谢停云垂首道："我们也不知道吴大夫为什么会在这个时候突然出谷。挟持人质原本不是唐门的作风。据属下观察，围攻我们的人里，有一部分不是唐门的人。也许他们担心力量不够，还请了别的杀手。"

慕容无风道："送我下去。"

谢停云道："谷主，这事……恐怕得从长计议。您一现身，只怕会有危险。"

慕容无风的脸已经板了起来："送我下去。"

雨后的月光十分惨淡，惨淡得一如吴悠苍白的脸色。她披头散发地立在庭院中央，脖子上按着一柄锋利的宝剑。她的身后是一个身形极高、面无表情的黑衣人。黑衣人左手好像挽着缰绳一样地挽着她的一头黑发。

羞辱，愤恨，她的脸惊得煞白。然后她忽然看见了慕容无风。一看见他，她的心怦怦地跳了起来。他为什么要下来？为什么要把自己暴露在危险之下？是为了她吗？

"你们想把她怎么样？"慕容无风冷冷地道。

"不敢，只想请慕容先生屈驾往唐门走一遭。只要谷主肯答应跟我们走，吴大夫自当璧还。"

"好，你放了她，我跟你们走。"声音虽是有气无力，说出来却是斩钉截铁。

"果然是神医，爽快！"有人鼓了几下掌，从黑暗中走出来。

"不！先生！你别过来，我……我宁愿死也不要你过来！"想不到他竟肯为自己冒险，吴悠立即紧张地大叫了起来。

"麻烦谷主自己走过来，其他的人请退后十丈。谷主一过来，我们立即放人。"

荷衣道："我们怎么可以相信你？"

"啊，差点忘了舍妹的吩咐。请楚姑娘一起过来，路上谷主也好有人照顾。楚姑娘，请。"

荷衣冷笑："她当然会记得我。"

"此事与楚姑娘无关,希望阁下不要节外生枝。"慕容无风看了一眼荷衣,沉声道。

"请楚姑娘解剑。"

荷衣解开剑,扔到路边。她听见慕容无风在她身边小声地道:"你别过去。"

"我也很想去唐门看一看。"荷衣道。

两个人来到黑衣人面前,荷衣只觉右肩上一凉,已有人在她身上刺入了毒物,顿时两手麻痹开来。那人果然守信,依言放了吴悠,却飞快地将慕容无风与荷衣推入马车,风驰电掣般地驶出街外。

飞奔着的马车颠簸得很厉害。有时候,整个车厢腾起来,人就好像被抛到半空;有时候又歪到一边,好像只有半边的轮子着地。

外面下着小雨,清凉中带着一点湿意。

车厢很小,狭窄逼人。车窗用黑布蒙起,里面漆黑不见五指,连一支蜡烛也没有。

虽然黑暗,她却知道慕容无风就坐在她的旁边。车厢里并没有别的人。

车外余光闪过,她只看见一道淡白的衣影。这么颠簸的马车,他坐着一定很不舒服吧?她暗想。

岂止是不舒服,他们根本坐不稳,有一半的时间两人像马车上的两袋土豆那样东倒西歪。荷衣的脑袋好几次都砸在慕容无风的胸口上。还有一次,他正要低头,荷衣的身子又撞了过来,"砰"的一下正中下巴,他痛得"哦"了一声。荷衣亦觉头皮发麻,连忙道歉:"对不起,我浑身发麻,手脚不大听使唤。"

慕容无风没说话,黑暗中伸过手臂,将她的腰紧紧地环住,过了一会儿问:"这样是不是好些?"

荷衣的脸已贴在了他的胸口,耳根通红地道:"嗯。"

慕容无风的手环得更紧,在她耳边低声道:"我替你解毒,你想法子逃走。"说罢,点了她几个穴道。

荷衣忍不住扬声:"我们一起逃吧!"

"嘘……你别管我,我自会另想办法。"

慕容无风点穴的手法甚是怪异,完全没有内力,却又完全有效。替她拿捏了半晌,渐渐地,手脚已能活动,只是要完全恢复气力却还要再等几个时辰。

"我只是把毒素都逼到了你的灵府穴,逃出去之后记得在药铺里买一瓶万灵丹。你没带武器,只怕得从车窗里跳出去。"他一边说着,一边拉开窗帘。

外面一片漆黑。除了杂乱的马蹄声,什么也听不见,什么也看不见。

他迟疑片刻,又有些担心:"马车这么快,你跳下去,会不会摔死?"

"当然会摔死。"她重重地点头。

"不是说你是跑江湖的吗?"他半信半疑。在他的心目中,"跑江湖"三个字几乎就等于"不怕死"。

"是啊！难道你不知道跑江湖的人都特别注意安全？"

"现在马车慢下来了，你总可以跳了吧？"他不知哪来的力气，一把将她拉到窗边，将她的脑袋往窗外塞，"跳！"

"喂——你究竟有没有一点常识？有谁跳车先伸脑袋的？"她在窗外小声叫道。话音未落，忽听空中"唰"地一响，一道长鞭不知从何处飞来，慕容无风连忙缩手，荷衣亦闪得飞快，虽避开了迎头的一鞭，额角还是给鞭尾扫了一记。

慕容无风一把将她拉回车内："你受伤了？"

"没事。"她的声音有些沮丧。

他伸手一摸，手指已湿，不禁叹道："出血了还说没事——现在就算你想逃也来不及了。"

因为马车忽然慢下来，而且渐渐地停了下来。

门打开了，只听得"叮"的一声，铁杖点地，一人跃进车里，手上还提着一个灯笼，是唐三。

"两位坐了这么久的马车，该下来歇一歇了。"

说着，却不知从哪里掏出一条铁链，"哐当"一声，将荷衣与慕容无风的手拴在一起。

"在下早就闻得楚姑娘轻功和剑术都了得，慕容先生也是天下第一神医，两位在一起，唐门的毒药只怕也奈何不了。我们已到了客栈，今夜只有委屈二位做伴一宿。对了，这铁链是唐门祖传之物，姑娘如若想将它打开，可是白费心机。"

荷衣道："倒忘了问了，令妹的伤势……"

唐三皱了皱眉，道："伤势倒不打紧。这阵子她正在惦记着姑娘呢。不过请姑娘放心，我刚劝过她，姑娘的脸她是不会割的。至于别的地方嘛，这就难说了。对了，等会儿下了车，还得请慕容先生瞧瞧另外几位病人。舍弟的双眼还麻烦得很，恐怕有性命之忧。不过神医在此，我们很是放心。"

慕容无风道："治病不难，不过有条件。"

唐三道："愿闻其详。"

慕容无风道："你们不许伤楚姑娘一根毫毛，否则，我绝不做任何事情。"

唐三抬起头，和慕容无风对视片刻，半笑半不笑地道："原来楚姑娘是慕容先生心爱之人，唐三愿成人之美。我答应你。"

细雨中的车外一片漆黑，只看得见前面有个大门，大门口点着四只灯笼，上书"龙水客栈"四字。

一行人走进门内，显然事先有人打点，客栈早已预备了几间空房。给唐十和另外几名伤者治疗完毕后，慕容无风被送到楼上的一间客房里，荷衣只好也跟了进去。

门外"当"地一响，锁住了。客房倒还整洁，只是甚为简陋，不过一床一桌而已。

慕容无风坐在椅子上,脸色甚是苍白。他本不耐劳累,方才车上那一阵要命的颠簸,早已令他昏昏欲吐,好不容易在给人治伤时,借着一口凉茶将烦恶之意弹压了下去。即便虚弱如此,他的脊梁从不靠着椅背,而是挺直胸膛、高昂着头,保持一贯笔直的坐姿。荷衣渐渐明白,为什么这个人明明很虚弱,却一直给她尊严高贵的印象。

她看着慕容无风有些担心:"这里正好有张床,你快躺下歇着。"

慕容无风摇摇头:"不用。我坐在这里很好。"

"你是跟我客气呢,还是你真的不累?"

"不累,"他自嘲了一句,"残废的人躺着和坐着是一回事。"

荷衣抿着嘴笑了起来,将靴子一甩,钻进被子里:"那我可就躺下了。我已经整整五天没有好好地睡一觉了。"

"等等,我瞧瞧你额上的伤。"趁着给唐十包扎之际,他将一盒金创药卷入袖内。

荷衣乖乖地将脸偏向他。额角处有一道鲜红的血印,他将了将她额上的乱发,将药膏轻轻涂在伤处。

那只是一道很小的伤口,慕容无风的手指却在她脸上停留了很久。

荷衣动了一下,铁链"哗哗"作响。他们的另一只手还捆在一起。

慕容无风停下手来,怔怔地凝视着她的眼睛。荷衣原本打算闭上眼,却感到他的目光几乎要将她灼伤,便猛地睁开眼,与他对视。

"今晚我吃了一道菜,名字叫'混元一气'……"

"……"

"听风楼真是不错的馆子……松鼠鳜鱼尤其好吃……对了,你还没吃晚饭吧?"

"……"

"别老盯着我,行不?"

"……"

他的目光幽深,仿佛含着宇宙,在里面她看见了宁静的大海、遥远的星光。

窗外远远地传来几许雷声,秋意如酒,令人微醺。荷衣的心绪一阵凌乱。

"我有一种大难临头的感觉,唐十不会放过我。"

"他们更不会放过我。"

"可是,我从来没想过会跟一个不大认识的人死在一起。"她叹道。

"怎样……才算是……认识?"

"……不知道。"

一只手忽然轻轻地摸了摸她的脸。荷衣不由得抓住了他的手:"慕容无风,你想干吗?"

慕容无风一直凝视着她,过了很久,轻轻地道:"想干坏事,可以吗?"

"干吧。"

那一夜,他们手挽着手,涉过黑暗的河流,像一对得了热症的病人,疯狂地吞噬着彼此身上孤独的气息。他轻柔地吻着她,她亦极少说话,因为他们并不熟识,却要一起面对死亡。

　　谁也没问为什么,要怎样,将来如何。

第七章

江湖往事

晨光渐亮时,雨已经停了。远处鸟声啁啾,空气中夹带几许泥土的香味,竟也从客房破了一角的窗户中播扬了过来。

荷衣醒得很早,起来略整了整衣裳。手还和慕容无风锁在一起,当然不能走开,只好坐在一旁的椅子上,喝了一口昨夜的冷茶。

待回过头来再看时,他已经醒了。

“早。”荷衣抢着道。

“早。”慕容无风好像有些不大好意思看她。

“昨晚你睡得好吗?”荷衣又问。

“好。”慕容无风说着,慢慢坐了起来。

不知为什么,两个人忽然间变得十分客气。

“没有早饭,只有昨夜的茶水。”荷衣举着杯子道。

“我喝一点。”慕容无风的嗓子有些发哑,接过她递来的杯子,看了看,皱了皱眉,又放下了。杯子不干净,上面留着几年以前的茶垢。

“不喝了?”她问。

慕容无风摇摇头。

荷衣拿回杯子,一饮而尽,然后笑眯眯地看着他。

经过一夜的休息,他的精神看上去好多了,只是脸色仍然苍白。

慕容无风抬起头,凝视着她,眼光深邃而专注。

荷衣看着他,笑道:“盯着我干什么?”

他沉默。

“我……”慕容无风张着口,想说什么,却无从说起。

这一切发生得太快,快得令他来不及细想。当然,如果细想下来,他也许一件也不会做了。他这一生，极少让"做"走到"想"的前面。

"我要是你，我就不多想。你总是想得太多。"她好像知道他的心思。

"是吗?"他道,"你呢? 想不想?"

"有什么好想的?"她反问了一句。

他彻底怔住,诧异地看着她,过了半晌才道:"荷衣——"这是他第一次用这两个字称呼她,"告诉我,你是谁,在哪儿出生的,今年有多大。"

荷衣抬起眉:"问这些干吗? 你今年有多大?"

"马上二十二了,"他老实地答道,"我不知道我的出生地,不过从小就长在谷里。"

"我不信,你十年以前就成名了。"她反驳。

"我行医很早,十岁就开始诊病。"

荷衣想了想,低下头来,轻声道:"我的事你别问,我不想说。"

"不想说也不要紧,这些原本也不重要。"他缓缓地道。

两人默默无话,过了一会儿,门忽然被敲开了,他们吃了一惊。

进来的是谢停云。

"谷主,您没事吧?"他大步进来,垂身施礼,沉声道,"实是属下办事不力,令谷主受此惊扰,请谷主责罚!"

慕容无风道:"我没事。你们几时到的?"

"我们一直远远跟在你们后面,凌晨时分已将唐门的人制住,唐三跑了,不过钥匙却正好在唐十的身上。"他取过钥匙,将铁链打开。

荷衣笑着道:"两位慢谈,我还有事,先走一步。"说着飞身下楼,找正等在楼下的赵谦和要了一匹马,一溜烟地跑了。

谢停云与慕容无风面面相觑。

神农镇。听风楼。

荷衣回到了昨日来过的地方。早上的江风有些凛冽,寒气早已被楼里热腾腾的早茶冲得一干二净。

还很早,客人很少,荷衣要找的人正好当班,那是一个蓄着胡须的中年伙计。

荷衣笑吟吟地道:"敢问可是孙大哥?"

中年伙计点点头:"不敢,小的正是孙福。姑娘说想见我?"

荷衣道:"我姓楚。"

"楚姑娘,不知姑娘想要点什么?"

荷衣道:"我是来送朋友求医的,路途乏味,想听些江湖上的掌故。听说大哥是这里积年的老伙计,有一肚子的江湖故事,所以特地来请教。我刚和掌柜的谈妥,今天您的差就免了,这是十两银子,请笑纳。"

孙福接过一块银子，乐得合不拢嘴："好说好说，小的肚子里别的东西没有，江湖传闻、小道消息倒有一箩筐。不知姑娘你想听点什么？"

荷衣道："我是陪友求医的，当然最关心的就是神医慕容的消息。听说他为人古怪，甚难打交道。你说，我们若直接找他看病，有没有希望？"

孙福笑道："这个姑娘就有所不知了。神医有三大脾气，这里无人不知，无人不晓。"

"哦？"

孙福道："第一，这里看病全有章法，人人都得守规矩。大多数病人在咱们这个镇子的医馆里就能看好，只有最严重、最棘手的病人才会送到谷里去。贵友的病若无性命之忧，见到谷主的希望就不大。每个病人都须依章行事，看病分先来后到，又分轻重缓急，就是再有钱有势，也不可违例。所以这第一大脾气就是：规矩面前，说一不二。"

荷衣道："这么大一个谷，没有规矩当然不行。"

孙福笑道："但像咱这位爷那样守规矩的，姑娘只怕还没见过呢。比方说，当年慕容先生少年出名，不知怎的，名气竟传到了域外。有一个大食国的人，名字叫乌里雅多的，便立志要拜他为师，想学成一代名医。这人花了两年多的时间不远万里地来到这里，路上吃的苦，和当年西天取经的玄奘法师相比也差不了多少。走到这里的时候，整个人瘦成了一根面条。多亏先生的二徒弟陈大夫收留了他，休养了十来天，才有力气去见慕容先生。话说这乌里雅多的一片赤诚，让整个镇子的人都感动得落了泪。结果，咱们这位爷说，既然是来学医的，就得通过由他出题的考试。因为他的每一个学生都是通过了考试才进谷的，任何人都不能例外。"

荷衣道："你说那位乌里……什么的，是位外国人，他可会说上几句中国话吗？"

孙福道："他虽是外国人，父亲却经常到中原一带经商，所以他会说汉话，说得还不差。且他自小喜好中医，不少医书，什么《太医局诸科程文格》《集验背疽方》《仁斋直指》《证类本草》都能倒背如流。听说和陈大夫聊天时，他顺口就把慕容先生的《云梦灸经》和《伤寒论奥》中的两个小注一字不漏地背了下来，直把陈大夫吓了一跳。可这位乌里雅多拿到考卷还是傻了眼，说是只有一小半的题目做得出来，有一大半都是不知所云。当然也就考了个不及格。"

荷衣道："你说，这会不会是因为慕容先生想压压他的气势，故意给他出难题？"

孙福想了想，道："这倒不会。一来，陈大夫引荐的时候也没有告诉他这个乌里先生熟读医书，也就没有压他气势之说。二来，每年来求师的人多如牛毛，大家都得经过这个考试，往往一两年内有好几次考试，而考中的人却是少之又少。这乌里先生很有骨气，立志要考过，便一人在镇东头赁了间小屋住了下来。每日除了一日三餐之外都闭门读书，另外也只和陈大夫、谢大夫、吴大夫这几个慕容先生身边的学生密加往来。他为人豪放，谈吐诙谐，和这镇子里的人都混得熟，大家给他找了一个酒店当伙计，平日里都叫他'老乌'。他就这么埋头学了一年，信心百倍地又去考试。大家都以为这回铁定成功，连贺喜的鞭炮都买好了。没想到一打听，又没有考过。这老乌就急了，连夜宣布他就在这里扎根住下了，改了个名字叫'慕容乌里'，字'雅多'，号'苦读子'。过了一个月，又娶了一个本镇的姑娘，仍然是早晚做功课。过了大半年，生了个儿子叫'慕容悬'，用的是'悬壶济世'的典故。再考，还是没过！你说奇也不奇？这老乌看上去一点也不笨，平日要他算账，脑袋瓜子比算盘还快呢，也不知中了什么邪了，就是考不过。但同是一张考卷，却有个叫蔡宣的小后生考过了，也就是现在澄明馆的蔡大夫。这回连陈大夫、吴大夫几个都看不下去了，纷纷为他求情。咱们这位爷却说，规矩之下，一视同仁。任别人怎么求情也没用。乌里老婆倒挺痛快，去对谷主说，您看咱家那位究竟是不是块做大夫的料。如果不是，干脆告诉他，让他死心得了，也好认认真真改投别业，挣钱养家。您猜怎么着？谷主说，他也不知道老乌是不是学医的料，只知道考不过的人不能做他的学生。至于他们今后怎么办，是他们自己的事情，与他无关。"

荷衣听他说了半天，原本不大信的，但听到最后一句话，忽觉甚为耳熟，似乎是慕容无风的口头禅，不禁信了八九分，忍不住道："那么这位老乌究竟是考中了没有？"

孙福道："姑娘刚进门的时候难道没看见有个穿红袍的人总在门口招呼客人，好像客人们都是他的亲戚似的？"

荷衣想了想，道："没印象，不过是有个穿红袍的。"

"那就是老乌，这里的二掌柜。"

荷衣呵呵一笑，道："那第二大脾气是什么？说来听听。"

孙福见她听得津津有味，越发绘声绘色起来："这第二大脾气嘛无甚好说，就是洁癖。但凡当大夫的都有，谷主只有过之而无不及。此外他还惜言如金，平日绝少与人闲聊。和学生们在一起，只谈医务，或者就一个人待在院子里研读医书，所以大家完全不明白他的心思。还有一件古怪的事情，谷主手下的几个管家，个个在家中呼奴使婢，出门身后也会跟上七八个随从。可谷主却是一贯独居，平日除了管家有事禀报可以入内之外，任何外人不可擅入。他先天不足，常常生病，却绝不许别人在旁边侍候。有一次他病得实在厉害，一连昏睡了几天起不了床，那时有个刘总管，看着他的样子实在不放心，就叫了自己手下的两个丫鬟去伺候他。那时谷主病势沉重，不省人事，没有发觉。等他醒来发现了，就大发脾气，当天就把刘总管从谷里调了出去，从此再也没有叫他回来。余下的几位总管从此再也不敢越雷池一步了。姑娘，你说奇也不奇？大伙儿都说，谷主住的院子里藏着古怪，晚上闹鬼。"

荷衣一听，只觉得阴风四起，浑身冷飕飕的，颤声道："闹什么鬼？"

孙福笑道："姑娘莫怕，就算有鬼也是好鬼。你想谷主手下活人无数，平日只见有人跟他磕头烧香，怎会有鬼来找他？只是他一人独住，弄得那院子十分神秘，好事的人便有此说了。"

荷衣道："谷主的院子真的谁也不许进吗？"

孙福道："也不尽然。以前谷里的小孩子们常常成群地进去玩耍，有玩捉迷藏的，有捉蝈蝈的。因那院子临着一个大湖，湖上有桥，谷里的小孩子个个打小就识水性，夏天常到湖里游泳作耍。但去年冬天却有一个五岁的小丫头因贪玩失脚掉下水去，谷主舍身去救，差点送了命，从此便连小孩子也不许进院子了。"

荷衣道："你说的鬼，是不是这个小丫头？"

孙福道："那是去年隆冬的时候，下了一场雪，湖里的水极冷，却并未全然封冻。几个小孩子原本在九曲桥上的亭子里玩的，不知怎么的，就有一个小孩子，是谷里一个马夫的女儿，失脚掉了下去，水里结着薄冰，却也盛不了一个小人儿，便一头栽进了水中，把其他的孩子全吓呆了。最大的一个男孩也只有十来岁，便哇哇大叫起来。说来也巧，谷主刚从外面回来，正要到湖心亭上去坐一坐，听了声音便赶了过来，不顾三七二十一地跳了下去，在水里摸了半天，才把女孩儿摸出来。上面的人拉，下面的人推，硬把孩子弄回桥上，他自己却冻得一点气力也没有了。"

荷衣笑道："这故事是编的吧？谁不知道谷主的腿根本不能动，他怎么还会游水呢？"

孙福道："可不是，我们也这么想，何况他从小就有风湿，受不得冷风和湿气。他究竟怎么把她捞上来的，大家至今仍不明白，只知道他好不容易把孩子推到亭上，自己却沉了下去。等到一大群人赶着把他从水里拖出来时，他已经没了气了。还是几个大夫在桥边折腾了好久，才见他"哇"地喷出一大口水，但人还是奄奄一息的，躺在床上昏迷了十来天，因此落下了病根，风湿越发严重了。"

荷衣叹道："可怜。"

孙福摇了摇头，道："可怜的人可不只是他。谷主的脾气这里无人不知，他病的时候谁也不肯见。那一阵子谷里传出他病危的消息，原定给他治的几个病人纷纷转给了别的大夫，这下可急坏了一个人。"

荷衣道："急坏了谁？"

孙福小声道："姑娘可知咱们谷里还有一位有名的大夫叫'妙手观音'吴悠？"

荷衣想起了昨夜慕容无风要救的那个女学生，天黑看不清她的相貌，于是点头："只听说过名字。"

孙福道："说起这位吴大夫，她可是咱们这里第一美人，出身名宦，非但医术一流，更精琴棋书画。只因父亲在朝里出了事，这才改行学医，入谷以前就在她的家乡小有名气。听说谷主出的考卷迄今为止，只有她一个人考得最好。要说这位吴大夫的性情，那最是温柔和气体贴入微的，在这里也最得人缘。人人都说，她和谷主是天生的一对儿。谷主的脾气向来冷峻，治徒甚严，常有苛辞，唯独对这位吴姑娘十分客气，不曾说过一句狠话。可是那一回他大病一场，除了几位总管，不见任何人，连吴大夫也被拦在门外。结果一个在屋里病得要死，一个在门外担心得要死，没几天，可怜见的,吴大夫就面黄肌瘦了起来。再过几天,也病了,她在神农镇的竹间馆因此关了一个多月。"

"后来呢?"

"后来?什么后来?后来谷主病好了,吴大夫的病自然也好了,两个人还是客客气气的。只可惜吴大夫的心思谷主始终不明白,倒白白地耽误了她。"

荷衣没想到关于慕容无风和神农镇还有这么丰富的传闻,居然还有一位如此暗恋他的女学生。她将话题一转:"说到你们谷主,我倒有个疑问,你听没听说他的父亲是谁?"

孙福道:"姑娘是第一次来云梦谷吗?"

荷衣道:"是啊。我的问题很奇怪吗?"

"不奇怪。不过这里的人都说谷主的父亲是天山冰王。"他说这话时样子显得很随便,好像这是一个常识。

荷衣却惊呆了:"为什么?"

"因为当年大小姐出走的前几天,曾有两位最负盛名的剑客在飞鸢谷比剑。结果天山冰王赢了。人们都说,大小姐就是跟他跑了。"

荷衣道:"你有什么证据?"

孙福道:"没什么证据,唯一的证据就是大小姐失踪前后那一段时间里,我们这里只有这一件事情比较不寻常。"

荷衣道:"你是说,如果有两件事情不寻常,且发生在同一个地方,这两件事情就一定有关系?"

孙福道:"道理讲起来虽有些古怪,但大家都这么想。"

荷衣道:"你可见过天山冰王?"

孙福道:"那是二十几年前的事情了。冰王的轻功剑术天下第一,此人来无影,去无踪,当时能够到场观战的,也只有三位武林名宿。见过他的人少之又少,至少在这镇子里谁也没见过。"

"难道他不吃饭,不睡觉?如果吃饭,就一定会有人在酒楼上见过他。如果睡觉,就一定要住客栈。"

"这倒不假。问题是咱们这里一年四季来的都是陌生人,讲的都是外乡话,谁也不曾见过冰王,就算他坐在你面前吃面条你也不认得是他。"

说得没错,一万两银子果然不那么好挣,荷衣叹了一口气,又问:"那么,你可知道观战的三个人是谁?"

"让我想想……一位是武当派的掌门韩道长,一位是峨眉山的掌门方一鹤,还有一位说是海南派的无名剑客,是冰王请来的证人。韩道长早已过世,无名剑客也不知所终。现在还活着,且明白当时内幕的,怕只有方一鹤了。"

荷衣听罢拾起剑:"打听一下,这里往峨眉山怎么走?"

第八章

忙碌的一天

一天又开始了，这是个平凡的早晨。回到谷里，马马虎虎地吃了早饭，慕容无风就开始看昨天送过来的医案。这原本是他昨夜就该看完的，不过现在离下一个病人的手术还有一个时辰，对他来说，还来得及。

笔蘸朱砂，随手在桌上的紫云笺里添了几行字，也不知怎的，觉得有些心不在焉。

有人敲门。他的门从来都懒得锁，进来的是赵谦和。

"谷主，吴大夫说，谷主昨夜劳累过甚，还请多多休息。她今天正好有空，可以帮谷主分担几个病人。"

"不用。"他面无表情地道。

"蔡大夫问下午的医会谷主还去否，若是想休息，他可以代……"

"什么时候？"他打断赵谦和的话。

"未时二刻。"

"我去。"

"陈大夫问昨天的医案。"

"叫他过半个时辰来取。"

"郭总管在门外，想说这个月药材销售的情况。"

"现在没工夫，他和你说就行了。"

"谷主，你又忘喝药了。"赵谦和迟疑了一会儿，道，"你一定要记得喝药。"

药还原封不动地放在他的书桌上。

"嗯。"他随口应了一声，"还有什么事？"

"听说昨夜在听风楼上，谷主的老病又犯了？"

"小发作而已，已经好了。"他淡淡地道。

"可是，谷主又在唐家的马车里坐了许久，夜里和楚姑娘锁在一起，无法休息。"

赵谦和继续道，"我想谷主无论如何今天也得歇一天，不然……"

"唐门的事我刚才仔细地想了一下。我认为，还是不要把他们逼得太紧。云梦谷分散在各地行医的大夫太多，在蜀中也有好几个，要替他们的安全着想。我们毕竟不是江湖上的帮派，不要意气用事。"

赵谦和顿觉松了一口气："谷主的意思是，封存市面上的保全丹？唐泪已经警告过我们了。唐门最近有大批子弟在神农镇一带集结，说是来飞鸢谷观剑，谁知道有没有别的目的。如果在保全丹上再跟他们硬顶，后面的事就不好说了。"

"保全丹不能撤。现在他们要我们撤保全丹，过不了多久，只怕会给我们开一张单子，让我们把所有的药都撤下来，把生意让给他们。这事不能让，这个头也不能开。唐门在江湖上还是讲面子的，应当不会为这个与我们公然作对。"

"这可是……很难说。这几年唐门经营不善，他们的老大觉得对整个家族都不好交代，就把过错推到我们头上呗。"

"我们不惹事，也不能怕事。你让谢总管做好准备。"

"说到各地行医的大夫，还有一件事要禀报。"赵谦和的声音忽然低了低。

"什么事？"他放下笔。

"陈大夫手下的一个弟子，原是在太行一带行医的，几天前被太行山上的一群土匪抓去痛打了一顿。今早送到谷里，肋骨断了好几根，已是奄奄一息。"

"哦？"他动容道，"究竟是怎么回事？"

"这太行群匪原有好几个帮派，后来都统一到了太行一枭郭东豹的手下，干的无非是些劫掠行人、抢占妇女的勾当。听说郭东豹的一个爱妾得了重病，远近的名医就是这位冯大夫。他便派了几十个喽啰将他抢到山上治病。不料去时已晚，那女人早已不省人事，冯大夫只扎了几针，她就死掉了。郭东豹恼怒之余便迁怒于他……"

"冯大夫现在哪里？"他问。

"在陈大夫的诊室。"

"我这就去。你把我的病人先交给吴大夫。下午的医会我可能去不了。还有，传话给谢总管，叫他晚上来见我。郭东豹的事，云梦谷绝不能听之任之。"

"是。只要谷主吩咐下来，属下们定会办得妥当。"

陈大夫，名策，字渐晖，外号"陈不急"。因为他有一个习惯，就是喜欢对任何一个病人或病人的亲属说"不急"这两个字。

"不急，不要急，急则生乱，这病早晚能治好。"就是他的口头禅。

他现在正在自己诊室外面的抱厦里来回地踱着步。抱厦通常是大夫们休息、商讨医务的地方。对面坐着他的搭档蔡大夫，蔡宣外号"鬼指蔡"。慕容无风的弟子当中，除了吴悠之外，只有他最年轻，也只比慕容无风大三岁。

蔡宣出身名医世家，祖上出过好几位御医。据说他也是少年成名，精通医术，书画上亦造诣不浅，为人不免高傲放旷，也只有在慕容无风面前，才略肯收敛。

"你老兄已经在这里踱了半个时辰了。依我看，还是用我的法子，不管三七二十一，先接完骨再说。"蔡宣呷了一口茶道。

"这个……他现在神志不清，气喘得厉害，已是血瘀于内而坚凝不行之象，冒险施治，只怕难以回生。"

"六脉已弦，何况内骨入肺，药书上怎么说？这是'十不治'之症，纵未即死，二七难过。不冒险又奈何？"

"要是先生在这里就好了。"陈策叹了一口气。

"还是不要告诉他的好。你还不晓得他的脾气是最见不得谷里的大夫被人欺负的。要看见冯大夫被人打成这样，不气得心疾骤发才怪。"

"万一真的不治，岂不是更难交代？"

"总之是个死，还不如……"话音没落，门帘忽动，有人进来。

陈策喜道："先生来了。"

果然是他。蔡宣立即站起来行礼。

"什么情况？"慕容无风一边洗手，一边道。

"险得很。四肢上的错骨都已接毕，只是胸口上的肋骨有一根刺入肺中，若是常人也挨不过两天，亏得他身体强壮气血充足才挺到今日。不过现在瘀血不行，呼吸困难，还是极为危险。"

"用了什么药？"

"人参紫金丹、万灵膏。实在不行，独参汤。"

"蔡大夫怎么说？"

"学生以为病人所伤之处多有关性命，如七窍上通脑髓，膈近心君，四末受伤，痛苦入心，所幸他元气素壮，若迅速接骨，使败血不易于流散，或可克期而愈。"

"脸也被人打了？"慕容无风一面拭手，一面问道，脸色不禁铁青。

"嗯。先生，先喝口茶。"慕容无风摆摆手，来到室内，搭了一下病人的脉。

"肺中的这根骨头现在无论如何得先拿出来，不然瘀血会越积越多。"他说道，"接骨是必须的，手法要审慎。他原本元气充足，但大病几日，早已耗尽，一旦再伤，势更难支。"

"是，学生们见他胸部塌陷不起，因位居膈上，势成凶险，觉得难以入手。"

慕容无风道："到如今，也只能是强而为之了。我来吧。"

苍白的手轻轻地探入病人的胸中，隔着皮肤，小心地却是果断地推拿了一下，将断骨拿出，顺着经络，"咔"的一声接回了原处。随后，他的手指飞快地移动着，"咔咔咔"几声，已将余下的断骨在眨眼的工夫内全部接好。

然后他道："小心，他会吐血。"说着，他拿起一团纱布，病人头一侧，"哇"的一声，一口血正喷在纱布上。

一旁看着的陈策和蔡宣都明白,虽然这只是几个小动作,要做得这么快、这么准,又这么轻,天下只有慕容无风一个人。

接骨完毕,余下的事交给几个学生料理。三人转到外间,蔡宣递给慕容无风一杯新沏的绿茶。

"这病人是你的学生?"慕容无风喝了一口,问陈策。

"姓冯。先生也许不记得,他几年前还听过先生好几次课呢。"

"记得。他叫冯畅,字奉先,庚午年生的,松江府人。"他不经意地道。

陈策心中暗叫惭愧:"一点不错。"

"怎么去了太行?太行并不是他的老家。"

"虽不是老家却比老家还要亲。"这回轮到陈策开玩笑了。

"哦?"

"是他老岳丈家。"

"明白了。"慕容无风微微地笑了笑。手下的几个大夫除了吴悠之外都喜欢开玩笑,他也从来不禁,治病的时候大家都神经紧张,开开玩笑反而可以缓解一下。

"如果他这次命大挺得过来,你去安排,让他全家都迁到谷里来。一来他就是大病不死,几年之内只怕也不能起床,谷里医药方便,大夫也多,治起来容易。二来,这病痊愈甚难,他又是一家之主,于生计上只怕会有困难,住在谷里,许多开销都可以免掉。太行那边,我再换个人去。"

陈策垂首道:"是,还是先生想得周到。"

蔡宣道:"还派人去啊?又被打了怎么办?"

"这事我会找人解决,不会再发生了。"他道。

口气虽淡,陈策和蔡宣都已明白了话中的分量。

两个时辰之后,慕容无风回到院里,抓紧时间改完了剩下的医案,看过自己诊室的两个病人,按原定计划动了一个手术,还有半个时辰就是例行的医会。这一次是蔡大夫主持,据说有好几个特地从南京赶过来的大夫,自己不去不妥。

这只是普通的一天,竟也忙得跟打仗一般。

从医会回来,慕容无风顺路又去看了冯畅的伤势,回到竹梧院时,回廊上已点起了灯笼。

夜风徐来,竹香阵阵,园子里的秋花还没有谢,湖上宿雨初晴,几亩残荷在月色中轻轻摇曳。无意间,望见了不远处的听涛水榭。那是一处建在湖上的房子,原是夏天最凉爽的去处,现在没有一点灯影。显然,荷衣还没有回来。

慕容无风不禁又想起昨天晚上的事情,想起了他们第一次见面时的情景。确切地说,想起了她脸上的那股满不在乎的神色。这种独特的神色他从没有在任何一个女人的脸上看到过。她笑的样子也很特别,好像特别开心,特别舒畅,好像一直生活在笑声中。

他还想起那天夜里她的手，像鱼一样柔软的手轻轻捧着他的脑勺，她的额头顶着他的额头，还有她的声音："慕容无风，说吧，你究竟会不会？"

他不禁苦笑。平生没见过说话这么凶的女人——江湖中的女人。

可是她为什么还没有回来？他忽然想起了她的剑，想起了那些找她比剑的人，忽然担心起她来。会不会是贺回找到了她？或者唐门的人并没有逃远？会不会是又碰见了唐三？

不要多想。他对自己道。

回到书房，桌上早已堆起了今天的医案，不算多，仔细看完也要两个时辰。桌旁的矮几上放着晚饭，他端起碗来吃了几口。没有胃口，也强迫着自己把所有的饭菜都吃了下去。"强迫自己"早已成了他的习惯。

定下心神，开始读医案。这几乎是他懂事以来每天必做的功课，以前是读别人写的，现在是读自己学生的，无论是谁的，他都已能读下去。工作毕竟是工作。他不得不承认人生中的大多数时光是枯燥的，好像很多事情永远都在不同意义上重复着。他成为如今的样子，原本就是无数重复训练的结果。

练剑的人呢？会不会也是一样？想到这里，他忽然觉得有些释然，仿佛终于找到两个人之间的一点相似之处。

做完最后的一点工作，慕容无风又来到小亭里，听涛水榭就在旁边，周围却依然黑暗，陪伴他的便只有这头顶上的默默星空。他独自坐在那里，一直坐到深夜，坐到露水打湿了衣襟，她却依然未归。

他有些失望地回到卧室。洗沐完毕，带着一身骨节的酸痛上了床，却辗转难眠。黑暗之中，腿却像针刺一般地疼痛起来。他的腿虽不能动，却偏偏清楚的痛感。

大约是在湖心亭里坐得太久，不免染上了湿气所致，越来越痛，他只好爬起身来，伸手探到床头的柜子里拿出一瓶药酒。这是他风痹发作时的常用之物，虽已不大管用，却也能暂免些疼痛。正要拔掉瓶塞，忽有一只手从黑暗中伸了过来，将药瓶接了过去。一个声音轻轻地道："让我来吧。"

他已有了很强的睡意，但那个声音，当然认得，不过也可能是在梦中。有只手托着他的肩，将他的头按回枕上，开始用药棉蘸着酒在他的关节上轻轻地揉搓。他想说点什么，却终于沉沉地进入了梦乡。

醒来时天已大亮了。

慕容无风一向起得早，很少超过卯时，但从天光来看，只怕卯时已过。更衣完毕，来到书房，赵谦和已经在门外等着他了。

"早。"他说。

"早。"赵谦和道。每天早上都会有一个总管向他通报一天的安排，多数时候是赵谦和，有时候是谢停云。

"冯大夫的伤势……"他问。

"已经好多了，目前还留在澄明馆内观察。"

"嗯，"他点点头，"辰时三刻我会去吴大夫那里。昨天的医案在桌上，你去交给陈大夫。此外我自己下午有两个病人，还有什么安排？"

"薛大夫手上有个病人有些麻烦，想请谷主去看一看。"

"什么时候？"

"越早越好。"

"告诉他我大约巳时初刻到。"

"是。还有西北来了两个药商，想谈一谈今年的药价。郭总管说，这笔生意太大，他不便做主，想请谷主去一下。"

"让他自己做主，回来告诉我一声就行了。"他饮了一口茶，缓缓地道。

"楚姑娘今天一大早就走了，给我一个字条，让我交给你。"他递上去一张纸笺，"楚姑娘的字很有些古怪，我老头子看了半天也没有看懂。"

是他专用的紫云笺，毛笔字写得歪歪倒倒，显然是随手在他的书桌上找的笔和纸。

看来晚上她确实回来过。他笑了笑，道："她说她去峨眉山了。"

"啊，那几个字是'峨眉'吗？"赵谦和笑道。

"这个……她不大会写字，你得把她的字翻一个身，再倒个个儿，才认得出。"

"不会写也罢了，还这么古怪。我老头子还以为是金文呢。谷主怎么就认得？莫非以前就见过？"

他微笑："我也是第一次见，不过是比你能猜罢了。"

为什么就认得，他也说不清，只是看一眼便知是哪几个字，再仔细看时又觉得全然不像。赵谦和正要告辞，他忍不住又问了一句："出门的时候，她精神好吗？"

"谁？"赵谦和一下子没反应过来。

他立即不好意思解释了，低下头，假装喝茶。

赵谦和恍然大悟地笑了："好，好得很。楚姑娘总是劲头十足、兴高采烈的样子，连我老头子看了都觉得有精神。说到这里，谷主，你的药又忘记喝了。"他指了指桌上的药碗。

"我的早饭在哪里？"慕容无风问道。举起药碗，一饮而尽。

"谷主不是说要去吴大夫那里吗？难道她不管谷主的早饭？"赵谦和笑着道。

"可是我现在就饿了。"他淡淡地道。

"哦……早饭这就送来。"赵谦和退了出去，又进来了谢停云。

"有事？"他抬起头来问。

"唐十和唐六我已经放走了。反正两人现在也是……"谢停云本想说"残废"两字，忽觉不妥，硬是把已到嘴边的两个字给咽了下去，"唐三现在在谷里，是昨天晚上抓到的。"

"虽不能马上放了他，但也不要和唐门闹得太僵。"他说。

"是。不过……属下以为他实在太胆大妄为，应该给他一个教训才是，不然唐门的人还会再来。"

"嗯，你看着办吧。我只希望江湖上的人因此能够明白，云梦谷的大夫谁也不能碰。"

"当然。"谢停云垂下头。

"听说你和楚姑娘曾交过手？"慕容无风忽然问道，"她的剑术如何？"

"差一点要了我的命。现在想起来还是一身冷汗。"谢停云笑道，"谷主雇的人，怎么会错？"

慕容无风也笑了起来，好像有一点放心了，又道："依你看，她的剑术与贺回相比……如何？"

"剑术上可能差不多，但经验上可能差不少。楚姑娘出道不久，和人动手的次数肯定比贺回要少得多。"

慕容无风的眉头皱了起来："你是说，她可能不是贺回的对手？"

"这个……很难说。不过，七天之后他们之间会有一场比试，那时定会分出胜负。"

"我担心……她现在就会去找贺回。她刚刚走，去了峨眉山。"

"不会。倘若楚姑娘去了峨眉山，她一定不是去找贺回。"谢停云很肯定地道。

"哦？"

"不瞒谷主，贺回现在正住在属下的院子里，一直都在等比剑的那一天。"

慕容无风忽然笑了："你看，我一定是忙昏头了，倒忘了你是贺回的师叔。他到这里，当然第一个就会来找你。"停了停，他又道："她不是去找贺回，那就好。不过……"

"谷主请放心，楚姑娘不会和贺回打起来的。"见他支支吾吾，谢停云隐隐猜到他关心的人是谁，笑着道，"峨眉山的规矩大，有师叔在这里，贺回不敢乱来。"

慕容无风看着他，释然一笑："那是当然……"

走出门外，谢停云发现赵谦和还等在那里。

"老赵，还不走？"

"发现了没有，谷主今天精神特别好，至少说话特别和气，还一个劲儿地笑。"赵谦和一边走一边道。

"嗯。"谢停云的话一向不多，和赵谦和倒还投机，"我也觉得奇怪。不过这事显然和楚姑娘有关。你几时见过谷主和女人多说话来着？就是对吴大夫他也一向是爱理不理的。"

"这也奇了。这楚姑娘模样看上去倒还顺眼，但比起吴大夫，那就差远了。何况吴大夫琴棋书画,样样皆精,为人也好,对谷主更是……唉,所有的人都以为他们两个是早晚要在一起的,怎么半路上杀出了个楚姑娘?"赵谦和不解。

"那得怪你。嘿嘿,楚姑娘可是你亲手挑来的。"谢停云笑着道。

赵谦和道:"总之,唉,难得谷主这么高兴,咱们去喝一杯吧。"

谢停云指着他,笑道:"你老兄想喝酒就直说嘛,还用得着一定要等着谷主高兴?"

批完医案,慕容无风正要去薛大夫的院子,却在半道上遇见了吴悠。

"先生,我想搬家。"她忽然说。

"搬家?为什么?"

"藕风轩没法住,园子里种着木樨,我一闻就头昏。"

"我明天叫人把它砍掉。"

"夏天的时候,蚊子也多。"

来谷里这些年,吴悠一直是个安静的女学生,在生活上绝少提什么要求。慕容无风知道这一切都是因为昨天她要来竹梧院面谢救命之恩,被自己拒绝之事引发的。

"说说看,夏天哪里没蚊子?"他不紧不慢地道。

"因为不公平。"她终于道。

"不公平,哪里不公平?"他抬起头来,看着她。

"蔡大夫、陈大夫住的地方,离谷主都近,都方便,有事情请教,先生都愿意去。唯有我住在这山顶上,令先生往来不便,致使学生失去了许多学习讨教的机会,所以学生认为,很不公平。"毕竟是读书人,一找到理由,便滔滔不绝。

"你是说,我嫌你门前的这道坡太长不愿意爬,所以不肯来,是不是?"他淡淡地道。

"不是。"她道。

"怎么又不是了?"他苦笑。

"因为先生重男轻女!"吴悠道,"我是女的,先生拘于礼数,就不肯同样对待。比如说,您经常去蔡大夫那里喝酒,我若请您,您就不来。"

慕容无风心里道:男女有别,我敢随便来吗?

"我请求先生把我当作男人看待!不论先生让不让我搬家,我今晚都要卷铺盖!如果先生不给我找地方,我就住到云梦谷大门口的马房里。"吴悠越说越急,一脸通红。

"这个……既然你坚持,那就去找赵总管,让他给你安排吧。"他看着她,好笑,"我希望竹梧院的附近还有空院子……好像没有了吧?"

"听涛水榭不是空着吗?"她得寸进尺地说。

"说来说去,你是看上蔡大夫的院子了吧?"他转移话题,"这好办啊,我让他搬出去,让你住进来。"

"那怎么可以!"

"不是说我重男轻女吗？现在就优待你。"

"我……其实……算了,就当我没说!"

慕容无风在吴悠一脸郁闷中,悠然地离开了。

第九章

元宵

过了十月十五，云梦谷里的病人忽然多了起来。所有的大夫每天的时间都安排得紧紧凑凑，慕容无风更是比平日忙了十倍，且不说一天免不了要到各处巡视，解难答疑，自己的病人也有几回让他忙了好几个通宵。而偏偏病人多，医案更多，平时一个时辰能读完的，如今两个时辰都还不够。算下来每天真正睡觉的时间，不过两三个时辰。

这一忙，三个月飞快地过去了，已过了年，到了元宵节，而楚荷衣便好像消失了一般，没有半点音信。

好不容易忙完了这一阵，元宵节里大伙儿禁不住要张灯结彩、结会宴游，无奈天时不利，前几日一连下着小雪。这一天指望着雪过天晴，却不料雪是停了，却又转成了暴雨，加上大风，大伙儿原本要搞的灯会也只好作罢，倒是摆起了几桌宴席，家家的红泥小火炉上煮上了新茶，整个谷里，一片暖融融的气氛。

酒过三巡，菜上五味，谈到了半酣之处，蔡宣道："咱们只顾自己热闹，不如等会儿喝完了酒，大伙儿一起去瞧瞧先生。他一个人在竹梧院里，也寂寞得很，不如我们去他那里说说话儿？"

陈策笑着道："我看老弟你是喝多了。先生是从来不爱热闹的人，平时这种吃吃喝喝的事他从不参加，宁可一个人在屋子里读书喝茶。他就是喜欢一个人待着，从小就是这样，一点法子也没有。"

赵谦和也道："蔡大夫，你别去折腾他了。这几个月他累得够呛，我和谢总管都担心他的身子吃不消。你说说看，哪一年冬天他不生病？"

"行啦行啦，我看你们几个整天谈他的病，病都是你们给谈出来的。"吴悠在一旁不满地道，"大过节的，还是说点吉利的话吧。赵总管，你说，咱们几个学生一起去看看他，成不成？这么冷的天他一个人在屋里坐着，也太冷清了吧？"

"谷主早就吩咐过,他爱清静,谷里的人不能擅入竹梧院。这么大的一个规矩摆在这里,你们几个不要以为是谷主心爱的学生就装马虎。"一谈到规矩,谢停云故意板起了脸。

"谢总管,喝酒,喝酒!"蔡宣连忙将一碗酒塞到他手上。

几阵北风之后,院里的梧叶早已落得一干二净。雨点打在屋檐上,滴答作响。

风吹过竹隙,如箫声一般呜呜哑哑地在回廊中回荡着。慕容无风来到门边,将被风吹得作响的门轻轻掩上,然后回到桌边的炭盆旁,用竹棒拨了拨炭火。

深寒如许,他仍然是一袭白衫,只不过腿上多搭了一条毛毯。一连数月的忙碌,他显得有些憔悴。握着纸稿的手修长而秀气,却没有一丝血色。他好像正在沉思,又好像十分疲倦。终于,他放下手中的纸稿,端起茶杯,浅浅地啜了一口。他原本可以用另一只手来做这件事,只不过那只手臂因为风痹发作,连抬起来都有些困难。针刺般的疼痛一阵一阵地袭来,他也只有默默地忍受着。这些疼痛早已陪伴了他多年,就好像与生俱来一般。

放下茶杯,他听见有人轻轻地敲门。

"请进。"他抬起头,淡淡地道。

门"哗"的一下打开了,只看得见一个人披着一件巨大的、显然是不合身的蓑衣,水滴滴答答地落了一地。那人把蓑衣脱了,放在门口,露出淡紫色的衣裙,脸上还扑扑地冒着汗,她整个身子都好像蒸腾在热气之中。

慕容无风看着她,怔住,忘了说话。

那人把怀里的一个小包袱放在桌脚,便走到他面前,坐在他椅边的地上,仰起头道:"你是不是不认得我了?"

慕容无风有些不好意思地笑了,却不知道该说什么好。

坐地上的人忽然跳起来道:"不行,我得洗个澡。在马车上坐了好几天,脏死了。"

他指给她浴室的方向,还没说话,那人却似乎明白了他要说的话,直奔着浴室而去。

果然屋子里有一股马汗的味道。过了半晌,只听得她远远地叫道:"慕容无风!慕容无风!"

赶过去,隔着门,问道:"怎么啦?"

"衣裳……我没有干净的衣裳。"

"嗯,我去问问吴大夫,她也许可以借你一件。"他道。

"呆子,你自己的衣裳难道没有一件干净的?"

他于是拿了一件自己的白袍,远远地抛了过去。她在空中接了,道了声"多谢"。

又过了一会儿,她穿着白袍子闪进门来。

"袍子太长太大,只好将就着穿了。"她看着他,有些不好意思。

她的身子在宽袍之下,越发显得窈窕。

"好渴！这杯水我先喝了！"她将他桌上的一杯茶一饮而尽。

"你饿吗?"他问。

她一个劲地点头。

"想吃什么? 我叫人去做。"

"……红烧肉?"她迟疑着道,好像这是一道很复杂的菜。

"要很多辣椒?"他加了一句。

"你怎么知道?"

"猜的。"他说着,拉了拉桌旁的一个绳铃,吩咐来人。

菜和饭一端过来,她便狼吞虎咽地吃了起来,好像已经饿了很多天的样子。吃到一半,她抬起头,解释道:"我不是那么饿,只不过是每一顿都吃得很多而已。"

他淡淡地笑着:"不要着急,慢慢吃。"

仍是风卷残云一般地将饭菜吃得一干二净。吃完了饭,她心满意足地坐在他腿边的地毯上,把手向着铜盆,烤了烤火。

"为什么都过节了你还是独自一人?"她扭过头来看着他,问道,"比跑江湖的人还冷清。"

"这样不好?"他反问。

"也没什么不好。只是,"她伸着手,摸了摸他肿得变了形的脚踝和膝盖,叹道,"你从来都不好好照顾自己,让人担心。"说罢站起身来,将门紧紧地关住。

"你刚从峨眉山回来?"他问。

她点头:"看来我的字没写错。我会写的字不多,还以为你认不出来呢。"

"还好,都认得。"

"你是有学问的人,可不许笑话我不会写字。"

"岂敢。"

"回到这里真好。"她轻轻地笑了,笑到一半,忽然皱了皱眉,用手捂着肚子。

"怎么了?"他俯身问道,"受伤了?"

她摇摇头,脸却"唰"的一下红了。

"坐近些,让我看一看。"他不放心地道。

"先不说这个,先说别的。"她推开他的手。

他却把她拉到了面前,问道:"为什么会不舒服? 是不是和谁动了手,受了内伤?"

荷衣垂下头想了想,然后握着他的手,轻轻地道:"无风,告诉你一个消息,你……你别着急。"

"什么消息?"他疑惑地望着她。

"我们……我们……已有了孩子。"最后几个字,细若蚊蝇。说罢,她抬起头看着他,半是羞涩,半是高兴:"你喜不喜欢?"

慕容无风的脸刹那间已惊得煞白。

"孩子。"他喃喃地道,伸手按住她的脉,果然已有了三个月的身孕。"大约是马车太颠,动了胎气,"他强装镇定,"我去给你煎碗药来喝就好了。"

他写了一个方子,拉着绳铃,吩咐了来人。

药一会儿就端了上来,热腾腾的。

荷衣一饮而尽,将碗一放:"我正担心呢。依我的脾气,应当骑马,可为了孩子,还是坐马车吧。赶车的大爷慢死啦,耽误了我好几天的工夫呢。"说罢,仿佛做了亏心事,忙道:"以后我连马车都不坐了,就待在这里,养胎。"说罢兴奋地看了他一眼,发现他还是一脸的惊愕,好像这消息对他来说不是喜讯而是一个打击。

慕容无风一点也不高兴。

"荷衣,坐过来,我有话要说。"他的声音很冷,且有些颤抖。

"说吧。"她看着他,心中涌起阵阵疑团。

"我们不能要这个孩子。"他一字一字地道。

荷衣不由自主地护住了自己的小腹,失声道:"为什么?!"

"我们可以永远生活在一起,但我们不能要孩子。"他沉声道。

她站了起来,脸开始发青:"我不明白。"

他迟疑着,终于道:"荷衣,这孩子生出来,可能会和我一样,有我所有的病,而且是个残废。"他的声音充满了沉痛,"我不想看见一个和我一样的人照着我的活法再活一次。"

"不会的!"她捧着他的脸,柔声道,"我们的孩子……怎么会呢? 你是神医啊! 就算他真的有病,你也能治好,是不是?"

"这种先天的疾病,我也无能为力。不然,我现在也不会是这个样子。"他颤声道,"我们的孩子,就算生下来也是一辈子受苦,所以一定不能要。"

一颗心沉了下来,荷衣仿佛不认得这个人一般,惊异地看着他:"你说的是'可能',究竟有多少可能?"

"十之八九——医书上说,这种病世代遗传,以男性为多。"

"可是你的祖父和母亲都是完全健康的!"她大声争辩。

"那是外祖父。"

荷衣的心猛然一跳,嘶声道:"我明白了! 这就是你想要找的真相? 你想知道你父亲是谁,会不会也有这种病? 对不对?"

慕容无风拒绝回答,目光如利剑般森冷。

荷衣后退三步,狠狠地盯着他的脸,怒容满面:"慕容无风! 你休想碰我孩子一根毫毛! 我……我再问你一次,你究竟要不要这个孩子?"

"不要！"

她的眼泪涌了出来。她从没听见过这么坚决、这么残酷的声音。难道这就是她认识的那个人？难道那一夜只是一个可怕的噩梦？她连连冷笑："你……你不要没关系，我永远不会抛弃自己的孩子。这个孩子，我一定要生下来。你若不想当他的父亲，就当不曾认得我好了！"

慕容无风的声音连自己也觉得陌生："你刚才已喝了药，这孩子今天就会出来。"

"你……你说什么？你给我喝了什么？"她又急又怒，腹中已开始阵阵发痛。

比疼痛更难忍受的，是那颗冰冷的心。她忽然跪了下来，拉着他的衣襟，哭着道："求求你，慕容，我求你救救他！我很喜欢孩子！我一直都想有个孩子！你有办法的，对不对？你一定可以留住他的，是不是？"

慕容无风用力地拉住她的手，坚决地道："荷衣，听我说，你快躺下，孩子会出来得很快，你会很快忘掉他的。"

"不！我不！慕容无风！你是凶手！你……你杀了我的孩子！"狂怒中她猛地推开他的手，冲出门外，在暴雨中向他尖叫，"这孩子若有个三长两短，我永远也不会原谅你！一辈子也不！"

慕容无风跟着也冲进了院子，见她远远地跑在前面，自己却无论如何也追赶不上。身子早已被暴雨浇得透湿，抬眼看时，她的人影已消失在了雨中。

酒宴之中，热闹非凡。大伙都喝了酒，头昏昏地行着酒令。投完了壶，射完覆，吃了一轮镇子里刚送过来的新鲜糕点，一直闹到了亥初，才渐渐地散了。

赵谦和穿起皮袍，和各位大夫道了别，便拉着谢停云走出了大厅。

"老谢，咱们得到谷主那里去看一眼。这位爷一向是个省事的，最怕麻烦别人，只怕火盆里的炭烧光了也懒得唤人来添，白白冻坏了自己。"

"是啊。我看着这几月他忙得脚不沾地，只怕累坏了又要发病，想不到居然还好。去年冬天那场事儿，我还心有余悸呢。"谢停云的酒喝得有些多，说话间舌头直打转。

"你喝多了啦，老兄，回家又要挨嫂子骂了。对啦，听说贺回走了？"

"早就走了。沸沸扬扬地闹了一场，大家以为他要和楚姑娘比剑，都四面八方地赶来了。不瞒老兄你，我还买了两百注呢。就这么着，硬生生地叫我给劝了回去。这事儿是不了了之了，峨眉派的面子也丢到家啦。"

"谷主担心楚姑娘的安危，才这么嘱咐你。"

"谷主难得嘱咐一回，这贺回的脾气，要干的事九匹马也拉不回来……拦住这次，保不齐回去不好交代，被师兄师弟们一顿说后又来了！"

"你可得想法子拦住他。他的剑可不长眼睛，伤了楚姑娘，我不跟你急可有人跟你急。"

"知道。这不，一听说楚姑娘去了峨眉山，我就把他骗去了西北。放心吧，他们暂时碰不着。"

"还是你老兄有办法。"

说着，两人已到了竹梧院的大门，沿着回廊，走到慕容无风的书房。房门大开着，里面空无一人。

"人呢？"赵谦和道。一眼看见了门外放着的蓑衣，"今天有外人来过？"

谢停云皱着眉道："不会。谷主早上说他不会客，只想自己在房子里看看书。为此我还挡了好几个人呢。"说罢，他一间房一间房地找。卧室里，没有；藏书室里，没有；客厅，没有；诊室，没有。一连看了七八间房子，都没有慕容无风的影子。

回到书房，赵谦和已拉铃唤来了值夜的人。值夜的人也姓赵，叫赵大虎。

"大虎，你可知道谷主到哪里去了？"

"不知道。"赵大虎道。他值宿的屋子其实是在竹梧院的外侧，离书房甚远。

"谷主可曾唤过你？"

"嗯，唤过两次。一次要我到厨房去，叫师傅们做一碗红烧肉，多给辣椒。还有一次是给了我一个方子，叫我到药房去拿药。"

"谷主可有客人在身边？"

"有，是一位姑娘。他们好像很高兴的样子。"赵大虎老老实实地道。

"你不认得这位姑娘？"谢停云道。

"不认得。我在这里虽值了两个月的宿，谷主一共就叫过我两回，全在今天。"他道。

"回去歇着吧。"等赵大虎走了之后，赵谦和叹了一口气，"一定是楚姑娘回来了。不然这种时候，他不会出去。"

谢停云点点头："一定是她。你看地上还放着她的鱼鳞紫金剑。这包袱只怕也是她的。她一回来，谷主一高兴，楚姑娘轻功又好，大约带着他……带着他……出去喝酒了？"他猜着，觉得难以自圆其说。

"不会。谷主不是叫厨房的人做了菜了？红烧肉，这菜一定是做给楚姑娘的。谷主自己很少吃味道这么重的东西。"赵谦和看了看掉在地上的毛毯，又道，"就算是出去，谷主也没穿多少衣裳，他腿上盖着的毛毯也没有带走。楚姑娘难道会这么粗心？"想了想，他又道："会不会是唐门的人？趁着我们喝酒，将谷主劫去了？"

谢停云摇了摇头："唐门的人想进谷很难，想进竹梧院更难。不是谷主认得的人，根本进不来。何况，谷主从来都不让人担心，每次外出都会事先吩咐，绝不会一声不响地就走了。"

赵谦和道："我说个最坏的猜测，会不会是楚姑娘劫持了他？"

谢停云笑了起来，道："你老兄是昏了头了。楚姑娘要劫持他，还用等到现在？我想多半是两个人出去玩儿了。怕我们跟来，所以悄悄地走了。这个容易，我马上去问问大门口的人就知道了。"

赵谦和道："我不放心，你还是去问一问吧。"说着，眼睛忽然瞟了瞟回廊外的庭院。外面正下着大雨，风吹着廊上的灯笼摇摇晃晃。恍惚间，院中似有一个人影。

"院子里有人！"好像有什么不祥的预感，两个人都冲了过去。

这一看不打紧，两个人脑中的三分酒意都已惊得一干二净。慕容无风一动不动地坐在轮椅上，非但全身早已透湿，整个人都仿佛失去了知觉。

"谷主！"赵谦和一摸他的身子，哪里还有一丝热气。

"快去叫陈大夫和蔡大夫。"谢停云不由分说地将他抱到卧室里，从里到外地换掉了湿衣裳。一摸脉，心跳极弱，已是险象。他原是武林中人，对医术一窍不通，虽有一身武功，在这个节骨眼上，也不敢乱动，只好从书房里移过来两个火盆。正愁肠百结之际，陈策和蔡宣都已赶了过来。

"屋里只能有一个火盆，炭气太重，他受不了。"蔡宣一进门就道。

谢停云连忙将其中的一个端出门外。

陈策一摸脉，脸已变了色："这一回麻烦大了。他究竟在雨里待了多久？"

"不知道，一个时辰？"赵谦和猜道。

陈策垂着头："现在他的脉已经没了。"

"你说什么？"蔡宣抢过去，按着他的手腕，急着道，"糟了，真的没了。"

赵谦和急得团团转，跺着脚道："两位快些想法子，谷主的命可全在你们手上了！"

蔡宣已在慕容无风的头上、身上扎了十几针，全然不见反应。忙撤了针，在他的胸口上用力推拿。

赵谦和在一旁看着，颤声道："他……可还有气？"

"没有脉，哪里还有气？"陈策不耐烦地吼了一声。

谢停云在一旁也帮不上忙，只急得一头大汗。

"怎么样？"蔡宣问在一旁搭着脉的陈策。

"没有动静。要快，不然来不及了。"

"谢总管！"蔡宣突然道，"请你用半成内力，在先生的胸口捶三下。"

谢停云挥动拳头，如法在慕容无风的胸口击了三下。

"怎么样？"三个人都紧张地望着陈策。

他摇了摇头，脸上已有悲痛之色，泣道："这一回，先生只怕是真的要去了。"

蔡宣不理他，继续对谢停云道："谢总管，这个……请你把内力加到二成。我知道他受不了，可能会有内伤，但现在只求他的心脏能跳起来，别的以后再说。"

谢停云慎重地点点头，换拳为掌，运起二成功力，又向着慕容无风的胸口拍了三次。

只听得陈策道："有心跳。"四人八目对望，均感无限惊喜。

"还是弱得很。"陈策皱着眉,"也不知道能坚持多久。"说罢连忙起身:"我去药房煮药,你们几位在这里看着。"

赵谦和松了一口气,双腿仍是发软:"他……活过来了?"

"现在暂时是活的,但难说得很。"蔡宣看着赵、谢两人紧张的神色,不免又安慰了一句,"好在他的身子已渐渐暖和了起来,只要我们小心些,定能好转。"

说话间陈策已拿来了一碗药和一粒药丸。

"牙关紧闭,怎么办?"

两个人撬开了他的嘴,将汤药强灌了进去,却见慕容无风"哇"的一声,全部吐了出来,还咯出了一大口鲜血。

赵、谢两人看着,全都傻了眼。赵谦和是地道的生意人,自然很少见过这种场面,就是谢停云见了也不免心惊。

两个大夫倒是见怪不怪,用丝巾将他胸前的血擦干,又将剩余的药强灌了下去。

这一次他总算吞了下去,却又猛烈地咳嗽起来。

四个人都愁眉苦脸地看着慕容无风。蔡宣忍不住道:"他还有气力咳嗽……这是件好事。"

一直等着慕容无风的咳嗽停止,昏昏沉沉地睡了过去,四个人才略微松了一口气,只留下陈策在一旁照看,三个人走到隔壁,商量对策。

蔡宣道:"先生原本就心阴亏损,平日略有些辛苦,都不免要心悸,哪里还能沾得半点寒气?他为什么会一个人在院子里淋雨?"

"我们也是刚刚才到,也不知道是怎么回事,只知道可能与楚姑娘有关。"赵谦和与谢停云对视了一眼,都摇了摇头。

蔡宣道:"谁是楚姑娘?"

赵谦和道:"就是……唉,你不认识。她住在这里的时间,加起来也不过两天。"

蔡宣道:"楚姑娘住在竹梧院里?"谁都知道竹梧院里,没有慕容无风的同意,是连他的学生都不让进的。

赵谦和清了清嗓子,道:"这个……其中有些别的情况,不便多说。"

蔡宣叹了一口气,他原本是个很少叹气的人,道:"先生现在的情形,还危险得很。我们得商量一下这三个月该怎么办。"

谢停云惊道:"你是说,三个月他都好不过来?"

"嗯,这还是最保守的估计。至少十天之内他很难清醒,还随时有可能……可能……"下面的话他觉得不好说,赵、谢两人都已明白他这话的含意。

"消息自然要封锁。"赵谦和道,"不然谷里会乱,外面也会乱。"

"外面的事让郭总管去主持,我们两个守在这里。大夫方面,人手恐怕不够。"谢停云看了看蔡宣道。

"我和陈大夫留在这里,麻烦谢总管把王大夫也叫过来。由我们三个来照料,暂时够了。"

"哪个王大夫?"赵谦和道,谷里谷外一共有三个姓王的大夫。

"王紫荆。他回江陵探亲去了,只怕刚刚启程,追的话还来得及。"

"我去追。"谢停云一闪身就不见了。

"吴大夫呢?如果王大夫追不上,吴大夫可不可以?"赵谦和问道。

蔡宣想了想,道:"若是别人倒没问题,这可是先生。吴大夫上一次……不是也病了?我怕她看见先生病成这个样子,伤心过度,先乱了分寸。"

"嗯,就这么办。对外我们只说谷主受了风寒,要休息几个月。去年他也病过,所以这么说也还瞒得过。"

蔡宣道:"目前的情况是只要先生能醒过来。他醒得过来,一切都好办,因为他自己就是最好的大夫。"

赵谦和点点头:"我只怕……唉。"站起来,和蔡宣一起走进卧房。

当下几个人衣不解带地守在慕容无风身旁,一连十一日,慕容无风昏迷如故,粒米不进,喝药全需强灌,身子已全瘦了下去。等到第十二日清晨,他忽然醒了过来。

蔡宣和陈策正在一旁,喜道:"先生,你……你醒过来了!"

他的神情有些茫然,醒过来,却好像还在梦中。

陈策已把自己和蔡、王两位大夫商量出来的一张方子递到他面前,道:"先生,这是我们写的方子,可有什么不妥?"心想趁着慕容无风清醒,赶快让他看一看方子,还有什么药要添上,不然又昏了过去。

慕容无风却连瞧也没瞧,张着嘴说了几个字,声音太小,大家都没有听清楚。

"先生,你想说什么?"蔡宣把耳朵凑到他嘴边,只听得他断断续续地道:"赵……赵……"

"赵总管?你想见赵总管?"

连点头的气力也没有,他只好闭了闭眼睛。

蔡宣大步走出房外,到隔壁把昨天守了一夜正在睡觉的赵谦和拉了过来。

"你去……去找……楚……"虽然只说出了四个字,赵谦和却全听明白了,去找楚姑娘。这十几日真是忙糊涂了,大伙儿竟完全忘记了楚姑娘的事。

"我这就去!"

过了两个时辰,赵谦和回到竹梧院,他的身后,跟着一个小脚老太太。

几个大夫都有些吃惊地看着他们。

他把老太太让到书房,恭恭敬敬地递上一杯茶,道:"崔婆婆,您老人家先坐一会儿,喝一口茶。"

老太太显然没见过什么世面,举止甚为局促,接过白玉雕成的茶盅,看了又看,有些不敢喝。

"这是才送来的建溪茶，放了点参片，味道极好，婆婆不妨尝一尝。若喜欢，我那里还有一袋，走的时候给婆婆带回去。这是三十两银子，不成敬意。"他把三个大元宝放在她面前。老太太不禁眉开眼笑，道："多谢老爷！"

赵谦和掀帘而入，慕容无风在床上静静地躺着，呼吸仍然有些短促。

"谷主可好一些？"他问蔡宣。

"刚喝了一点粥，还不能说话。不过，他好像一直在强撑着，始终没有合眼。"蔡宣在他耳边悄悄地道。

"嗯。你们先到外面坐着，谷主要见一个人。"

一时间，所有的人都退了出去。赵谦和把老太太引到慕容无风的床边，给她端了一把椅子，道："崔婆婆，请坐。我家公子正病着，不能起床说话。"

崔婆婆道："公子得了什么病？"

"这个，不过是一时头昏而已。婆婆，麻烦您把和楚姑娘待在一起的事情，从头到尾细细地说一说。只要您老人家记得起来的，最好都说出来。"

他又走到慕容无风面前，对着他的耳朵轻声道："先生，这位是崔婆婆，是神农镇的稳婆。"

慕容无风吃力地抬起眼，看了她一眼。

赵谦和又道："要不要我退下去？"

慕容无风摇摇头。

赵谦和心知他不便问话，便坐了下来，示意崔婆婆说下去。

"那一天……"崔婆婆道。

"那一天是哪一天？"赵谦和忙问。

"那一天是元宵节的晚上，我老太婆正在家里喂孙子吃元宵，有一个永昌客栈的伙计来找我，要我去帮一个忙。"她顿了顿，道，"大过节的，又下着大雨，我原本不想去，但那伙计给了我二十两银子。我老太婆给别人接生，一次才要三分银子，从来没有挣过那么多钱，我就冲着银子去了。

"伙计带着我到了永昌客栈，刚刚过完新年，大伙儿都回家了。那里冷清得很，其实没有什么客人。我跟着伙计走进一个客房，里面躺着一个穿着白衣裳的姑娘，她捂着肚子，满头大汗。我老太婆一瞧，肚子也不大，像是小月的情形。这种事情女人家常有，我就叫伙计打了一盆热水，又弄来了几个热毛巾。"

说到这里，床上的人突然咳个不停，赵谦和忙抬起他的肩头，在他的胸口轻轻揉了半晌，咳嗽才渐渐平息了下去。

赵谦和道："婆婆，您老人家接着说。"

"是。"崔婆婆道，"那姑娘说，她姓楚，是外地人。她问我有没有法子保住她肚子里的孩子。我看她年纪轻轻的，样子也像是没有嫁过人的。出了这种事情，若是别人，则唯恐孩子会生出来，就是吃药也要把孩子拿掉。她却有些奇怪，一定要保孩子。我就说她了：'姑娘，你听婆婆一句话，你还没嫁人呢，这孩子，要不得。'那姑娘躺在床上只是流泪，说：'婆婆，别人给我服了药，我的孩子只怕是保不住了，求你老人家给想想法子。'我一听，也有些伤心。女人家总是命苦的，就问她：'是谁给你服的药？服了什么药？'她躺在床上，一个劲儿地摇头，不肯说。我就说：'我只是个稳婆，看不得病。姑娘若一定想留下孩子，这里里外外的大夫多得很，随便找个大夫开一剂药来，或许还能补救。'没想到她一听了这句话，就生起气来，捂住肚子，说道：'大夫……我不要见大夫！'但她的肚子却是痛得不行了，下身已开始流血。我就劝她：'你已经开始流血了，这孩子肯定是留不住的了，你还是想开些吧。'她在床上已哭得跟个泪人儿似的。我老太婆便用热水帮着她洗了洗身子，过了没一会儿，她腹痛不止，便打下了一个半成形的胎儿。我怕她见着伤心，便叫伙计在外面买了个锦匣，把胎儿装了进去。她偏偏说道：'婆婆，把孩儿给我，我想看一眼他的模样儿。'我把匣子递给她，她揭开一看，哭得几乎背过气去。"

崔婆婆一口气讲下来，不免唇干舌燥，赵谦和忙递上一杯茶，道："婆婆，喝口水，润润嗓子。"一边看着慕容无风，只见他双目直盯着崔婆婆，短促地喘息着，想是都已听了进去，心中不免叹息。

崔婆婆喝了水，又接着道："我看她那孩子下得快，也没有流很多血，就问她那药方儿。不瞒老先生，这种事儿我老太婆见得多了，没有哪一回不是血行不止，疼得死去活来的。我看这姑娘的药方儿倒是爽快，以后别人若能用上，岂不少吃些苦？哪知道楚姑娘冷笑一声，道：'药方儿，你问孩子他爹去。他专会开药方儿的。'我再想多问，她却不肯说了。过了一会儿，她爬起身来，叫我找个伙计，把锦匣子送到云梦谷的大门口。我问她送给谁，她不说，只在纸上写了几个字。说要伙计送给纸上的人就行了。我老太婆不识字，也不知道她写了些什么，就把锦匣包起来，给了伙计银子，要他骑马把东西送走。我一回屋，她已经昏昏地睡了过去，过了一会儿，却又猛地坐起来，对我道：'婆婆，那孩子已经送走了吗？'我说：'是啊，姑娘吩咐说是送到谷门口，我已经差了人送走了。给了他五钱银子，保证送到。'她急着又道：'婆婆，你快去把伙计叫回来，那孩子，我……我不送了。'我老太婆就听不明白了，对她说：'你不告诉我，我也猜得出。你要送的人，一定是孩子他爹了。我看得送，气气这个没良心的家伙。'她偏偏急得脸都红了，说：'不行，他身子不好，看了只怕受不住。好婆婆，求你把伙计叫回来。'我说：'伙计是骑着马走的，我是小脚老太太，哪里赶得上。'她一听，直从床上坐起来，披上衣裳，一闪身就不见了，过了一会儿，才看见她抱着锦匣回来。我老太婆见过那么多女人，还真没见过楚姑娘这样的身手，刚才还躺在床上呢，眨眼工夫就不见了。不过毕竟身子还不牢，回来躺在床上，又流了好多血。"

崔婆婆说到这里，便停住了，拿眼睛瞅着慕容无风，见他呆呆地望着床顶，一声不响，倒是胸口急促地起伏着。

赵谦和道："后来呢？"

崔婆婆道:"后来楚姑娘就打发我回来了。她说她不要紧,只要休息两天就好了。"

把崔婆婆送走之后,赵谦和又返回慕容无风身边,轻轻地道:"谷主,楚姑娘两天之后就离开了神农镇,已经走了十天了,我正四处打听,不过还没有消息。楚姑娘一向是单骑独行,居无定所,也不属于哪个门派,这一出了渡口,比常人可要难找多了。"

慕容无风目光飘忽,过了好一会儿,才凝聚到赵谦和的脸上,道:"你去把……几个总管都叫到这里来,还有陈大夫和蔡大夫,我……我有些话要交代。"

赵谦和一听,心中一痛,忙道:"谷主,你先歇一会儿,有什么话,等精神好些了再交代也不迟。"

"去……叫他们来。"

"是。"

赵谦和走到隔壁,心情沉重已极,道:"郭总管、谢总管,还有陈、蔡两位大夫,请跟我进去,谷主有话要吩咐。"

"怎么啦? 他病得连说话的气力都没有,还吩咐什么?"几张脸都盯着他。

"我想谷主是想交代……交代后事。"说到这里,他的嗓音禁不住哽咽起来。

他这么一说,众人均面呈悲色。

蔡宣沉声道:"先生的病,倘若自己有信心,加之仔细调养,或还可救。倘若已灰了心,则非同小可。"

说着大伙儿一齐走进室内。

慕容无风咳嗽半晌,只觉头昏眼黑,气喘神虚,满眼金星乱进,只想趁着神志清醒,赶快说出要说的话:"我这身子……害人害己地拖了这些年,也算是折腾得够了。如今,谷里的事……有几位总管商量着办,我很放心。以后医务上,谷外由陈大夫主持,谷内由蔡大夫主持,大伙儿好好合作,云梦谷便是没有慕容无风,也……也过得下去。"

陈策泣道:"先生只是内感风寒,外伤时气,这病还不是治不了,只求先生多多保重身子,学生们便是粉身碎骨也要把先生的病治好。"

慕容无风继续道:"竹梧院……我若不在了,留给楚姑娘。墓地……把我葬在……葬在老太爷的身边,生前……我们总是吵架,死后……死后……"说到这里,一口气转不过来,头一歪,又昏了过去。

一席话只说得众人大恸。蔡宣、陈策连忙赶上前去抢救,只弄得手忙脚乱,慕容无风依然是昏迷不醒,没半分起色。

赵谦和和郭、谢二人退到书房,道:"我们得快些想法子。谷主现在,唉,大约是伤心过度。这个……楚姑娘,他们俩……"

郭漆园和谢停云都还蒙在鼓里,一齐道:"究竟他们之间发生了什么事?"

赵谦和便把崔婆婆的话转述了一遍，道："具体的情形还不清楚，这个……我猜想，是楚姑娘已有了谷主的孩子……可是谷主好像不肯要……两个人吵了起来。"

"什么?!"两人一听，都大吃了一惊。郭漆园道："不会吧？算起来楚姑娘在谷里，最多也只待了三天，三天……就会？而且他们两个人，以前根本就不认得!"

谢停云苦笑道："真有这事儿，嘿嘿，半个时辰就够了。"

三个人踌躇片刻，谢停云忽然道："我有个法子。"

"快说，快说!"

"我去把贺回叫回来，让他找楚姑娘比剑。"

"怎么说?"

"咱们先把消息放出去，就说三个月后贺回会在飞鸢谷与楚姑娘比剑。这样，我们就有时间去找这两个人。然后我们对谷主说，楚姑娘三个月后会回来。让他有个盼头，而且比剑必有伤亡，谷主一向担心楚姑娘的安危，怕她会受伤无人医治，在这个时候，他就万万不肯死了。"

"妙哇！老谢，这事儿若能办成了，你可是救了我们的命了!"一听说有计，赵谦和禁不住抹了抹脑门子上的汗，竟高兴得眉开眼笑。

过了两日，慕容无风再度苏醒，赵谦和、谢停云和郭漆园三人便来到他的床前。

"谷主，我们打听到了楚姑娘的一个消息。"

慕容无风转过眼来看着他们，等他们说下去。

"贺回找到了楚姑娘，他们仍然约定要比剑，这事儿刚登在新出来的《江湖快报》上。"

"什么……时候?"他问。

"五月初五。这个贺回的脾气甚为古怪，我这个做师叔的，这一回只怕拦不住。"谢停云故做愁眉苦脸状，"名家比剑，非死即有重伤，我们担心楚姑娘……"

"我听说贺回出道以来，剑下从没活口。江湖榜上虽无排名，但大家都明白，当今天下青年剑客当中，他不是第一，就是第二。"赵谦和在一旁趁机加了一句。

"我们现在虽还没有找到楚姑娘，但按情形推测，她胜算不大。"郭漆园道。

"我听说楚姑娘的师父是当年中原第一快剑陈蜻蜓陈大侠。陈大侠一生纵横江湖无敌手，只在方一鹤的手中败过一次。楚姑娘这次出战，只怕是要替她的师父找回场子。"谢停云也不管江湖传闻是真是假，信口就演绎开了。

慕容无风在床上听了，思索良久，嘶声道："听各位的意思……好像我……还不能死。"

"不能！千万不能!"三个人一齐道。

"万一楚姑娘受了重伤……其实也不打紧。谷主若是身子不方便，还可以找蔡大夫。"郭漆园道。

慕容无风在床上冷冷地看着三个人，也不知是气急攻心还是回光返照，说话都连贯了："坦白说吧,是谁……是谁出的这个馊主意?你们真的在……在《江湖快报》上登了这条消息?"

"这个……这个……"谢停云吞吞吐吐地道,"是我。消息是昨天登上的。属下没有想到……"

"你以为贺回……还会像上次那样退出这一战?"

"属下会尽力去劝……"

他看着他们,叹了一口气:"把药方拿过来……我看。"

二月初五,岳州。清晨的风还寒如深冬,街上行人寥寥。

卫老板的棺材铺子却早就开了门。近来生意好极了。前几天洞庭湖三湘十七舵的总瓢把子熊丰和长江水路上的飞鹰堂堂主杨龙九一场恶战,他的存货一售而空,连新到的几十具棺材也还没卸下就已拉了出去。

银子当然挣了不少。卫老板是老实的生意人,纵然到了这个突然的旺季也货不加价。"买卖公平,以后的生意才有人照顾嘛。"这是卫老板一贯的信条。

"卫老板,早上好啊!"

在寒风中呵着手,一个黄脸灰衣人大步走进店内:"还有货吗?昨天忙得头昏脑涨,回家一点数,发现还缺一具……你帮着查一查仓库。"

"没有了没有了!"卫老板直摆手,"风二爷,有我还会不卖?"

"咦,你这大房里明明还有一具嘛。"风二爷摸了摸胡须,一眼瞅见客厅里停放着一具黑漆漆的棺木。

"唉,这是我老岳父的棺材,已停过了七了,正打算找个人把它押回原籍去葬了呢。风二爷若是能等,今天下午倒有一批新的要到。"

"这个……既是令岳,当然不能碰。我还是下午再来吧。"风二爷拱了拱手,转身出了门。

"不劳二爷亲自再来,货到了我就叫伙计给您老送过去,老价钱。"卫老板追上去道。

"多谢多谢,拜托拜托!"

卫老板再回身,发现柜台边又站着一个年轻姑娘,四目对视,那姑娘冲着他微微一笑。

"您是卫老板?"

"嗯。姑娘一大早驾临本店莫非有事?"像他这种地方,从来都是男人来得多。棺材那么重,女人家哪里抬得动?

"我姓楚,是个独行镖头,正四处找生意,听说老板有东西需人押送?"

卫老板将她左看右看也觉得不像是镖头,忍不住道:"姑娘莫要开玩笑,我们本地有个龙威镖局,我倒是打过些交道,却从没见过姑娘。"

"我不是本地的镖头,做生意是撞到哪里做到哪里。令岳的仙乡是?"

"倒不远,淮南的庐州。"

"说不远也算远,都快到江宁府了吧?"

"咳咳。"

"龙威镖局若要押令岳这趟镖,开价至少是五十两银子。若加上安葬的费用,怎么说也得七十两吧?"

七十两当然是个不小的数目。这年头,买一头牛才三两银子,买一个十岁的小厮也才二两银子。

棺材店本大利薄,占地虽多,却是小生意。卫老板辛苦地干了十来年,才有余钱雇了三个伙计。七十两,果然令他心痛。

"如果老板肯交给我,我只要三十两银子,保证一路顺风。"

卫老板又将她左看右看,怎么看也不放心,道:"你一个女人家的,自己大白天地在路上走还担着风险呢,何况还押着一具棺材。"

"老板,借您家菜刀用一用。"

卫老板恭恭敬敬地捧上菜刀,不明白这女人究竟想干什么。

女人好像叠纸一样把厚厚的刀板对折了起来,脸不红,心不跳,又把对折的刀板拧直,还给他。

"二十七两五分,您同意马上就可以出发。"卫老板道。

"二十九两,看着老板的诚意。"

"二十八两不多不少,你一个姑娘家做生意不容易。"

"不容易还只给二十八两?我已经给您省了不少了。"

"二十八两五分,不能再多了。"

"好,成交。这个是合同,一式两份,有什么闪失可以告官的。"女人交给他两张纸。卫老板填上钱数,两个人签名画押。

"果然是同行啊。"卫老板笑道,"姑娘做事真是利索,进来喝杯茶吧。"

卫老板不仅给她一杯茶,还端来两个葱油饼。女人不客气地吃得一干二净。

吃罢擦了擦手,却见门外又进来了一个人。这个人是从马车上下来的,穿着狐裘,一脸富贵之气。卫老板赶紧上去招呼:"哎哟,这位大爷,一大早光临本店,有何贵干?"

那人却不拿正眼看他,冷冷地哼了一声,算是答应,把一个钱袋扔在柜台上,道:"这是二百两银子,卫老板可以拿着它再去找别人押棺材。这位姑娘是我家公子的贵客。贵人岂能做贱事?"

说罢,走到女人面前,一拱手,道:"在下试剑山庄的彭七,公子闻得楚姑娘大名,不胜仰慕,想请姑娘到江南小住。这里有五百两、一盒南珠,请姑娘笑纳。"

他递上去一张银票、一个漆盒,打开一看,珠光熠熠,直把卫老板瞧得眼睛发直。

"不去,没空。"女人的眼珠子连动都没动。

"这个……"彭七沉吟半晌,道,"姑娘没空也不要紧。我家公子只想请姑娘把比剑的地点改在试剑山庄,那是山清水秀的江南福地,比满地沼泽的飞鸢谷要强多了。"

"比剑?"女人抬起了眼,"什么比剑?"

"姑娘莫非是生意忙得连自家的日程都忘了?姑娘和贺公子定在五月初五比剑。《江湖快报》上早就登了,如今大伙儿渐渐地都要往神农镇里去呢。"

"我怎么没听说?"女人道。

"这,在下就不知道了。不过听说贺公子早已邀好了证人,此事当然已成定局。何况这一场比试原本三个月前就该了结,听说是因为贺公子有急事出局,所以大伙儿才悻悻而归。如今日子上不会再有变动,不然峨眉山的面子可就丢大了。大伙儿正拭目以待呢。"

女人一言不发。

"我家公子还说,如若改地点实在困难,他可以亲自过来做姑娘的证人,以谢家大公子的名声和地位,这个证人倒还当得起。"

女人道:"比剑我当然会去,不过现在我要做生意。"

"卫老板,这二百两银子,你收还是不收?"彭七沉声道。

卫老板摇了摇头,道:"不敢。小人刚和这位姑娘签了合同。小店虽微,却一向讲信用,签了字画了押,当然不能反悔。这二百两银子,还请彭爷收回。"他恭恭敬敬地把钱袋捧着,递到彭七的面前。

"其他的东西你也拿走。告诉你家公子,我的证人已找好了。"她淡淡地道。

"哦?"

女人指着卫老板,道:"就是他。"

彭七的脸上明显有些挂不住了。女人却不理他,继续道:"卫老板,如果你肯做我的证人,钱自然不会少的。"

卫老板笑着道:"这等武林大事,我卫大福就怕没福看,如果姑娘抬举我,我当然会去。就是……这个,我是外行,莫说剑,连菜刀子都不曾摸过,恐怕不合格吧。"

"合格合格。你是棺材店的老板,对死人肯定很了解,有这个经验就足够了。"女人半开着玩笑道,"这种比武,其实不需要证人,只有胜的人才能活着回来。"

话说着,门外一阵马蹄乱响,早有六个带刀的大汉从六匹骏马上一跃而下,空中一翻,整整齐齐地落在了店门口。只听得一阵沉沉的脚步声,一个巨汉走了进来,身后跟着十来个随从。

巨汉腰围十尺,满脸胡须,一双眸子威风凛凛。

卫老板一看,赶上前去,巴结着道:"哎哟喂,是熊爷!早!楚姑娘,这位是洞庭湖三湘十七舵的总瓢把子熊大爷!"毕竟是做生意的人,卫大福一看熊丰的架势,就知道不是来买棺材的。

熊丰哪里理会卫老板的招呼,对着女人道:"楚姑娘光临敝地,哈哈哈,真是洞庭湖三湘十七舵的荣幸。来人!摆东西!"

哗啦一下子上来三个大汉,把三个沉重的铁盘放在面前的桌上。熊丰道:"姑娘的眼里哪里会有银子。银子是什么东西!这是二百两金子、一箱珠宝。本会还有一个好位子专为姑娘空着,姑娘如不嫌弃,明日就是十七舵的总舵主。"

总舵主管着十七个分舵,每月的供奉都不知有多少。当然是个好位子。女人淡淡地道:"山野女子不敢当得总瓢把子如此厚礼。"

熊丰道:"论理我们不该管姑娘比剑的事。只不过听说姑娘还没有找到证人,我熊丰区区不才,倒也会使几招剑,愿为姑娘做证。"

身后的随从听了都皱了皱眉。熊大爷几时说话这样谦逊客气过?他腰上的那把重剑人称"铁花暴剑",每砸出去一下,就是一条命。

女人道:"多谢熊爷盛情。证人我已经请到了。"

熊丰皱了皱眉,道:"哦?是谁?"

"他。"指了指卫老板。

熊丰冷冷地看着卫老板,一双豹眼刀锋般地向他瞪去:"他?他只是一个开棺材店的。"

卫老板只听得双腿发软,颤声道:"熊爷……"话还没出口,熊丰的一掌已拍到了他的头顶,顿时脑浆迸流,血溅了那女人一身。

"姑娘说有证人,现在证人已经没了。"熊丰阴森森地道。

女人站了起来,转过身,看了看倒在地上的尸体,然后道:"想做证人也不难,你先问问我的剑答不答应。"她的手上只有一把在剑铺里花十两银子买回来的寻常剑。

熊丰狂笑一声,道:"那就领教领教!"重剑砸出,只一下,就削断了桌旁的门柱,"砰"的一声,房子歪了一半,头顶上瓦片簌簌直落。

待他正要挥第二剑时,女人的剑已经飞了起来,正好把他的头钉在了断柱之上。柱上的人,弹了两下,就不动了。

女人冷眼扫了扫惊慌失措的众人,道:"还有谁想来做我的证人?"

人一下子就走得一干二净,当然走的时候也带走了带来的东西。

第十章

白雪红衣

"她杀了熊丰。"赵谦和一边喝茶一边看着新出来的《江湖快报》。他住的院子叫澄明馆,离谢停云的蓉雨阁只有数十步之遥,是以两人经常在一起喝酒谈天。

"哦?"谢停云吃惊地道,"看来《江湖快报》的消息实在是快得很,这么说来她在岳州?"

"嗯,绝对是。我已经派人去请了,也不知找不找得到。谷主的情形怎样?"

自从慕容无风清醒之后,在他身边侍候的人已全被他赶了出去,只留下了蔡宣一人照应。

"听蔡大夫说,还是不见好。实在是让人担心得很。醒了这些天了,还没法起床,一坐起来就头昏,只好又躺下。药也是吃了吐吐了吃,叫人看着难过。看来这次比去年可严重多了。最糟的是他不肯好好休息,躺在床上,还在读每天的医案。"

"病中不能太劳神,我看你得想法子让他们少送些医案过去。"赵谦和道。

"别再要我想法子了。"谢停云苦笑,"这位爷是好骗的吗?上回登报的事儿,他虽不说,心里想必是气得要命。"

"也是!你说这事儿怎么就弄假成真了呢?你找到了贺回没有?他若真的把楚姑娘给伤了,看你怎么向谷主交代!"两人平日就爱拌嘴,一到这种时候,赵谦和总不忘挤对谢停云。

"的确是惹大麻烦了!贺回怕我拦他,对我避而不见。我以为他去了西北,想不到他连比剑的证人都找齐了,现在也不知藏在哪里。我连丐帮都打过招呼了,到现在还没有音信。"

"吴大夫呢?"怕他烦恼,赵谦和连忙转移话题,"一连几个医会都不见她,平时她是每会必到的。"

"也病了。说是伤寒,倒不重,想不到这几天也起不来了。"

"女人家,身子总是弱些。你看我们,几十年也不病一回。"赵谦和道。

"过一会儿我们先去竹梧院看看,我今天有三笔生意要谈,贺回的事儿你老兄得抓紧。"

话正说着,郭漆园满头大汗地走进来。他显然是一路上一阵小跑,到了门口竟累得大声喘气。

"你们猜,谁在谷门口?"

"谁?"

"楚姑娘!"

"什么!?"

赵谦和倏地一下站起来,一失手,竟把手中的茶杯打翻在地:"为什么还不带她进来?"

郭漆园道:"她不肯进来,说只想见你,讲几句话就走。"

赵谦和道:"无论如何我也得想法子让他们俩见一面,不然……"

"要不要通知谷主?"谢停云道。

"你去通知,我去和她谈。"赵谦和对谢停云道。

"还是先不要让谷主知道为好。万一楚姑娘不肯见,谷主岂不白高兴一场?他现在病成这样,心情上再大起大落,只怕更糟。"郭漆园道。

"放心,我一定把楚姑娘弄进竹梧院。若连她都劝不过来,我这总管也不要当了,卷铺盖回老家去好了。"赵谦和道。

赵谦和快步走到谷门口,见荷衣牵着马在门口站着,一拱手,哈哈一笑,道:"楚姑娘,好久不见! 一向可好?"

荷衣淡淡一笑:"我很好。"

"进来坐,进来坐。天冷风大,昨天还下了一场雪呢。找老赵莫非有什么事?"赵谦和把她的马牵了,叫人拉到后院,把荷衣请进客厅,道,"来人,端滚滚的热茶上来。楚姑娘,用过早饭了吗?"

"多谢,不必了。我还有事急着要走,只是想请赵总管帮个忙。"

"请尽管吩咐。"

"我有个包袱忘在竹梧院里,里面装着一些银票,我有急用,能否请赵总管帮我拿出来?"她要拿钱给棺材店的孤儿寡母送去,毕竟卫老板是因她而死。

"啊,这个,姑娘见外了。竹梧院这地方别人虽不能随便进去,姑娘原本是住在里头的,想拿什么,只管拿去。对了,说起银票,谷主托姑娘的事办得如何?"

他这么一说,荷衣心里"咯噔"一声,暗忖:看来我若要使那三千两银子,慕容无风托的事儿我还得干到底。便道:"正在办着呢。"

"那就好那就好。"

"我还是想请赵总管帮我拿那个包袱,我把它放在谷主的书房里了。我……不想进去。"

"啊,这个包袱姑娘得自己去拿。我去拿了谷主也不会给。"

"不过是个包袱,是我自己的东西,谷主怎会不给?"

"这我老头子就不清楚了,谷主就是这么吩咐下来的。"赵谦和打起马虎眼来。

"包袱不拿也罢。不如赵总管先给我一张三千两的银票,我下次拿到包袱之后再还来?"荷衣道。

"没有谷主同意,我老汉哪里敢给别人开这么大数额的银票?姑娘莫非忘了,你第一次来领银票时,是凭着谷主写的字条。没凭没据,我不过是个管账的,做不了这个主。"

荷衣想了想,也是,三千两银子,够一个普通之家活半辈子的,当然不是小数目。便道:"谷主也在竹梧院里?"

"在。"

"我可不可以拿到包袱就走,不用见他?"

"发生了什么事?莫非姑娘做错了什么不敢见谷主?"赵谦和故意道。

"怎么不敢见?见就见。"荷衣翻起了白眼。

两人走到竹梧院门前,正碰到谢停云和郭漆园。

谢停云不动声色地道:"楚姑娘来了。好久不见!谷主在客厅等着姑娘呢。"

荷衣心中有些疑惑。她知道慕容无风很少在自己的院子里会客,客厅几乎从来不去,大多数时候他会留在书房里处理一天的事情。

她还记得他们第一次见面的地方就是书房。那是个干净得一尘不染的屋子,黑色的家具,淡绿色的窗帘。十月的阳光从三面射来,照着他好像一团白雾。她当然也不会忘记自己第一次穿过游廊竹露滴进后颈时的情形。那是一道极为精致的抄手游廊,从一大片幽静的竹林中曲折地穿过,竹下盛开着一丛丛淡紫色的小花,散发着类似薰衣草的香味。直到现在她才忆起,这正是慕容无风身上常有的气味。而正是这种气味把他和任何一个满头大汗、浑身草料味的江湖人士区别开来。

算起来他们真正在一起的时间还不到三天。荷衣禁不住苦笑。三天,就发生了那么多的事,多到足以改变人的一生!

慕容无风显然是属于那种无论和你相处多久,都不一定能了解的人,而且他也没有兴趣了解别人。基于上述判断,荷衣就粗心大意地跳过了这一环,现在她正饱尝自己粗心大意的后果。

半夜里她常常突然醒来呕吐,好像那孩子仍然还在肚中。然后她一夜又一夜地梦见那张脸……梦见那一天发生的每一个细节,梦见不停流淌着的血,梦见婴儿的哭声,梦见跳动的心脏。她冷汗淋漓地从梦中醒来,看见的不过是客栈昏黄的灯火、房顶破旧的蛛网和桌上半开着的包袱。然后她就逼着自己想这一天要干的事,想各种法子挣钱。她好像只有充分地投入到一件事情当中,才能忘却这一切。

胡思乱想之中,赵谦和已把她引到了客厅的门口,什么也没有说就退了出去。

客厅在走廊的另一头,离他的书房很远。里面的光线有些暗,只在门口处燃着两个巨烛。窗户非但紧紧地关着,还垂着厚帘遮挡寒气。

客厅的装饰却是豪华得近乎奢侈。花梨木的桌案和红木的太师椅上雕着镂空的花纹,连翠绿色的大理石地砖上也镂着图案。至于四壁的斗方字画,古架上的犀杯金爵,墙边的花觚鼎炉、彩釉镜屏、盆景花竹均纤尘不染。这显然是他的哪一位好讲排场的祖辈会客的地方。他果然有钱。

慕容无风一袭白衣,远远地坐在一个巨大的书案之后,看见荷衣进来,沉默了一下,轻轻地道:"请坐。"

他的声音轻得几乎听不清,可他的表情却和他们认识的第一天一模一样。

荷衣没有坐下,远远地站在门口。

"你很久没回来了,找我有什么事?"他问。

"拿我的包袱和剑。"她漠然地回了一句,感觉喉头僵硬,吐出来的字掷地有声。

他拉了拉身后的绳铃,马上有个人出现在他面前。慕容无风对他耳语了几句,那人退出。不一会儿,将包袱和剑交到了荷衣的手上。她拿了东西扭头就走。

"留步。"

她的脊背一凛,停住,却并没有转身。

"荷衣,你……好些了吗?"

荷衣转过身,挑着眉,冷冷地道:"我不需要你关心我,我的一切都与你无关!"

慕容无风怔了怔,胸口一阵窒息,颤声道:"荷衣,我……不该那样对你。可是,我有我的理由……你若了解我,就知道我的决定没有错。"

"你当然没有错!"她的话像一柄飞刀射向他的心脏,"错的人是我,我原本就不该认得你!"

慕容无风浑身一震,抬起头,脸色苍白地看着她,只觉脑中一阵眩晕,半天说不出一个字。

"好吧,不谈这些。荷衣,我们之间还有合约,希望你不要忘了。"

"合约?不错,我们有合约,我拿过你三千两银子,那又怎样?"荷衣冷冷地看着他。

"拿人钱财,与人消灾。你是老江湖,不可能不明白这个埋。"说话间,慕容无风咳嗽了几声,声音低得几乎听不见。

"你是说,这三千两银子我应当退给你?"荷衣觉得自己的肺都快气炸了。

"如果不想退就把事情干完。"

荷衣的心中又给慕容无风加上了"落井下石、为富不仁、死不悔改、唯利是图"四个评语。她怎么认得了这么一个人!

"恶俗!"从她的牙缝里蹦出这两个字。转念一想,她的确需要银子,银子又的确不好挣。当初自己不远千里地赶过来,不正是为了这笔可观的银子吗?无论江湖生活被传说得多么有趣,没有银子,所有有趣的事情都会变得一点趣也没有。

所以她说:"好,生意我照做。谷主有何吩咐?"

"从今天开始,每隔三天你必须要向我报告调查的进展。我希望你快些做完,这样我们之间也可以快些了结。"他漠然地道。

"今天没空,我要出远门。"她斩钉截铁地道。

"这个我不管,你自己想办法。总之,我今晚酉时要见到你。你若没来,我只好从我们的合约中扣掉一千两银子,作为失约的惩罚。"

"你……"荷衣一时间竟气得说不出话来,扭头就走。

荷衣只好将银票封了,托了一个妥当的伙计送到岳州。自己一人气呼呼地吃了晚饭,酉初时分,准时到了云梦谷。

走到竹梧院的门口,谢停云却拦住了她。

"楚姑娘,有事?"

"嗯,谷主找我。"

"抱歉,谷主今晚不见客。"

"为什么?"

"他……有些不适,暂时不能见客。"

"他说了一定要见我。"

"对不起,现在的确不行。"

"莫名其妙。"荷衣甩头就走,走到远处,却轻轻一纵,跃上了廊檐,"我倒要瞧瞧他究竟在搞什么鬼。"

虽然离开了好些天,这块地方对她而言并不陌生,找到慕容无风的书房也并不难。何况他的书房原本连着卧室,除了诊室之外,这里就是最容易找到他的地方了。

廊下果然有两个人的脚步声,还有人轻声地说话。

"谷主怎么样?"是谢停云的声音。

接话的人先长长地叹了一口气,才缓缓地道:"完全不能起床。从客厅回来又发作了一回,一口气半天喘不过来,弄得我们手忙脚乱。蔡大夫说,他现在只能躺着,如若再这么来一次,肯定不行了。"是赵谦和的声音。

谢停云道:"是吗?我再进去看看。"

"别进去了。我刚被赶出来,他现在不肯见任何人。"

"老脾气又来了?"

"让他静一静也好,他一向不愿意别人看见他难受的样子。"

"可是……"

"我已安排好了外面值班的人,绳铃也放在了他的手边。我们还是先出去吧。"

说罢,两个人的脚步渐行渐远。

荷衣坐在檐顶上,有些迟疑。她原本想立即跳下去找慕容无风理论,可他看样子病得很重,也许连和她说话的力气也没有。她心下一软,便决定还是悄悄地先回客栈再说。

正欲起身,便听见廊上又传来脚步之声,她轻轻地跃了下来,躲在一个廊柱之后,伸出颈子一望,却见一个面色微黑的青年端着一碗药,匆匆地走进书房之内。

房门微掩,里面传来慕容无风咳嗽之声。那青年道:"师公,是我,子敬。蔡大夫……他有个急诊,叫我来给您送药。"

这青年的年纪看上去大约也就与慕容无风相当,却要叫他作"师公",荷衣忍不住吐了吐舌头。却听见慕容无风咳了半晌,方答:"什么急诊?莫非是冯大夫又不好了?"

"师公,躺着别动,让我来。师父千叮咛万嘱咐,说千万不能让您起床。"

"冯大夫的病势究竟如何?"

"这个,不敢说……师父不让我说。"

"你不说,难道要我派人去叫你师父来跟我说?"

"我怕说了师父会责罚。"青年看样子甚为老实,不大会说假话。

"怎么,你只怕你师父,不怕你师父的师父?"大约多说了话,他竟又大声地咳嗽起来。

"是……冯大夫的确有些不好,是从昨晚开始咯痰气急,胸痛得厉害,今早就已昏迷不醒。目前我师父和蔡大夫正在想法子,吴大夫也去了。"

"看来情况不妙,不然也不会叫上吴大夫。你扶我起来,我要去看看。"

"不,不,师公,您一定千万不能去!"青年一听,急得语无伦次,说了"一定"又加了个"千万"。

"我没事,你照着我的话去做就好。"慕容无风冷冷地命令道。

接下去没有了说话的声音,大约那青年正在扶着慕容无风起床更衣。过了一会儿,只听得那青年失声道:"师公,您……头昏吗?快躺下来!"

荷衣心中一动,料是慕容无风的心疾又突然发作,想也没想就冲了进去。却见慕容无风神色苍白地靠在轮椅上,浑身好像完全脱力一般,她握住他手中的脉门,把一股真气输入他的体内,护住心脉。

那青年原本刚刚把慕容无风扶上轮椅,正在那里张皇失措,回过头时,眼前却不知从哪里冒出一个女人,不禁吃惊地道:"你……你是谁?"

荷衣指了指慕容无风,道:"我和他认识。"

青年点点头,道:"嗯,姑娘……你最多只能用半成内力,不然……"

"放心,我只用了一点,连半成都不到,只是护住他的心脉而已。"

过了半晌，慕容无风才恢复了说话的气力，缓缓地道："荷衣，是你？"

荷衣将他的手一放，一翻白眼，不接话也不理他。

"你……什么时候来的？"他又问。

"不是你要我来的吗？"

"你先回去，我现在有别的事。"

"我失约，你说要罚我一千两银子；你若失约，该罚多少？"荷衣道。

慕容无风想了想，道："我没失约。你可以在这里等着我，我去去就来。"

"你屋子里药气太重。你到哪儿？我跟着你。我可不想你再耽误我一天，你也别让我老等着。"荷衣道。

慕容无风道："我去蔡大夫那里。"说罢，他又道："这一位是林大夫。"

那青年听着他们两人的对话，觉得有些糊涂，却已知道荷衣姓楚，便道："楚姑娘，方才多谢你了。"

"你谢我干什么？我又没帮你。"荷衣苦笑。

"我是替……替师公谢谢你。"

荷衣向他淡淡一笑，本想说几句刻薄慕容无风的话，见那青年一脸诚实的样子，话到了嘴边又收了回去。一时便由林子敬推着慕容无风，荷衣尾随其后，三人一齐来到蔡宣所居的澄明馆。

夜晚时分下着小雪，一推开澄明馆的大门，吴悠已大惊失色地迎了过来。

"先生，你怎么来了？你还病着，赶紧回去休息。"

荷衣远远地看着吴悠，不得不承认她长得极美，美得不需要半点多余的描画与装饰，便已极尽了她如诗如画的气质。她穿着一件月白衫子，走路的时候，即便是再匆忙，也是款款而行。说话的声音更是温柔如歌，即便在着急的时候也十分好听。她一走近慕容无风，不知怎么，脸就飞红了起来，头也低低地垂了下去，显出无限羞涩的样子。

荷衣忽然觉得有些沮丧。

"我来看看冯大夫。他现在如何？"慕容无风淡淡地道。边说着，林子敬已将他推进了大门，推到了诊室之外的抱厦。吴悠只好跟在他的身后，一边低声地把冯畅的病情说了一遍。说的十句话当中倒有八句荷衣完全听不懂，什么"脉弦滑"，什么"胃脘胀闷"，什么"痰气上逆"，慕容无风只是点点头。说话间，吴悠倒是朝着荷衣微微一笑，算是打了个招呼。

荷衣忽然又觉得有些莫名的沮丧。

一到了抱厦，陈策抢了出来，向林子敬狠狠地瞪了一眼，正要数落，慕容无风道："你别说他，是我自己要来的。"

陈策只得叫徒弟从别处搬一个炭盆过来。一行人拥着慕容无风进了诊室，荷衣自觉无趣，也与自己无甚相干，便一言不发地留在了抱厦。

正要进门时，慕容无风忽然停住，转身道："荷衣，你先坐一会儿，我过一会儿就回来。"他居然知道荷衣并没有跟过来。而他身边的人都不免朝荷衣多看了两眼。在他们的印象当中，慕容无风还从来没有像这样称呼过一个女人。

荷衣心中有再大的火，众目睽睽之下也发作不得，只好轻轻"嗯"了一声。

一个时辰过去了，慕容无风还没有出来。诊室里只有一片喁喁的低语声，大夫们似乎都在忙碌着。荷衣坐得有些无聊。她一向都不是一个很能坐得住的人。

诊室里慕容无风坐在一旁看着蔡宣手术。陈、蔡是他手下最好的两个大夫，却一个过于谨慎，一个过于大胆。每逢重要的手术，他总想让他们合作，让他们互相弥补。但这样他们往往又各恃其才，争吵起来，所以他只能坐在那里"镇住"他们。

浑身僵直地坐在椅子上，慕容无风早已觉得很累，累得几乎随时都要倒下去。可是手术还没有好，冯畅看上去仍然危险，他只有挺着。他可不想在这关键时刻打扰别人。

吴悠似乎看出他平淡神色之下暗藏着的难受，给他端过来一杯茶。他摇了摇头没有接。他不敢动，双肘正沉甸甸地压在扶手上支撑着身子，抽出任何一只手臂，整个人只怕都要滑下去。他只好说："我不渴。"

吴悠怔怔地看着他。这里所有的人都明白他的脾气，只是不知道他能坚持多久。

陈策接过茶盅："先生，看情形这手术一时半会儿还完不了，你还是先回去歇着吧。"

"不要紧。"他说道，过了一会儿，想起了什么，又道："劳驾你把这杯茶给楚姑娘送过去。"

诊室的门"呀"的一声打开了。荷衣抬起头，看着陈策走出来。

"楚姑娘，先生吩咐我给你送杯茶过来。"他恭敬地将茶递到她的手上，便在对面的一张椅子上坐了下来。

"谢谢。"

"姑娘坐了半天，有些闷吧？"陈策说。

"有点。"她老实地答道。

陈策随手掀开身旁一个书架上的布帘，取出一本书："这本王摩诘的诗集，先生一向很喜欢。你若实在很闷，不妨读一读。这里还有很多别的书呢。放心，绝对不是闷死人的医书。"

荷衣接过书来一看，封皮上她就只认得一个"王"字，便有些脸红地道："我识字不多，这书里的字我只怕多半不认得。"

陈策的心中不禁有些替吴悠叫屈。这女孩子看上去个子瘦小，却有股匪气。长相倒还顺眼，但比起吴悠的惊才绝艳相去甚远，在气度上更不如她温和知礼、从容有序，居然还不识字。他不明白吴悠有哪点比不上她。

"要不要我把吴大夫叫出来，陪你说说话儿？看这情形，先生只怕还要再待一个时辰。"

"不用了。麻烦你转告谷主,我在竹梧院里等他。"

果然是小孩子,没耐性,只坐了一个时辰便坐不住了。陈策不由得心里暗暗地叹了一口气。

"也好。"

荷衣从澄明馆里走出来,大大地舒了一口气,里面的人书卷气太浓,早已让她难受得要命,喝过茶后她就只想逃出来。

天上飘着大雪,天地之间早已是纯白一片。万物的踪迹和差异都似已被它淹没。

她踩着雪走进竹梧院,来到慕容无风的书房。那一天,他就坐在火盆的旁边,看见他时,他正在喝茶。

他的手指修长纤细,白皙干净,而且十分稳定。他不是江湖上的人,浑身上下没有一丝杀气或霸气,看人的样子虽冷,却鲜有敌意。多数时候他只是对一切都漠不关心而已。那个时候,她喜欢看他的手,喜欢听他说话,喜欢他的神态。她实在不明白自己为什么会这么快地喜欢上一个人。

她知道自己喜欢的是他的寂寞。为着这份寂寞,他宁可冒着生命危险独自住在这个院子里。也许有一天他就在寂寞中悄悄地死去,那也是他的愿望之一。她闭上眼。也许每天晚上独自在院子里读读书,或者到湖心亭中散散步,或者在竹边花园里给花儿浇浇水,再数一数新长出来的花苞儿,也是一种美好的生活。

荷衣又坐了近一个时辰,无意间脚一踢,踢到了一个酒瓶子。原来他的书案下藏着酒。

拔开瓶塞嗅了嗅,是陈年的竹叶青,只剩下了半瓶。她一仰头,灌下去一大口,浑身忽然大火烧了一般地热起来。

果然是好酒,酒香浓烈,劲道也足。一喝下去,人就好像在空中飘浮了起来,突然间所有的痛苦都成了虚的,只有酒的世界才是真实的。

难怪他的桌下会有一瓶酒。

荷衣心想:他能醉,为什么我不能?于是一口接着一口地喝了下去,喝得一滴不剩。然后她心满意足地擦了擦嘴,随手将酒瓶往门外一扔,却没听见"咣当"一声。

转过头时,却看见陈策和慕容无风进来了,陈策一伸手,正好将酒瓶接住。

"楚姑娘……"陈策皱起了眉头。

她喝了酒,满身都是酒气,一屋子都是酒气。

"你先回去。"慕容无风淡淡地对陈策道。

"可是……"她醉成这样,当然不能服侍慕容无风更衣上床。

"你先回去。"慕容无风又说了一遍。

"好的。"陈策迟疑着,终于退出门外。

慕容无风倒了一杯茶,递给她:"荷衣,喝点茶?"

她摇了摇头，伸手到桌下摸索："酒呢？还有没有酒？"

"你醉了。"

"我没醉……"

他看着她，目色忧伤："对不起，很对不起……"

见荷衣身子歪了歪，他想扶住她，却被她一把推开："知道为什么我要在这里等着你吗？"

他摇摇头。

她用手指着他的心："请你扪心自问，这里，有什么值得我等待的？"

他无话可说。

她站了起来，身子晃了一晃："我在这里等你，就是为了让你眼睁睁地看着我，从这个门口……走出去。"

说罢，她迈着醉步，越过门廊，施然而去，只剩下慕容无风愕然地看着她的背影。

次日，谢停云端着药走进竹梧院时，已过了晌午，慕容无风才刚刚醒来。看着慕容无风好像饮茶一般地将药慢慢地喝下去，脸上居然浮现出一种少见的血色，谢停云高兴地道："谷主，你今天的气色好多了！"

"是吗？"他应了一声，思绪不知怎的，飘出了很远，"冯大夫好些了？"

"暂时脱险，已转到了陈大夫的屋子。蔡大夫一夜都没合眼。"

"他们两个都累了。你去把病人搬到我的诊室，由我看着就行了。"虽然还是很虚弱，他觉得一切都在好转当中。每年冬季他都会生病，生病已成了一种习惯。任何事情只要一个人能习惯，就不会再觉得是一种痛苦，或是一种困难。一旦成了习惯，习惯就会自动地推着你往前走。

"谷主，这个月你只能躺着休息，什么事也不能干，不然我们就要去请舅爷过来。"谢停云搬出了杀手锏。

舅爷是他外祖母的大哥，又是他外祖父的好友，一个嗓门大脾气也大的老头子，骂人的时候谁都想不到他曾是个翰林。他每年只来谷里一次，只要看见慕容无风生病，便会把谷里所有的总管都叫过来痛骂一顿。骂完他们，他又拄着拐杖到竹梧院骂慕容无风。一到这个时候，慕容无风就只想自己的病马上好起来，他实在没法子跟这个老头多待一刻。

"那就把他交给王大大吧。"他叹了一口气，终于让了步。

天已放晴，院子里的雪却还没有化。窗子旁边种的梅花却早就开了，随着冰凉的空气点点飘浮过来的是一股沁人的幽香。房子里却很温暖。谢停云早已离去，临走时，终于在他的命令下，搬来了这些天因病耽搁下来的所有医案，满满地放在床上。床侧的矮几里，放着蘸好朱砂的笔，慕容无风开始聚精会神地阅读起来。

看了将近一个时辰，他忽然感到有一股寒气从书房里传了过来，没有声音，却好像有人轻轻掀开了门帘。

他皱了皱眉。有人进来了，却肯定不是荷衣。自从知道他有心疾，为了不惊到他，荷衣走路时总是故意弄出脚步声。可这个人却完全没有脚步声。当然也不会是谷里的任何一个人，因为他们进来的时候一定会先敲门。他暗暗拉了拉手中的绳铃，却听见一个声音冷冷地道："不会响的，因为被我割断了。"

这是个完全陌生的声音，然后卧室的门口出现了一个穿着白衣的男人。

陌生人披着一头长发，很冷，很俊，身材也很魁梧。他的衣裳是纯白的，白得一尘不染，他的肌肤也很白，白得很健康，好像他是个很会保养自己的人。他的身后，斜插着一柄形式古怪的剑。

四目相视，陌生人道："拿你的兵器，我不杀手无寸铁之人。"

慕容无风怀疑他走错了地方："阁下确信要找的人是我？"

白衣人道："我从不会找错人，除非你不是慕容无风。"

"阁下是谁？"

白衣人一言不发，走上前去，将他从床上抓了起来，背在身后，轻轻一纵，跃上了屋脊。

速度。慕容无风从没有享受过这种飘飘乎如凭虚御空般的速度。白衣人一双仙鹤般的长腿，优雅地在空中跨越着，触地时只用脚尖轻轻一点，身子便又如风中之羽，向前飘去。若不是因为正被劫持，这种感觉完全可以称作是一种享受。

陌生人一上屋顶便向南疾掠，跟在他身后的还有另外两个白衣人，显然是他的同伙。其中一人的白衣不能说是白的，而是以白布为底色画满了某种令人费解的图案。三个人交换了一下眼色，无声无息地从谷口大门的斜侧悄悄跃落。那里停着一辆马车。

马车是最平凡的式样，显然是从车行里租来的，里面并不干净。慕容无风靠在车壁上，略略调整了一下自己有些紊乱的呼吸，作出了长途旅行的准备。两个白衣人坐在他的对面，一个脸色淡黑，留着微髯，手指上戴着一枚黄灿灿沉甸甸的戒指。另一个人的眼睛总是眯缝着，露出懒洋洋的目光，打量人的时候，显出一副与己无关的审视态度。慕容无风很快注意到他身上的图案是手绘上去的，色彩也很纷乱，好像是一个人喝醉了酒之后的涂鸦之作。

"唐家要的人，就是他？"一上车，留着微髯的人便将慕容无风左右打量，那神态好像是自己做了一件很吃亏的买卖。

"老大抓的人会有错？"同伴冷哼了一声，"只是犯不着叫上我们，他一个人来就可以了。"

"发现没有，老三，这小子好像不会武功。"微髯人道。

"你现在才发现？"被称作"老三"的人又哼了一声，冲他翻了一个白眼，不再理睬他，而是陷入了某种沉思。

马车在崎岖的山道上飞驰，慕容无风勉强按捺住一阵阵作呕的冲动。他的脸色迅速苍白，额头上也开始冒冷汗，胃部开始一阵一阵地翻涌。正在他张口欲吐的一刹那，老三一把拎起他，将他的头伸向车外，他就冲着奔驰的马道呕吐了起来。

吐了半晌，老三道："吐完了？"

慕容无风点点头。老三又将他拉回车座，他精疲力竭地靠在车厢上。

车厢内的空气有些沉闷，大家似乎无话可说。

无意间，扫了一眼白衣上的手绘，慕容无风忽然道："山水。"

老三心头一震："你认得出我的字？"

慕容无风点点头。

突然间，老三对他兴趣大增："你可看得懂我的画？"

他的画实在是乱得一塌糊涂，充满了各式各样古怪的线条。仔细一看，线条只是线条，并没有组成什么有意义的图案，倒好像是一堆被猫儿扯乱的线团。

"你画的是一条船。下着小雨。里面坐着一个人，打着伞。落款是山水。所以你姓山。"慕容无风眯着眼睛道。

"你还看见了什么？"

"打伞人的脸和他的表情。"

"什么表情？"

"哀伤，淡淡的怀念，忆旧，惆怅，悔恨，无奈……"慕容无风眯着眼读道，"这个人裸着身子，望着水中自己的倒影，而倒影里却是一个穿着衣裳的他。"

山水的眼中忽然间有了一种奇异的光彩，忽然问："为什么人和倒影会不一样？"

"因为他不认识他自己。"慕容无风道。

目中又复现迷茫，山水沉吟片刻，抬起头，道："贵姓？"

"慕容。"

"幸会。"他居然道。

马车渐渐停了下来，车外一片嘈杂。神农镇到了。

老二站起身来，准备下车。他将慕容无风的衣领一抓，准备把他抓到手中。山水却在一旁冷冷地道："别碰他，让我来。"

他居然小心翼翼地将慕容无风背了起来，背着他走进客栈，放到客房的一张床上。

"抱歉，床单不是很干净。"仿佛知道他有洁癖，将人放下时，山水竟用袖子拂了拂床单。

房间很小，并没有火盆，所以很冷。慕容无风只好把自己裹在一张并不怎么干净的毯子里。三个人围在桌边商量着对策。

"他的人追过来了？"山水问道。

"暂时还没有，不过这里会很不安全，我们要尽快离开。"老大道。

"不用担心,我们有人质在手中,可以走得很从容。老三,你说呢?"老二道。

山水似乎又陷入了沉思,含含糊糊地"嗯"了一声。还没有回过神来,客房的门突然"砰"的一声碎了,两个人影闪电般地冲了进来,直奔慕容无风的卧榻。

人影快白衣人更快,就在来人的手几乎就要搭到慕容无风的手上时,白衣人的剑也搭到了慕容无风的颈上。

那手霎时间一惊,仿佛被火烫了一般地缩了回去。白衣人冷冷地看着来人,道:"谢停云?"

来人收回剑,点点头:"白星?云梦谷真是天大的脸面,竟引得诸位从西北联袂而来!"三个白衣人人称"三星三煞",是江湖上要价最高、信用最好的杀手,出道以来从未失手。但他们一向是各自单干,绝少联手,也没有人知道他们具体的名字。

白星道:"不敢当。生意所至,不敢怠慢。"

谢停云道:"既然是生意,一切都好说。床上这个人,别人给你什么价,我们加倍。"

白星淡淡地道:"阁下应当明白,对做生意的人而言,钱是次要的,重要的是信誉。阁下如果不往后退三步,床上的人就会立时没命。"

投鼠忌器。谢停云不得不往后退了三步,道:"阁下想把他怎么样?"

"带走。"

谢停云道:"家主正在重病当中。各位若想把他活着带到唐家,沿途不能让他辛苦劳累,还要保暖得当,定时服药。不然……只要他有个三长两短,各位当然明白,云梦谷对三星、对唐门都不会再有顾忌!"说着,他抛过去一个玉瓶,转身带着随从离去。

白星一手接住。唐门要的是活口,不是死人。

一行人又回到了马车之上。三星三煞断定这一带是云梦谷的地盘所在,不宜久留,又怀疑连长江水路上只怕也有他们的同伙。于是,过了江之后他们便放弃了水路,冒险沿着江边森林往西行走。

这原本是鄂西群山中最为蛮荒的一带,传说中野人出没之处,却有一道狭窄的车道弯弯曲曲地通过全境。那还是一百年前一位大将征西时为了行军运粮开辟出来的道路。道路的尽头,再翻过几座山,就是唐门。

马车不分昼夜地走了一天,三个白衣人轮流赶着车。

出了客栈之后,山水又换了一件衣裳,依然是白为底色,上面却只用毛刷子画了红、绿、蓝三条硬生生的直线。换衣裳的目的,当然是想让慕容无风看一看他的杰作。

慕容无风心中暗笑,却不想拂了他的心意。他的身旁放着一个红泥小茶炉,是山水怕他受不得冷,不顾白星的脸色,特意添置的。美其名曰"烹茶"。"这么冷的天气,走这么长的路,我们总要喝一点热茶吧!"他振振有词地道。老二蓝星表示同意,因为他是爱享受的人。虽然愿意为杀人或别的生意吃吃苦,如果能有不吃苦的时候,他当然更加高兴。

"这一幅画,你怎么看?"山水坐到慕容无风面前道。

"三条线?"慕容无风挪了挪身子,"仅仅是三条直线?"

"是。"他有些得意。前一幅画,因为线条复杂,固然难以看懂,这一幅却是过分简单,简单得让人无话可说,难度更大。

"生活。"慕容无风想了一想,道,"你说的是生活。"

"愿闻其详。"

"生活原本简单,不必跳到三界之外去寻求意义,就好像这三种最常见的颜色,处处都是。"

山水的脸兴奋得发了红,高声道:"对,对,这就是我要说的意思!"

慕容无风淡淡地笑了笑,笑得有些虚弱。除了面对疑难病例,他很少兴奋。他的身体,他的病,也不允许他过度地兴奋,但他却能够理解这种兴奋的感觉。

"你的腿冷吗?"山水看见他光着脚,毯子很短,只能盖住上身,竟哗哗两下,脱下了自己的一双厚袜子,套在他的脚上。

"多谢。"他宁可光着脚,也不要穿别人的袜子,不过他的脚早已冰冷得失去了知觉。

然后山水打开了自己的包袱,掏出了另一件衣裳。

"这是我目前为止画得最好的一幅画,花了整整一年的工夫,从没有人看得懂,连我自己也看不懂。所以你一定要看一看!"

"连你自己都看不懂,我又怎能看得懂?"慕容无风窘了。

山水慎重地展开衣裳。坐在他对面的蓝星爆发出一阵狂笑。

"你笑什么?"山水回过头,冷冷斥道。

"哈哈哈,老三呀老三,你藏着掖着,不舍得给我们看的,原来就是这么一个破玩意儿!这有何难,不用问他,我都可以告诉你。这是一只蜗牛,左看右看都是蜗牛。这一回你可别再笑我们恶俗了。你这几把刷子,也就到此为止罢了!明儿你要蜗牛,我老二一口气可以画上一百只……哈哈……"他竟笑得前仰后合,连眼泪都出来了。

山水的脸已气得通红,强按住心头的怒火,对慕容无风道:"别理他,他狗屁不懂。"

可是衣裳上画的,确实是一只蜗牛。

慕容无风道:"你画的是恐怖。"

"恐怖?"山水一愣。

"没有形状的东西藏在一个标准的形状之内,当它走出来的时候,是如此令人恐惧,就好像蜗牛的软体从硬壳中慢慢伸出……"

"我不明白……"山水喃喃地道。

"你明白。这三幅画其实是同一个意思,同一个暗示。"慕容无风看着他,慢慢地道。

山水的脸通红了,好像对自己的智力产生了怀疑。他呆呆地坐着,久久地,沉迷在思索当中。忽然间,他抬起头,幽幽地道:"我明白了。"

车上的人却并没有看他。因为就在这个时候,马车突然好像断了线一般地向前飞了出去。山水抓紧慕容无风,三人无路可退,竟分头从车窗中狼狈地蹿出,整个车厢"轰"的一声撞到了前面的一棵大树,摔得粉碎。

马,两匹马倒在地上,马蹄竟然全都被某种利刃削断了!

道路的前方,忽然出现了一个小小的石亭。小小的石亭里有一个小小的石桌,几把小小的石椅。桌子上坐着一个小个头的红衣女人。

一百年前,离石亭不远处,原有两个极大的村落,因村人皆矮,形若侏儒,人赐外号"矮人村"。一场瘟疫之后,村人消失殆尽,所剩的房屋墙院亦被山洪冲毁,只留下了这个凉亭,成为商旅必歇之处。

女人显然已在这里等了一些时候,石桌上的积雪早被扫净。桌上一个红色的茶杯,正腾腾地冒着热气。她的腿边有一个紫色的风炉,茶烟细细,在二月的天气中凝成一条直线。

女人端起茶杯,浅啜了一口,没有说话,只将长长的睫毛微微一挑,向众人淡淡地看了一眼。

见她目光流转,秋波明媚,娇滴滴如新荷出水,俏生生如雨打梨花,老二蓝星眯起双眼,摸了摸下巴,一缕淫邪的笑意浮上眉端。

那石桌上明明还搁着一把紫色的长剑,他只顾打量着女人的身段,完全没有发现。

"马是你杀的?"白星冷冷地问。

女人笑了笑,点点头。

"好快的剑……"山水喃喃地道。

"你是为了救这个人?"白星指了指慕容无风。

"不是。"

"不是?"

"我只是今天想杀人而已。"女人抿起嘴来,柔媚地笑了起来,"三位是一起上呢,还是分头来?"她一边说着话,一边缓缓地站了起来,突然身形一晃,剑已如乱花纷飞,风驰电掣般地刺向了白星。

"你不过是个女人而已。"白星淡淡地道,抽剑一斩,"锵"的一声,几乎要把女人斩成两段。女人却好像疾风一般地从他的剑尖上飘走,蛮靴居然还在他的手腕上轻轻地踩了一下,留下两个小小的足印。

他这才知道女人第一个要攻击的人不是他,只是故意借他来分散他人的心神。

等他明白过来的时候,她已一剑洞穿了老二的咽喉,正向山水攻去。

她居然只用一剑,就杀了一个人!聪明的女人当然知道先攻击最弱的敌手。

山水用的是单刀,但他的手上有慕容无风,所以被女人闪电般攻来的快剑逼得不停地闪身跳跃。

女人显然和慕容无风不是一路的。她的剑几乎招招都直奔慕容无风的咽喉!仓皇之中,山水只好把慕容无风往灌木丛中一抛,以便全力以赴地回挡女人的凌厉攻势。

"谢了!"女人冲他一笑,左袖挥出一条白绫,在空中一卷,卷住慕容无风的身子,疾掠十丈,眨眼间已把他带到了一棵树下,扔给他一个乌木小瓶,道:"这是你的药。"

白绫一闪,人已借力弹了回来。红衣白绫,长袖在空中微卷,宛如花朵般的颜色,好快、好美的身手!

山水并没出手,只是默默地看着她飘落,道:"你认识他?"

女人一脸漠然,反问:"你说呢?"

"我要走了。麻烦你告诉他,就说我谢谢他。"他收起了刀,慎重地道。

女人莫名其妙地看着他:"你要走了?你是说,你不打了?"

"不打了,我厌了。"他冷冷地说完,便头也不回地走了。

女人抬起头,看了看树边的白影,然后回过头来,对着白星道:"你呢?还打不打?"

白星一言不发,只是举起了剑。他的剑比女人的剑长出三寸,攻势沉稳却暗含机变,迅疾如狂龙出海,优美如月照秋波。他的白衣在静悄悄的林中,无风而激荡,剑花穿梭如行云流水。

而女人用的全都是平庸的招式,速度却要快出三倍,只在每一招的最后一刻才突然变招,令人完全无法猜测。三十招后,"铮"的一声,双剑相交,她的虎口被震得一麻,长剑几乎要脱手而出,左胸却露出了破绽。

她需要时间换招,只好硬生生地接了他拍过来的一掌。那一掌沉沉地击在她的左胸之上,顿时胸中一阵剧痛,一股血腥之气翻涌而来,她的嘴角开始有血。

而白星的剑却并没有回头,而是趁机向她的心脏刺去。等她见势回救之时,已经慢了一步。

剑光如水,所到之处,雾气似乎也跟着跳动。她已然嗅到了剑尖上传来的死亡之气。她明白,这时候唯一的办法就是回剑也刺向他的心脏,也就是围魏救赵之策,但是她的剑短了三寸。这意味着当白星的剑刺进她的心脏时,她的剑离白星的心脏还有三寸。三寸对于任何一个高手而言都已足够逃生。

七八种计算只在瞬间完成。女人的身子沿着剑势突然向后,向一个意想不到、常人绝不可能弯下去的方向,弯了下去!剑却从右腰之下斜刺了出来。她感觉到自己的剑已经完全刺入了白星的胸口。而白星的剑同时也已赶到她的腹部,将她刺了一个对穿。

四目相视，均有些惨然。他没有料到她居然会从这么一个角度，补回一剑。她却料到自己无论如何也躲不过他这一击。

两个人计算出来的结果，几乎是同样准确。

女人咬咬牙，将手中的剑往前一送。男人心跳的极轻微的悸动和挣扎，便沿着剑身传到了她的手心。她抽出剑，以剑支地，勉强地站了起来，看见白星面色恍惚地倒了下去。

白星的剑却还插在她的腹中。荷衣捂着伤口，感到一阵从未有过的刺痛和痉挛，却踉跄着，挣扎地走到那棵大树之下，然后便失去了知觉，沉沉地倒了下去。

荷衣在倒下时所看见的天空是红色的,红色的雪,红色的树,树上远远的,有一个白色的衣影。渐渐地,一切又都变成了紫色,淡紫色,淡紫色的星空,淡紫色的雪,淡紫色的梧桐树下,是一群群在草丛中飞来飞去的萤火虫。蜻蜓扑扇着透明的薄翼,通体发着妙曼的蓝光,优雅地从耳边斜掠,发出像蜂儿鸣叫一样的声音。橘树上的橘子被月光照得格外澄亮,每一个橘子上都歇着一个小小的穿着白衣提着红灯笼的女孩子。她们伸着腿,拢着手,张开樱桃般的小口,款款地唱着一首似曾相识的歌:

若有人兮山之阿,被薜荔兮带女萝。

既含睇兮又宜笑,子慕予兮善窈窕……

她迷迷糊糊地似乎睡去许久,却被一阵尖锐的疼痛唤醒。一只手在轻轻地摸着她的脸,手是冰凉的,居然比她渐渐冷下去的脸还要冰凉。

她缓缓地艰难地睁开眼,看见一张熟悉的脸,苍白而俊俏,眼眸如秋山般深邃,看着她时,却有一丝说不出的暖意。慕容无风一袭白衣,坐在她面前。

她勉强地笑了笑,不敢看,却知道剑还插在自己身上。

"你是……怎么……过来的?"她喘着气,问道。

她并没有躺在雪地里,而是躺在慕容无风的怀里,他正小心地抱着她,似乎要用自己身体里所有的热量去温暖她。

"当然是爬过来的。"慕容无风在她耳边轻轻地道。

"我怎么没看见?"

"你晕过去了。"他一边说着,一边用袖子轻轻擦掉她嘴边的血痕。

"无风,趁我还没死,咱们说点话。"莫名地,忽然有了一丝惆怅,为什么相聚总是这么短,离别却这样长？她轻轻地道,"你说,我穿红衣裳……好不好看?"

"好看。"他深深地看着她,"你穿什么衣裳都好看。"

"我不喜欢看见自己的血……"

慕容无风心中一阵酸痛,难道她竟是抱着必死的念头来的这里?

"荷衣,你看着我。"他的脸几乎是贴在她的脸上了,"从我们见面的第一天起,你就像一条鲜鱼那样活蹦乱跳,你不会死的!"他的目光深深的,好像一潭深不见底的湖水,"倘若你死了,我就在这里陪着你,永远陪着你!"

"别管我,你要……快些想法子离开这里。这里太冷……"她有些着急了。

"不冷,和你在一起,一点也不冷。"他搂着她,喃喃地道。

"为什么我身上……一点也不痛?"她忽然问道。

"我点了你所有止血的穴道,还有……还有一些会让你全身麻痹的穴道。"他轻声道。

这些能让全身麻痹的穴道荷衣也略知一二,但却极其危险,江湖上从没有人敢在自己身上轻易尝试。一旦失了轻重,便会立时毙命。这种轻重,或许只有慕容无风能够掌握。

"无风,听我说。"胸口一阵急痛,她忽然感到一阵窒息,一时间,话变得急促了,"你是可以离开的。拿着这个哨子……我来的时候,以为可以把你救出来,所以……所以预先在树林里藏着一辆……一辆马车。"

"车上有没有金创药?"他立即问。

"没有。只有一些你常用的药,是崔大夫给我的。他们……不同意我来救你,我是悄悄地来的。"她带了好些包他每天必须服用的汤药、心疾发作时必用的药丸、治风湿的药酒和治风寒之类的成药。

慕容无风吹响了哨子,果然,从林中跑出来了一辆马车。这马大约是跟了荷衣多年的老马,已有了灵性,一听到哨音,居然把马车正好停在了两个人的面前。

慕容无风把荷衣轻轻放在地上,双手支地,辛苦地爬上马车。脑子里,忽然闪出了许多"如果"。如果他有一双健康的腿,如果他也会武功,如果……荷衣就不会……他咬了咬牙,强迫自己把这些"如果"赶出脑外。这世界上原本没有"如果"。总是说"如果"的人,并不明白人生的艰难。

马车里有他平时外出时需要的所有东西,一个装满炭的火盆、几条厚毯、换洗的衣裳、水、干粮、药箱、几包药,还有最重要的,他的轮椅。

他把所有的药包拆开,从中抓出他所需要的几种药,放到炭盆里,焙烤成粉末。接着把一件衣裳全部撕成长长的布条。他抓了一条厚毯,带着粉末和药酒,来到荷衣面前。

她身后的雪是红的,嘴唇却是白的。在寒风中,她坚持不了多久。

"怎么样?我是不是有备而来?"荷衣看着他,有些得意扬扬。她的身子开始不由自主地颤抖着,脸色也变得愈加可怕。她知道如果能把慕容无风救出来,从这里慢慢走回云梦谷,也至少要四天工夫。四天当中,他当然需要车上这些东西。

"荷衣,你是最聪明的。"他恢复了冷静,恢复到了他平时那种冷淡的样子,"来,喝口酒。"他咬开药酒的瓶塞。

"这是……药酒,你擦身子用的,苦死啦,我才不喝呢!"

"味道不错,不信我喝给你看。"他一仰头,咕咚喝下一口。

"不。"她坚决地说,"不要给临死的人喝不好喝的东西,我的鬼魂会恨你的。"

"听话,荷衣。"他抬起她的头。

"要不,先……先做个吕字?"她突然悄悄地道。

"吕字?"他惑然,"什么吕字?"

"呆子,笨瓜!"她急红了脸,"你……"话没说完,唇已被堵住,他开始深深地吻她。

深深地、长长地吻着,好像呼吸都已全变成了他的。而她的腹部忽然一阵绞痛,他已拔出了剑。

所有的粉末都洒在伤口上,在关键之处,涂上了荷衣随身带着的一点金创药。然后慕容无风开始飞快地包扎好伤口,将她抱起来,送到了马车上。

幸亏她带来了轮椅。不然,他只怕就算是费了九牛二虎之力,也不一定能把她弄回马车。如果没有马车,他们也只好坐在树底下,活活冻死。

雪轻,风冷,炉红。

二月里刺骨的寒气似已被厚厚的车帘挡在了门外。荷衣裹着好几层厚毯,横卧在椅座上,炉火暖融融地放在身旁,红红的火光衬着她的脸色越发灰白可怕。

她失的血太多,伤口太深,以至于包扎之后,连慕容无风都不敢肯定她的血是不是已经完全止住,何况他们也没有足够的药。常人在这种情形之下一个时辰之内就会死掉,因是习武之人,荷衣才能挺那么久。

"你觉得暖和吗?"慕容无风镇定地问道。

看到情况危险的病人,不论你自己心里会有多么紧张绝望,绝不能对病人有半点显示。一个大夫的手必须非常稳定,为了维持这种稳定,必须要和病人保持距离。你若太同情他,你的手就会软,就会不肯试,不肯冒险,就会丧失许多机会。

他经常这样教自己的学生。

荷衣点点头,轻轻地道:"我来之前问过几个当地人,倘若我们往前走,走一整天,就会有一个大一点的村子。"她的眼睛还是明亮的,说话的声音虽小,却保持着和平常一样的语速。

慕容无风点点头,心里计算了一下,回程大约要四天时间,而且一路上路途凶险,渺无人烟。看来只能往前走,走到村子里,停顿下来。也许村子里有药铺,这样药也有了。

"你会不会赶马车?"荷衣忽然问道。总不能两个人都坐在车厢里,让车停在半路上吧?

话一出口就后悔了。这还用问吗? 慕容无风一向是坐马车的人,只怕连马鞭子是什么样子都不知道。

果然他老老实实地道:"没赶过,不过,应该不是很难。"

"这是我的马,会自己往前走,你只要在它慢下来的时候打一鞭子就好。"她的声音开始越来越小,越来越细,几乎有些听不见了。

慕容无风把自己裹在一件厚袍之中,爬到前座上,道:"你放心,躺着别动。"

马车缓缓前行。山路崎岖,一条羊肠小道似乎是无边无际地向前曼延着。天上还飘着小雪,路渐渐地淹没在了雪中。慕容无风每隔半个时辰回到车厢里探视一次,虽然气息奄奄,荷衣却硬撑着和他有一句没一句地搭着话。明眼人却看得出,她的脑子已渐渐有些不大清醒,只是靠着一口底气顽强地坚持着。

两天前,他自己还是一个连起床都困难的人,现在却要在这几乎能要了他命的天气里,一边辛苦地赶着马车,一边照料荷衣的伤势。

雪中的天地是如此寂静。天渐渐地黑了。不远处,竟有一点灯光从树缝之中透了出来。

难道荷衣听错了? 那村子其实并不远? 可看情形,却不像是村子。因为灯光只有一点,小小的一点。走近一看,是两间破破烂烂的屋子,大约是猎人所居。

有灯,当然有人。无论如何,他们得下车歇息一宿。一来,荷衣的伤口要清理换药;二来,马也累了。

未等敲门,门已开了,出来的是一位极精壮的大汉,开门的时候,手里还拿着一个烧饼。他穿着一件虎皮夹袄,一副猎人打扮。

大汉帮着他把荷衣抱下车来。她的脸色愈加灰白,软绵绵地靠在他的怀里,微弱地辛苦地呼吸着。

慕容无风谢了一声,道:"这位兄台,我们是过路人,本想连夜赶路,不料遇见风雪。不知可否在贵处求住一宿,明早即离开,到时自当依例拜纳房金。"

猎人将二人打量一番,沉声闷气地道:"我这里只有一张床,两位要住,只能住在柴房里,若不嫌弃,就进来吧。"

慕容无风道:"只需容身即可,不敢多扰。"

柴房里有一个水缸,一个灶台,地上却全是泥水,肮脏不堪,所幸墙角里堆了几垛干草。慕容无风只好将干草厚厚地铺在地上,垫上从马车里带下来的毯子,然后小心翼翼地把荷衣放到毯子上。

灶上还有余火,添上几把柴之后便熊熊地烧了起来,顷刻间,已烧好一锅热水。门闩早已破损,两片门板轻轻地掩着,被风吹得吱吱呀呀地乱晃。慕容无风净了净手,用仅剩的药粉,兑着水,调出一碗黑黑的药膏。做好这一切,他解开缠在她腹部的绷带,洗净伤口,然后从药箱里拿出一把薄而锋利的小刀,先放到火中烘烤,又放到药酒里浸泡。

荷衣看着他,神色居然比他还要镇定。

"不会很痛,"他说,"我已用针封了你的周身大穴,现在你除了头能动一动之外,身体的任何一个部位都没有感觉。只怕你要像这样子躺上十天,等伤口愈合了,我才敢解开你的穴道。"

"我不怕疼。"

"不要害怕说出来。疼是一个人的本能。"

"如果我怕疼,活不到今天。"她淡淡地说。

他愣了一下却没有问为什么,荷衣一向有一种与年纪不相匹配的成熟,何况此时此刻他需要专心查看她的伤势。有史以来第一次,他面对一个病人是如此踌躇不决,半天都下不了手。深吸一口气,他咬咬牙,用小刀剖开肿胀的伤口,摆弄着羊肠线,一层一层地缝合着。顷刻间,已缝合完毕,涂上药膏,用热毛巾将她冰冷的全身擦洗了一遍后,他帮她套上一件干净的白衣。清理完了一切,掩好毯子,他默默地注视着她,良久,忽然问道:"荷衣,小时候……有人常常欺侮你吗?"她的背上有好几处浅浅的伤痕,虽已年代久远,他却想象得出当时应该是什么样子。

荷衣避开他的眼睛:"没有,那些不过是摔跤摔出来的印子。"

她只顾自己说,却忘了慕容无风是大夫,自然能够分辨各式各样的伤痕。

慕容无风低头沉默,不再追问下去:"早些睡吧,你累了。"

他自己原本也在病中,经过方才一番折腾,亦感精疲力竭,便半躺在离她数尺之处的一个草垛旁,叮嘱道:"夜里如有什么不舒服,一定要叫醒我。"

"嗯。"她把脸朝向他,看见他闭上眼,迅速地睡着了。

一灯如豆。

灯影里,他的脸苍白清俊,剑眉朗目之下是挺直的鼻梁和秀美的嘴唇。睡着的时候,他的眉头是蹙着的,仿佛在梦中思索着什么。

过了很久,荷衣才蒙蒙眬眬地睡过去,夜半时分,却被一道刺骨的冷风冻醒了。

门不知什么时候忽然开了。那个猎人忽然轻手轻脚地走了进来。

荷衣只看了他一眼,就明白他要干什么,因为他的手上拿着一把刀,一把砍柴的大刀,而他的眼红通通的,仿佛受着煎熬一般死死地盯着自己。

她不能动,一动也不能动。她也不能叫,一叫,那把刀第一个要砍的人,就是慕容无风。

猎人走到她身旁,掀开了她的毯子,然后一把脱光了她的衣裳。他的眼中有一种近乎疯狂的神色,一种难以言状的兴奋,他开始脱自己的衣裳,开始亲她的脸,亲她的身子,然后开始做……

没有任何感觉,虽然恶心得要命。她看着他在她身上快乐地喘息着……她知道自己的伤口正在流血,缝合之处正在裂开。她只希望自己能快些免掉这份耻辱,快些死去。

那喘息已快到了最兴奋的时候,猎人开始陶醉般地哼出了声音。

一个白影扑了过来。两个人迅速地扭打起来。这是一种极原始的肉搏,两个人在地上滚来滚去,看不见究竟谁占了上风,只知道猎人的刀一直都在狂劈着,却始终没有劈到慕容无风,倒是砍得地面当当作响,金星乱迸。

很快猎人终于把慕容无风压倒在地,柴刀向他猛劈了过去。"噗"的一声,慕容无风的肩上已中了一刀,鲜血顿时狂涌了出来。猎人胜利地狞笑着,举起刀,再次向慕容无风的颈部砍去!

瞬时,一只纤细的手指闪电般地拂过了他的致命要穴。慕容无风没有内力,也不会武功,可他是神医。所以他不用费力就可以轻易封住一个人的穴道,比任何一个练过武功的人还要有效。

"当啷",柴刀掉在了地上,人却还在挣扎着。慕容无风翻起身子,拾起刀子,毫不留情地向他的头上砍去。

血、脑浆,溅了他一身。他却像着了魔似的砍着,一直砍到荷衣在一旁喊道:"无风,住手……他……他早已死了!"

慕容无风扭过头,爬到她的身旁,神色暴怒,近乎疯狂,脸也因痛苦而扭曲着。

"我没事……他没……没把我怎么样……"荷衣被他的神态吓坏了,赤裸的身体在寒风中簌簌发抖。

"为什么不叫醒我?"慕容无风直盯着她的眼,目光尖锐得几乎要将她的灵魂挖出来。而他的声音却是抑制着的,冷酷无情的,好像他们第一次见面时那样充满讥讽。

荷衣不说,只是恐惧地看着他。她还是第一次看见他发怒。

"你不说,就让我来说,"慕容无风恶狠狠地捏着她的手,恶狠狠地吼道,"因为我是残废,保护不了你,对不对? 对不对?!"

慕容无风的肩头殷红一片,而荷衣的眼中已满是泪水。

慕容无风用毯子掩住她的身体,将柴刀"砰"地一扔,坐上轮椅,冲出门外。而荷衣,耻辱,委屈,愤怒,担心,竟晕了过去。

辛家庄。

辛大娘起得很早,她总是村子里起得最早的人。早饭的炊烟还没升起,她已经开始蒸第三批馒头了。辛大娘是个上了年纪的老寡妇,儿子一家人早几年前就跑到山外的城里谋生去了,一年也就回来一次,而她却靠着卖馒头和一点积蓄养活着自己。

她通常一大早要蒸上五锅馒头,拿到集市里去卖。辛家庄虽小,在这远近几百里的山地中也算是最大的村落,每三天必有一个集市,远近几十里的山里人都会挑着东西来这里买卖。

勤劳的山里人多以打猎为生。近几年来山里貂多，狐狸多，豹子也多，倒吸引了不少皮货商人前来收购。村内无客栈，外人来了，也是胡乱地敲着各家的门。山里人良善，好客也好奇，加之外乡人大多出手大方，所以大家都喜欢外乡人。

辛大娘收拾起刚蒸好的一锅馒头，就听见门外有动静。她打开门，看见门前停着一辆满是泥泞的马车，一个清俊的白衣人坐在车上，身边还躺着一个面色发黄的女人，也穿着白衣，双目紧闭，似在昏睡。

山里人很少有长得好的，大家都在辛苦地讨着生活，牙黄，眼黑，满头恶疮，身子也因长年辛苦劳作而歪歪倒倒。而这白衣人看上去却是干净整洁的，就连指甲上都没有一丝污垢。白衣人拱了拱手，正要说话，辛大娘就笑了起来："客人是来求宿的吧？"

白衣人点点头："不知……"

"有，有，我儿子的房子就在隔壁，有自己的厨房，倒还干净。我马上替公子收拾一下就可以住了。"仿佛知道他要问的是什么，生怕丢了这个客人，她抢着答道。

"如此就多谢了。大娘贵姓？"

"姓辛，公子怎么称呼？"

白衣人正是慕容无风，他迟疑了一下，道："姓吴。这一位是……"他看了看车里的女人，有些发窘，不知道该怎么介绍。

辛大娘笑了："如果两位想分开住，我可以和这位姑娘住在一起。她好像病了？我这就去把炕烧暖起来。"

慕容无风结结巴巴说："我们其实是……住在一起的。"

"那她就是你的老婆。"辛大娘向他挤挤眼。

他的脸微微发红，点点头。见他行动不便，辛大娘叫来邻居帮着慕容无风下车，又将荷衣送到床上。一切安顿完毕，她给他端来一杯热茶、两个馒头。他很客气地接过："多谢。"

慕容无风吃馒头的样子也很斯文，喝茶的样子更斯文。辛大娘从没见过一举一动都这么斯文讲究的人。

"大娘，这附近有没有药铺？"慕容无风忽然问。

"有，不过不大。大夫是从外地请来的，姓刘，医术怪好，每隔九天才来一次呢。那一大方圆儿十里的人都赶过来瞧病。你要去，得早早地起来才好。他不在的时候，坐堂的是他的徒弟，水平要差些。你们来得巧，今天他正好在，要不我这就带你们去看病？"

"看病倒不用，我是想去抓些药。"

"那好办啊！我带你去，顺便就在那里支个摊儿卖馒头。"

"多谢了。"

两人来到药铺前。大夫还没有出来,门口已排了长长的队,有的背着孩子,有的赶着马车,扶老携幼地挤在门边。慕容无风一见这么多人,知道要等很久,不禁叹了一口气。辛大娘道:"别着急,这些都是来看病的,大夫还没批方子呢,买药的人很少。"

辛大娘带着慕容无风来到柜台边,招呼着道:"阿水,你爹在吗?"村子小,人人都认识。阿水是个十六七岁的健壮小伙子,阿水家是村子里少数能识字的几家之一,阿水爹就是药铺的老板。

"哎哟喂,辛大娘,您老怎么来了?怎么?瞧着我们这里人多,把馒头铺子也搬过来了?"一个胖胖的中年人迎了出来,热情地和辛大娘说着话,却拿眼不停地打量着慕容无风。

山里人好奇倒也罢了,阿水爹是村里唯一见过些世面的人,却也禁不住为他淡雅如菊般的气质所折服。辛大娘道:"这位吴公子是我家刚来的客人,他的娘子病了,想找你萧老板抓点药。"

萧老板哈哈一笑:"你们今天来得正好,刘大夫已经到了,正在里屋喝茶。病人在哪里?请大夫瞧一瞧再开药岂不更妥当?"

"多谢,用不着。我知道她有什么病,药方子也记得。"慕容无风说罢轻轻咳嗽了一声,脸色越发煞白。萧老板心道,莫说你娘子,就是你自己看上去都像是病得不轻。

"阿田,过来抓药。"萧老板扯着嗓子喊道。

一个伙计模样的人应声跑过来。

"劳驾,我要当归、泽泻各五钱,川芎、红花、桃仁、丹皮各三钱,苏木二钱,杜仲一钱。一式十份。请问,有没有七厘散?"慕容无风口齿清晰地说。

萧老板道:"七厘散……这种贵重的成药小店没有。"

"成药没有不要紧,可以现配。请给我朱砂一钱二分,麝香一分二厘,梅花冰片一分二厘,净乳香一钱五分,红花一钱五分,明没药一钱五分,血竭一两,粉口儿茶二钱四分。研成末之后,照原量做上十份。"慕容无风说得很慢,阿田手脚很快,拿出一叠纸,从药柜子里飞快地抓着药。

慕容无风安静地看着他,指了指其中的两种药说:"这两个不对。这不是苏木,这也不是血竭。"

"抱歉,是我的眼花了。"阿田吐了吐舌头,赶紧更换。

萧老板在一旁道:"公子很懂药啊。"

"略知一二。"

萧老板飞快地打着算盘:"一共是二十一两银子。"

他从怀中掏出一张银票,递给他:"这是五十两银子。"

萧老板没有接:"山里人不知道银票是何物,我们只收现银。"

"你们这里,有没有什么地方可以兑换银票的?"

"没有。银票是城里人用的东西,这里没人相信银票。"

"抱歉,我没有现银,连一文都没有。可不可以……"

"本店从不赊账!"看着他要了一大堆贵重的药,到头来却没有银子,这些药早都混到了一起,有些都研成末了,萧老板的心里便老大不高兴。

辛大娘看着慕容无风失望的样子,道:"公子,我们村子小,从来就没有人见过银票,也不知真假,不如……我这里还有三十文钱,先买些简单的药,凑合着用一用?"她卖馒头,一天也不过挣个十文二十文的,三十文钱对她来说,可不是一笔小数目。

慕容无风道:"大娘,你挣钱也不容易,怎能要你的血汗钱呢?老板,你看能不能这样,这些药,我先拿回去,算我赊账。我在这里帮你干几天活,把欠你的钱挣回来?"

"我不缺人手。"

"你看,你请外地的大夫来看病,诊费、路费、招待费,应该不少吧?如果你请我,我也是大夫,我只要诊费,其他的费用都可以免掉。我还可以天天都来,用不着让病人等九天,当然这只是暂时的,我无意想抢这位大夫的饭碗……"

"抢饭碗?这穷乡僻壤的,如果不开高价他能来吗?他愿意来吗?是我们稀罕他,不是他稀罕我们!"萧老板将他从上到下地打量一番。这人可不是疯了,脸色苍白,两腿残疾,连自己的病都看不好,哪里还有病人肯来找他?可是,药都配了,他真不给钱,这便宜也占得太大了!

"要不这样,"萧老板道,"你今天就和刘大夫同台诊病,如果真有病人愿意找你,你也治得好,我就请你。不过,诊费只能是刘大夫的一半。人家是大镇子里的名医,年纪大,有经验,而你……"

"我的诊费不能比他少,"慕容无风说,"我在我住的城市也是名医,老板是生意人,当然知道是什么货就得卖什么价。"

"你……"萧老板一时结舌,这人明明欠了他的账,却摆出一副待价而沽的样子。

"咳咳。"刘大夫从内屋里踱出来,一边捋着胡子,一边捧着手里的紫砂壶,道,"萧老板,时辰到了,我开诊了。"

"哦,刘大夫,跟你说个事儿,"萧老板道,"您这不是十天才来一次嘛,病人太多了,就是看到天黑也看不完啊,所以我又请了这位吴大夫过来帮个忙儿,替您分担一下。"

慕容无风拱了拱手:"刘大夫,请指教。"

刘大夫出来时,正好听见他说诊费不能少的话,心下颇不高兴,再瞧他一副病弱的样子,更是不屑,不禁冷哼一声,白眼一翻,道:"年轻人如此轻狂,你师父是谁?"

"家师仙去多时,名不见经传,不提也罢。"

刘大夫道:"那好,请。"

两人一东一西地坐在了药铺的大堂上。萧老板无奈,只好扯着嗓门喊道:"各位乡亲请了！今天坐堂的有两位大夫，一位是刘大夫，大家都认得。这一位年轻些的，是刚请来的吴大夫。想请吴大夫看病的，请另行排队。"

人群中有些人在喁喁低语，队排得很长，却始终只有一个队，所有的人都站在刘大夫这一边。

慕容无风虽然看上去样子斯文，却太年轻，且一脸苍白，还不停地咳嗽。按照山里人的想法，倘若一个人连自己的病都治不好，又有谁会指望他能治好别人的病呢？

是以慕容无风坐了足足有半个时辰，却始终不曾接过一个病人。站在一旁的萧老板看着，心里暗暗好笑。

可慕容无风似乎并不在意，也不着急，只是坐着，悠闲地喝着茶。

又过了一炷香的工夫，刘大夫的队越排越长，终于有一个病人从最后面走过来，走到了慕容无风的面前。来人是一个青年，长得倒是健壮，只是一张嘴不知怎么，竟好像抽了风似的歪到一边，也不说话，只是指了指自己的嘴。

身后有人笑了起来："歪嘴赵，你还不死心呀？你这张嘴，没瞧过一千次大夫，也瞧过一百次了吧？"

青年人倒不腼腆，歪着嘴道："瞧瞧又怎么了？等我娶得上媳妇就不瞧了。"他的家境倒是殷实，却因为有这样一种相貌，女人们自然是避而远之了。

慕容无风摸了摸他的脉，又看了看他的嘴，问道："足下这病有五年了吧？"

歪嘴赵一个劲儿地点头。

慕容无风道："我要在你的头顶和脸上扎针，请站到我面前，把头低下来。"

歪嘴赵绕过桌台，走到他面前，看见他坐在轮椅上，不禁微微一愣。

"你的腿是废的？"他冒冒失失地道。

慕容无风苦笑一声，避而不答，抽出银针，在他的脸和头顶扎了三下。他的动作很轻，很快，好像完全不会给人以痛楚。

歪嘴赵却"啊呀"大叫了一声，双眼一翻，咕咚一下，倒在地上。众人"哗"的一下围了上去，七手八脚地把他扶起来，定睛一看，他的嘴却已然奇迹般地恢复了原状。

马上有个人道："歪嘴赵，你的嘴……好了！"

人群哗哗地挤过来，都争着看他的脸。有几个胆大的，还伸着手，在他的脸上摸来摸去。

歪嘴赵摸一摸自己的嘴，仿佛不肯相信自己的手，又从怀里掏出一面小镜左看右看，不禁欢喜地一蹦三尺高，又"扑通"一声跪下来，给慕容无风磕了一个响头，然后恭恭敬敬地递上去三大块银子，道："吴大夫，这些银子虽……虽不多，却是我积攒了好几年的治病钱，请您一定要赏脸收下。您治好了我的病，就是救了我的命，我……我给您老人家磕头！"他本不善言语，加之积在心里好几年的隐忧顿时冰释，喜从天降，磕完头后，拉着慕容无风的手，竟乐得涕泪并流，说不出话来。

萧老板一把接过银子，捧在怀里，道："当然当然，你的好意吴大夫怎么会拒绝呢?"

慕容无风淡淡地道:"我收费原本一向都有定额,只是我也是初来乍到,只能是客随主便。不过,能不能麻烦你把大门口那个卖馒头的老太太请过来?我有话要对她说。"

"当然当然!"他忙不迭地飞奔了过去,把辛大娘领过来。

这时候,慕容无风的面前已经排起了长长的队。辛大娘看着他,笑着道:"吴公子,原来你也是个大夫,今天的生意很好啊!"

"能否麻烦大娘替我照顾一下家里的病人?她还昏迷不醒,我担心得很。大娘卖馒头和买菜的钱,就由我来支付好了。"慕容无风小声道。

"你放心地在这里待着吧,我这就回去。"

开诊后不久,病人忽然多了起来,慕容无风看病人快,开方子快,不料竟也整整在药堂里坐了五个时辰,忙得连喝口水的工夫都没有。而刘大夫这边的病人却越来越少,两个时辰之后,所有的病人已全都挪到了慕容无风那一边。

到了夜灯初上,剩下的一些病人听说慕容无风次日还来坐诊,才肯渐渐散去,而此时的慕容无风已累得几乎散架了。

"吴大夫,今天辛苦你了。唉,往常的病人也没有这么多,只怕是老兄你医术太好之故。"萧老板今天进账不少,开心得简直不知道该怎么办才好,先把诊金包成一大包,放在慕容无风的手上,不容分说,就要拉着他去吃饭。

"今天就免了,家里还有一个病人要照料。"慕容无风道,"从明天开始,我每天只能坐诊两个时辰。"

"两个时辰?"萧老板拼命摇头,"我瞧今天病人的来势,明天只怕会更多,两个时辰怎么看得过来?"

慕容无风道:"那得老板你自己想法子,我明天辰时准时来,午时准时走。"

萧老板心里道:这人医术好脾气也不能这么大啊。转念一想,刘大夫九天才来这里一次,而他却能天天都来,虽然时间短,也比不来要好。当下也不愿和他顶撞,便道:"好说好说,就依你。"

"那就告辞了。"慕容无风正要离去,萧老板忙道,"等等,路不好走,让阿水用我的马车送你。"

做好了晚饭,辛大娘便在荷衣的屋里等着慕容无风回来。过了一会儿,果听有人敲门,药铺的伙计阿水将慕容无风送到门边,辛大娘将他接进屋内,见他肩头有一片鲜红之色隐隐地从衣袍之中浸了出来,忙问:"你受伤了?"

"没事,不要紧。"

"吃饭了吗?"

"我这就去做。"

"不用不用,已经做好了,有现成的!"

他转过身来,解释:"大娘,您也辛苦了一天,快去休息吧,以后不要为我们做饭了。她……对了,她叫荷衣。她现在有很多东西还不能吃,先得煎药,由我自己来弄就好。"

"那好,你弄,我帮你打下手。"

两人正要走向厨房,一个声音忽然幽幽地从身后传来:"无风……"

两个人同时转过头,荷衣已睁开了眼睛。

慕容无风连忙来到床边握住她的手。辛大娘冲着两个人挤了挤眼,知趣地退出了门外。

她的脸还是那么憔悴,眼睛看着他时却含着笑意。他掩住了她的口,轻轻道:"你还病着,别说话……太费气力。"

"你的伤……还没好吗?"她的目光停留在他的肩头上。

她还记得那一夜的事。他的胸口忽然袭来一阵刺痛,就好像有一把尖刀正在搅动他的心脏。两个人之间,忽然有了一种可怕的沉默。

过了很久,荷衣轻道:"敷药了没有?为什么现在还出血?"

"别担心。我是大夫,这是小伤。"

荷衣仍然神色紧张地盯着他的肩头。他只好到厨房里换过药,将伤口重新包扎了一下,又换了一身衣裳。她不能动,听见厨房里一阵乱响,不一会儿工夫,屋子里传来饭香。他给自己做了一碗饭、一碗菜,又给她做了一碗粥。香喷喷的饭菜端到她面前时,她笑了。

"想不到你会做饭,以前做过?"荷衣问。

"没做过。所以我炒的菜你就别吃了。至于这碗粥,无论味道如何,你将就着喝一点。你已经有一整天没吃东西了。"

说罢,慕容无风把她的头抬起来,一勺一勺地喂她。忙碌了一天,他也饿了,喂完荷衣,他吃起了自己做的豆腐炒蘑菇。她在床上默默地看着他。

"知道吗,这是我第一次看见你吃饭。"她忽然说。

"是吗?"

"在我的印象中,你是个不食烟火的神仙,从来不吃饭,更不要说做饭了。"

"可我却活了这么长,奇怪吧?"

"可不可以解开我双手的穴道?……一动也不能动,难受死了!"

"不可以,会很痛的。"

"那也不能像这样躺在床上啊!我是女人,很不方便的。"

"有什么不方便我都可以照顾你。"他抬起头来,淡淡地道,"水马上就热了,我这就给你换药洗澡。"

"你……你不用管我,我脏几天没事的!"不知为何她突然害羞起来。

慕容无风拿出药包,将她从床上扶起来,麻利地替她换好药。紧接着,用热水将她全身擦洗了一遍。这还没完,他换了一盆水,又开始擦第二遍。

"其实……用不着这么认真,并不是每一个人都有洁癖的。"荷衣忍不住道。他没有理睬,好像擦拭一件珍贵古瓷一般地继续擦拭着她的身子。

擦完了之后,他又去换了一盆水。

"怎么还有一遍啊?"隐隐地,她意识到了他这动作的含义,不禁冷哼了一声,"嫌我不干净是吗?这么擦也擦不掉啊。"

慕容无风将毛巾扔进水盆,转身走了。

夜里,他沉默地睡在她身旁,一句话也没说。

一连三日,慕容无风都起得很早,每天出完诊就回来照顾荷衣。他过着一种有规律的生活,包括每天替她穿衣喂饭、洗澡换药。他们之间很少交谈,仿佛有很多东西无法触碰,变成了一种纯粹的医生与病人的关系。

第四天的正午,慕容无风像往常那样坐着马车去药堂开诊,沿途遇到一个病人,两个人略谈了一会儿,他突然看见那病人直愣愣地盯着他的身后。一转身,车后不知从哪里冒出了十六个灰衣人,忽然"哗"的一下全跪了下来。其中一位中年人颤声道:"谷主,终于找到您了!"

慕容无风的第一反应就是荷衣有救了,他忘了这些日子他自己重病未愈,为了荷衣只得咬牙硬撑,其实身子早已疲倦不堪,行将崩溃。他瞪大眼睛看着谢停云,半天没说出一个字,就晕了过去。

回到云梦谷,慕容无风神志昏沉地在床上躺了一个半月,一直没见到荷衣。等他终于问起她的下落,陈策才支支吾吾地说荷衣在康复后的第二天就离开了云梦谷。

"那她究竟去了哪里?"他问。

"听说去了岳州一趟,最近又回来了,大约是为五月初五与贺回的比剑做准备吧。"陈策说,"镇子里有人见过她,不过……不知道住在哪家客栈,其实找她也容易,谷主若想打听的话……"

"不用了。"

慕容无风没有再问下去。

第十二章

偶遇

大病初愈之后，慕容无风立即像往日那样忙碌起来。他不再笑，话也越来越少，竟比从前更加沉默。"荷衣"这两个字从他的谈话中完全消失了，他又回到了往日郁郁寡欢的样子。

总管们和学生们还发现他的书房里终日飘着一股酒味，几个酒瓶堂而皇之地堆在桌脚下。

有一次，郭漆园发现他桌上的茶壶里倒出来的居然不是茶，是酒。

"谷主，您不能喝酒！"他抗议。

"这是治风湿的酒。"

"这是竹叶青，最烈的酒之一。"

"是吗？我倒不知道那是竹叶青，既是这样，就麻烦你再拿几瓶过来！"慕容无风吼道。

他这么一吼，谁都不敢再争论下去。慕容无风的脾气其实与他那位暴躁的外祖父没什么两样，一旦话里开始有了火药味，再跟他对着干，他就会掀翻屋顶。郭漆园一听话头不对，找个理由就溜了。

这一日，慕容无风碰巧起得有些晚。郭漆园走进他的卧室时，他躺在床上，刚刚醒过来。

"谷主，今天有笔重要的生意要谈，你看能否出席一下？在神农镇，大约需要半个时辰。"

"什么生意？"

"有一批药材今年供货紧张，我们准备提价，跟延庆堂已谈得差不多了。他们当然不乐意，但毕竟是几十年的老交情，答应得还算爽快。只是这一回王老板亲自来了，老先生七十岁高龄了，走这一趟实属不易。我在听风楼备了一桌酒，特地请了他和手下的几位管事，谷主若能陪坐片刻，给他们一个面子，这事就妥了。"

慕容无风想了想，道："既然这么重要，我就去吧。"

于是，中午时分，一辆巨大的轿子将慕容无风抬到听风楼的门口。后面的马车里坐着蔡宣和赵谦和。谢停云和几个不知名的白衣随从尾随其后。

听风楼里一片喧闹，所有的座位早已爆满。

翁樱堂迎了出来，一拱手，连连道歉："各位各位，万分对不住，所有的位子都没有了。雅座里有一拨人从早饭开始吃起，到现在还没吃完，这个……不好赶人家走吧？只能委屈大家在楼下的桌子上稍等片刻。"

郭漆园气道："老翁，你脑子糊涂了吗？谷主的饭局你也敢耽误？"

翁樱堂连忙道："哎呀呀！都怪我，都怪我没安排好！所幸王老板他们也没有到。楼下刚好还有一张空桌子……谷主……您看……"

"那就在楼下坐一坐，不妨事。"慕容无风淡淡地道。

谢停云将他送到一张空桌的旁边，给他倒了一杯水。桌子旁摆着一个火盆，大约是特意为他送来的。桌布是崭新的，茶杯是他自己在谷里专用的。

当了这么多年的老板，翁樱堂当然知道慕容无风的脾气。谷主有比别的大夫更为严重的洁癖，第一条就是从来不碰外人的餐具。

翁樱堂第一次听到这个传说时，很不以为然。慕容无风极少出门，所以事先也没有人吩咐他。结果几年前慕容无风第一次驾临听风楼时，大家都忘了带上他的餐具。那一次，所有的客人都吃得畅快，谈得畅快。在一旁伺候的翁樱堂却发现自始至终，慕容无风的手根本就没有碰过筷子，也没有碰过茶杯。他坐了近一个时辰，粒米未沾，滴水未喝。客人请他多少吃上一点，他则辞以胃病未愈，不能饮食。结果，筵席一散，翁樱堂就被赵谦和叫去狠狠地训了一顿。说他"当了好几年的老板，怎么连这个规矩都不懂"。

从此以后，翁樱堂在听风楼的私室便收藏了好几套慕容无风在谷中常用的餐具，以备不时之需。

慕容无风的座位靠着窗子，却背着风，几乎算是楼下最好的一处地方。正午的阳光从窗外射进来，温暖地照在他的身上。他怔怔地看着窗外满是新绿的树木与芳草，不知不觉中，漫天飘起了鹅黄的柳絮。

他当然知道这是个骗局。翁樱堂不可能没有给他留下一间雅座。就算真的人满为患，翁樱堂宁可把自家的客厅让出来，也绝不会让自己坐在如此嘈杂的大堂里。听风楼原本就是云梦谷的产业，翁樱堂宁可得罪所有的主顾，也不敢得罪给他饭碗的人。当然，也没有郭漆园明知他生着病还要他出谷请客这一说。谷里有几个比镇子里好得多的厨师，请王老板到谷里走一趟也不是难事。他之所以不戳穿，反而一动不动地坐着等，就是想看看这几个人今天究竟在捣什么鬼。

他很快就明白了是怎么一回事。因为正当他把目光从窗外移进来的时候，一个淡紫色的身影出现在了门口。身影是那么熟悉,以至于不用细看,就知道是谁。

然后他听见了她的笑声,似乎在和一个相识的小二打招呼,两个人站在门边谈了几句。那小二一边拎着茶壶,一边道:"姑娘来得不早,楼下的位子所剩无几。不过都是些散客,只好委屈姑娘和别人共用一张桌子。"

"行。"

小二带着她走进大堂,在这种乱糟糟的环境里,两个人都没有注意到不远处静静坐着的慕容无风,却谈笑风生地往东侧去了。

慕容无风默然地看着她的背影。她看上去神采依然,走路的样子还是那么轻盈,一点不像是受过重伤的样子。他的心中不禁叹道:荷衣啊荷衣,你可知道我有多么羡慕你吗?

他端起茶杯,正要喝下一口茶。因为这个动作,牵引到肩上的伤势,手臂一阵疼痛,"砰"的一声,杯子掉在桌上,继而滚落在地。他弯下腰正待拾起,另一只手抢先过来,将碎成两半的茶杯一股脑儿地拾起来,扔到一边的垃圾桶中。

"多谢。"他说。直起腰,发现拾起茶杯的人是荷衣,四目相对,他的目光迅速闪开了。

"这么巧?"她道,"好不容易找到张空桌子,就发现了你。"

"我可以让给你。"

她迟疑了一下:"就你一个人?"

"嗯。"

在荷衣的印象中,慕容无风每次出谷必定前呼后拥,随从众多,他一般不会出现在大庭广众之中。但她没有多想,小二已经跟过来了,荷衣连忙点菜:"一碗红烧肉,多放辣子,一碗米饭。"

小二诧异地看了慕容无风一眼,见他的面前只有一个茶壶,不禁问道:"客官,你要的菜还没上吗?我帮你催一下吧?"

慕容无风道:"不用了。"

荷衣坐了下来,有半盏茶的工夫,两人谁也没说话。过了好半天,荷衣才说:"我只点了我一个人的菜,想必你已经吃过饭了吧?"

慕容无风道:"还没有。"

荷衣道:"也是,这一楼大堂的菜,你怎会看得上?"

慕容无风觉得,荷衣的话里充满了火药味儿,他没有反驳。饭菜上来了,热腾腾的红烧肉肥多瘦少,荷衣还专挑肥的吃,一口菜两口饭,胃口惊人,很快吃下一碗又叫来一碗。

"需要这么津津有味吗?"慕容无风哼了一声。

"你以为这种菜天天都能吃到吗?知道肉是多少钱一斤吗?"她说,"大多数时候,我只吃得起阳春面。"

"什么是阳春面？"

"说了你也不懂。"

慕容无风打了一个手势，小二忙不迭地跑过来："客官，要点什么？"

"一碗阳春面。"

"这个……"小二面露难色，"小店没有，不过小店有三十多种其他的面，来个炸酱面怎样？"

"咦，这店怎么开的？怎么会连阳春面都没有？"

"这个……如果客官肯光顾街东头的张记面馆……或许他们那里会有。"小二道。

"你愿意到街东头替我跑一趟吗？"

"行。"小二诚恳地点点头，然后伸出手，"我想，五个铜钱就够了。"

慕容无风看着他的手，摇头："我没带钱。"

小二瞪大眼睛看着他，第一次发现一个男人来饭馆身上没带钱，脸上却是如此毫无愧色。小二只得看着荷衣，荷衣亦摇头："瞧我干吗？我是认得他，可是亲兄弟明算账呀。"

慕容无风道："荷衣，你身上不会连五个铜板都没有吧？"

"借给你也是浪费，你不会吃的。"

这回轮到小二不耐烦了，两手一摆："二位别争了，不就五个铜板嘛，算我请客好了。"他一扭头竟走了。过了一会儿，小二满头大汗地从门外端了一个食盒，从里面掏出一大碗面条，热气腾腾地放在桌上。慕容无风拍拍他的肩，谢道："这位小兄弟很是爽快。只是我从不欠别人的情，你叫什么名字，等会儿我差人还钱给你。"

"孙瑞。"

"多谢，你去忙吧。"慕容无风很客气地做了一个请的姿势。

慕容无风看着面前的一大碗面条，眉头拧成了一个疙瘩："这就是……阳春面？连个鸡蛋也没有？"

实际上，那碗里除了面条和面汤之外，只有几片菜叶，而碗边赫然有一个黑黑的手指印。慕容无风的脸上顿时露出恐惧的表情。他又看了看放在一旁的竹筷，上面有几处黑点，不知天然就是那样，还是没洗干净。他拿起筷子挑起一根面条打算尝一口，突然改变主意又放下了。他看着荷衣，荷衣也看着他。两个人互相瞪了半天，慕容无风终于说："唉，你吃饱了……吗？"

"我来替你吃吧。"荷衣叹着气将他的阳春面拉到自己面前。

"那就麻烦你了。"

"不客气。"

她将半碗辣椒酱倒入碗中，很快地将面条吃得一干二净。

慕容无风正打算问她味道如何，却看见大门外面走进来四个衣着鲜亮的年轻男子和一个穿着浅绿衣裳的少女,好像是特意来找他的,五个人径直地朝着他们的座位走过来。

慕容无风回头看了看荷衣,发现她的脸色变了。

为首的一个年纪略长,朝荷衣拱了拱手,道:"师妹,好久不见,原来你在这里。"

那女子衣着华丽,颇有姿容,走进大厅时,令所有的男人眼睛一亮。她对荷衣的口气却连一点情面也没有:"大师哥,跟这种无耻的坏女人,你还客气什么?"

慕容无风的脸立即沉了下去:"几位找她有什么事?"

女子一听他的口气便知两人关系匪浅,眉头一挑,突然"砰"地一巴掌拍在桌子上,桌上的茶杯顿时震得跳起来,喝道:"我们自跟楚荷衣算账,不想死就少插手,少管闲事!"

荷衣冷冷地站了起来:"各位别来无恙。这位先生跟我不熟,不是道上的,请不要当着他的面大呼小叫。有话出去说,有事冲我来。"

"哟——"女子眉头一挑,笑了,"师妹什么时候连病秧子也要了?大约是看上了他的钱,想好好诈他一笔吧?我看……"她有世家子弟的直觉,慕容无风身无长物也不佩金戴玉,但举止风范一看就是极有教养。何况他虽衣色朴素,却是精工所制,一眼便知不是普通人家负担得起的花销。

这话尚未说完,为首的青年用剑鞘轻轻拍了她一下,道:"不要乱说!同门师姐妹何必刀剑相向?何况伤了她,师父在天之灵也不会原谅你。楚师妹,我们这次是特来寻你的。你自从下山之后便不见踪影。这包东西是你在山上的旧物,我们也一并带过来了,算是师兄妹一场,留个念想吧。"

他微笑着递给她一个包裹。荷衣接过,道了声"多谢",看也没看,便在众目睽睽之下将它扔进了垃圾桶。

五个人的脸全都气白了。

"师哥,跟这种女人还需要论理?"女子气得发抖,"还说'找她商量',找她商量是抬举她了!"

荷衣道:"我早已脱离师门。有什么事请自行商量,与我无关。"

青年的脸色变了变道:"其实也没有什么好商量的。师妹既已脱离本门,就请将师父的剑谱交还。"他从怀中掏出一个玉佩,"师父生前说过,见此玉佩如见本人。当着玉佩,师妹难道还要继续抵赖不成?"

"师父既已去世,这玉佩有什么用?死人留下的东西还能管着活人不成?"

"放肆!"另一个蓝衣青年"唰"的一下拔出了剑。

女子对慕容无风一揖道:"这位公子看来不是武林人士,只怕是对你的新相好所知甚少。小女子姓陈,家父是当年中原第一快剑陈蜻蜓。这一位是试剑山庄的三公子谢逸清,这一位是江南双隆镖局的大公子顾右斋,剩下的两位,一位是龙雨阁主人的少子龙熙之,一位是快剑堂藏剑阁萧沐风萧老先生的孙子萧纯甲。我的四位师兄均来自享誉天下的武林世家,他们的父辈、祖辈在武林中地位尊崇。没来由的,我们怎会和令友过不去?"说罢目光转到荷衣身上,"而令友却是来路不明。原先不过是街头行窃的小偷,被我父亲好心收留,抚养成人,教之武功。她吃的每一粒米,穿的每一寸布都是我们陈家的。想不到她居然觊觎本门绝学,这倒罢了。为了得到陈家的独传剑谱,竟然不惜以色相诱……简直是无耻至极!阁下是聪明人,小心被这狡猾的女人骗了还不自知。"

慕容无风冷笑:"既然诸位都是世家子弟,当然知道这张桌子是我们两个人的,而且我们也没有邀请诸位。倘若你们肯回头看一看,就会发现这个大厅里空的位子还是有的,没有必要跟我们挤在一起。道不同不相为谋,彼此落个耳根清净,岂不更好?"

"公子这是逐客呢。"女子道。

"好走不送。"慕容无风看上去完全不把这几个人放在眼里,荷衣的手却已经轻轻地按在了自己的剑把上。其他人的手,也都按在了剑把上。谢逸清的嘴唇动了动,正想说话,却发现慕容无风的身边不知何时已站了一位长身玉立、容色清癯的中年人。陈蜻蜓当年以轻功剑术绝世,他的徒弟们也一向以轻功自傲,而这个中年人是什么时候、怎么样走过来的,他们居然一点也没有察觉。

然后他们立即看见了中年人的腰上挂着一柄长剑,剑柄和剑坠上都有一个八卦的标记。这是峨眉派的用剑。峨眉山上,在这个年龄还带着这种剑柄和剑坠的,除了三位终年不露面的道士,只有两个人:一位是峨眉的掌门方一鹤,一位是他的师弟谢停云。武林世家的子弟总比一般人熟悉江湖掌故,何况他们本身,也算是掌故之一。这个人当然是谢停云无疑。

而他却在这个年纪看上去比他年轻得多的青年面前恭敬地站着。只见他俯下身来,在青年的耳边轻轻耳语了几句。一认出谢停云,四个人马上猜出了青年的身份。

谢逸清不禁动容:"恕在下失敬,阁下莫非是慕容谷主?"

谢停云道:"谷主方才所说的话,诸位难道没有听见?"

"不敢。家父前年大病,多谢先生妙手施治方得一命,在下这次……这次原本是带着家父的手书和谢礼,准备……面呈先生……"谢逸清想找出话来打圆场,一时左支右绌不知如何是好。

慕容无风冷冷道:"大病方知惜福。你沾过的东西,煞气这么重,我怎么敢要?"

"那……我们告辞,多有打扰。"说罢,他对另外四人使个眼色示意离开。陈姓女子还想多说几句,被谢逸清狠狠地瞪了一眼,只得跺跺脚走了。

五个人一走,谢停云也知趣地退了出去。见荷衣还站在原地生气,慕容无风将茶杯递给她:"人都走光了,还站着干吗?"

荷衣低头喝茶,也不说话。

"你这几个师兄师姐可真够厉害的,小时候一定常常欺侮你。"

"不是都坏,也有对我好的。"

"哪一个? 你也不说清楚,给我一股脑儿全轰走了。"

"他不在。"荷衣叹了一口气,"我很奇怪他为什么没来。"

"对了,你住哪里?"慕容无风突然问道。

"我走了,和人约了谈事。"只听见杯子在桌上一顿,荷衣身子一闪,不见了。

溜得这么快。慕容无风不知自己说了什么又把她得罪了,正想吩咐谢停云打道回府,一转身,发现桌边不知何时又冒出了一位灰衣青年。此人身形高大,模样俊朗,腰悬长剑,对着慕容无风笑道:"怎么她一见我就跑?"

"她?"

"荷衣啊。"

"你是……"

"她没跟你提过我? 我是她师哥,姓王,王一苇。"

"幸会。我是——"

"慕容无风,对吧?"

他怔住:"荷衣……跟你提过我?"

"提过。几个月前她去峨眉,半道上碰到我还跟我说她有喜事,回头要请客呢。怎么见我就躲呢? 没带钱?"

听到这里,慕容无风顿时沉默了。

王一苇当他面薄,不好意思回答,又说:"早闻先生妙手回春,医术冠绝天下。一苇仰慕已久,佩服之至。"说罢,深深一揖。

慕容无风只得还礼:"浪得虚名而已,仰慕佩服大可不必。对了,荷衣不在,我来替她做个东道,如何?"

"吃我不讲究,有好酒来几杯。"

一坛汾酒,几样别致的小菜摆上了桌。慕容无风替王一苇斟满一杯,道:"王兄,请。"

王一苇一饮而尽,慕容无风却只是拈起手中的茶杯浅啜了一口。

"慕容兄不来一杯吗?"

"抱歉,小恙未愈,暂不能饮酒。"

"无妨,荷衣的酒量很好,下次她在的时候,让她好好替你喝几杯。"

"方才你的其他几位师兄妹也曾来过这里。不过……他们似乎与荷衣……"

慕容无风在斟酌词句,王一苇接口道:"他们这几个,打小就跟荷衣过不去。那阵子我父亲病了,我常常告假回家,也是照应不及,荷衣算是受尽了委屈。不过,她脾气硬,从没流过一滴眼泪。"说罢叹了一口气。

"荷衣她自己……没有父母兄弟?"

"她的出生家世,她自己从不提起。我以前以为只有师父才知道,想不到有一次师父倒向我打听。大约……是些伤心事吧。她坚决不说，我和师父也就不再逼她了。"

"令师收她为徒时，她应该还很小。中原快剑当时名闻天下，收徒的规矩自当格外严格。荷衣入门，多少会有人引荐，不会一点线索也没有吧？"

王一苇笑道："这个，说来话长。你想听吗？还有，听了可得装糊涂，不然荷衣知道了可饶不了我。"

"你尽管放心。"

"十年前的一天，师父带着我们几个徒儿到山东游玩，来到一个小镇子。街头迎面跑来一个七八岁的小孩，浑身脏兮兮的，也不知是男是女，撞了师父一下，便不见了。那街上乱糟糟的，我们当时也没当回事。师父将衣袋一摸才大叫不好，原来他的钱袋子没了。我们几个人，当时也有十二三岁吧，便追了上去。那时我们跟着师父已学了六七年的功夫，对轻功相当自负，想不到明明看着那孩子在前面，却左追右追，怎么也追不上。后来还是师父把她追到了，你猜怎么着？原来是个小丫头，不过头上的头发全掉光了，长着一头的癞子。她拿着钱买了一个烧饼，师父将她拎起来的时候，她的口里还紧紧地咬着那个烧饼呢。"

慕容无风心中暗暗叹了一口气："然后呢？"

"然后师父发现她还买了八只烧鸡，全装在一个脏得发黑的小布袋子里。我师妹叫陈雨蒙，当时也在旁边，一看见从这么脏的袋子里居然掏出了八只油腻腻的烧鸡，便恶心得哇哇大吐起来。慕容兄大约不知，家师也是世家子弟出身，原本有大笔财产，只因他不事产业，只爱四处周游，行侠仗义，偌大的家业没多久便败得差不多了，只留下了一座大宅。虽然已没了半分进项，他花钱仍然大手大脚，最后只好收养名家子弟为徒，靠着家长们的供奉过活。这些有钱的家长自然不愿委屈了孩儿，所以大伙儿实际上都过着富裕的日子。我师妹还有两个丫鬟侍候着呢。家师一问旁边的烧饼师傅，才知道这女孩子是成天在街上乱跑行乞的小叫花子。师父觉得她的身手甚是灵活，便问她愿不愿意跟着我们走。那小女孩想都没想就点头了。"

他顿了顿，继续道："回到家里，几个师兄师姐自然不喜欢她。一来她虽然洗了澡，头上老是有几个癞子，好了又坏，坏了又好，小孩们不懂事，成天拿她取笑。二来，她没名没分，自然不能和我们一起学功夫，不过是混一碗饭吃，做些杂活，早上四更就爬起来给大家做饭、烧洗脸水，中午晚上则帮着厨房的师傅们择菜，有时候帮师兄洗衣服。她倒也老实，谁差她做什么，她一声不吭都做了。不过师妹好像是特别不喜欢她，嫌她脏，不许她碰自己的东西，也不许她帮着洗衣裳。大约就这么过了一年，她头上的癞子渐渐地好了，头发也长出来了，终究是几根黄毛，很不中看。不过大家一天也见不了几次面，也没有人关心过她。师父常常外出，一走几个月。大家平日除了练功便是嬉闹。有一次，大家一连好几天都没见她露面，还以为她又跑了。我终究有些担心，便跑到她的屋子里去找她，才知道她病了，发着高烧，一个人躺在床上，一连好几天都没吃东西，也没有人理睬。我实在看不下去了，便给她拿了些药和一些饭菜，照顾了她两天。她好了之后，就对我特别好。可是她和师妹的关系却越来越糟。她从小就不爱奉承人，而师妹独受师父和众师兄的宠爱，不免……不免有些跋扈。有一次，师妹掉了一只耳环，便硬说是荷衣偷的，将她的屋子翻了个底朝天。荷衣也火了，寸步不让，冷言相讥，两个人便打了起来。师妹居然打不过她，便去叫师父。师父倒还公正，把师妹狠狠地训了一顿。从此，他便正式收荷衣为徒，大伙儿天天一起练剑。

"不料荷衣入门最晚，学得却是最好、最快，最得师父喜欢。大家心里不免都有些妒忌，不服气。师妹更是时不时地就找碴挖苦她。学到后来，只有大师兄勉强能与荷衣对两剑，其他的人，包括我，全不是她的对手。这时却传来了坏消息，师父与峨眉山的方一鹤对剑，受了重伤，送回家时，已经奄奄一息。临终前，他只叫荷衣去见他，和她说了些什么，荷衣后来只字不提。只知道等荷衣从他的卧室里出来的时候，师父已经去世了，也没有交代后事。师父的屋内原有一本剑谱，写着他多年剑术的心得，他也一直说要把它传给自己的继承人。他的弟子们，特别是大师兄，一直跃跃欲试。不料，师父一去世，那本剑谱却再也找不见了。师妹便大骂荷衣偷走了剑谱。大家大闹了一场，荷衣一口难敌四舌，便愤而出走，从此再也没有回来。这些都是老四告诉我的。我有三年的工夫都告假在外，师父去世之后我才回来，而荷衣已经走了。不过，我们后来倒是匆匆见过几面，只知道她在外面四处谋生，过得也不易，好歹混下个'独行镖'的名头，比我这一事无成、名不见经传的师兄可强多了。"

他一口气说下来，饮了一口酒，门外却有一个女人探着头进来。王一苇脸一红，站起来，拍了拍慕容无风的肩道："我得走了，有人等我，什么时候得空再来看你们。"刚要走，却又回过头，道："对了，荷衣有一个怪癖，你可得特别小心。"

"怪癖？"他还是第一次听说。

"她不能看见死去的小东西，只要一看见就会发作。"

"发作？"慕容无风吓了一跳，原来她也有病。

"我们以前住的地方里常有人将溺死的婴儿扔在垃圾堆里，她只要看见了就会像见了鬼似的浑身发抖，呕吐不止。严重的时候甚至会昏过去，而且好几天晚上都吓得不敢睡觉。她也不能看见路上的死猫、死鸟儿、死鸡、死兔子、死耗子，一切死的小东西，只要一看见，她立时就发作。不过奇怪的是，这些东西一旦做成食物摆在桌上，就没事。她什么都能吃。小时候，几个师兄妹一要捉弄她，就往她的屋子里扔死鸟儿。"

"……"

"所以你一定发现，她走路的时候总是趾高气扬的，因为她的眼睛根本不敢往地下看。"

"她现在还是这样？"

"怎么不是？前些时我见她的时候，高兴得过了头，打着马就向她冲过去，结果马不小心踏死了一只小鸡儿，给她看见了，二话没说，跳下马就直奔树林里狂吐起来，整个人抖得跟筛糠似的。我哄了她半天，她死也不肯再走那条路，宁可绕条远道。你说说看，是不是中了什么邪？"

"可能是小时候有人曾拿着这些东西吓过她。"

"哈哈，所以我说你俩在一起最合适，你是大夫，一定能治好她。抱歉，我得告辞了。"

"有空请来云梦谷坐坐，荷衣一定很乐意见到你。"

王一苇长揖而去。

晚灯初上，走廊里的灯笼在夜风中轻轻地摇晃着。

慕容无风一回到谷里，服了两剂药就昏昏沉沉地睡了过去。到了夜半，他被一阵猛然的震动摇醒，耳边传来了马蹄声，睁开眼，他发现自己骑在一匹马上，背后有双手紧紧地抱住他。他挣扎了一下，身后有个声音说："别动。"

紧绷的弦松了下来，是荷衣。那双抱着他的手还牵着缰绳。

第十三章

神女峰

"记得第一次坐船来神龙镇时,曾经路过一座大山。艄公告诉我,那就是神女峰。后来我打听了一下,那山离云梦谷其实并不远。"

"是的。"

"你去过?"

"小时候外公带我去过一次。走到山腰时忽然下起了暴雨,只好半途而归。"暴雨将他淋得透湿,回去之后大病了一场,差点死掉。那座山从此便成了他的禁区,"我外公说,神女峰上,日出好看。"

"所以我要带你来看一次。"

忽然间,慕容无风陷入了沉默。

"已经快到了。"荷衣拍了拍马的屁股,"不要担心上不去,我的马很神奇!能走很陡的山路哦。"

弯弯曲曲的山道,树影憧憧,马足踏过草丛,四旁的灌木里不时传来小兽惊窜之声。忽然间,远处"呜——"的一声长咽,像是某种动物的号叫。

"什么声音?狼吗?"荷衣问道。

"猿鸣。'巴东三峡巫峡长,猿鸣三声泪沾裳。'说的就是它了。"

虽已时至凌晨,四处却仍然黑暗。万籁俱寂,只有远处回廊上的点点灯光和头顶的灿烂星光默默地闪烁着。不知不觉中,他们已走到了山腰。晨雾从四面环上来,渐渐漫过山际,漫过马背,两人仿佛走在了雾中。

晨光熹微,清风徐徐,山雾迷漫。天际中已现出一线曙光。

他们来到山顶,坐在一块平坦的巨石上。巨石直直伸出万丈悬崖之外。刚刚坐定,一轮红日从云海中冉冉升起。慕容无风俯身一望,晨雾渐开,澄江似练,蜿蜒其下。山风凛冽,吹得衣襟翻飞,振振作响,他感到自己摇摇欲坠,几乎要跟着衣裳飞起来，一双手紧紧地环住了荷衣的腰。

他低下头，荷衣长发扬起，在他脸前拂来拂去。

"你一定要带我来这里，"他淡淡地道，"是因为你觉得我的生活缺点什么，是吗？"

"不，你什么都不缺。"

他晒笑："我以为你至少会说……我缺两条健康的腿。"

"那我还缺一双会飞的翅膀呢！"

慕容无风忽然沉默。

"好吧，你的确缺点什么。"荷衣道，"你缺少一颗渴望阳光的心。如果你一定要把窗子关上，阳光又怎会照进来？"

他继续沉默。

"有时候面具戴久了，会真的变成你的面孔。"

"你是指我，还是指你自己？"慕容无风淡淡地看着她，"我毕竟还有个窗子，只不过是关上了。你呢？你连扇窗子都没有……你觉得我很需要你来拯救，是吗？也许真正需要拯救的那个人，是你自己。"

轮到荷衣沉默。

"别忘了是你先来找我的，是你需要我，不是我需要你。"慕容无风一字一字地道，"我不仅不需要你，也不需要一个孩子，此生此世都不需要。如果你不能接受这一点，永远都不用来找我！"

"啪！"荷衣给了他一个耳光，"我很想把你从这里扔下去！"荷衣站起，转身要走。慕容无风一把拉住她，不知道哪来的力气，将她拉到自己的怀里，凶狠地吻她。

荷衣挣扎着，但她没用内力，她咬破了他的嘴唇。

"我恨你！"她大声道，"更恨我自己！因为我老是想你！"

讲完这话她忽然呆住，愤怒的声音在空谷中反复回绕，竟比那猿鸣还要嘹亮。她站起身，蓦然看见不远处静静地站着一个人——谢停云。

慕容无风也发现了他，不禁一愣。

"有人病危，"谢停云道，"吴大夫让我来找您。"

诊室内人声喁喁，一群大夫正在讨论病情。无论他们说什么，荷衣都完全听不懂，只看见手术台上躺着一个婴儿，一副奄奄一息的样子。

只听得一人道："学生以为，此症风自内出，本无可逐。痰因虚动，亦不必消，只补脾土即可。"

另一人却说："左脉浮洪，右脉尚和，这是痰热之症，但发搐如此之久，是肺兼旺位，肝不为任，当用泻肝汤与地黄丸补肾。"

立即有人大声反对："胡来胡来！方才若是不用地黄，她还不至吐泻发搐！"

这人一说胡来,旁边的几位又七嘴八舌地争论开了。

慕容无风沉吟片刻,看着吴悠:"吴大夫,怎么说?"

吴悠深吸一口气,道:"学生觉得,既然所有的法子都试过了,都不见起色,实在不行,就要下重剂。"

"重剂固然取效极快,只是她现在脉如蛛丝,虚弱已极,不可妄为。"慕容无风从针盒中取出一根银针,"试一下针灸……"

荷衣坐在门边,她对医术一无所知,觉得自己十分多余,于是环目四望,看见抱厦的另一侧还坐着一个双目红肿、头发散乱、喃喃自语的少妇。一看便知,她是那个病人的亲属。荷衣见她失魂落魄,心中不免替她难过,便坐到她的身边,轻轻安慰:"大嫂,别着急,谷里最好的大夫都在这里,她不会有事的。"

少妇转过脸来,神情恍惚,仿佛念经一般:"……不会有事……不会有事,我的米米不会有事。"

荷衣握着她发抖的手,道:"她是你的孩子?"

少妇点点头。

"调皮吗?"她想找些轻松的话题。

"……不知道,她还太小……如果长得大的话……是妈妈的乖宝宝,一定不调皮。"少妇喃喃地道,"我给她喂奶,喂得好好的,她突然……突然就浑身抽搐了起来。"

荷衣只觉头顶上"嗡"的一声,思绪纷至沓来,颤声道:"她……她有多大?"

"一个月,我的月子还没坐完呢。"少妇忽然呜呜地哭了起来,"她一直都很乖,不吵也不闹,我还和她爹说,咱们的孩儿可不是夜哭郎……想不到……想不到……"她一伤心,话竟再也说不下去了。

荷衣不禁也呆了,脑内一片茫然,泪水狂涌而出。正在此时,那婴儿忽然大哭起来,少妇便如发了狂一般地冲了过去,"扑通"一声便在慕容无风面前跪下来,哭道:"大夫,你行行好,救救她吧!我求求你,救救我的孩子,你要我的血,你要我的命,我都可以给你!只求你救救她!救救她!我好不容易有了这个孩儿,她若有个三长两短,我也不活了……"说罢,不顾众人相拦,便咚咚咚地磕头。

慕容无风将她扶起,神色安定:"这孩子虽有危险,目前尚有法子可想。且如今的情形比之昨日,已大有转机。夫人请到外面略坐片刻,我们自当全力以赴。"

躺在他手下的女婴浑身发紫,身上插满了银针,不知是因为疼痛,还是因为苏醒,哭得声嘶力竭。他抬起头,正想再说两句安慰的话,却突然发现荷衣不知何时已出现在了那少妇的身后,双目直勾勾地盯着那婴儿,脸色苍白,泪流满面。

慕容无风的心突然一紧。

荷衣仇恨地看了他一眼,转身冲出门外。他不由得大叫了一声:"荷衣!"

所有的人,连同那婴儿,突然间都沉默了下来。几个大夫偷觑着慕容无风,却都不敢说话。他的背挺得笔直，一双苍白的手忽然攥紧，青筋暴现。过了一会儿，他才吐出一口气，缓缓地道："方才我那一针插在了哪里？"

"地仓穴。"吴悠轻轻地道。

他点点头，道："继续……先试申脉，然后是少商、下关、天井。"

几个人仿佛回过神一般地抓住婴儿的小腿，好让慕容无风在穴位上捻针。众人打仗般地忙了一夜，又观察了一整个白天，次日傍晚，婴儿终于停止抽搐，平静了下来。

慕容无风独自回到院子。黄昏中，院内宿雨初晴，梨花满地。几滴竹露冷冷地滴到颈上，打湿了他的衣襟。

屋子里一片空荡。第一次，他忽然觉得，自己的书房有些过分地宽敞。

砚台里，还留着她研过的墨。几张素笺，是她习的字。床边还放着一件她的旧衣裳。

他不禁颓然，一切变得索然无味。

似乎明白他的心事，谢停云出动了一大群人在神农镇找了一整个晚上，楚荷衣踪影全无，访遍所有的码头才知道她已买舟东下。

次日清晨，当谢停云再次来到竹梧院时，吃惊地发现慕容无风正坐在书房里。他一夜未眠，批改完了积留在桌上的所有医案。

他神色平静，虽然面容疲倦，却似已从病中恢复了过来。

"什么事？"他问。

"楚姑娘已乘舟离开了神农镇。"

"去了哪里？"

"不知道。那只船的终点是江宁。"

"知道了。"

慕容无风再没提起过楚荷衣，又开始了正常的忙碌生活。

第十四章

淡紫色的天空

五月初一时,终于传来了荷衣的一个最新消息。初五的比剑将如期进行。

神农镇里,早已住满了从各地涌来观摩的剑客,名门大派也纷纷派出了自己最得意的子弟。所有的客栈都已爆满,连沿街的住户都纷纷将自己的余床租了出去。

当然,大赛之前也有十来场小的赛事。首先是昆仑双剑出其不意地战胜了武当派年轻一辈最有成就的剑客谢赫,在江湖名人榜的名次一下子就跳进了前二十名。其次是昔年中原快剑陈蜻蜓的大徒弟谢逸清输了沈桐一剑,受了重伤。谢家人苦求慕容无风,慕容无风却以手中有重症病人为由拒绝施救,蔡宣倾力而为,也没能挽回性命。当夜,谢逸清鲜血流尽而死。

无论谢停云如何努力,挖地三尺也找不出贺回和楚荷衣的下落,只有《江湖快报》上天天传出新消息。贺回请的证人全都是显赫之士,一是武当山的现任掌门萧长老,一是少林寺达摩院的首座,人称"达摩剑"的一空和尚。两位证人的剑术自然是数一数二的,更重要的是,他们都是年高德劭的老者,在江湖上地位尊贵。而楚荷衣请来的证人却是名不见经传,一个叫李大忠,一个叫邹富。迄今为止,还没有任何一个人认出这两个人究竟属于何门何派。崆峒派中倒有一个叫李大忠的,却矢口否认自己认识楚荷衣。

眨眼间,便已到了五月初五的夜晚。比剑定在子时二刻,也就是三更。

夜光中的沼泽,薄雾渐渐迷漫开来,远处那片空地的后面是一片树林。夜风传来腐烂的草的气息,仔细聆听,还可以听到缓缓游动的淤泥所发出的气泡声。

飞鸢谷果然是比剑的好地方。那是一块在沼泽正中的干地,平坦,宽敞,却和众人观看的场所隔着一大片深不可测的沼泽。是以近处观剑的人,只可能是绝顶的轻功高手。平庸之辈,只能站在山坡上远远地观赏。

这一天,慕容无风的情绪竟异常地平静。一切如旧。他按时早起,按时批改完了医案,按时巡诊,按例出席医会。下午,他自己手中的两个病人也已脱离了危险,转到陈策的手下看护。

黄昏时分,郭漆园还给他看了这几个月的账目。

谷里剑客很多,这种赛事只要有时间,谢停云绝不会错过。生怕慕容无风不放心,临走时谢停云特地找到他:"蔡大夫和我一起去。万一有什么不测,我一定会把楚姑娘带回来。"

慕容无风点了点头,并没有多余的叮嘱。谢停云不免暗暗吃惊。他原以为慕容无风一定会去,一定会想法子见荷衣一面。这种有风险的赛事,也许这就是最后一面。

当他吞吞吐吐地问起慕容无风时,他只淡淡地说了三个字:"我不去。"

没人知道他的心中究竟是怎么想的,也许他已不再动情,也许他根本就想忘了她。这原本不过是比剑而已,离他的本行差着十万八千里。他既不是练剑的人,对剑术也从不关心。

谢停云走的时候,心事重重,满腹狐疑。

亥初时分,廊院上的灯笼早已亮起。他轻轻掩上了院门,来到湖心小亭。

湖面圆如平镜,更无一点风色。素月分辉,明河共影,表里俱澄澈,却不知今夕何夕。

慕容无风将七尺古琴放于桌上,香炉里添进一块龙涎。袅袅茶烟升起,玉碗中的香茗有着琥珀一般的颜色。

他浅啜一口。是她所喜欢的红茶,味道果然清醇无比。眼前仿佛出现那个在荒野雪地中涂着蔻丹、跐着木屐的红影。

她有一双聪慧的眼睛,在他的心中,没有任何一个女人可以与她相比。想到这里,他的眼中忽然有些湿润,有些伤感。好像美好的东西总是注定要离他而去,永远也不会属于他。

"铮"的一声,琴声在空旷的湖面上悠扬地响起。那不过是他信手弹来的一支曲子,却是那样忧伤凄美。

谷里的大夫们都曾听说慕容无风精通音律,能自度曲,却很少完整地听过他的琴声。

吴悠倒是常常弹琴,却总说自己的琴技不及先生万一。

大家一直都以为她是在谦虚。可这一晚的琴声却终于令他们明白了吴悠的话。

亥末时分,琴声忽止。他随手将琴抛入湖中,然后便静静地坐在徐徐吹起的夜风里。

四面淡绿的纱帐拂过他的脸,被风卷着飞了起来。他闭着眼,一动不动地坐着,等着谢停云给他带来的消息。

他恨自己，因为无论是成是败，他都无能为力。

等了很久很久，等到他觉得自己的心脏都似乎不再跳动，才发觉三鼓未响，时间只过了不到一刻而已。

比剑还没有正式开始，他竟已开始坐立不安起来。

看着自己的样子，他不禁苦笑。残废的人应当很能坐才是，而如今他却异常烦躁，一点也坐不住。他低下头，整理了一下自己的衣袍。

再抬起头时，亭上忽然出现了两个陌生人，一黑一白两位剑客。白衣人身材颀长，年岁大约在四十开外，虽然相貌英俊，脸上却漠然毫无表情，一双眸子冷冰冰地盯着他。黑衣人个子也不矮，正用一双窄而长的眼睛将他上下打量着。

"你在……等人？"黑衣人慢慢地踱进亭内，在石桌旁边坐了下来。白衣人也跟着走了进来，却一言未发。

慕容无风皱了皱眉，淡淡地，却是毫不客气地道："出去。"

"你叫我们出去？"白衣人也皱起了眉，好像平生从没有人这样和他讲过话。

"那位楚姑娘，今天和贺回比剑，你小子担心得要命，是不是？"黑衣人一针见血地道，"如果你真的很想观战，又不想让别人知道，我们可以助你一臂之力。"

慕容无风不知道这两个人是怎么闯进来的，也许是因为谢停云不在。若在往日，他一定会很好奇，可是今天，他却一点心情也没有，只是沉默地摇了摇头。

黑衣人"嘿"的一声笑了："瞧不出你小小年纪，心肠倒挺硬。"

慕容无风道："不过我确实想请两位帮个忙。"

他的样子看起来是从不肯找人帮忙的，现在居然有所求，黑衣人不禁将脑袋凑到他面前："说吧，小子，你要我们帮什么忙？"

"离我远点。"

黑衣人一愣，气得哇哇大叫，对白衣人道："这小子脾气真臭，我恨不得把他撕成两半。"

白衣人不以为忤，居然很和气地拍了拍慕容无风的肩膀："你放心，她的武功不差，至少不会输。"

慕容无风心中一喜，缓过神来，道："前辈怎么知道？"

白衣人哼了一声，道："方一鹤那几手三脚猫的功夫，能教出什么好徒弟来？"

慕容无风忍不住道："陈蜻蜓呢？"

"他败在方一鹤的手下，自然连三脚猫都不如。"

"是吗？"慕容无风有些沮丧。经过一番计算，荷衣仍然不是贺回的对手。

"楚荷衣的剑法比她师父要好多了。"黑衣人在一旁道，"我们若在旁边指点指点，就会更好。"

慕容无风愣了一下，道："我只是一个大夫，两位都是前辈高人，大约……大约今后也不会受伤。你们就算是帮了我，我……我也无以为报。"

"这年头江湖的风气真是变了,小姑娘们都时兴找外行。"黑衣人顿了顿,又道,"不过,这小子账算得清楚,我喜欢。你只当欠了我们一个人情,以后我们什么时候想要你还,你再还。"

"那就拜托了。"他慎重地道,"两位可知道飞鸢谷怎么走?"

"小子,我们在那里的时候,你还没出生哪。"黑衣人一声怪笑,霎时间,两个人都消失在了夜色之中。

而飞鸢谷里的证人和看客,似乎都已等得有些不耐烦了。

贺回的两个证人早已到齐。

离比剑还差一刻的时候,荷衣与贺回终于一前一后地出现在那片干燥的空地上。荷衣的身后,跟着两个畏畏缩缩的男人。

按照既定的程序,由荷衣先介绍自己的证人。

"这一位是李大忠,棺材铺的老板。这一位是邹富,卖烧饼的。"荷衣郑重其事地道。

观看的人群哄然大笑。在这样一种紧张的气氛里居然能看见棺材铺的老板和卖烧饼的老头,天底下只怕再也没有比这更滑稽好笑的事情了。

就连素有涵养的一空和尚与萧长老都同时皱了皱眉。

"阿弥陀佛,楚姑娘,你的证人似乎并不知剑术。"一空和尚道。

"知道输赢不就行了。"

"倘若姑娘是因为认识的人不多,请不到合适的证人,贫道倒是愿意向姑娘推荐几位。"萧长老道。

"我认识的人很多,就觉得他俩合适。"荷衣一点也不买账。

一旁观看的高手,心里都觉得有些不是滋味。在武林前辈面前说话,至少该客气一些才是,这女人实在是有些张狂。

"这是比武,不是儿戏。"一个声音从她身后冷冷地传来。

荷衣扭过头去,看见树丛边站着一个灰衣青年,白面微须,身材颀长,目如朗星,腰悬一柄形式古怪的长剑。剑把和剑坠上都刻着一个八卦。他走入场中,俯首向一空和萧长老各行了一礼。

"两位大师,请坐。"他躬下身去,用袖子将两把太师椅的坐垫拂了拂,一空和萧长老便含笑而坐。

他们总算在峨眉派这一位知书达理的小辈中找到了做长辈的感觉。

贺回此举原本就是想让荷衣看一看,有教养的武林人士应当是个什么样子。

荷衣回过头,对愣在一旁的李大忠和邹富道:"那里还有两把椅子,劳驾两位也坐下来。"

她这么一说,萧长老的脸又沉了下来。这女人今天好像存心要戏弄他们。

李大忠低头走了过去,贺回的剑鞘却横在了他的肩上。

"这位子不是阁下坐的,要坐,可以坐在地上。"剑轻轻一拍,李大忠的腿一软,便"扑腾"一声,一屁股蹲在了地上。

人群又哈哈大笑了起来。大伙儿实在是想不到开场竟是如此有趣。

"不就是缺两个证人吗?大叔来替你当了。"两个身影横掠了过来。

荷衣正气得浑身发抖,见了白衣人黑衣人一点也不高兴:"谁要你们当我的证人?我的证人就在这里,就是这两位,我偏偏就是不换!"

贺回一拱手道:"请教两位前辈的高姓大名……"

黑衣人怪眼一翻:"我们不过是别人差了来瞧热闹的,既没有'高姓'也没有'大名'。这两位既是楚姑娘的证人,便请入席。"说罢,袖子一拂,地上坐着的两个人不知怎的突然飞了起来,"扑腾"一声,端端正正地落在了椅子上。

一旁一言未发的一空和尚突然道:"既然证人齐全,子时二刻已到,就请开始吧。"

"锵"的一声,贺回拔出了剑,道:"楚姑娘,请。"

楚荷衣道:"请。"

湖面上夜雾正浓。还未到荷花开放的季节,荷叶的香气已足以醉人。红泥小火炉中,罗炭"毕剥"作响。

不知不觉中,慕容无风已喝下了好几杯红茶。时间却过得如此之慢。终于,夜雾中他看见了谢停云。

"她赢了。"他直截了当地道。

慕容无风松了一口气,点点头,又不放心地问了一句:"她……没有受伤?"

"没有。"

紧绷的神经终于可以松弛下来,他却不知为何叹了一口气,道:"多谢你带给我好消息。夜已深了,你去吧。"

谢停云垂首退了出去。

慕容无风端起茶盅,下意识地又浅啜了一口,白影一闪,面前的桌上不知什么时候已多了一个人。只见两个模糊的身影已向远处逸去,那黑衣人的声音犹自留在夜空之中:"小子,你喜欢的姑娘我们可给你带来啦,别解开她的穴道,不然她可就跑了!"

他抬起头,荷衣正一动不动地坐在他面前,脸蛋红扑扑的,额上还留着比剑时流下的汗水。他抬起手,食指轻点,解开了她身上的穴道。

两人对视半晌,谁也没有开口说话。

过了片刻,慕容无风方道:"荷衣,你肯回来看我,我很高兴。"

荷衣咬了咬嘴唇,冷冷地道:"我并没有想来看你,是那两个……两个无耻之辈将我抓来的。"

"我没有吩咐他们来抓你。"他低声道,"穴道已经解开,你随时都可以走。"不等她接话,他咬了咬牙,又道:"你和我待在一起,没有半分好处,反倒一而再再而三地为我受罪。你离开了我,日子一定会过得更好。所以你要走,我并不拦你。"

荷衣看着他,良久,轻轻摸了摸他的脸:"我并没有为你受什么罪。我只要你答应给我一个孩子。无风,我一直都想要一个孩子,你的孩子。我愿意天天和你在一起。"

他低头沉默。

"你不必担心太多,"她握着他冰冷的手,柔声道,"第一,这孩子是我生,不是你生。第二,他不会有事的,不会的。我们的运气不会这么糟。第三,就算是……就算是他的身子不好,有我们一起照顾他,他也不会受什么委屈。"

慕容无风继续沉默。

"无风,你说话啊!"

他抬起头,看着她,良久,冷冷地,却是坚决地道:"不,我永远也不要孩子。"

荷衣愣住,忽然觉得自己浑身在不停地发抖。然后她站了起来,颤声道:"你若不愿意,我也不会勉强你。"

他淡淡地道:"天底下的好男人多的是,我只不过是个残废,不足挂齿。你很快就会忘掉我的。"

她气得浑身哆嗦:"你说什么?!"

慕容无风心意已决,听见自己冷酷地说:"夜深了,你该走了。"可他的心却一阵一阵地抽紧,霎时间几乎丧失了勇气,几乎要拥抱她,恳求她留下。

荷衣默默地注视着他的脸,研究着他的神态。他的腮帮子硬了硬,目光中不露半分挽留的痕迹。

忽然间,一缕轻风掠过他,是她转身扬起的长发。荷衣的身影消失在了夜雾之中。

夜已深了,弦月如钩,静悄悄地挂在天上。

空气清纯,满天是淡紫色的星辰。他在夜色中坐了许久,方来到亭边的栏杆旁。

栏杆是活动的,上面有一个小小的插销。他拧开插销,轻轻一推,栏杆便如一道小门般地移动开来。栏杆的下面是几级台阶,一直通到水中。

虽然夜色茫茫,他却知道台阶的内旁有栏杆,栏杆的一端拴着一条渔船。他的外公喜欢钓鱼,以前便常常从这里下水垂钓。

他拄着拐杖吃力地站起身来,只觉头重脚轻,定了定神,一手扶着栏杆,慢慢地将身子移到台阶上。

台阶很滑,上面全是水藻,他不得不小心翼翼地调节着身子的平衡。所幸台阶并不多,只有三级,两旁的栏杆也很坚固。他总算是走到了最低处。

虽没有什么感觉,他却知道自己的脚尖和脚背已浸在了冰冷的湖水之中。俯下身,解开船缆,他将漂浮在一边的木船拉到脚边。船上有两支桨。他爬到船尾,操起双桨在水中用力一划,一叶扁舟轻捷地驶向远处。

这是他第一次独自划船,却发现划船其实是一件很容易的事。

湖面上轻轻地吹着北风,他的力道毕竟不足,划了足足有大半个时辰才把船划出了一段距离。在这里他可以获得真正的宁静。

湖心的小亭已远得只看得见几个灯笼,岸边的垂柳似已消失在了迷离的夜雾之中。既然有杨柳岸,晓风残月,又何必执手相看泪眼,无语凝噎?他淡淡地笑了,在这别致的风景里,为什么竟忘了带上一壶好酒?

歇息片刻,他开始有条不紊地干着自己想干的事。

船头有一个小柜,柜子里有一些陈旧的渔具,同时也有一只生了锈的铁凿和一把小锤。他把凿子和小锤放到身边,然后用船缆将自己的双腿分别系牢,之后又紧紧地绑在一处,打上三个死结。

作为大夫他对各种打结的方法都有过研究,原本以为只有在给病人缝针的时候才用得着,想不到竟在这里也派上了用场。

做好这一切,他便在船舱里凿了一个小洞,水便汩汩地流了进来。他静静地躺在船上,过了一会儿,水渐渐浸了上来,打湿了他的背。

仰望苍穹,紫色的星光照在他平静的脸上。这一刻星空的美丽真是无法形容。

船渐渐地下沉,他的身子渐渐在水中漂浮了起来。然后他的下身忽然一紧,下沉的船身将他的腿轻轻地一拽。

他没有挣扎。这正是他想要的,设计好的,一切如愿,所以没什么好挣扎的。

在彻底沉入湖水的一刹那,他努力睁着眼,最后看了一眼头顶上的灿烂星空,其中的两颗有些异常地闪烁着,好像荷衣的眼睛。

"美极了。"他在心里暗暗地道。

噩梦。又是那一片冰寒刺骨、深不见底的水潭,还是那个悬浮水中、无法呼吸的自己。

唯一不同的是,这一次,四周不再是无穷无尽的黑,而是一片灿烂。阳光正从水的上方照下来,一道刺眼的光柱,犹如一把利剑将他锁定。他浑身僵硬地悬浮在一丛水草之中,长叶柔软,水蛇般地缠绕着他,透明的叶脉仿佛一挣就断,却捆紧了他,无论如何也挣不开……

无奈,他只好抬起头,从水底看着离他不远处的水面。两岸花溪夹杨柳,桃花乱落如红雨。花瓣沿着水流漂过他的头顶,又缓缓离他而去……

他猛地惊醒,一睁眼,一缕刺眼的阳光直射过来,赵谦和脸上的几缕胡须正扫着他的额头。

"谷主! 谷主!"赵谦和摇着他的肩膀,好像要将他从睡梦中摇醒。

"不,不,不。"他连忙闭上眼,心里暗暗地道,"我已经死了。"

"谷主,醒一醒!"那手又在使劲地摇着他的身子。

难道我还没有死?! 睁开眼,环视四周。他发觉自己正躺在床上,穿着干燥睡袍的身子,被藕荷色的被子紧紧包裹着。头发还有些湿……难道昨夜的一切只是一个梦?

难道他所做过的事原来并不曾做过? 他的心头涌起一阵彻头彻尾的沮丧。

赵谦和却似乎毫无察觉,坐在床边忧心忡忡地问道:"谷主,方才你一直在床上翻来覆去,喃喃自语,是不是哪里不舒服? 要不要我去叫蔡大夫?"

"现在是……什么时候?"他镇定下来,问道。

"正午。"赵谦和有些焦急地看着他,"谷主没按时起床,我们还以为你累了要多睡一会儿,所以一直没有来叫醒你……"

他的心疾最易于凌晨时分发作,几个总管对他的迟起一向非常警惕。

看来他们并不知道。他心里暗暗地猜测。

"我很好,这就起来。"他从被子里坐起身来。

"吴大夫方才说有问题要请教,问谷主可有空。"

慕容无风心情很糟,呆了半晌,问道:"你说什么?"

"吴大夫说有问题要请教。"

他叹了一口气:"请她在书房里等我。"

待赵谦和退出去,他匆忙掀开了被子。果然,脚踝上各有一道深深的勒痕。因为勒得太紧,双脚上竟有两大片瘀紫。

他一面穿衣裳,一面在想究竟是怎么一回事。显然是有人救了他。他一点也不感到庆幸,反而很生气,既生自己的气,也生别人的气。为什么这世上总有一些多事的人呢?

这些爱逞英雄的人在救人之前至少应当问一下,人家究竟要不要你救。

吴悠在书房里等了足有一炷香的工夫,才看到慕容无风。

时至初夏,他还穿着好几层衣裳。大约起床未久,也还没来得及绾发。长发便从他的脸颊滑下来,披散到肩上。雪白的袍子衬着他瘦削的脸,眼中分明有几许忧悒、几许疲倦、几许一如往日的冷漠。

而她今天却穿着一件精心挑选的淡蓝色丝裙,上面隐隐绣了几朵梅花,衬着月白上衣越发显得清淡超俗。一见到慕容无风,她本已乱跳的心跳得更加厉害,脸顿时通红了。

慕容无风指着对面的一把椅子,淡淡地说:"坐。"然后一言不发,等着她说话。

不知怎么,她突然有些吞吐:"我刚拿到昨天的医案,里面有句话不……不大明白。"看他心不在焉的样子,她紧张得连寒暄都忘了。

"什么地方不明白?"

"什么是'恶寒非寒'?"

"嗯。古书上多说伤寒是恶寒,多属阳虚卫弱,所以你常用的参、附、芪、术,或清、或下、或治痰,都是正药。但并非所有的伤寒都是恶寒,此案病人脉七八至,按之则散,这是无根之火,服热药只怕会病得更重。"

"可有古例可循?"她点头微笑,给他一个难题。

"有三例见于姜隐杭的《名医类案》第七章,《南史》'直阁将军房伯玉传'也有一例。"他淡淡地看着她,"这些书如果你那里没有,我的书房里有,你可以借。"

学生考老师,当然自取其辱。她羞愧地笑了:"那我可就借了。藏书室在哪里?"

慕容无风指了指书房左边的一个侧厅:"往左。"

吴悠起身径直去了书室。

桌上有赵谦和送过来的早饭,一碟杏仁酥,一只粽子,一杯热腾腾的豆浆。慕容无风忽然觉得很饿,才想起昨天他几乎什么也没吃。

他望着那一碟杏仁酥,不禁叹了一口气,实在不明白一个想死的人为什么还会肚子饿。他居然胃口大开地吃完了所有的杏仁酥,喝下了半杯豆浆,正要打开粽子,却听见藏书室里"哗啦啦"一阵乱响,好像是有什么东西倒了下来,然后是吴悠"哎哟"了一声。

他放下粽子,赶到藏书室,看见她坐在地毯上,正皱眉抚着自己的脚踝。书散落了一地。抬头一看,大约她想拿放在书架最顶端的书,不够高,一用蛮劲,一大堆书劈头盖脸地砸了下来,正中脚踝。

"你没摔坏吧?"慕容无风来到吴悠身边,俯身看着她。

两人忽然间靠得很近,近得她已听见了他的呼吸,闻到了他身上飘浮过来的若有若无的薰衣草味道。吴悠连忙低下头,用裙子掩住自己的脚,慌忙地道:"没……没有,我没事。"

慕容无风默默地将一地的书挪到一旁,给她空出一条小道,顺手从身旁的架子里抽出另外两本,道:"你要的书在这里。常用的书,我通常不会放那么高。"

递书给她时,她以为他会顺便拉她一把,将她从地上拉起来,他却连她的手都没有碰。

"你去吧,我来收拾。"

"不,不,我弄乱的,我来收拾。"她将书拾了满满一怀,站了起来。

踮起脚,她硬要将怀里的书全插回架顶,不料脚一软,"啊呀"一个趔趄正要摔倒,那只手终于扶住了她。接着他只好挂着拐杖站起来,替吴悠将手里的书一本一本地放回原处。他的个子原本比她高出整整一个头,取书放书并不费力。

然后他缓缓地坐回椅子:"你上午没有病人吗?"

通常他问这句话就是逐客的意思。不知为什么,吴悠竟半点也没听出来:"没有。今天的手术都在下午。我……能在这里多待一会儿吗?这里的书真多。"她小心翼翼地问。

"可以。你慢慢看吧。"慕容无风把她一个人丢在屋里,转身回了卧室。

自从飞鸢谷一战胜了贺回,荷衣突然发觉今后的生计已不再是问题。

第二日清晨,当她从客栈懒洋洋地踱出来时,发现在饭厅里等着她的人很多。

她当然知道,比剑的地方也正是各大门派、各种帮会招兵买马的地方,开出的条件也很诱人。职位要么是一门的副手,要么总管一个分舵,而她比较喜欢去的是镖局。她选中了一个规模勉强算得上中等的长青镖局。

原因很简单,镖局在太原府,离云梦谷最远。她实在不想待在这个令她伤心的地方。此外,镖局的总镖头秦展鹏,惯使一杆大枪,年纪五十上下,看上去很和善,在西北也有不小的名头。他来这里只不过是碰一碰运气，想不到运气真的是很好。当荷衣点头答应时，他竟不敢相信自己的耳朵。

"楚姑娘剑术绝世，秦展鹏何德何能，竟能邀得姑娘加盟？真是三生有幸，蓬荜生辉！多谢多谢！"他哈哈一笑，道，"姑娘，这副总镖头之职非你莫属。以前是我的儿子做，现在我让他当你的属下。"

"秦总镖头还有一位公子？"

"小小镖局也算是经营了十几年的家族买卖。莫说是我的儿子，就连小女也在里头当镖头。江湖上人称'龙门双枪'的便是。要不是有他们两个撑着，在太原太行那个强匪出没的地方，还有买卖可做？"

"龙门双枪"在西北的名头，远远胜过长青镖局，亦远远胜过秦展鹏。荷衣当然听说过，却实在不知道这三个人原是一家子。太原商贾繁多，镖局生意原本很旺，不料太行一线群匪猖獗，官府剿了又来，来了又剿，都无可奈何。偏偏商贾生意走的都是南北一线，是以失镖的情况时有发生。镖局倒是不少，只是开了砸，砸了又开，生存下来的为数不多，长青就算是里面最大的一家了。

从神农镇到太原府路途遥远，一路上秦展鹏对荷衣却照顾得十分周到。若不是手上不离一杆红缨大枪，他简直就是一个和蔼的家长。荷衣的心中便存了一丝感动。

行了七日，终于来到太原府。

镖局的大门很气派，里面有五六进宅院，趟子手们也住在其中。进门过了大厅，便是一个大院，里面有十来个青年正在练武，使枪使棍、使刀使斧的都有。

荷衣正待细看，却见一个青衫女子从里面奔了出来，欣喜地叫道："爹爹，你回来啦！哥，快出来，爹爹回来啦！"

那女子身材高挑，双眉如画，一身短打，看上去一副雄赳赳的样子，模样却十分好看。

秦展鹏拍了拍女儿的头，笑得甚为慈爱，道："雨梅，你娘好吗？"

"好，好，前些时刚病了一场，哥哥回来，陪她说了几天话，就好了。"秦雨梅道。说话间，一个高个子青年也大步走上前来。荷衣见他双目炯炯，气宇轩昂，肤色微黑，猿臂蜂腰，谈笑之间自有一股英气。

"你们两个来得正好。这一位是楚荷衣楚姑娘，我新请来的副总镖头，雨桑你可就降职了。"

秦雨桑哈哈一笑，道："有江湖剑榜排行第一的楚姑娘替我们撑腰，莫说是降职，就是爹爹要我去扛大旗、扫地都值得。"

荷衣本觉自己来得突兀，一来便要替下秦雨桑的头衔，正深感不安，听他这么一说，不觉对他大有好感。

她刚要开口，秦雨桑又道："还有一件好事，对咱们的镖局也大有好处，爹爹不在，我已替爹爹应允下来。"

秦展鹏讶道："哦,是什么好事?"

秦雨桑指着一个正从大门缓缓走出来的灰衣青年,道："这一位是峨眉派的贺公子,今早刚刚到,说很愿意替咱们效力。"

荷衣一看灰衣青年,脑袋一下子大了起来。

"贺回?"

"你想不到?"贺回淡淡地道。

"你几时……几时想起……来这里做镖头?"荷衣结结巴巴地道。

"在镖局里做镖头是一项很好的职业,我向往以久。"贺回不冷不热地道,"尤其是做楚姑娘的属下。我们一起押镖,切磋的机会一定很多。秦总镖头,是吗?"

"这个……嗯,有贺公子加盟,当然是意料之外的大好事。不过……不过……"秦展鹏想来想去,不知道该得罪哪一个,只好看着荷衣。

"贺公子降贵纡尊,愿意跟着我来到太原这个远离老家的地方,我楚荷衣还有什么话可说呢?"荷衣笑了笑道。

"既然无话可说,楚姑娘押镖的时候,别忘了叫上我。"贺回拱了拱手,一溜烟走了。

望着他的背影,秦雨梅咯咯一笑,道："楚姑娘,你别生气,我们都已看了《江湖快报》,他输了你一剑,不服气,想找机会找回场子。倘若他说话不客气,我替你跟他吵架。我最喜欢和人吵架了。"

秦展鹏哈哈一笑,道："我这女儿跟我一样,是个直肠子,楚姑娘可别见怪。"

"这个,我不知道姑娘与贺公子有过节。如若姑娘觉得不妥,请言明,我们一定会辞了贺公子。"秦雨桑看着她,诚恳地道。

"不用不用,我是副总镖头,他是我的属下,哪里会有不妥?"荷衣不介意地道,"就算是不妥,也是他觉得不妥。"

吃罢一顿丰盛的接风宴,见过了秦夫人,荷衣回到自己的房子里。秦雨梅早已差人将房子收拾一新。屋内一切虽不如听涛水榭那么富丽堂皇,却也经过一番精心布置,陈设讲究,雅洁可喜。她小歇了片刻,秦雨梅便晃了进来,拉着她出去逛街。

"女人嘛,我们是女人嘛。"秦雨梅乐呵呵地道,"咱们镖局就在市中央,好玩的地方可多啦。不过咱们还是先逛布店,再逛首饰店,余下若还有时间,就逛一逛脂粉铺吧。"

荷衣笑了笑,想不到她雄赳赳气昂昂的样子,逛起店铺来却是标准的女人品味。两人在布店里买了些时新的湖纱、绸缎,交给裁缝铺做了几套衣裳,又在首饰店里买了两对绿玉耳坠。雨梅一定要送荷衣一串绿玉珠子,荷衣只好笑纳。正要往她脖子上挂时,却发现她的胸口还挂着一个红绳子,底端拴着一个小巧的玉瓶,不禁大为好奇地道："荷衣,这是什么?里面装的是什么东西?"

荷衣只好道："嗯,是个瓶子,里面装的是……是一些药丸。"

"你有病？要随时吃药吗？"雨梅仰头看着她道。

"这……"荷衣轻轻地道，"不是我的药。现在也没用了。"

"那就扔了吧，把药挂在胸口上，多不吉利！"

"我……已经习惯它在我身边了。"荷衣抚摸着那只玉瓶，心中不觉一酸，神情黯然。

"好啦好啦，戴上这串珠子，避避邪也好。"雨梅眼珠子一转，见方才一问触动了她的心事，赶紧把珠子挂在她的脖子上。

两人在路上漫无目的地走着。

"哎，发现没，那个贺公子，神秘兮兮的样子，话好像特别少，是不是南方的男人都是这样？"雨梅忍不住问道。

"你是不是看上他了？"荷衣咬着嘴唇，斜着眼睛看着她笑。

"人看上去还凑合……"雨梅吐了吐舌头。

荷衣不禁笑出声来："他还只是凑合？要知道他出道很早，眼底下原本是没有别人的。我赢的那一剑也不过是侥幸而已，再来一次我很可能就死在他剑下了。何况，他竟也没受伤，可见我的剑对他而言，威力也不过如此。"

"哎哟哟，需要这么谦逊吗？"雨梅眼珠一转，"什么时候咱们也切磋切磋？我使枪。"

"龙门十三枪，道上谁没听说过？只怕我的剑还没挥过来就被你的长枪挑去了。"荷衣道。

"我哥的枪法比我要霸道很多。"

"哦？"

"可是他的脾气一点也不霸道。"

"你提他的脾气干吗？"

"我哥喜欢你，我一眼就看出来了。"雨梅向她挤挤眼。

荷衣道："晓不晓得女人通常有两大无法克服的爱好？"

"啊？"

"第一就是喜欢做媒，第二就是喜欢当妈。女人在这两个问题上从来都是有机会就绝不错过的。"

雨梅哈哈地笑了："还真是这个理儿。喂，我可是真的喜欢贺回，你一定要替我想办法。我一见他就头晕。"

"你认得他不过才两个时辰。"

"认得一个男人一个时辰就够了，我比较傻，才多花了一个时辰。贺回，就是贺回，我非他不嫁。"

"你怎么这么可爱？"荷衣禁不住摸了摸她的脸。

"嘘！荷衣，你看，贺回和我哥在一起呢。他们……他们莫不是一直跟着我们？"

雨梅的脸一下子通红了。

"你不是喜欢贺回吗？让他跟着我们岂不好？"

"哪里哪里，贺回一脸狡猾，我是怕我哥被他带坏了。"雨梅急着道，"他们俩怎能在一起？贺回这种人，只有我才对付得了。"

荷衣笑得快喘不过气来，贺回和秦雨桑却追了上来。

"什么事这么开心啊，楚姑娘？"秦雨桑笑道，"我爹爹不放心，怕姑娘刚来就被雨梅带着瞎逛，去了不该去的地方。"

"什么地方我们不该去？"雨梅噘着嘴，"除了窑子我们不可以去之外，哪里都可以去。"

"上次你和爹赌气，不就躲进窑子里了？叫我们一顿好找。"

雨梅还想说，窑子又怎么了？瞥了一眼站在一旁一言不发的贺回，硬生生将话又吞了回去。

秦雨桑道："好了，开玩笑的啦。我其实是来找楚镖头的。我们刚接到一趟镖，是黄货，要走太行一线。干了这一趟，够咱们整个镖局歇半年的。"

乍听得人叫她"楚镖头"，荷衣还有些不习惯，不禁莞尔一笑。她当然知道黄货就是黄金，属于最危险的一种镖，目标大，东西重，出了事连跑都跑不快。

雨梅道："咱们镖局的胆子什么时候变得大起来了？"

"以前是不敢接的，现在有了楚镖头和贺公子，这一趟肯定没有问题。"秦雨桑充满信心地道。

清晨，镖局里已经开始忙碌了起来。四千两黄金当然不是一笔小数目，酬金也十分丰厚。路线昨夜已经商定，由秦氏兄妹领路，从太行山的商道穿过，其中会路过两个强匪出没的山头，一在左，一在右，是无计可回避的。镖车里是沉重的黄金，只能走直道，不可能像珠宝那样可以被人装在包袱里，带着它施展轻功翻山越岭。

趟子手有二十人，都是镖局里最精锐、最有经验的青年，荷衣与贺回押后。一群人便向太行山里进发。

走了两天，在客栈里歇了一宿，都太平无事。

"你说，太行的土匪是不是正好这两天放假？"走在商道上，荷衣忍不住问贺回。这两天几个镖头一直走在一起，贺回很少说话，一副公事公办的样子。有时候雨梅故意找他搭讪两句，亦时时碰壁。

"不会。"贺回道，"他们一定会找上来的。"

"如果来了我们应当怎么办？"荷衣又问。

"不知道。"贺回淡淡地看了一眼，觉得她的问题十分外行，"我听副总镖头的。"

荷衣只好策马往前，来到秦雨桑面前，问了同样一个问题。

"这个嘛，取决于来的人是哪一拨，来了多少人，头领是谁。以前太行一枭郭东豹在的时候,这条路根本走不得。商旅经过,要么老老实实地交上一大笔保护费,要么绕道。去年底,郭东豹不知得罪了何方神圣,他连同他的三个兄弟便在一夜间被人掳去交了官。这官府剿匪多年,正愁没法交差,怕夜长梦多,没过几天就把他们全部处决了,手下人顿作鸟兽散。太行一脉从此安宁了大约有大半年之久。现在几个山头又被新人占了。"

"那么,我们也要交保护费吗?"荷衣问道。

"以前我们每年都是交的。姑娘别见笑,这是镖局走镖的规矩。能不得罪人时尽量不得罪人,钱能圆了场子的,也尽量用钱,只要大伙儿还有钱,还交得起。常年在外走镖,各大山头的大王最好都要认得,都要知会、打点,只求他们放手。不过,这一趟黄货就难说了。我记得去年我丢过一次镖,一行人刚走到山脚下,立即被山匪团团围住,心里一数,竟有三百人之多,吓得我们丢盔弃甲,掉头就跑,只恨爹娘怎的没给我们多生两条腿。"

他一边说一边笑,荷衣却可以想象他们当时狼狈的样子。她知道大多数江湖人喜欢吹嘘自己如何了得,像秦雨桑这样拿自己失镖的事当笑话来说的人,当真是少之又少。

"好在我们兄妹俩的腿长,一遇到风紧的时候,跑起来就跟龙卷风似的。"雨梅在一旁也加了一句。她的话音刚落,头顶上便飞过来一支短箭,正钉在镖旗上。

接着便是一阵铺天盖地的飞箭暴雨般地从前面射过来。大伙儿好似早有准备,顷刻间都伏在了镖车之后,坐骑却是一个不留地全被射倒在地。

空中顿时弥漫着一股血腥之气。

荷衣虽然也走过镖,哪里见过这种阵势。还没有等她回过神来,她已被秦雨桑连人带剑地从马上拎了下来,又被他一推,推到了镖车之后,秦雨桑高大的身躯便挡在了她的前面。

"秦老大,是你吗?"只见不远处一个黑脸大汉手执大刀,策马而立,声如洪钟一般地吼道,"这一趟你又带什么好东西孝敬你家大爷来了?"他的身旁立着七八十个弓箭手,一百多个走卒。

秦雨桑道:"段老二,孝敬的东西当然不少,不过你得有本事才拿得到。"

"哈哈哈,不怕被射成刺猬的只管上来。兄弟们,准备动手推车子。"段老二抱着刀,眼睛直直地盯着镖车。

"段老二,今天就只来了你一个?你也太小瞧我们啦!"秦雨梅一声清叱,"不怕被你姑奶奶的长枪扎成肉串的,只管上来。"她挥舞长枪便冲了过去。

箭又劈头盖脸地向她射去。她的长腿在镖车上轻轻一点,身子斜飞了出去,长枪横空一扫,箭便如乱雨一般纷纷坠地,眨眼间,枪尖几乎就要刺到了段老二的脸上。

段老二一声大吼,大刀如狂风般地砍了上去。荷衣看着,心中不禁替秦雨梅捏了一把汗。她实在看不出这个女人打起架来,简直比男人还要拼命。

突然间,不知从哪里飞过来了一把斧子,在空中转了一圈。就在枪和刀快要相交的那一刹那,斧子已到了段老二的头上,将他的头颅活生生地砍了下来。

秦雨梅长枪一挑,挑起来的竟是段老二的一颗双目暴瞪的头颅。头领一倒,众卒"哗"的一下便抱头乱窜,顿时便消失得一干二净。

三人同时回过头,只见贺回抱着胳膊,淡淡地道:"这就是太行的劫匪?"

秦雨梅将枪一收,怒道:"贺回,下次你少管我的闲事!"

贺回哼了一声,道:"这里可不是耍花枪的地方。"

"那你何不先尝一尝本姑娘的花枪?"话音刚落,秦雨梅的枪便闪电般地向他刺了过去。

"雨梅,住手!"秦雨桑急得大喝。

贺回淡淡一笑,就在枪刺过来之际,手轻轻一探,一抓,便把枪头抓在手中。秦雨梅只觉一股大力从枪杆上传了过来,虎口一麻,长枪顿时脱手。贺回将枪一掂,顺手掷了回去,缓缓地对荷衣道:"副总镖头是不是看不过眼,也想来赐我几招?"

"不敢。"荷衣看着双眼微微发红的秦雨梅,忍不住安慰她一句,"输在这人手下没什么,在他手下不输的人,迄今为止还真不多。"

四千两黄金分装在两辆镖车里,箱子沉重却并不大。趟子手们倒有一小半为流矢所伤。大伙儿包扎好伤口,将车子分别套在劫匪丢下的马上继续前行。

荷衣依然与贺回并骑押后。

荷衣道:"你若想激我出手,用不着伤害别人。"

贺回道:"你难道看不出我是在救她?"

"那就算是白救了,人家可不买你的账。"

"哼。"

无话可说,荷衣只好解开腰下的水囊,仰头灌了两口。

沉默半晌,贺回忽然又道:"你为什么会离开云梦谷?听说你在那里原本很愉快。"

荷衣已有好一阵子不再谈起自己的事情了,听到贺回问起,不禁一愣:"你听谁说的?"

"难道慕容无风没有告诉你,他认得我?"

"好像说过。"她记得慕容无风好像没说过贺回什么好话。

"这世上敢给我贺回冷眼的人并不多,慕容无风算是一个。如果他不是个残废,我一定会杀了他。"

他说这话时,目中隐隐有一股杀气。

荷衣淡淡地道:"你想杀他我不反对,不过你必须先杀了我才行。"

贺回好奇地看了她一眼。

"只要有谁敢动慕容无风一根指头,这人就是我的仇敌。"荷衣冷冷地道,"还有,慕容无风不是残废,请你以后不要在我面前提到这个词。"

贺回怔住。他一向喜欢威胁别人,却从未被人,尤其是女人威胁过。而面前的这个女人突然间全身上下散发出一种说不出的凌厉之气。他不禁皱了皱眉头,很不习惯有女人用这种张狂的口气和他说话。

他微微一笑,道:"可是,慕容无风就是一个残废啊。"

"恭喜你,贺公子。"荷衣双眉一挑,"你被解雇了。"

马道悠长地伸向远方。

秦雨梅揽着马缰,快活地道:"贺回真的走了?"

"嗯,解雇了还不走,难道还等着我们给他发薪水不成?"荷衣道。

秦雨梅咯咯笑道:"好,痛快!荷衣,你真够义气。"她没听见他们的对话,还以为荷衣是替她出气开除的贺回。

荷衣笑了笑,不便说破。

秦雨梅道:"这个人也怪老实的,叫他走他还真的一句话不说扭头就走了。我还以为他会报复呢。"

荷衣淡淡地道:"他没有走远。"她抬起头,望着马道前方。

贺回不知什么时候,已策马站在了镖车的面前。

"各位好。"他像寻常一样打着招呼,"我原本打算这就走,却忽然想起来还有一样东西没拿。"

"什么东西?"秦雨梅道。

"黄金。"他淡淡地道。

"贺兄说笑了,这黄金并不是你的东西。"秦雨桑皱起了眉头。

"贺回,你简直是难以理喻!"秦雨梅也叫了起来。

"不难理喻,我要黄金,因为我是劫匪。"贺回道,"几位是一起上,还是分头来?久负盛名的'龙门双枪'我正要请教。至于楚镖头,有人劫镖,楚镖头当然会义无反顾地要和贺某一决雌雄。你们商量商量,谁先上?"

秦雨桑道:"贺兄说的是真话?"

"不假。"

"那么就由我来请教请教贺兄的八八六十四式杨柳飞烟剑吧。请!"他纵身下马,长枪一抖,流星般地横扫过去。那枪忽扣忽扎,忽劈忽挑,忽锁忽点,忽缠忽带,红缨翻飞如红云蔽日,寒光点点如雨打梨花,直看得人眼花缭乱。

荷衣不由得向秦雨梅叹道:"人言道'枪扎一条线,棍扫一大片'。令兄的枪法却是枪棍结合,着实厉害!"

雨梅自豪地道:"你却不知我哥哥手中的那杆龙门大枪原是武当的镇山大枪,枪长一丈二尺。我们俩都是武当派的俗家弟子。我哥哥的这杆枪便是在层层比试中赢到手的。"

荷衣不禁释然。这兄妹俩一出手，内行人便知他们有很扎实的内家功夫，非武当这种源远流长的门派训练不出。

瞬时间，两个人已过了五十招，秦雨桑一点也不落败势。所谓一寸长一寸强，一寸短一寸险。他的长枪在进攻中远比剑要有优势。更何况此枪是武当深山中千年古藤所制，柔韧无比，刀削不断，配之以绝妙的枪法，更是威力大生。

斗到第六十招，荷衣忽然发现贺回的剑开始慢了下来，身子离秦雨桑却是越来越近。她开始隐隐地有些担心，因为贺回的慢显然是故意装出来的。

如果自己是贺回，现在就要出杀招了。果然，他的剑寒光暴涨，追风赶月般地从枪尖拂过，眨眼间已刺向秦雨桑的喉咙。

"当！"火星四进，荷衣的剑正好挡过去，接住刺过来的那一剑。

秦雨梅在一旁早已急出了一头冷汗，就连秦雨桑的脸也有些发白。而荷衣的身影已如燕子般掠起，她早已瞧出了贺回的左肋之下有一个空门。

剑光一闪！只一剑，贺回的手腕便忽然一阵刺痛。血点点滴在黄土地上。然后他呆呆地站在原地，听见荷衣淡淡唤道："雨梅，继续赶路。"

车轮辘辘滚起，大伙儿一个接一个地从贺回身旁走过，很快就把他抛在远处。

"你断了他的手筋？"秦雨梅轻轻道。

"没有。只是在他手上划了一道口子而已。我的心其实很软。"荷衣苦笑，"不过，在贺回的手腕上划一道口子，和断了他的手筋没有什么不同。他一样会记恨终生。"

"你是说，他还会来找你？"

荷衣摇了摇头："我不知道。"

这一趟走下来，竟出人意料地顺利。只在快出山口的时候他们遇到了一伙不经一打的小贼，秦雨梅一个人就对付了过去。大伙儿交了货，回了家，兑了银子，整个镖局大宴一天，举杯庆贺。

荷衣很少见到这种几十人聚在一处狂饮的热闹场面。她的酒量一向了得，一连喝上七八杯也不打紧。

那一天，她却醉了，故意地喝醉了。

雨梅将她扶回卧房时，见她的眼中毫无喜色，却全是一片寂寞之意。

荷衣忽然凄然一笑，问道："告诉我，怎样才能忘掉一个人？"

秦雨梅想了想，道："爱上另一个。"说罢递给她一杯苦苦的浓茶。

秋九月，木叶萧萧。荷衣刚刚押完一趟镖，从西北凤翔府赶回来。

她已在长青镖局住了一年零三个月，总算过上了一种比较稳定的生活。

秦展鹏对她的倚重从一开始就超过了自己的两个子女。而荷衣与秦氏兄妹也早已成了好朋友。北方人的豪爽直率与荷衣自身满不在乎的气质几乎是一拍即合，更何况兄妹俩对她一向照顾有加。一般的镖,他们从来不让荷衣去。重镖也是尽量三人同行,回来之后,荷衣总能得到一笔不小的报酬。

实际上荷衣一年之中只出门四五次,每次长则两月短则一月。一路上风餐露宿,当然辛苦,但荷衣不负众望,从来也没有失过一次镖。镖局的生意自然是越来越好。

仅仅一年的时间,长青镖局已摇身一变,变成了不折不扣的大镖局,并稳稳地排在了江湖第四的位置。这意味着他们已有资格加入由本行泰斗——中原第一大镖局鸿丰镖局的总镖头铁亦桓组织的"五局联盟"。

五局联盟其实并不止五局,可加入者的资格审查却很严格。原因是这个由各大镖局组成的联盟分享着不少共同的生意。一趟长镖可以由几个镖局以接力的方式完成。这样,可以省却重复的路线,且各大镖局各有辖区,在本地行走人头地头都熟,失镖的可能性就更少。而利润则由参与的镖局据路线的长短进行分配。此外,如遇上重镖,比如黄金或红货,各大镖局的得力镖手可以互相借用,由联盟出面调度。这样一来,一趟镖很可能云集了各个镖行的高手,失镖几乎成了不可能的事。

这样,五局联盟可以接一般镖局不敢接的大生意,走单个镖局不敢走的长镖。他们不断总揽了南北商家货品的往来押运,甚至接下了不少官府的生意。

秦展鹏多方谋划,终于将铁亦桓请到了太原。和铁大先生同行的,还有第二大镖局隆飞镖局的总镖头秋隆飞。

这当然是长青镖局今年的头等大事,由秦氏兄妹亲自布置。镖局里早已腾出了一座别院,打扫得一尘不染,作为接待之用。此外,接风宴定在本市信誉最好、最有排场的福喜楼。酒是从杏花村特地运来的陈年佳酿,菜则由号称北方第一名厨的薛钟离薛大师主理,器皿用的是清一色景德镇官窑新出炉的极品细瓷。

原来铁亦桓虽是习武出身,却不喜欢别人说他是粗人。他本人写得一手好字,据说还坚决不许自己的儿子进入本行,而是命令他读书习字。十年下来,他的儿子倒也争气,竟中了乙卯科的举人,现在正为当县官还是继续考进士烦恼。铁亦桓喜好风雅,在武林中几乎是人人皆知。

秦雨梅忙了整整十天,才把各项工作准备就绪。每天夜里她都要和秦雨桑反复讨论各个细节,直到深夜,倒几乎把在外押镖的荷衣忘在了脑后。

直到九月初三,荷衣回来的前一天,秦雨桑才如梦初醒一般地拉着妹妹到各大珠宝行里跑了一趟。

"人家根本对你只是客气,你还真来劲儿呀!"一路上秦雨梅不断地抱怨。

秦雨桑却执意要买一个式样小巧、镶着红宝石的金戒指送给荷衣。

"我反正就是要送,她要不要是她的事。"秦雨桑乐滋滋地道。

"你就等着红脸好了。"雨梅跺跺脚,道,"我可告诉你,荷衣是我的好朋友,你若惹恼了她,害得她从此不理我,我可跟你急!"

"喂,你一点忙也不帮倒也罢了,还一个劲儿地挖苦我,这算是站在哪一边?"秦雨桑忍不住气道，"荷衣对我一向很好。我们在一起都不知吃过多少次饭。她看见我总是乐呵呵的，上个月她还说她喜欢住在这里呢。"

他早已跟着雨梅直呼"荷衣"两个字了。荷衣素来大方，也不介意。

"慢慢来嘛。这种事，你一定要有耐心。"

"我都耐心了一年多了。再耐心，你都要出嫁了，我更没有人可商量了。"秦雨桑将戒指小心翼翼地放在怀里，"无论如何，吃完了这一顿大餐，我就去找她。"

荷衣回来的时候刚来得及洗了个澡，正要换上平日的衣裳，秦雨梅就在她的屋子里大叫了起来："拜托拜托，荷衣，这一回请你一定穿一件长裙，好不好？那铁老头子是个十足的俗人，却喜欢附庸风雅。我哥哥都已被我逼着换了一身长袍儒衫。"

荷衣裹着浴衣，点了点雨梅的鼻子，道："好，长裙就长裙，我正好还有一件，只是从没有穿过。"她只好依言穿上了一件细花白裙，外面套着一件浅紫色的淡花长衫。长发束后，插上了一支碧玉簪子。

"难得打扮一回，这一回就好好打扮一下吧！我来帮你。"秦雨梅在一旁怂恿道。

于是，从匣子里掏出一段柳条，画了画眉，十指上涂上了凤仙花汁，唇上淡施了一点口红。

"别穿靴子了。"雨梅一声令下，让她换上了绣鞋。

荷衣走了几步，觉得自己轻飘飘地乱晃。

"这样行了吗？"她淡淡地笑道。

"真好看。不过走路可得走慢些，不许用轻功。"

两个人手挽着手，款款地扭动着腰肢，出了门，乘了轿子，来到福喜楼上。

静雪轩。秦展鹏、秦雨桑早已坐在桌上等候多时。

虽然还不到开饭的时间，他们已到楼里上上下下地检查了多次。静雪轩是一间宽敞明亮的雅室，四周悬着珍贵的名人字画。头顶是数盏精致的宫灯，脚下是深蓝色的波斯地毯。

秦雨梅不断地发出惊异之声："荷衣，你瞧，这地毯踩在脚下就好像踩在一个枕头上！""你看这把椅子，光滑得好像是婴儿的屁股！"

荷衣打趣道："你要喜欢，吃完了我就替你去问一问这里的老板，能不能把这几把椅子卖给我们，让你整天坐在婴儿的屁股上，省得乱嚼舌头。"

四个人落了座，不多时，只听得楼下马蹄乱响，雨梅靠近窗口一瞧，只见四辆巨大的黑漆马车戛然而止。每辆都是四驾并驱，那马车的车身漆黑光亮，倒没有什么奢侈的装饰，车辕和脚踏却都隐隐地雕着考究的图案。难得的是十六匹毛色光鲜黑得发亮的骏马，竟像是一胎所生，让人一看便知是少见的塞北名驹。

车后还跟着一大批随从，却全是一身劲装的青年，身背单刀，也全骑着高头骏马，一个个显得威武无比。

"果然好大的气派!"秦雨梅吐了吐舌头,"我的脚已开始哆嗦了起来。"

马车一到,四个人抢步下楼,迎了上去。

一位青年下马拉开第一道车门,从里面下来了一位五十来岁的大汉,黑脸长髯,眯缝着眼,一见秦展鹏,哈哈一笑,声如洪钟:"老秦老秦,多年不见,你看上去气色不错,嗯,气色不错。"说罢,一只手热情地拍了拍他的肩膀,"这两位想必是我的侄儿侄女'龙门双枪'啦!听说年纪轻轻就扫荡了太行山的几个强匪头子,了得了得!"

秦氏兄妹根本没有见过铁亦桓,听见他称呼得如此亲切,不知这正是铁亦桓在江湖上大得人心之术,心中一喜,只觉生意大有希望,不禁也"老伯""大伯"地乱叫了起来。

秦展鹏拱了拱手,道:"这一位铁老英雄只怕素未谋面,现在却是我们镖局的主力,楚镖头。"

荷衣款款施了一礼,道:"雕虫小技,让老前辈见笑了。"

铁亦桓将她上下打量了一下,不禁啧啧称赞:"人虽没见过,大名却是久仰。去年飞鸢谷一战,我们镖局也派了人去,死活没有把楚镖头给挖过来。当时我一气之下,就炒了那小子的鱿鱼。老秦,有了楚镖头,你这镖局可是大有希望啊。"

说话间,第二辆车门缓缓打开,走下来一个四十多岁的中年人,却是一身精瘦,太阳穴微微鼓出,一看便知是内家高手。

这当然就是淮南鹰爪门内最出色的人物,人称"铁臂神拳"的总镖头——秋隆飞。

这人一张瘦削的脸看上去不免给人刻薄之感,笑起来的样子却还厚道。好在他也常常笑,居然给人以一团和气的印象。

自然,铁亦桓将五个人相互引荐了一番。

秦氏兄妹与荷衣都在猜测第三、第四辆马车里坐着的会是些什么人。

铁亦桓却道:"老秦,我还带来了一位朋友。实际上是我的一位大主顾,我们在半路上遇见,我急着要他点头我们的生意,便硬拉着他同来了。咱们的桌子上多添一副碗筷,该不会有问题吧?"

"哪里哪里?铁老英雄取笑了。人越多越热闹,何况你老铁的朋友就是我们长青镖局的朋友,我们欢迎还来不及呢!"秦展鹏连忙道。

"哈哈,认识这一位朋友,我担保你们镖局只有好处没有坏处。"

"一共四辆马车,莫非这位朋友之后,还有一位朋友?"

"哪里哪里,前面这辆马车只坐着一个人。后面那一辆马车是空的,只不过装了些他常用的东西而已。"

秦展鹏心里不禁暗暗吃惊。铁亦桓的排场已够大了,他的这位朋友一个人却需要两辆马车,排场更大,却不知是什么人物,心中十分好奇。

说罢，一行人来到第三辆马车前，见一青年随从将第四辆马车的门打开，拿出一卷猩红的地毯。接着另外两个青年从里面抬下来一辆空空的轮椅。

荷衣的脸顿时苍白。

那第三辆马车离酒楼的大门不过数丈之遥，中间却是一块满是泥土的青石板地面。青年将地毯毫不迟疑地铺在泥土之上。

车门开启，随从从车内扶出一位白衣人，小心翼翼地将他扶到轮椅上坐定。所有的人都看得出那白衣人的双腿枯瘦，毫不着力，无法行走。而他看上去只有二十来岁，面容清俊，双眸炯若寒星，一身素白长袍看上去式样朴素，却是名手裁就，不但质料珍贵，每一个细节都做得极为考究。只是他的皮肤好像从没被太阳晒过一般地苍白，配着那一袭白衣，整个人白得有些晃眼。扶在轮椅上的一双手，修长纤细，优美而消瘦。

他看上去明明很虚弱，偏偏把腰挺得如剑一般笔直，神色中有股罕见的沉着和尊严。

秦雨梅在荷衣身后咬着她的耳朵，悄悄地道："还是南方的男人长得有味道。我从没见过这么好看的男人。"

荷衣暗暗叹了一口气。

铁亦桓哈哈一笑，道："我来介绍，这位是云梦谷的谷主慕容先生，一说名字大家想必是耳闻已久。"

秦展鹏一揖到地："昨夜我家的灯花连爆了好几次，我道有什么喜兆，果然今天得见神医慕容先生，久仰久仰！"

慕容无风淡淡回了一揖："我与铁老先生偶然相会，实属仓促而至，多有叨扰。"

"这两位是犬子和小女。"

慕容无风点点头，算是打招呼。江湖上关于他的传闻很多，都道他平日惜言如金。他不肯寒暄，秦氏兄妹也不以为忤。

"这一位是楚镖头。"

秦展鹏抬头一看，发现荷衣神色恍惚地立在道上，看着慕容无风一言不发，显得有些失态。

慕容无风不动声色地道："楚镖头，你好。"

荷衣却并不答话，只是漠然低身施了一礼。

秦展鹏只好替她解释："楚镖头今天刚押镖回来，连水都没来得及喝上一口便赶过来了，想是疲惫至极。"说罢，做了一个请的姿势，"几位远途劳顿，在下已在楼上的静雪轩略备小菜为诸位接风，请。"

当下由秦展鹏引路，众人鱼贯而入。两位青年将慕容无风连人带椅抬上二楼，送到桌旁，将他面前的碗筷收拾到一边，独为他摆上了一碟、一碗、一勺、一对象箸。

这几样碗碟虽也讲究，却是半新不旧，远远不如新款官窑里出来的细瓷光鲜。

众人早已耳闻慕容无风有极端古怪的洁癖,这不用外人的餐具也是其一,倒也不以为怪。

人已坐定,秦展鹏刚要致酒辞,却发现楚荷衣并不在场,不禁微微一愣,问道:"楚镖头呢?"

秦雨梅小声道:"她说有些不大舒服……"

秦展鹏道:"她刚回来,想必累了。再累也得吃饭不是?你去把她叫回来,说我说的,也不用陪客人说话,只管吃了饭,尝了薛大师的手艺再回去。"

秦雨梅应声下楼,不一会儿带着荷衣走上来。

座位早已坐满。突然插进了慕容无风,加之为了他的轮椅进退方便,便在他的旁边留了一个空位。

荷衣一进来就发现自己毫无选择,只能坐在慕容无风的身旁。不愿意拂了秦展鹏的好意,加之她也明白这次会面对秦家十分重要,她从容不迫地坐了下来,随手将碗筷移到自己面前。

此时秦展鹏的致酒辞已说完,菜也上了满满一桌,正中间却放着一个大大的空碟。

秋隆飞指着那个空碟道:"恕老秋孤陋寡闻,秦先生,这道菜是个什么讲究?"

秦展鹏摸了摸脑袋道:"想必是送菜的人拿错了盘子。"过一会儿,又觉得不是,"不会啊!"

荷衣淡淡一笑,道:"这道菜叫'混元一气',正是道家所谓以有为无、以无为有之意。据说是书香世家传下来的名菜。"

铁亦桓喜道:"楚镖头果然有见识,这道菜明明什么也没有,偏偏弄出一个高明的讲究来,还卖得出银子,这正是学问人的本事。我儿子干的就是这一行,整天空手套白狼,真他妈的有趣。"

这一番道理给他讲出来,全变了样,却也在点子上。武林中人讲究靠真本事吃饭,刀剑前头撒不得谎,自然见不惯读书人成天吟风弄月,无事生非。

荷衣面前摆着一碗甜羹,也叫不出名字,只见碧色的汤碗之内悬浮着一颗颗透明的、珍珠般大小的珠状物。样子玲珑可爱,食之更觉味道奇妙。荷衣一路回来正口渴如焚,不由得用勺子盛了一碗,一饮而尽,仍觉不够,又盛了半碗。一抬头,看见秦雨梅拼命地朝她使眼色。

她以为是自己不该喝太多,见汤碗里明明还剩着一大碗,便冲着雨梅摇了摇头。雨梅又将嘴朝她的右边努了努。

荷衣的右边坐着慕容无风。她一坐上来,头就始终要么朝左,要么朝下,根本不往慕容无风这边看。无奈,她只好把头偏了偏。

原来自己随手一拿,拿的竟是慕容无风面前的碗、勺和筷子,只给他剩下了一个碟子。没有勺和筷,他无法吃东西,只好干坐在那儿。

慕容无风身后的随从已退了出去。大家都看在眼里，却不好明说。一来，慕容无风绝不碰外面的餐具；二来，他的餐具已被荷衣用过，他自然不会再碰。倘若说破，荷衣会很尴尬。大家都知道秦展鹏器重荷衣。铁亦桓虽然圆通，一时间也没想出两全的法子。

荷衣看了看慕容无风，将手上的半碗汤悄悄地推到他的面前："这是你的碗和勺。"说罢，又将他的筷子也还过去："这是你的筷子。"

她的声音很低，一般人原本是听不出来的，但在场的偏偏全是内功高手。

那筷子她明明已用过，上面还有几粒芝麻。六双眼齐齐地看着荷衣，面面相觑。大家实在不知道慕容无风会拿这个糊涂女镖头怎么办。

慕容无风却用那勺子喝了一口汤，微微一笑，点了点头："味道很好，多谢。"说罢便用那粘着芝麻的筷子为自己夹了两片冬笋。

秦展鹏终于吐出了一口气，不禁对慕容无风的气度大为佩服。

"说到这汤，有个典故。"秦展鹏笑道，"我若说出这一颗颗珍珠一样的东西是什么，保证诸位再喝的时候一定要想一想。话说天山之上有一种巨蛙，人称雪蛙，入药极佳，却极难捕捉。这一颗颗圆溜溜的东西，便是这雪蛙身上的卵。两只雪蛙才能做出这样的一碗汤来。"

他的话一说完，慕容无风的眉头便皱了皱，觉得有些作呕。荷衣偏偏扭过头来幸灾乐祸地看着他。

"你是不是想吐？"她忍不住低声说。

慕容无风摇头："喝下一大碗的人都不想吐，我不过是喝了一勺而已。"他看了荷衣一眼，又加了一句："我只希望他们把这些东西全煮熟了。书上说——那是一种很能繁殖的蛙类。"

这回轮到荷衣的肚子开始不舒服了。

酒宴上的气氛十分融洽，称得上是其乐融融。

秦氏兄妹尚未成年就已开始替父亲打理镖局生意，见的世面多，且酒量俱佳，在酒桌上觥筹交错，应对自如。

几位总镖头谈笑间已达成了协议，由铁亦桓出面招集各大镖局的老板，面议长青镖局正式进入五局联盟之事。由于铁亦桓和秋隆飞本人都赞成，加之这两人在联盟中的影响，这件事可以说是十拿九稳。开会面议不过是走个过场而已。

慕容无风也表示会将云梦谷药材押运交给五局联盟，但具体事宜则要跟他的总管郭漆园另行商讨。

铁亦桓一听，连忙道："慕容谷主，能不能今天就将两家的合同签订？"

他知道郭漆园是绍兴人，在生意场上是出了名的厉害角色。和他商量，算来算去像是占了便宜，回到家一打算盘，才发现云梦谷这边半点亏没吃。慕容无风毕竟年轻，只怕要好对付得多。

秋隆飞听了,拍了拍他的肩,嘿嘿一笑:"老铁,这你就不明白了。咱们和郭总管谈,还有点挣钱的希望;若是和慕容谷主谈,只怕我们两个再加上郭总管都还不是他的对手。你难道忘了,以前老谷主还在的时候我们几个镖局就没占过便宜?"

慕容无风缓缓道:"两位尽管放心。现在谷里医务太忙,财务方面我管得很少。郭总管一向口紧,诸位想必也能谅解,云梦谷里毕竟有几百口人,天天都要吃饭。"

一桌子人听了这话,都不免吓了一跳。想不到这个看上去斯文得连一只苍蝇都打不死的年轻人,身上的担子居然有这么重,心中都不禁由衷地升起了一股敬佩之意。

这些热火朝天的谈论,荷衣半点都没听进去。

过了这么久,她以为自己已经忘记他了,已渐渐地开始想人生中别的事情了,可记忆瞬间便回到眼前,每个细节都那么精确。

她一直低头吃饭,假装不理睬他。可是两人坐得很近,每次举箸,他的袖子总会拂过自己的右臂,引起肌肤一阵战栗。那是一种奇妙的感觉,如被湖中水草轻轻拂过。

在饭菜和酒的浓香中,她能准确地嗅出他身上那股淡之若无、挥之不去的衣香。整个宴会她都神经紧张,知道自己只要多看这个人两眼,就会着了魔似的跟着他走。所以她只好拼命地吃菜,将自己的肚子塞满。所幸桌上的人谈兴正高,并没有注意到她的失态。

宴会散时,铁亦桓和秋隆飞都表示承秦老板的盛情,他们会在太原多待两日,看看风物,尝尝名酿。慕容无风的到来原本不在计划之中,自然不便久留。虽然秦老板多方挽留,他还是辞以医务繁忙,决定立即回谷。

于是一行人分成两道,互相道别,荷衣眼睁睁地看着慕容无风的马车绝尘而去。

回到自己的房间,荷衣忽然觉得好像被掏空了一般地虚弱,不禁倒在床上,迷迷糊糊地睡了。秦雨梅敲门进来时,她刚从梦中醒来。

"你没事吧?"雨梅将一碗莲子羹放到床边,摸了摸她的额头,关心地道。

"没事,只是有些累。"她坐了起来。

"这羹是我娘专门熬给你的。她总说你一人走南闯北,也没个家,孤零零地没有人疼。"

荷衣眼一红,颤声道:"你娘待我便像亲娘一般,赶明儿我认她做干娘好了。"说罢,自伤身世,眼泪便在眼中打转。

雨梅道:"今天坐在你身边的那个慕容无风,够有趣的。"

荷衣道:"怎么有趣?"

雨梅道:"你从来不去看他,他却老是盯着你。要是我是你,我就和他搭话。你看人家那举止气度,怎么看都让人喜欢。"

荷衣忍不住笑了："你看上他了？"

雨梅道："那倒没有。这人的腿虽是废的，其实性子高傲得要命。你觉得今天为我们做菜的薛大师如何？"

"薛大师？"荷衣一愣，"谁是薛大师？"

雨梅跺跺脚，急道："人家在桌上给你使了好几个眼色，你都像呆子一样。就中途进来问菜的味道如何的那个瘦高个子。"

荷衣根本没有注意，也完全没有印象。

雨梅叹了一口气，道："算了，不和你说了。总之，我瞧上他了。你想，倘若我嫁给他，岂不是这辈子再也不用去福喜楼啦？"

荷衣故意板着脸："喂，到底是你要嫁人，还是你的胃要嫁人？"

"前几天他还送了我一根簪子呢。瞧，就是这一根，好不好看？"雨梅把一根鲜红的簪子从头上拔下来，在手中反复抚摸着。

荷衣道："你爹爹会答应吗？"

雨梅道："我爹爹老想我嫁入武林世家什么的。现在镖局越来越大，万一出了什么事，有个厉害的亲家当然可以照应。不过，薛公子可是一点武功也不会。我才不管那么多呢！他们若不答应，我就私奔。"

荷衣道："你的胆子倒是挺大的，不怕你哥拿着龙门大枪追过来呀？"

雨梅道："我正要问你呢。你有没有认识的人，以后我真的要私奔了可以暂时去投靠投靠？"

荷衣点点头："有一个人我虽总是和他吵架，万一我求他帮忙，他一定会帮的。"

雨梅嘻嘻一笑："那我可就全指望你啦。"正说着，门突然砰砰一阵乱响，荷衣从床上跳起来，打开门，却见秦府的一个老家人惶急地道："楚镖头，小姐可在这里？"

雨梅连忙走过去："我在这儿，出了什么事？"

"出大事儿啦！少爷的身上被人射了三支毒箭，现在性命垂危，夫人她……她急昏过去了！"

"什么！"

三人飞快地赶到大门口，方知秦雨桑因有结账等事宜，独自从福喜楼回来，正遇上三骑黑衣客，大约是来镖局偷袭报复的太行山匪。一阵暗箭射过去，仓促之间他挥枪挡掉了大半，却仍有三支贯身而过。

等送到镖局秦展鹏的卧室时，血已流了一地，人也奄奄一息。

从太原府用快轿请过来的大夫一看就摇头，说箭已伤了内脏，还是赶紧准备后事。秦展鹏在一旁急得心乱如焚。

荷衣立即道："先点住他全身的止血穴道。我去把慕容无风找回来。"

秦展鹏抬眼看着她，绝望地摇头："他已去了一个多时辰，哪里还赶得上？"

荷衣道："不会走得很远。他的身子弱，马车会行得很慢。"

马是长青镖局里最快的马,可是荷衣还是嫌它不够快。她在官道上狂骑了半个多时辰,果见慕容无风的两辆马车和一大群随从不急不慢地走在前面。

她打着马赶了上去,正好遇见骑在最后的谢停云和郭漆园。

"楚姑娘!"谢停云惊喜地叫道。

"我有一个朋友受了重伤……"荷衣满头大汗地说,"能不能……"

谢停云道:"在哪里?"

"长青镖局。"

谢停云将马一拉,道:"你去和谷主说。我去叫前面的人掉转马头。"

荷衣道:"能不能叫马车快些走?我的朋友命在旦夕!"

郭漆园迟疑了一下,道:"楚姑娘,谷主的身子原本就受不得颠簸。这一趟出门,一路上都在生病。"

荷衣黯然道:"他的身子既不好,为什么又要出这么一大趟远门?从云梦到太原,来回少说也要二十几天。"

谢停云苦笑:"姑娘当真不明白谷主的心事?"

荷衣呆呆地看着他。难道……慕容无风这次来,只为专程来看她一眼?

她咬了咬嘴唇,头一低,打马到慕容无风的车前。

马车已缓缓地停了下来,开始掉头。她敲了敲车门。

"请进。"里面一个声音淡淡地道。

推门而入时,慕容无风正斜倚在一张长榻上,身上搭着一块薄毯,见是她,微微一怔,坐了起来。

他脱去了外套,只穿着一件素白的长衫,她这才发现他消瘦得厉害,手指上的骨节一粒粒地凸了出来。不等他开口,她结结巴巴地道:"我已要他们掉转了马头……因为……因为我想求你帮我救一个人!"

他点点头:"为什么不要他们把马车赶得更快一些?"

"你……不要紧吧?"不知怎么,她觉得自己嗓音发颤。

他竟连要救的是什么人也没问。

"不碍事。"他平静地答道。

荷衣急忙出去吩咐了一声,马车便飞一般地向前驰去。

"坐。"慕容无风指了指身边的一个淡绿色的坐垫。

马车里锦茵绣褥比比皆是,而他自己却是车里最暗淡的一团颜色。

见她盘腿静坐,一言不发,他只好给她倒了一杯水:"喝茶。"

她接过,一饮而尽。

漫长的沉默。谁也不说话。

飞奔的马车不断颠簸,他无法坐稳,只好紧紧地靠在车壁上,脸渐渐地开始发青。终于,他俯下身去,四处张望。

荷衣眼疾手快地将漱口盂移到榻下，刚揭开盖子，他便狂吐了起来。这一吐，便止不住，一直吐到胃汁尽空，无物可吐，仍在不断作呕。

荷衣扶着他的肩，末了，倒了一杯清水给他漱口。

"好些了吗？"她轻轻地道。

慕容无风点点头。

她感到一阵心痛，怕他支持不住，不由自主地握住了他的手。

他却将手抽了回去，漠然地道："我没事。"

荷衣呆呆地望着他，心中仿佛插进了一根针。

"干吗这么客气，我们原本也算是认识的。"她镇定地道，"无论如何，你现在得躺一会儿。"说罢，她几乎是强行地将他按回榻上，在背后垫了几个靠枕，让他尽量舒服地半躺着。

又是一阵漫长的沉默。半晌，荷衣忽然道："那件事，你可有改变主意？"

"没有。"他果断地说，"你呢？"

"也没有。"

"荷衣，跟我回去。"

"改变主意就回去。"

"不。"

"那我也不。"

"可以商量吗？"

"不可以。"

"为什么你这么固执？"

"你也一样！"

两人越说越急，正要吵起来，马车突然停了。车门外一片漆黑。

黑暗中有人咳嗽了一声。

荷衣与慕容无风一起下车，见秦展鹏和雨梅从门口焦急地赶过来。

"谢天谢地，两位终于到了。只是……他好像已经不行了。"秦展鹏的脸在烛光下好像老了十年，而雨梅亦是双眼红肿，想是痛哭多时。

"人在哪里？"慕容无风问道。

"请跟我来。"秦展鹏引路，一行人直入卧室。

秦雨桑侧身躺在床上。身上的三支箭一支在腹中，一支在右肋，一支从左胸穿过。

慕容无风按了按他的脉，低头沉思。早有人送来他的医箧，里面放着他常用的医具。

秦展鹏颤声问道："他……我儿子还有没有救？"

"还有希望。我需要三盆热水，其他的人都退下，楚姑娘留在这里做我的助手。"

说罢，他写了一张药单，道："这服药麻烦你尽快交到药房煎好送来。"然后他又写了两张药方，道："这两张方子，从明天开始，一日三剂，连服二十天。然后一日一剂，连服三个月。"

一听说还有连服三个月的药方，秦家人心里都大感安慰。

热水很快送了过来。不一会儿，熬好的药也送了过来。荷衣轻轻掩上门。

室内顿时弥漫着一股浓烈的药气。

两人分别洗了手。按照慕容无风的吩咐，荷衣剪掉了秦雨桑的上衣，接着又剪断了三支箭的箭镞。

"先拔哪一支？"荷衣站在他身旁问道。

"你怕不怕见血？"

"会流很多血？"

"血会像箭一样喷出来，射到帐子上。"

她的胃拧了一下。

"不过，如果用手及时地堵住出血的部位，缝合伤口，涂上金创药，血就不会流失很多。"

她自觉地退后了一步："慕容无风，这是你的活儿！"

"嗯，"他道，"谢谢提醒。"顿了顿，又道："你要是不想见血就在外面待着。现在我一个人干就行了。"

荷衣咬了咬嘴唇："我不走，我可以坐在你的背后。"

说罢，她真的搬了一把椅子坐到他的椅后，隔着椅背和他说话。

"幸亏没叫你给我打下手，"他叹了一口气，"正经事不干，净在一旁捣乱。"一边说着，一边"哧"地拔出了一支箭，止血，缝合，包扎。

"你现在在干什么？"

"干你最怕看的部分，缝针。"

"这有什么好怕的？缝针其实和绣花没什么区别。"

"是没什么区别，人的肌肤对我来说，不过就是一块布……"

"别说了，人家浑身上下直起鸡皮疙瘩！"

"我现在开始拔第二支箭了。"说罢，慕容无风拔出箭，眼疾手快地按住出血之处，如法炮制，很快就料理好了第二个伤口。

拔第三支箭的时候，终于有一串血喷到了帐子上，把她吓了一跳。

慕容无风重新净了手，将秦雨桑的上身抬起，开始用三丈白绫替他包扎伤口。荷衣则在一旁用水清洗他身上的血污。

秦雨桑毕竟是个大块头的汉子，待到慕容无风包扎完毕，他已累得满头大汗。

"累坏了吧？"荷衣将毛巾在热水中浸了浸，替他拭去额上的汗水。

慕容无风按了按秦雨桑的脉，道："他的血已全部止住，不过还需要三个月的休养。总的来说，已无大碍。"

荷衣喜道："真的吗？可是他为什么还不醒过来？"

慕容无风道："要他醒过来不难。"说罢，点开了他的两个穴道。

秦雨桑的身子一抖，口中喃喃地呼唤起来："荷衣……荷衣……荷衣……"

慕容无风微微皱眉："他是在叫你？"

荷衣有些尴尬地看着他，迟疑了半天方道："嗯。"

"他也叫你荷衣？"他板起了脸，突然将轮椅往后一转，身子一退，漠然地道，"既然你们有话要说，我还是回避一下。"

荷衣急道："他们一家人都待我很好……就像一家人一样。"

话一出口她就知道又说错了。果然，慕容无风"哼"了一声："一家人？"

她正要争辩，秦雨桑忽然睁开了眼，看见荷衣，一把抓住了她的手："荷衣，你……你在这里！我……我以为再也见不到你啦！"

荷衣本想挣开他的手，见他脸色惨白，大伤未愈，不敢造次，便微微一笑，柔声道："别担心，你已经没事了，只要好生休养几月，就会……就会好得和平日完全一样。"

秦雨桑紧紧地拉着她的手，有气无力地道："你别……别去押镖了，就在……就在家里陪着我，好吗？"

见他一双眼睛殷切地注视着自己，想着往日对自己的种种照顾，荷衣心中一软，只想先哄着他，便道："嗯。"

秦雨桑大喜，双手在腰中乱摸，摸出一只宝石戒指。戒指上还沾着他自己的一团血。

看着血，她心中一乱，连忙闭上眼。睁开眼时，那戒指已套在了自己的手指上。

"荷衣……嫁……嫁给我吧！"秦雨桑握着她的手，双目如火，热切地道。

糟了！荷衣心中暗暗叫苦。

慕容无风已经怒不可遏地冲了过来，对着秦雨桑大声吼道："你给我听着！这个女人，她不可能嫁给你！"说罢，抓着荷衣的手，一把将那枚戒指从她指上拽出来，往地上一扔，犹不解气，咬牙切齿地用轮椅碾了过去。

那宝石虽硬，指环却是纯金做的，给木轮一碾，顿时成了奇形怪状。秦雨桑两眼一翻，昏了过去。

荷衣一下子气呆了："慕容无风，你疯啦！"

"别跟我来这一套，方才你甜言蜜语地哄着我，就是为了让我给你的情人治伤！"

"你胡说！他昏过去了！是你把他弄得昏过去的！"

"他死了才好！"

"慕容无风，你是大夫，你的医德呢！"

"少跟我扯什么医德。这小子有什么好的？你就算是要找别人，也要找个比我强的。你这没脑子的女人！"

荷衣冷冷地道:"他怎么不比你强啦？至少人家比你多两条腿!"

话一说出口,她立即后悔。自己一定是气糊涂了。慕容无风素日虽对自己的残疾装作满不在乎,其实内心一直耿耿于怀。

慕容无风整个人突然一震,额上青筋暴露,好像被击倒了一般,看了看自己的腿,抬起头,冷冷地盯着她,一字一字地道:"荷衣,这不是你的标准。大街上任何一个人都比我多两条腿!"

"他至少肯给我一个孩子。"她毫不妥协。

"别把自己当黄花鱼了!"

"你把戒指捡起来,还给我!"她恶狠狠地嚷了一句。

两个人凶狠地对视着。

过了一会儿,慕容无风脸色苍白地将轮椅一移,拾起戒指,扔给她,淡淡地道:"你嫁给他好了。他的伤已无大碍,这里已不需要我了。"

说罢,他转身出了门。不一会儿,她听见一阵马蹄乱响,慕容无风的马车疾驰而去。

一只手轻轻地搭在荷衣的肩上。荷衣抬起头，看见秦雨梅坐在她面前。

"吵架啦？他好像怒气冲冲地走了。"

"他说……雨桑已没事了，只要好好地休养三个月就会好。"她叹了一口气，眼睛还是红红的。

"过来坐一会儿，喝口水吧。"雨梅拉着荷衣到了客厅，将床上的病人留给秦氏夫妇照顾。

荷衣沉默地坐在椅子上。

秦雨梅问道："你们……认识？"

荷衣点点头。

"你们俩……很好？"

荷衣又点点头。

"你脖子上挂着的那些药，就是他的？"

荷衣低下头："他心脏不好。"

说完这句话，她的冷汗忽然簌簌而落。这一路虽不远，他却是吐着过来的，方才一场劳累，又加上一场气。他会不会……

这念头只不过在她的脑海中一闪而过，她的人却在念头之前就已蹿了起来，冲出门外，跳上马，疯狂地追了上去。

她拼命地抽着马，头脑一片空白。渐渐地，她看见了在前面缓缓而行的马车，看见了谢停云，没有理他，而是打马向前，一直来到慕容无风的车前，敲了敲车门。

无人回应。

难道他真的犯了病？她的心竟狂跳了起来，不顾一切地冲了进去。

沉香初上，车里飘浮着一股淡而宁静的气息。炉上壶水微沸，泛着淡淡茶香。

慕容无风刚刚为自己沏好一杯茶,端起茶碗,试了试它的温度,正准备喝一口。然后他就看见门"砰"的一声开了,有个人从外面冲了进来。他皱了皱眉,不喜欢在这个时候被人打扰。

四目相对时,发现那人竟是荷衣。她的脸上满是惊惶,看着他悠闲的样子,她诧异地怔住,张口结舌地道:"你……你……"

慕容无风等着她说下去,她却"扑通"一声,一头栽倒在地。

醒来的时候荷衣发现自己躺在一张很舒服、很暖和的床上。环眼四周,屋子完全陌生,床上的被子和纱帐却似曾相识。

她的额上贴着一块膏药,手一摸,有一处红肿,已高高地鼓了起来,还火辣辣地发痛。

房间很干净,铺着猩红色的地毯。桌上点着灯,很暗,似乎只够勉强照亮桌边静静坐着的那个白衣人。

窗外月华如水。深秋清冷的寒气便一点一点地渗进屋来。她坐起身来,发现自己只穿了一件纯白的丝袍。

"我替你换了件衣裳。你倒下来的时候,我的茶正好洒在你身上。幸好那杯茶并不烫。"慕容无风的椅子离床几乎有一丈之遥,"你一头倒下去,正好撞到茶桌的一角。"他淡淡地补充了一句,"我本来可以拉住你的,只是实在没想到你也会晕倒。"

"你的心脏越来越坚强了,这难道不是好事?"荷衣坐起来,顺手将被子往身上拉了拉,斜倚在榻上。

"跟某些人相处非得有一颗坚强的心脏才行。"他揶揄了一句。

她苦笑。

"这么急着找我,又有什么事需要我效劳?"他偏过头,淡淡地又问。

荷衣想了想道:"没有。"

"若没什么事,你休息一下就可以回去了。"他面无表情地道,"我们现在住在一间客栈里,离你的镖局并不远。我已派人通知了镖局里的人,他们不久就会送一套干净的衣裳过来。"

说这话的时候,慕容无风欠了欠身,转动轮椅,准备退出房去。她怔怔地看着他,竟不知道该怎么办才好。

"喂!……你别走!"她忽然大叫一声,"你不理我,我就……我就把头发全剪了!"

说罢,她从床头拾起一把剑,抓着一把头发就割了下去。

等慕容无风赶过来时,那一头极长极细的乌丝已掉下了一大绺。他捏着她的手,将剑扔到地上,叹道:"你若生气,只管割我的头发,怎么割起你自己的来了?让我瞧瞧,还剩了多少?今后再莫做这种傻事。"

荷衣不说话,只是默默走下床,乖乖地跪了下来,将头枕在他的双膝之上,泪水涟涟地道:"你……你别不理我……"

慕容无风轻轻地抚了抚她的头,柔声道:"头还痛吗?"

"头不痛,心痛。"她说。

慕容无风帮她拉上被子:"天冷,小心着凉。"

接着,他从怀里掏出一样东西,套在她的手指上。那是一枚红玉戒指,有些大。试了试,只有中指戴得上。

荷衣欣喜地看着他,脸飞红了起来,轻轻地抚摸着戒面,上面凹凹凸凸,似乎刻着几个小字。

"上面写着什么?"她拿到眼前仔细端详。

"你不认得?"慕容无风看着她,神情很窘。

"不认得,好像是四个字。"

他叹了一口气,拿起笔,将四个篆书写在纸上。

荷衣左看右看,还是摇头。

"这是篆字,你大约不认得。楷书的样子是这样的。"他又写了一遍。

荷衣拧着眉头,琢磨了半天,道:"笔画这么多,人家哪里认得? 不过,中间好像有一个'虫'字……咦? 无风,你为什么拼命拔自己的头发?"

慕容无风道:"以后就算你把所有的字都忘了也没关系,但这四个字你一定要认得。"

"哦!"

"因为这是'慕容无风'四个字。"

看他着急的样子,荷衣呆了呆,突然"扑哧"一声笑出来,脚在床上乱踢,笑得几乎喘不过气来。

"你笑什么?"

"呵呵……呵呵……这四个字我怎会不认得? 就是撕成八瓣我也认得。人家逗你的呢!"

慕容无风愣了愣,随即也笑了:"一年不见,你几时变得这样刁钻了?"见她在床上笑得花枝乱颤,那一身丝袍便从肩上滑下半截,少女若隐若现的胸脯在丝袍之下莲花般地绽放着,他心中一荡,不禁俯下身子,轻轻地吻了过去。

她摸着他的后脑勺,柔声道:"我不在的时候,你是怎么过的? 我们以前去过的那座山,可还常去?"

"没去过。"

"你整天只顾忙……从来不晓得好好休息。"她叹道。

"你若肯跟我回去,我们便在那山上好好地玩一玩。那天我们也只去了一个地方而已。"他在她的耳旁轻轻地道。

"听说那山里有野人呢,只可惜咱们没瞧见。"

"瞧见了。怎么没瞧见?"他道。

"什么时候瞧见的?"她奇道。

"你面前的这个人不是?"

荷衣咯咯地又笑了起来,道:"可不是!呆头呆脑,十足一个大野人。"

"荷衣,跟我回去。"他又道。

"我下个月还有一趟镖,早就定下的。押完了那趟镖我就去和秦老先生说不干了。"她叹了一声,"虽然我不放心你,也不能说走就走。"

"你不会又改变主意吧?"

荷衣摸摸他的脸:"不会。我得在你身边看着你,不然,你准会……不好好地吃药,不好好地吃饭,不好好地休息。我天天守在你身边,强过在这里提心吊胆。"

"你……为什么对我这么好?"慕容无风低着头,声音有些颤抖。

荷衣握着他的手,柔声道:"因为我喜欢你。"

"可是我……我……是……你和我在一起,会……会很麻烦。"他的头低得更加厉害了。

荷衣捧着他的脸,看着他,轻声道:"不和你在一起我会死,会活活气死的。"

两人忽然紧紧地拥抱在了一起。

过了片刻,荷衣道:"我得走了。我可不能一整晚都待在这里,叫你手下的人看了怎么说。"

"别急,"慕容无风道,"咱们先商量一下怎么办喜事。"

荷衣道:"办喜事?"

"回到谷里,咱们总不能说……不声不响地住在了一起,总得让大家知道。"

"对哦。"

"虽然我讨厌热闹,但这毕竟是你一生中的第一次,如若你想热闹,我不反对。"他握着她的手,认真地看着她。

荷衣的头忽然低了下去,不说话了。

"怎么啦?"

"无风,我从没和你说起过我的身世。你现在想听吗?"她忽然虚弱地靠在他的肩上。

"你不想说就别说,我不一定要知道。"他抚着她脸,柔声道,"我只想做你的亲人,如此而已。"

"我不知道我爹妈是谁。我一生下来,就被人抛到一条河边。在那种地方,人们常常将女婴溺死在那里。我想大约我父母原本也打算这么做,只不过到了最后一刻,终下不了手……将我捡回去的人是个尼姑,我的名字也是她给起的。"

慕容无风的手臂轻轻地环在她的腰上,叹道:"这些事情,你一定从来没和任何人说过。"

荷衣点点头："你听了，会不会瞧不起我？"

"当然不会。"

"那尼姑的法号叫水月，脾性甚为古怪，经常莫名其妙地拿我出气。所以到了四岁我实在受不了，就从尼姑庵里跑了出去。那时正好有一个街头的马戏班子路过，领班的老头儿便把我藏了起来，教我和其他几个小孩子练习柔术。没多久，我就可以在大街上表演了。"

慕容无风问道："什么叫作柔术？"

荷衣将自己的手伸出来，道："你拿着我的手指头向后弯。"

慕容无风轻轻一弯，发现她的手指竟能弯得很低，弯到一个常人根本无法达到的角度。

"练这种功夫，一定很苦，小孩子怎么会愿意练呢？"他不由得叹道。

"有鞭子在后面抽你的时候，你就愿意了。"她苦笑，"我在马戏班子里待到八岁，摆场子卖手艺的人，穷得也算是跟叫花子差不多。我们经常过着有上顿没下顿的日子。和我在一起练把式的小孩子们，有一半已受不了鞭子的，跑的跑，逃的逃，不知所终。另一半表演的时候受了伤，生了病没钱治，渐渐地走不了路了，便往大街上一抛，死活随他。最后连师傅也病死了，我便成了流浪儿。"

"你为什么不跑？"慕容无风想起了她身上那些淡淡的鞭痕。

"我本来就是跑出来的，大约是跑怕了。"

"后来，陈蜻蜓收留了你？"

"嗯。"

她不再说下去，大约在陈家的日子也没有给她留下什么好的记忆。

"荷衣，不会再有那种受折磨的日子啦，相信我。"他紧紧地搂住她，她的身子在他怀中轻轻发抖。

第二天天没亮，两人甜甜蜜蜜地醒来，荷衣就跳下窗子溜了出去。

在回镖局的路上，她碰到了秦雨梅。

"才回来呢？"荷衣有些讪讪地问道。

"嗯。"雨梅倒一点也不害臊，"你是走的后门还是跳的窗子？"

"啊……这个，跳窗子。"

"我也是。原本该他跳的，可惜他不会武功，只好由我来了。"

"没关系，谁跳都一样。"

"我那天问你的事可是当真？"

"没问题。你只管找慕容无风好了。"

"几时替他答应起话来了？"她挤着眼睛笑道，"看他那斯文的样子，真想不到他还能把你弄哭了呢。"

"他凶着呢!"

"凶在哪里? 我拿枪扎他!"

"别……人家……人家连一只蚊子都捏不死呢。"

"唉,我那位也是。什么时候我们到他那里去尝尝他做的家常菜?"

"好哇。我那位一定要用自己带的碟子,薛大师受得了吗?"

"笑话,他炒的是菜又不是碟子。不过,你那位也太讲究了吧? 看他那排场。"

"有洁癖。"

"昨晚过得怎样?"两个人从后门翻着墙跳进府里。雨梅挤到荷衣的床上,两个人的衣裳都被晨雾打湿了,只好各裹着一条毯子,在床上讲话。

"聊天呗。"

"光聊天啊?"

"嗯。"

"这么纯洁?"

"可不是,连手都没碰。"

"怎么个聊法?"

"我坐我的椅子,他坐他的椅子,中间隔着一个火炉,火炉里煮着茶,我们俩一人端着一杯茶,就这么聊了一夜。"

"像这么聊你从大门里昂着头出去就行了,何必从窗子上跳下来?"

荷衣咯咯地笑了起来。

"你真的要嫁给他?"

"嗯。"

"看你满脸红光的,好像被人用了摄魂大法似的。"

"摄魂大法,那也不是每个男人都会的啊。"

"那就这么定了,去你们那儿喝喜酒的日子,便是我私奔的日子。"

"你爹娘那么疼你,他们不是不讲理的人。"

"哼。你晓得他们怎么对待我以前的恋人吗?"

"你以前还有一个恋人?"

"所以说就算是你的亲人,也只有到了关键时候才知道他们是不是真的爱你。"

突然听她这么冷飕飕地说出一句,荷衣激灵灵地打了个冷战:"你只管到时候来云梦谷里找我。那里一出门就是个大镇子,里面有不少酒楼,谋生绝对没问题。"

"好,够哥们儿。"她拍了拍荷衣的肩。

慕容无风由荷衣陪着在太原府里又多逗留了三日,第四日方依依惜别,先行回南。

按计划,荷衣押了今年的最后一趟镖,因想着和慕容无风相聚在即,不免日夜兼程,回到太原已是十一月初。换了衣裳,回到屋内,看见桌子上放着一个信封,落款处书着"云梦,慕容无风"六个字。一问,却是早已邮来了,不过是因为她押镖在外,无法送达。打开信封,里面装着一个小小的漆盒,打开漆盒,里面却是一串红豆,虽用丝线穿就,却有些歪歪扭扭。

她记得竹梧院的庭院里有一棵红豆树,是从南方移植过来的,种了许多年,因气候不宜从没有开过花,更没有结过籽。

一张素笺,是他的几行字:

荷衣:

　　咱们院子里的那棵树终于开花了。这些豆子便是那树上结的。若是你一押完镖就立即回来见我,我做红烧肉给你吃。若是你迟迟不归,只顾在外面贪玩,那你一辈子都休想吃到我做的红烧肉。无风字。

隔了几行,又写了一排小字:

　　那些豆子是我自己爬到树上摘下来的。你若想看我爬树的样子,便马上回来,我再爬一次给你看。回得晚了,那也休想再看到。又及。

看信的时候,秦雨梅正站在她的身旁。她折上信,看着雨梅,脸红红的。
"骑我的马去,我的马快。"雨梅淡淡地笑道,"他果然有摄魂大法。"
"你爹爹……"
"你先走,我去和他说。"
"那哪成。你爹爹那里还是要知会一声的。我回去后,你要记得去找我。"
"嗯。"雨梅拥抱着荷衣,忽然哭了。

就这样，荷衣连衣裳也没有换，又日夜兼程地赶了回去。

原本要花七天的路程，她第四天下午便已渡过了云雾弥漫的大江，不久就看到了云梦谷的朱漆大门。

我回来了！她的心怦怦直跳，浑身汗水淋淋，却被幸福的喜悦包围着。穿过大门，她只对吃惊得张大嘴的守门人笑了一下，连马都没有下就直奔竹梧院。

院门紧闭。她笑了，他的脾气一点没变，还是那样不肯见人。她推了推门，发现门是反锁的，不禁有些奇怪。

于是她只好敲了敲门。过了很久，门"吱呀"一声开了，开门的是赵谦和。她呆了一下："谷主……不在？"

"楚姑娘？"赵谦和也吓了一大跳，"我们前天才派人去太原找你，你今天怎么就到了？！"

"没人找我啊！我刚押完镖，收到了谷主的信，就回来了。"

"谷主的信？什么信？什么时候发的？写的是什么？"他急得满头大汗，竟也不顾男女大防，将她的袖子一拉，拉着她到了客厅。那里站着谢停云和蔡宣。

"究竟出了什么事？"

"谷主的信，我们一定要看！"赵谦和道。

"那是写给我的私信。究竟出了什么事？"荷衣冷冷地道，下意识地摸了摸颈上挂着的那一串红豆。

赵谦和颓丧地垂下头。

谢停云走过来道："赵总管，楚姑娘是武林中人，比常人要有胆识，我们还是和她实说了吧。"

荷衣紧张地看着三个人，心里已知道慕容无风出了事。

"楚姑娘,谷主失踪了。"谢停云惨然地道。

"失踪了!"荷衣惊道,"什么时候?"

"三天前。"谢停云沉痛地道。

慕容无风双腿瘫痪,几乎是寸步难行,他不可能是自己出走,何况他一向不愿让谷里的人担心,每次外出必会事先说明。

他失踪了,只有一种可能,而且也曾发生过,那便是被人劫持了。

"五天前舅爷府里来了人,说舅爷病重。谷主听了连夜就去了。舅爷住的地方离神农镇并不远,我们派了二十个人跟着,这二十人都是谷里的好手。我原本要跟着去的,可是这几天我的妻子临产,谷主一定要我留下。"谢停云顿了顿,又道,"谷主去了舅爷家,给他老人家瞧了病,吃了药,说没什么大碍,第二天就回来了。他就是在回家的路上失踪的,一车子人连同马夫随从都中了奇门迷药。等大伙儿醒了之后,发现谷主已不在车上。"

荷衣倒抽了一口凉气:"是唐门?"

谢停云点点头:"不错。云梦谷在江湖上的敌人不多,但唐门一直对我们虎视眈眈。尤其是前两年云梦谷开始出售一种解毒药丸,曾遭到他们的威胁。前不久,谷主又出了一本《云梦验案类说》,里面有专章讲各大门派的毒药和解法。"

"他这么忙……还有时间写书?"

"谷主学识渊博,又比别人聪明勤奋,他的书是医家必读之物。他一向憎恨江湖人士为一时仇怨,滥用毒物伤及无辜。于是在那本书里公布了一些极易传播的毒药配方和解法。对唐门许多冷僻偏门的毒药,他虽知解法,却也算照顾到唐家的脸面,并未把它们写进去。即使如此,这件事还是大大地触怒了唐门。谷主去看姑娘的时候,一路上我们都提心吊胆。只是回来之后,谷主成天都很高兴,吩咐我们着手操办婚事,我们也是乐昏了头,这才失了手。"

荷衣道:"他的信是一个月以前写的,那时我还在外地押镖,看来和这件事没有关系。"

赵谦和道:"我们一直在等姑娘回来。"

荷衣道:"依诸位看,唐门究竟想把他怎么样?换取大笔赎金?"

赵谦和长叹一声:"如果这件事钱能解决,早就解决了。若能换回谷主,就是把云梦谷卖了也没什么。"

蔡宣道:"现在先生在他们手上,我们不能轻举妄动。"

荷衣颤声道:"他们……会折磨他吗?"

三个人突然同时低下头不说话了。

荷衣的心"咯噔"一下沉了下去:"他们威胁要伤害他,是吗?"

迟疑了半晌,谢停云抬起了头,满脸沉痛,一字一字地道:"他们可能已经伤害他了。"

"你说什么?"荷衣身子一抖,几乎有些站不住。

"楚姑娘,你没事吧?"

荷衣镇定下来,道:"没事,我的胆子并不小。无论发生了什么事,请你们一定要告诉我真相。"

谢停云阴沉着脸道:"好,楚姑娘,请跟我来。"

四个人默默地走出院门往左一拐,走上另一道回廊。没走多远,赫然出现了一个绿色的小门。荷衣对云梦谷的地形并不熟悉,平时知道的地方,大约也就是竹梧院一处而已,这个小门她以前从没有见过。

"这地方叫作'冰室',谷主常来,却一定从来没和姑娘提起过。"赵谦和道。

房门打开,是一个缓缓的下坡,一边有台阶,与台阶平行却是一个滑道,两边都有护栏和扶手,缠着素绸,显然是慕容无风专用的。

四人走到坡底,又出现了一道门。门边有一个衣柜,各人都从各自的柜子里取了自己的皮袍穿了起来。

蔡宣从其中的柜子里拿出一件纯白的狐裘递给荷衣,道:"这一件是谷主的。姑娘请穿上,里面很冷。"

穿好了衣裳,又打开一道门,便有一股森然的冷气直面扑来。

"有我们三个大男人在身边,希望姑娘不要害怕。这里是专供大夫们解剖研究病症之处,里面收藏了不少无名的尸体。谷主常常在这里一待就是几个时辰。他的风痹之症总好不了,反而越来越重,也与这件事有关。"

荷衣忽然明白慕容无风为什么会有洁癖了。

打开最后一道门时,里面突然宽敞了起来,而且十分明亮,四面的墙壁上燃着巨烛。

寒气刺骨的房子里摆着许多的石桌,有些是空的,有些上面躺着人——死人,有男有女。

大伙儿绕过石桌,到了另一间小屋,中间的一张石桌上放着一个长方形的漆盒。在荷衣看来,却像是富贵人家装琴用的琴盒。

三个人一齐转过身子看着荷衣,表情都沉重了起来。大家都不说话。

隐隐感到自己将会听到一个极坏的消息,荷衣的背不由自主地靠在了墙壁上。

"老谢,你说。"赵谦和叹了一口气,终于道。

"抱歉,我晓得这是一个坏消息,不过姑娘非要知道不可。"

荷衣看着他,道:"你说。"

"他们砍下了谷主的一条腿,装在这只盒子里送了过来。"谢停云的眼睛一眨不眨地盯着她,伸着手,好像随时准备着她会昏过去。

荷衣的身子晃了晃,道:"打开盒子,让我看一看。"

盒子里果然装着一条腿,几乎是一整条腿。

如果装的是一只手，荷衣可能还不能立即辨认出来，但慕容无风的腿原本就和常人不一样。

她觉得自己已快到了崩溃的边缘。

她脸色苍白，满头冷汗，胸口急促地起伏着，三个人沉默地看着。

过了好久，她才缓过神来道："这伤口，蔡大夫，你看得出是怎么弄出来的吗？"

"刀。"

荷衣的嘴唇几乎快要咬出血来，然后又问了一句："受了这一刀之后，他还能不能挺得住？"

蔡宣道："这种伤即便是常人，如若施救不及，存活的可能性都很小，何况先生的身子原本虚弱，还有别的病。"

荷衣道："可这是唐门。唐门如若不想让一个人死，一定也有办法，对不对？"

江湖上的人都知道，唐门一向喜欢与各大医家结亲，毒药亦原属医学一脉。唐门中制毒的高手全都精通医术。

蔡宣道："当然。他们想让先生死其实用不着大费周章，这么做大约是威慑之意。"

荷衣道："无风他……很少和我说唐门的事。云梦谷和唐门的实力相比究竟如何？"

谢停云道："谷主一向无意将云梦谷纳入武林的任何派系，他始终只想让这里变成一处名副其实的医谷而已。谷里大半人口要么是手无缚鸡之力的大夫和他们的家属，要么是些老家人。近几年来虽也添了不少人手，谷主……却总不愿意在这件事上招兵买马，大张旗鼓。总的来说，我们比唐门有钱，在武力上却大不如唐门。这也就是这些年来我们也不轻易招惹他们的原因。"

荷衣合上漆盒，道："现在我们来商量该怎么办。"

三个人听了心中都暗暗吃惊。这个女人果然了得！在这种危急关头她十分镇定，居然还能商量。

谢停云道："我们不能轻举妄动。唐家只是送来了谷主的一条腿，也不开什么条件，他们显然不打算把谷主还给我们。"

蔡宣道："因为只要先生在唐门，他们所有毒药的配方和秘密就会很安全。他们甚至会逼先生为他们配制和研究更厉害更有效的毒药。"

"这些，他会答应吗？"荷衣道。

"绝不会。谷主对毒药深恶痛绝，他的每一位学生入门之前都必须发誓终生不配制不使用任何做害人之用的毒药。其实谷里有好几位精通解毒的大夫，让他们配制一两剂毒药殊非难事。"

赵谦和道："近十年来因为有云梦谷，唐门一蹶不振，在江湖的地位一落千丈。想要重新振作起来，他们要做的第一件事就是对付谷主。"

　　谢停云道："我们不能强攻，只能派人混进唐门找到谷主，将他偷偷救出来。我们准备双管齐下。由赵、郭两位总管带着人到唐门去讲条件，拖住他们；同时，我带一路人想法子进入唐门救人。"

　　荷衣马上道："唐门一看见去谈条件的人当中没有你，会马上起疑。你们三人在外面拖住他们，里面的事由我去干。"

　　谢停云道："这就是为什么我们一直要等姑娘回来。在这种时候，能救谷主的人只怕只有姑娘你了。"

　　荷衣道："我要两个帮手，不能是你，但武功不能比你差。"

　　"有。"

　　"我要一个包袱，里面装着三样东西：第一，所有能让谷主暂时延缓伤势、保住性命的东西。第二，三件他的日常衣裳。第三，最有效的解毒药丸。"

　　"蔡大夫会马上准备好。"

　　"我要两种毒药，一种用来淬剑，一种用来杀人，还有最厉害的迷药。"

　　"迷药没有问题。至于毒药……"蔡宣迟疑地道。

　　荷衣道："慕容无风是大夫，我楚荷衣却不是。你们放心，这些东西我会用，却绝对不会让他知道。"

　　"……是。"

　　"最后，也是最重要的。我要一张唐门的地图，越详细越好，无论花多少钱，你们都要想法子弄来。"

　　谢停云道："这个我现在就有办法。"

　　荷衣盯着他："你现在就有办法？"

　　谢停云道："楚姑娘大约还没见过我的妻子。"

　　"你的妻子？"

　　"她嫁给我以前叫唐菲烟，在唐家排行第二，是唐三的亲姐姐。"

　　荷衣忽然想起自己第一次和谢停云交手的时候，便是因唐门的人而引起的误会。

　　蓉雨阁。

　　谢停云引着荷衣来到一间温暖的卧室。进门的时候荷衣见到了满地乱跑的两个十来岁的男孩。

　　"这是我的两个儿子。"谢停云的脸上露出了自豪之色，他接着又道，"还有两个在他们妈妈的肚子里，双胞胎。"

　　荷衣忙道："恭喜恭喜。"

　　侍女们拉开帘帐，荷衣看见一个美丽的中年女人挺着肚子，躺在床上。

　　谢停云忙端了一把椅子给荷衣，自己则坐在榻边，看着那女人，轻声道："菲烟，这位便是我向你提过的楚姑娘，未来的慕容夫人。"

那女人转过脸,有些羞涩地看着荷衣,道:"楚姑娘,对不起,我的身子实在是太沉,无法施礼了。"

荷衣歉然地道:"抱歉,这个时候我实在不该打扰你……"

女人一脸温柔:"姑娘说哪里话,若不是谷主当年肯收留我们,我和停云只怕早已成了唐门的刀下之鬼。"她从床侧拿出一张羊皮地图,神色忽然变得严肃,"姑娘大约知道,唐门在江湖上有三百年的历史。"

荷衣点点头。

"虽然近年来它一直在衰退,所谓百足之虫,死而不僵。唐门绝不是别人轻易进得去的地方。"她指了指外围一圈围墙,"这墙高十丈,上面爬满青藤。墙下是一圈内河,内河的水有毒,藤也有毒。"

荷衣道:"所以我若从这里进去,会很危险?"

"以姑娘的武功,从这里进去不危险,但很快就会被发觉。四周全是岗哨和灵犬。唐门地形和云梦谷十分相似,三面背山,山是万丈绝壁,外接大江,一面向内陆敞开,易守难攻。"

荷衣看了看地图,道:"我会从山外进去,这样就不会有人觉察。"

谢停云道:"你是说,从绝壁爬到山顶,再下来?"

"嗯。"

"这倒是个办法。"

"我现在急需知道的是,他们可能会把无风藏在什么地方。"

唐菲烟道:"这些红色的圆圈是我做的记号,全都有可能。不过最可能的只有两处。如若总管们要到唐门谈判,他们一定会将谷主押至这两处之一。"

荷衣看了看那两处,发现它们相距甚远。

"一处在东,是个圆形的房子,里面住着唐门三位武功最高的前辈。他们有可能将谷主交给这三位看守。一处在西,由这个门进入地底,是一排水牢。一共有十间,里面关押着唐门的叛徒和仇家,有些人已关了很多年。"说罢她惨然一笑,"唐门的家法姑娘应该听说过。我若被唐家的人抓了回去,就会关到水牢里,一直到死。"

谢停云道:"我不认为谷主会被关在这里。他若真的关进水牢,只怕连一天都过不了。"

唐菲烟继续道:"水牢的特点便是藏在地底下,大门一锁,谁也进不去。实际上守在里面的人并不多。除了唐家了弟,外人绝不会知道水牢的位置。"

荷衣忽然道:"你说,他们会不会预料到你知道这两处地方,而将谷主另行关押?"

唐菲烟道:"不一定。一来唐门的叛徒不止我一人,这两处地方原本就是专为关人而设计的,机关重重,防守严密,就算是被人知道,要进得去又出得来,也大不容易。其他之处则完全不可靠。"

荷衣道:"这么说来,我要兵分两路,一路去找三大高手,一路去水牢?"

唐菲烟摇了摇头:"和姑娘一起去的有几个人?"

"两个。"

"三人联手对付这三大高手,只怕都很困难。两个人去只能是送死。这三位前辈非但是武功高手还擅使毒药。"

荷衣点点头:"倘若我已将他救到手,怎么才能出去?"

唐菲烟苦笑道:"恐怕你只能从你进来的地方退出去。"

荷衣道:"这不可能。回来的时候我们多了一个完全不能动的人,从原地退回太困难,到时候我看情况再想办法。"

唐菲烟道:"我离开唐门有十几年了,这个地图可能会有些变化,但变化不会太大。"

"为什么?"

"古老的家族喜欢维持传统,不喜欢改变。唐门每修一个新的建筑都会想到它能用百年之久。"

当晚谢停云通知荷衣,她要的一切已准备妥当。

"这是十枚解毒药丸,你现在就要服用,到时大多数唐门的毒药都不会伤害到你。你的剑已淬上一种叫作'花笑'的毒药,不要轻易将它抽出来。剑锋只要在任何人的肌肤上割一道小口,那个人马上就会死。这一种红色的药丸叫'欢心',是一种极有效的迷药,一落进灯油或蜡烛里便会随烟气散发。嗅到它的人会立即倒下,三天之后才会醒过来。"

荷衣将各样东西一一检查完毕,装入包袱之中,道:"跟我去的人是谁?"

谢停云指着客厅里站着的两个灰衣青年道:"就是他们俩。"

荷衣看了一眼,道:"其中的一个我曾见过。"

"不错,他是三星三煞之一,名叫山水,现在是谷里的花匠。"

"他不是唐门的人?"

"他不过是个杀手而已。杀手杀人只看价钱,不属于任何门派,何况他现在也已改了行。"

"谷主知道这件事?"

"是谷主让他住进来的。谷主说,山水是他的朋友。"

"他也有朋友?"荷衣不禁有些吃惊,"另一位呢?"

"另一位是山水的表弟。"

"表弟?他没有别的名字?"

"没有。他是和山水一起进来的,同住在一个院子里,都是花匠。"

荷衣看着两个灰衣人,道:"我们今夜就出发。"

两个人同时道:"是。"

荷衣道："如若我们三人分开行动,两位只管见机行事,如若我们三人在一起,我说了算。"

"好。"两人干净利落地道。

荷衣又道："山水兄,你的表弟叫什么名字?"

"叫我'山水表弟',或者简称'表弟'。"表弟道。

这一天下着绵绵的小雨。荷衣三人已到了蜀中。他们舍马买舟,划入龙水江中。

这一路上荷衣一言不发,只是叮嘱山水两人牢记唐菲烟画的那张地图。快到蜀中的时候,她便将地图焚毁了。

船逆水而上,又冷又细的雨丝早已淋湿了荷衣的头发。她将颈上挂的那串红豆从怀里掏出来,放在嘴边,轻轻地吻了一下,仿佛在进行什么仪式,她的口中念念有词。

天渐渐地黑了。船行至一座山脚时,她轻轻地道："上。"

三个黑影一掠十丈,如壁虎般贴在山壁上。荷衣的心中不禁暗自庆幸。谢停云说得不错,这两人的轻功果然很好。

接下来的工作又紧张又枯燥:爬。踩住任何一个可以垫脚的石块,抓住任何一根头顶上的藤条。快到子夜时分的时候,三个人终于陆续地爬到了山顶。

从山顶俯瞰,唐门的城堡在黑暗中静悄悄地耸立着,里面的灯光在细雨中显得格外地昏暗。

按照计划,三个人找到了那个地牢的入口。他们打算先从地牢入手,因为这里看上去比较僻静,就算是慕容无风不在里面,他们走一圈出来,也不会制造出很大的响动。倘若先去找三大高手,一打起来,只怕会惊动全唐门的人。

地牢的入口是一个看似极为平凡,好像一个厨房一样的小门。小门虚掩着。

荷衣对表弟道："你在外面看着动静,我和山水进去。"

两个人不声不响地溜了进去。

小门的尽头是一个沉重的石门,昏暗的灯光之下荷衣发现门边有一个巨大的绞轮。她使劲拉了拉手把,那门缓缓地移动开来,露出一条门缝,一丝灯光从门缝里透了进来。

不用说就可以猜到,里面有人。

两人从门缝里滑了进去。门里面是一道长廊,一道长长的下坡,下坡的尽头又是一道门,却只是木门而已。

木门虚掩。荷衣一打开门就看见一个中年人坐在一张桌子旁。他看上去很斯文很和气的样子,竟像个十足的读书人,手上拿着一本书。一听见响动,他抬起头来,用一双很黑很深的眼睛看着他们,并且很客气地道："两位好。"

山水盯着他的眼睛,冷冷地道："这里只有阁下一个人?"

正当他说话的时候，荷衣袖中白练飞出，已钩住了中年人身旁的一卷钥匙。轻轻一带，那钥匙一阵乱响，中年人伸手一抓，几乎要将它们抓住，荷衣连忙射出两枚飞镖。那钥匙便轻轻地落在了她的怀里。

她正要将一粒"欢心"弹入油灯，那中年人一声冷笑，袖子一挥，只听得"唰唰"数响，所有的油灯突然灭了。

四下顿时一片漆黑。山水低声道："小心暗器。"

荷衣道："我先进去，人归你了。"

"门在左边。"山水道。

"已经看见了。"

只听得黑暗中刀声四起，山水已与那人打成了一片。荷衣趁乱溜进了另外一道窄门。

"咯吱"一声，木门推开，里面又是一条甬道，每隔一步放着一筐木炭。壁上满是香烛，香气浓烈，灯座下还挂着数串陈皮。荷衣心中暗暗纳闷，却也顾不了许多，大步向前，一连推开两道沉重的樟木窄门，空气忽然一变，一股令人作呕的气味扑面而来。

四处一片漆黑，不见五指。那是一种近乎尸体腐烂的味道，却又像已沉积多年，一阵阴风在走廊上穿梭着。

荷衣点燃火折，按捺住胸中烦恶，发现自己面前一左一右各有五间囚室，均有一半深入地下。

不知哪里传来一种如蚊飞蝇聚般细小的嗡嗡声，只听得她头皮一阵发麻。

她镇定神志，掏出钥匙，试了半天方打开右边的第一间囚室，对着里面小声喊道："慕容无风！慕容无风！"

无人答应。

那囚室幽深，有一大半沉在水中。火折子不知怎的突然熄灭了。

荷衣心里却坚定地想着：无论如何我也要进去看一看里面是不是有人，那个人是不是慕容无风。当下便壮着胆，洄着水，摸着黑，向前探去。不多时已走到尽头。她向中间一摸，仿佛有一样软软的东西拴在一个木头的柱子上。那东西发出一股奇臭，几乎令她昏倒。她终于忍不住"哇"的一声大吐了起来。

手一阵乱摸，却觉得这软软的东西仿佛是一团泥，不像是一个人。她哆哆嗦嗦地掏出另一只火折子，点燃一瞧，"啊呀"一声惊呼了起来。

原来那柱子上果然拴着一个人，却早已腐烂变形，头已烂得垂下来，挂在自己的怀里。荷衣手上摸着的全是那些渐渐剥离开来的腐肉。她吓得扔掉火折，落荒而逃，几乎是飞出了那间囚室。

出得门来，她只觉魂飞魄散，双腿发软，心咚咚乱跳，几乎连站起来的气力也没有了。而那腐尸的气味却已如鬼魅一般地附在了她的身上。

第二间囚室还得去。

她定了定心神,决定不点火折子,打开室门,对着里面叫道:"请问里面有人吗?有人就应一声,没人我可就走了啊!"

过了半晌,只听得一个虚弱的声音远远地传过来,道:"你是谁?是救我出去的人吗?"

荷衣心中一动,那是一个男人的声音,口音却与慕容无风大不相同,只好又道:"你是慕容无风吗?"

那人道:"不是……求求你,救我出去吧……要不然我就要活活地被老鼠咬死在这里了!"

荷衣道:"对不起,我只能救一个人,你……你若自己有武功,我倒可以替你打开绳索,放你跑出去。"

那人道:"我跑不动,他们……他们挑了……挑了我的脚筋。你是好心人是吗?求求你帮帮我,我家里很有钱,你若救我出去,无论你要多少银子,我家里的人都会给你!"

荷衣颤声道:"对不起,我很想救你,可是我有比你更重要的人要救。"

"你要救的人是慕容无风吗?"

荷衣喜道:"嗯,你……你知道他在哪里?"

那人道:"他不在这里,你若救我出去,我就告诉你听。"

荷衣心下暗忖,此人一定是想出去想发疯了,便问:"你在这里关了多久?"

"七……七年啦。"

"那你怎么可能知道慕容无风的消息?"

那个胡诌了起来,道:"三年前这里曾关过一个叫作慕容无风的人,不久便转移到了别处。"

荷衣"砰"的一声,摔了门就出去了。

第三间囚室没有任何声音,她斗胆泅水进去找了一整圈,发觉它完全是空着的。

她又打开第四间囚室,叫了一声,没半点回应,只好走入水中,便觉水中有一群一群的老鼠在腿间窜来窜去,伴随着的是一种可怕的"喁喁"之声。她摸着黑走到尽头,手哆哆嗦嗦地摸了过去。

这一回,她只伸出了一只食指,准备一碰见腐物便狂逃而去。食指轻轻一触,却是一片光滑的肌肤,光滑而有弹性。这个人还是活的!

她点起火折,只见木柱上捆着一个女人,一把黑油油的头发搭在她的胸前,上面居然趴着两只大鼠。而那女人睁着眼,正用一种极温柔地眼光打量着她。

荷衣惊跳起来,火折子掉入水中,小声道:"喂……你……你……不要紧吗?"

那声音很平静地答道:"……不要紧。我在这里很好。"

荷衣道了声"多多保重!"扭头而去。

当她打开第五间囚室,再次听到老鼠那种可怕的吱吱声,已吓得几乎失去了所有的勇气。她不由自主地颤抖着,对着室内颤颤巍巍地叫了一声:"慕容无风,你……你在里面吗?"

回答她的,只有老鼠的吱吱声。她咬了咬牙,抱着一副不见棺材不死心的态度,又蹚着水走了过去。

那水并不深,只是到她的胸前而已,但水里有一股可怕的味道。水并不干净,她深一脚浅一脚地走着,好像走在泥塘里。她不敢打开火折,生怕见到什么更加恐怖的场面,便如前法,伸出手指往木柱之上触了触。

手指触到的地方一片滑腻。她不敢再摸下去,只好打开火折,眼前赫然又是一具刚刚开始腐烂的死尸。那人死前仿佛极度痛苦,脸是扭曲的,一张嘴张到了不可能再大的地步,似乎要大声呼喊。

谢天谢地,这个人不是慕容无风!她正要逃走,那死尸忽然动了一下,从他的鼻子里爬出了一条好像是蛇一样的东西。那东西凭空一跳,便跳到了荷衣的身上。

荷衣尖叫一声,一头栽进水中,惊慌中一连喝了好几口水,也顾不得细究,一阵狂跑,奔出了囚室。一出来她便趴在地上翻江倒海地吐了起来。她终于相信了那句话:人是可以被活活吓死的。

她浑身软绵绵地坐在走廊上,看着第六间囚室的大门。她已吓得没有气力站起来了,只好咬着牙,扶着墙壁一点一点地挨到门边。掏出钥匙,哆哆嗦嗦地试了几次,方将那门弄开。她已吓得满脸是泪,几乎是带着哭腔对着黑洞洞的内室呼道:"慕容无风,慕容无风,你在里面吗?如果在,请你千万答应我。如果不答应,那我……就走啦!"

一阵阴森森的冷风从里面悄悄地吹来,水里又是一片老鼠的吱吱声。没有人答话。

她的腿开始发软,把剩下的火折子全掏了出来,刚点上火便见四周漂浮着一大群肚子涨得老大的死鼠。眼前一黑,几乎晕倒。这时水中忽有一大群老鼠向她游来,顿时爬到了她的腿上、肩上。她挥剑乱劈,将老鼠斩得血肉横飞,却因方才一阵慌乱,已将火折子全失落在水中。

无奈,她只好向囚室的尽头走去。水虽齐胸,那一群老鼠却死死不肯放过她,一路跟过来,在她身上乱咬。她挥动手掌,在水中一阵乱劈。好不容易快走到了尽头,脚下却突然踩了一个空。原来水底到了尽处忽然变深,她反应不及,头已淹入水中,慌忙中她只好去抓那根木柱。

每间囚室的那个位置上都有一根用来拴人的木柱,上面吊着绳索和铁链。她知道木柱中只怕又捆着一具可怕的尸体,却也顾不了那么多。抓住木柱的同时,她也抓到了一角衣裳。耳边忽然传来一个微弱而熟悉的声音:"荷衣,别怕,我在这儿。"

那声音对于她而言,仿佛来自天堂。他在这里!他还没有死!他……他还能说话!荷衣的心头一阵狂喜!不禁将方才看到的那一切抛在脑后,紧紧地拥抱着那个身子,不知是喜是悲,泪水狂涌而出:"无风……我终于找到你啦!你还……你还活着!"

她伸着手抚摸着慕容无风的脸,只听得他长叹了一声,道:"荷衣,你疯了吗?这么危险的地方,你怎么……怎么自己就跑来啦!"

荷衣却不理他,只顾摸着他的全身,他的双手高高地吊在柱子上,下身沉在水中。荷衣轻轻一摸,他的左腿上似乎有一大片疤痕,所幸还在。右腿之处却是一片虚空,一时顿觉万箭穿心,忍不住抚着他的伤口,哭道:"你的右腿……果然没了。这群狗娘养的!我要杀了他们!你痛不痛?啊?这么重的伤,要不要紧?他们……他们怎样……折磨了你……"

她抱着他只顾大哭,慕容无风只好轻轻安慰:"我……没事,你别难过。"

他的话刚说完,荷衣又道:"方才……我在门口叫你,你为什么不吱声?"

他沉默,过了半晌,才道:"荷衣,带着我,你一定逃不出去。"

"所以你就不吭声,是不是?指望我找不到你就会走掉,是不是?"

他不语。

"你……到这种时候还只顾想着我!"她伤心地道,"这地方……这是人待的地方吗?我带着你出去,便是死在一起,那也是死在干净开阔之处,怎么也比这里强啊!"

荷衣抱住他的身子,挥剑割开绑住他双手的绳索,他整个人便软绵绵地倒在她的身上。

她将他抱到廊上,掏出备好的药丸,塞进他的嘴里,道:"这是保命的药丸,你一定要吞进去。"

慕容无风在黑暗中轻声地道:"荷衣,我……吃不下任何东西……"说罢"哇"地一口,将那药丸吐了出来,还喷出一大口血。

"不行!吞不下你也得吞!"她将药丸从地下捡起来,强行塞入他的口中,又打开水袋,强灌了他一口水,逼着他将那药丸硬生生地咽了下去。

"荷衣……这里很……脏……"他又道。

"我带了你换洗的衣裳。"荷衣三下五除二地脱掉他的衣裳,将准备好的干净衣裳套在他身上。

慕容无风的下身缠着厚厚的绷带,全是湿漉漉的,泡在水中已久,显然一点也不干净。

荷衣轻轻道:"你……你忍着些痛,我带来了最好的金创药。"说罢,掏出一柄飞刀就要割开绷带。

慕容无风抓住她的手,道:"你……你别揭开绷带,也……也别碰伤口,还是……还是想法子快些走。"

荷衣心中一怔,便知那伤口一定是触目惊心,惨不忍睹,慕容无风怕她见了害怕,不让她触动。她柔声道:"无风……我不怕,这里……这里也是漆黑一片,我替你换了药……重新包扎了伤口,你一定会觉得好些。"

慕容无风的手仍死死地抓住她的手腕,道:"我说不能碰便不能碰,我们俩究竟谁是大夫?"

荷衣道:"可是……可是……我们可能要过好一会儿才逃得出去,你……你的身子受不受得住?"

"我们现在就得逃,你却还在……婆婆妈妈地……想着做这些事……白白耽误时间。"黑暗中,他喘着气,断断续续地道。

他的声音越来越微弱,荷衣只好作罢,将他抱起来,打开木门,却见先前那人所在的房子里毫无声息,不禁悄悄地叫了一声:"山水?"

无人回应。那唐门的人似乎也不在房内。她一脚踢开通往长廊的大门,借着昏暗的灯光,看见山水倒在那沉重的石门旁边,而那人已被他一刀刺死在一侧。

"山水!"荷衣一把将他从石门边拉了起来,他看上去还有气,脸却是隐隐地发黑。

"找到他了? 我们的运气……还算不错。"山水有气无力地道。

"你中了毒?"荷衣失声道。

"我中了他的一记袖箭,在肩上。"山水将单刀拿在手边,身子软了软,硬撑着不让自己倒下去。

"荷衣,撕开他的衣裳。"慕容无风道。

荷衣依言撕开山水肩上的衣衫。

"点住他肩井、天冲、神堂三穴,然后拿掉那只袖……袖箭。"慕容无风气喘吁吁地道。

荷衣道:"我们来之前,已预先服下不少解药。"她拿掉那支袖箭。

"那不管用,这种毒药不算在其中。把你身上所有的解药……都掏出来给我看。"

荷衣打开一个木盒,里面整整齐齐地排列着各种药丸。

"把那种绿色的药丸拿出三粒和左边那颗粉色药丸放在一起……捏碎,混在一处,撒……撒在他的伤口上。再给他服下那颗红……红色的……"慕容无风只觉双眼金星乱冒,头一阵一阵地发晕。

荷衣眼疾手快地挑出那颗红色药丸,塞入山水的口中。

"解开……穴……"

她拍开山水身上的穴道。山水果然站了起来。

荷衣笑道:"你看,有神医在身边,什么毒都不用怕。"

山水叹道:"那人果然厉害,临死之前不知碰了什么机关,封住了石门。"

"你说什么?"荷衣的心陡地沉了下去,"表弟在门外,他……或许可以替我们打开。"

山水摇摇头:"开门和关门的机关一定不一样。他没事吧?"他一眼看见慕容无风的样子,不禁吓了一跳。

"我不知道,很难说。"荷衣苦笑,山水接过慕容无风,将他背在身上。

慕容无风已渐渐有些神志不清,荷衣不得不用手掌抵住他的腰,输给他一些真气。

过了片刻,慕容无风清醒过来,双眼无力地看着眼前的两个人道:"为什么……还不走?"

山水道:"我们被关在了这里。这石门好像已被看守的人锁住。"他拼命地推了好几次,那门纹丝不动。

"找机关。这石门当由好些齿轮控制,不可能打不开。"

山水指着门边的一个铁轮道:"这个就是机关。我亲眼看见他转了一下,门就锁住了。我左转右转都试过,门就是打不开。"

"荷衣……"慕容无风勉强睁开眼睛,道,"我去……看看那个轮子。"

荷衣抚着他的额头,柔声道:"你别操心了,快闭眼睡一会儿。这里有我们两个想法子就行了。"

"带……带我看看。"

她带着他来到铁轮面前,将他的手轻轻放在铁轮上。他摸了摸轮子,又摸了摸轮轴。

"你转一圈,让我听听它转动的声音。"

铁轮"咯咯咯"地转了一整圈。

慕容无风有气无力地笑了:"这种古老的机关……只怕已有两百年的历史了。"

荷衣一愣:"你对机关也有研究?"

"嗯。"

"太好了!"她忍不住道。

"你将铁轮往外一拔,如果拔得动,我就……猜对了。"

山水抓住铁轮,一只腿蹬着石壁,往外用力一拉,"咯噔"一声,铁轮突然凭空被抽出了一截。

"将铁轮上的这个……这个标记对准石壁上的那个刻痕,然后往左转整整三圈,停下来。"

"咯咯咯……"

山水道:"三圈已转毕。"

慕容无风道:"将铁轮往下一按,退回以前的样子,再向右转一圈。"

"咯咯……"

"试试看……门现在还拉不拉得开?"

山水用力一拉,门终于缓缓地移动了起来,露出一道小缝。三个一阵欣喜,闪身钻了出去。

门外是一片激烈的打斗声。

表弟一人正被三位执刀的老人团团围住,左支右绌,难以应付。

荷衣刚一现身,其中一个老人就飞扑过来,一刀斫下,荷衣一让,只觉头顶"嗡"地一响,火星四溅,木门被砸了一个大洞。

山水抢过来护住她,道:"你带着谷主先走,我和表弟拖住这几个人。"说罢,连挥数刀,加入战团。荷衣趁机拔腿就跑,背着慕容无风一路狂奔,往唐门最深之处逃去。

她猜想唐家的人必会以为她要往后山人迹罕至之处隐匿,偏偏逃向房屋最拥挤之处。

细雨如丝。她感到慕容无风那只原本紧紧抓住自己肩膀的手,渐渐地松了下来,滑了下去。

渐渐地,他的呼吸也越来越细微。她在惊惶中叫了他几声,他也没有答应。而且他的心跳越来越微弱,她的真气在他体内游走时,发觉他内息散乱,已见败势。

血水开始从他的下身渗了出来,顿时浸湿了她的一只手。她心惊肉跳地闪到游廊之下,借着廊上的灯光,看见他双目紧闭,面如死灰,嘴唇已和脸色一样惨白。

掀开下摆,只见伤处的绷带早已被水牢里的脏水染成黑色,从绷带里渗出的液体,又黑又黏,却不知是血,还是……还是别的什么东西。

荷衣惊出一身冷汗,大脑顿时一片空白。镇定,镇定,镇定……她不停地命令自己。

她无声无息地滑入一间巨大的房内,一进门,便往灯台里弹入了一枚"欢心"。在门边等了片刻,只听得几声"扑扑"乱响,似有人中了迷药,倒在地上。

这是一间女人的卧室,十分奢华,里面果然倒下了四个丫鬟。床上躺着的一个女人仿佛也昏迷了过去。

荷衣将房门一掩,发觉卧室的另一道门里散发着水汽。进去一看,却是两个盛着热水的浴盆。四周燃着一种沁人的香烛。

她这时才发现自己的身上有一股可怕的味道。在那地狱一般的地方待了许久,又摸了那么多从来没摸过的东西,她自然知道这味道是怎么来的。

而她却先解开慕容无风的衣裳,将他放入水中,认真地替他清洗每一寸肌肤。她咬了咬牙,一道一道地解开了缠在伤口上的绷带。

他的伤口已被人用一种极粗劣的手法缝合,似乎还厚厚地抹了一层凝血极快的金创药,上面残存着乌黑的余血,散发着一股可怕的腥味。

不敢细看下去,她移开自己的眼睛,用手小心翼翼地清洗着。仔细地洗完了一遍,不放心,又将他放入第二个浴桶内,清洗了一遍。她替他穿了一件宽袍,又找出一块薄毯将他裹好,放在一旁的木榻上。自己则跳入桶中马马虎虎地洗了洗,从一旁的衣柜里找出两件衣裳穿上。

那可怕的气味总算是消失了。

浴室内潮气太重,荷衣唯恐慕容无风受不住,便又抱着他来到那女人的卧室。

她打算把床上的女人扔到一边,将慕容无风放在床上,然后想法子替他包扎伤口。一低头,却发现女人的眼睛已睁开了。

"你的迷药挺灵,只是对我不管用。"那女人躺在床上一动不动地道。她虽看上去已有四十来岁,模样却很美丽。

"你若敢大喊大叫,我就一剑刺死你。"荷衣冷冷地道。

妇人淡淡道:"那你就来刺死我好了,我早就不想活了。"

荷衣也懒得刺死她,便道:"起来,把床让出来。"

妇人道:"我动不得。"

荷衣眉头一拧,道:"为什么动不得?"

妇人笑道:"你为什么不揭开被子自己看一看?"

荷衣将被子一掀,吓了一跳。那女人虽穿着睡服,一看才知她的四肢均已被切去,只有一个头露在被子之外,猛地看上去,倒与常人无异。

荷衣有些歉然地道:"对不起,你还是得起来。"她将妇人一抓,将她的身子提起,放在一旁的椅子上,却随手将一条毯子搭在她的身上。

接着她将慕容无风轻轻地放在床上掩上被子。然后她忧伤地跪在床边,紧紧握着他的手,看着他。

"这个人是你的情郎?"妇人在椅子上道。

"嗯。"

"模样倒是挺俊的,只可惜……"

荷衣不理她。她打开随身带来的包袱,揭开油纸,找出带来的所有金创药、绷带和一个小小的医包。咬咬牙,将被子揭开一角,露出慕容无风右腿上那道可怕的伤口。

她泪水汪汪地看了半天,却不知该怎么办。她想了想,决定将金创药再度涂上,然后将伤口紧紧地包起来。

想毕,她拿出药膏,正要涂在他受伤的腿上,那妇人突然道:"不可。"

荷衣回过头去,道:"怎么不可?"

"他的伤已入骨,必要除去腐骨,清洗伤口,缝合之后,再涂药包扎。不然骨髓已坏,髓毒若沿着骨头逆行而上,达至内府,他必死无疑。"

荷衣道:"你怎么知道得这么清楚?我凭什么相信你?"

妇人道:"因为我是个大夫。"

荷衣又吓了一跳:"你也是大夫?"

妇人道:"薛家堡神针世家的名头,想必你一定听说过。若论医术,普天之下也只有神医慕容能与之相提并论。"

荷衣道:"你就是'薛神针'?"

妇人道:"薛神针是我父亲,我叫薛纹。"

荷衣道:"你怎么会在这里?又怎么会被人砍了……砍了……"心中一凛,不由得想到她与慕容无风的遭遇如此相似,这个"砍"字便再也说不下去。

薛纹道:"我嫁到唐家,不过是薛家与唐家的一个交易而已。我一进来就爱上了另外一个人。这就是我的下场。他们却不肯将我投入水牢,因为他们需要我。唐家的人口虽多,但精通医术和药术的人数不出几个,其他的子弟不过是些饭桶而已。"

荷衣颤声道:"你……你肯帮我救他吗?"

薛纹道:"当然有条件。"

荷衣大声道:"只要你肯救他,就算是要我马上去死,我都愿意。"

薛纹叹了一声,道:"你也是个痴情人。你可知痴情原本一向没什么好下场?我倒不要你去死,你只要答应替我杀死一个人——我的仇人,我就帮你。"

荷衣心想,将她砍成这样子,她的仇人也不会是什么好东西,便道:"好,我答应你。"

薛纹道:"你先将我搬到你的身边。"

荷衣将她的椅子一挪,挪到床边。薛纹仔细看了看慕容无风腿上的伤口,叹了一声,道:"我虽能帮你清理他的伤口,让他不再流血,但包扎之后他究竟还能活多久,很难说。他看上去身体很差,而且失血过多。"

荷衣道:"他的心脏很不好……"

薛纹看着她,欲言又止,想了想,道:"你先用针封住他所有的止血穴道。此外,将三枚金针插在他的中枢、神庭、命门三穴上。他会彻底地昏迷过去。"

荷衣依言行事,忍不住又道:"等一会儿他……他会很痛吗?"

薛纹道:"若不昏迷,他会痛得死去活来。"

荷衣一听,顿觉浑身发软:"他的腿……原本……原本没有什么感觉。"

薛纹冷笑道:"伤口这么深,怎么会没有感觉?"

荷衣不敢再听下去,便道:"你怎么说……我便怎么做。"

"你现在千万不要把这个人当作你的情郎,而是要把他当作一个完全不认得的人,或者干脆一具尸体。无论你在他的身上干什么,都是他痛,不是你痛。"

当下,荷衣只得依着薛纹的吩咐,将慕容无风的身子侧过来,咬着牙,替他清理伤口良久,方用银针和桑皮线将末处的肌肤收拢,缝出两条四寸多长的疤痕。

薛纹在一旁看着她,叹道:"你老实告诉我,你以前究竟缝过东西没有?"

荷衣道:"就只缝过扣子。"

薛纹道:"幸好缝线不在他的眼前,不然他睁开眼,看见你这两道歪歪扭扭,好像大蜈蚣似的大疤,非活活气死不可。"

"我是外行,不要要求太高好不好?"

慕容无风的伤口原本已被涂上了极强的金创药,不再流血,经她这一阵重新处理,流出的鲜血早已浸透了床单。

看着他比往日苍白消瘦的样子,荷衣简直想象不出他的身上居然还有这么多的血可以流。

她涂上药膏,用白绫紧紧地裹住伤口,又将剩下的生肌散涂在另一条伤痕累累的腿上,然后将床单重新换过,又给他换了一件干净的衣裳。

他闭着眼,平静地躺着。她握着他的手,发觉他的心跳十分微弱,不禁有些担心,忍不住又道:"他的心脏不好……现在跳得……跳得很弱,要不要紧?"

薛纹犹豫了一下,道:"我正要和你说这件事。即使现在他的伤口已然无碍,他也……他也很难活过明天。"

"什么!"荷衣大惊,几乎要跳起来,"你不是说你会帮我救他的吗?"

"我们若不做刚才那一下,他立即就会死。做了,他还可以再活几个时辰。这不是救他是什么?"

"可是……可是他看上去很安静啊!"荷衣忍不住泪水涟涟地道。

"那只是因为我们点了他的穴道,他昏了过去而已。他的身子太弱,穴道不能点得太久。等会儿一解开穴道,他就会开始抽搐,而他的心脏偏偏受不了这种抽搐。所以……早晚……他是要走的。你……你还是想开些吧。何况他的伤口,就算是已痊愈,由于拖的时间太久,又在水中浸过,以后每逢阴冷潮湿的天气便会发作,痛得死去活来。早知有这种活罪,依我看,还不如现在就死了好。"

荷衣颤声道:"你是说,他一点救也没有了吗?"

薛纹道:"嗯。每一次抽搐,他的心脏都会大受考验。他绝对挨不过三次以上的抽搐。"

希望仿佛突然破灭了一般,荷衣忍不住抱着慕容无风,伤心地哭了起来:"他若死了,我便和他一起死。"

薛纹叹道:"你可知道,二十年前,我也和你一样?是我亲手将我的情郎抛下了万丈悬崖。"

荷衣吃惊地看着她,道:"你……你好狠心!"

"哼哼,我原本打算和他一起死。我们俩逃到山顶,前无去路,后有追兵。他已为了我受了重伤。我知道如果他被抓住,那就会……那就死得……死得惨不忍睹,只好将他从山顶上抛了下去!你可知道,当时我的心早已随了他去了!我原本自己也想跳下去,却实在忍不住要替他报仇。反身去,要将那个人……那个人杀了!只可惜我的武功不够好,还是给他抓住了。"她冷冷地道,胸口起伏,情绪十分激愤。

荷衣道:"他……他为什么不立即杀了你?"

"杀了我?那可不是太便宜我了?"她冷笑道,"他非但不杀我,还将我砍去四肢,好好地养着,还派一大群丫鬟照顾我呢。你可知道,他每隔一段时间就要到我这里来一次,到现在为止,我一共给他生了十个孩子。孩子一生下来就被带走了,我一个也没见过,是男是女都不知道。你可想象得出,像我这样一个手脚全无的人,生起孩子来,是个什么样子。"

荷衣道:"你要我杀的便是这个人?"

薛纹道:"不错。这个人就是我的丈夫。"

荷衣道:"杀这种人,你其实不用跟我讲条件。这种人我原本是免费都杀的。"

薛纹道:"多谢。我想,他已经快要进来了。"

廊外忽然传来脚步声。荷衣将慕容无风抱到床后藏起,迅速地收拾好床上的东西,又将薛纹放回被中,冲到门边将昏倒的丫鬟藏到浴室。自己抽了剑,伏在床边的一个衣柜之后。

果然门轻轻地推开了,进来了一个穿青衣的中年男人。

那男人长得很高,虽然是已近五十岁,却仍很漂亮,很有风度。荷衣忽然觉得这人的神色像极了唐三。唐家的家法对自己的子弟向来是毫不客气,不然这个家族也不会在江湖上屹立了三百年而不倒。唐三的一条腿只怕也是触犯了家法而被砍掉的。

"阿纹,我来看你了。你今天过得好吗?"那男人的声音居然很温柔,很动听。

"很好。我这种人,还有什么'好'与'不好'?"薛纹在床上冷冷地道。

"今天谷里出了事,所以我会很快的。这几年,唐家的男丁真是越来越少了。老大老三他们几个娶的姬妾,全加起来还不如你一个人生得多。"那男人道,走到床头,便去剥薛纹的衣裳。

"我原本就是你们唐家的一头母猪而已。"薛纹道。

"你能明白这一点就好。唐家的下一代全靠你了。"

"你能不能告诉我,我究竟替你生了几个儿子、几个女儿?他们究竟都叫什么名字？"

"你要知道这些做什么？难道你还想见他们不成？你这堕落的女人，你也配做母亲？"

"他们的父亲不也戴着顶绿帽子吗？"

"啪!"那男人凶相毕露，一掌打在她脸上。

荷衣冷不防一把飞刀射了过去，正中他的手腕，力道太大，几乎将他的整只手掌都切了下来。还没等那男人回过神来，荷衣已点中他的全身穴道，那人便一头倒在床上。

薛纹道："不错，你的手脚还真快。麻烦你挑断他的手筋和脚筋。"

荷衣用飞刀将那人四肢轻轻一划。

"还有，那个东西。"薛纹又道。

"什么东西？"

"男人的!"

荷衣的脸顿时通红。

"你答应要帮我的。"

她只好抽出剑，一剑削了过去。

那男人吃痛，在床上狂呼了起来。荷衣连忙点住他的哑穴。

"好了，将他放在我面前，头对着我的头。"

荷衣依言将那人摆好。

"你们走吧。从后门走，后门的后面就是后山。山上有一个土庙。虽然我不知道你会往哪里逃，但那里是我以前和我的……萧郎……私会的地方。你至少可以安安静静地歇一晚，再想怎么逃出去。"

"多谢。"荷衣抱起了慕容无风，找不到别的衣裳，只好又找了一条厚厚的毛毯将他的身子包了起来。

临行前，她最后看了一眼躺在床上的两个人，忽然想起薛纹四肢全无，忍不住又道："你准备怎么杀他？"

"我咬死他。"薛纹淡淡地笑道，"再见……其实不是再见，我们永远也不会再见了。"

荷衣从后门溜出来时，唐门的某一角落似乎远远地传来打斗之声，但她抱着慕容无风向后山逃去时，却并没有人发觉。她很快找到了那个破庙，而且很快明白了为什么薛纹会选中这个地方作为幽会的地点。

小庙远远地坐落在山腰一个极偏僻之处，背后有一个山包，正好挡住所有的窗户，就算是有人在庙里点着灯，山下的人也完全看不见。那庙里年久失修，一片颓败的景象，里面似乎有一个佛像、一个香案、几个香炉。黑暗中荷衣也来不及细看。她将香案的一整块桌面劈了下来,垫在潮湿的地面上,然后将慕容无风轻轻地放在木板上,掏出临行前山水给她的火折子,生起了一小团火。她坐了下来,将慕容无风复又抱在怀中,用自己的体温温暖着他。

慕容无风的呼吸却是不寻常地急促而细微,似乎连呼吸的气力也渐渐丧失了,而他的整个身子,却因剧烈的疼痛而不断地颤抖着。接着,他便开始抽搐起来。荷衣惊慌失措地看着他的身子痛苦地扭曲着,仿佛被一只看不见的鞭子不停地抽打。而他的头和颈却强直地伸着,整个背和双臂都在剧烈地痉挛着。

荷衣企图按住他,却发现这种抽搐绝非强力所能控制,只好转用真气护住他的心脉。但这一切努力却没有半分效果。他的心脏起先胡乱地跳动了一阵,渐渐地,仿佛无法承受这种负荷一般,变得越来越弱。而等到抽搐好不容易平息下去时,他的嘴唇和十指已变成了一种可怕的紫色。

这是他心疾骤发时的常见症状。荷衣绝望而茫然地看着怀中这个在死亡边缘痛苦挣扎着的人,眼泪流尽,却无能为力。唯一能做的,只是用手巾轻轻拭干他额上的汗水,然后温柔地看着他。

她不再奢求慕容无风能活下来,只是默默乞求上苍让他少受一些痛苦,让他在生命的最后一刻,能在她的怀里平静地死去。

她实在不能再看见他受苦时的样子。那样子令她伤心欲绝,无法承受。她握着他的手,放在自己的唇边轻轻地吻着。那手一如往日般地苍白消瘦,对她而言却一直有一种无法形容的优美与活力,像最灵敏的昆虫的触须,又像蜻蜓身上闪动的薄翼,曾在她的身上弹奏出无数美妙的音乐。

命运如此弄人,好不容易让这个完全陌生的人变成了她的爱人,她却要失去他了。这世上,难道还有比这更加可怕的事情吗?

荷衣一动不动地坐在火边,坐了很久很久。她的脸始终贴着他的脸,仔细地聆听着他的每一次微弱的鼻息。两个人的手紧紧握在一起。

到了半夜,慕容无风忽然醒了过来,忽然睁开了眼睛。荷衣失魂落魄地看着他,已忘记了什么是吃惊。

"荷衣……"他虚弱地唤了她一声。

荷衣的眼泪便不听话地涌了出来,哗哗地全滴在他的脸上。

"别说话,我在这儿。"她紧紧地抱着他。

慕容无风看着她,淡淡地,却是吃力地笑了笑:"我们……我们还没有逃……逃出去吗?"

她摇摇头,道:"我怕你太累,咱们先在这儿歇一会儿。你痛得厉害吗?"她伸着手,轻轻地抚摸着他的额头。

慕容无风咬了咬牙,忍住了一道闪电般袭来、几乎令他昏过去的剧痛,道:"还……好。"接着他的心脏一阵绞痛,几乎叫他透不过气来。

"荷衣……那个姓秦的……小子,其实……不错。你将来若和他……在一起,他会对你很好。"他突然冒出了这么一句。

荷衣轻轻道:"你为什么会这么说?那小子傻头傻脑,连你的一个脚指头都不如……"

"蔡……蔡大夫很聪明,他和我……一般聪明。"

荷衣急着道:"你几时喜欢起做媒来了?蔡大夫……哪有你长得好看?"

慕容无风叹了一口气,断断续续地道:"荷衣……不要太挑剔,人家至少……至少……比我多两条腿。"他喘着气又道:"他的脾气也……比我……好得多。"

荷衣流着泪道:"我就是偏偏喜欢你,别人就是好上了天我也不喜欢。你……你别说啦!"

慕容无风叹道:"你……为什么……就不明白呢?荷衣……我……不成了。"

荷衣一听这话,万箭穿心,道:"你要是真的不成了,我便和你一起去死。黄泉路上,我也好照顾你。"

"胡说!"他恼怒地道,"不许你这么想!"

"我就是不想活了!"荷衣伤心地大叫了起来。

"你……"慕容无风几乎急昏了过去。

过了好一会儿,慕容无风收拾着自己最后的一点气力,道:"我早已立了遗嘱……我死后,云梦谷送……送给你做……做嫁妆。你一直……没有家,这一回……这一回总算是……总算是有了。"

荷衣哭着道:"我不要云梦谷!我不要家!我只要你!求求你!你别死!你别抛下我!"

慕容无风喘息着道:"我……我没有抛下你。你将我葬在……谷里,我……我岂不是……岂不是一直陪着你?"

"不!"她突然抱起他,站到那个佛像的面前,道,"我现要就要做你的妻子。我们……我们现在就在这菩萨面前成亲,你说,好不好?"说罢,她幽幽地又道:"其实我早就该嫁给你的。我若早些陪你回去,你就不会给唐家的人劫了去。"

慕容无风虚弱地笑了笑,道:"你看……这个菩萨连个脑袋都没有……"

荷衣一抬头,果然佛像的头颅不知失落到了何处,光有一个歪歪倒倒的身子坐在莲花座上。她脚一踢,将地上一只破木桶踢了起来,正好落在佛像的头上,道:"这个不是脑袋?"

慕容无风默默地看着她。

荷衣抱着他跪了下来,脸微微发红,朗声道:"大慈大悲观世音菩萨在上,我楚荷衣愿与慕容无风生生世世结成夫妇,此生无悔,人神共鉴!"

说罢,她低下头,轻轻道:"无风,你愿意娶我吗?"

慕容无风颤声道:"不……不……"

荷衣轻轻地吻着他,道:"你愿意的,是吗? 你一直愿意的,是不是?"

慕容无风深深地看着她,良久,眨了眨眼睛。他已经没有气力说话了。

荷衣笑了笑,道:"既然我们都愿意,从现在开始我们便是夫妇了。"说罢,她带着慕容无风在菩萨面前磕头行礼。

磕罢,荷衣抱着他,复又凄然地坐回火边,看着他开始了第二次抽搐。

这一次没有先前的那次强烈,却明显击垮了慕容无风最后的一点元气。他的脸上已是一片死灰之色。浑身在一阵剧烈的颤抖之后,完全瘫痪了下来。他的心脏跳动得更加微弱和吃力。他的呼吸变得更细,更急促。

薛纹的话果然没有错。这第二次抽搐已足够要了慕容无风的命,实在用不着再来第三次了。

她抱着他茫然地走出门去,雨早已停了,天边已露出了一线曙光。她跌跌撞撞地爬到山顶,找了一块大石坐了下来。

脚下便是那个她曾经爬上来的悬崖,下面是滚滚的波涛,远远地,还能听得见浪击石崖的声音。

她解开自己的腰带,将慕容无风和自己紧紧地捆在一处。跳下去即便是葬身鱼腹,她也要和他死在同一条鱼的肚子里。

然后她便坐在石上,紧紧地抱着他,默默地等待着他的最后一刻。他的脸已因窒息而渐渐地发青。

过了很久,仿佛回光返照一般,他又勉强地睁开了眼。

"你醒了?"荷衣苍白的脸上忽然有了一丝红晕。

他眨了眨眼,似乎带着一丝笑意。

"我已带你到了你最喜欢来的地方。你还记不记得我们在神女峰上的时候? 过一会儿,咱们又可以看到日出了。你看,天是不是已渐渐地变红了?"

他的眼光顺着她的手指,往远处一望,一轮红日隐隐地藏在云层的一端,已露出了一个小小的圆弧。

他的手指想动一动,却连一点气力也没有,一口气却渐渐地开始喘不上来,他的肺开始吃力地为那一口气挣扎了起来。

荷衣轻轻地揉了揉他的胸口,柔声道:"你别怕,我会……永远陪着你。"

慕容无风发现自己的身子已和她的身子紧紧地绑在了一起,连同他们的手,都已缠上了绳带。

他的心顿时沉了下去。他焦急地看着她,心忽然跳得很快。虽已说不出话,他却拼命地瞪大了眼睛,痛心地看着她。

她的长发在晨风中飘动着,和那天一样地拂过他的脸颊,而她脸上的神情却是如此绝望。

他知道,她在等着他的最后一刻,只要他一合上眼,她就会带着他,从这里跳下去。所以他强撑着最后一口气,让自己的眼睛始终睁着。

可是,他的眼渐渐地变得越来越沉重,渐渐地失却了光泽,终于,缓缓地闭上了。他的心脏也终于不再跳动了。

荷衣便抱着他,轻轻一纵,毫不犹豫地跳下了万丈深崖。

第
十
九
章

天
山

下降的速度自然很快。风在她耳边咆哮着。她的衣裳被掀得飞了起来,她却紧紧地抱着慕容无风,一只手还紧紧地按住裹在他身上的毯子。

她几乎忘了死人的身上本没有温度,自然也不需要毯子。她一直睁着眼,一直努力将自己的脸庞向着太阳那一面。她有一种感觉,仿佛在掉入江中之前,自己和无风便会融化在初升的阳光里。

冥冥之中,她的身子忽然被人击了一掌,向另一个方向飘去。这一掌,便减弱了她与慕容无风迅速下降时的巨大冲力。

然后,她觉得自己身子一轻,已有一柄利剑割断了身上缠绕着的衣带。慕容无风已然从她的怀中掉了出去。她大惊失色,袖子一挥,白练飞出,要将他卷回来。却有一个黑影将慕容无风一抱,身子一纵,在空中翻了两下,缓缓地落在一只小船上。荷衣又急又气,双腿在岩石上轻轻一点,便追了过去。终于,她也缓缓地落在了那只船上。

"小姑娘,想也没想就往下跳?你的小相公明明还没有死嘛!"

荷衣定睛一看,船上赫然坐着那一黑一白两位剑客。

"他……他真的没有死?"荷衣伤心之余,又不由得大喜。她抢过慕容无风,将他的手腕轻轻一握,他的脉息果然微弱地跳动着。

荷衣却不知慕容无风的心脏原本已停止跳动,她抱着他一跳,那心脏猛然悬空,便仿佛受了某种突如其来的刺激,又跳了起来。

看着看着,她又哭了:"他这样子……也不知道还能再挺多久,不如我们一起死了,一了百了。"

白衣人淡淡地道:"如果你放心让他跟我走,我保证他一时还不会死,或许,还能好转。"说话时,他的手一直按在慕容无风的腰上,仿佛正在给他输入某种真气。

荷衣道："你是说……你能救他？"

白衣人看着她，过了一会儿，缓缓地点了点头。

也不知是高兴，还是终于有了希望，荷衣竟激动地浑身颤抖了起来："你要带他去哪里？"

白衣人道："天山。"

"天山？"她怔了怔，却生怕他会反悔似的马上道，"好，你带他去。不过，我也要跟着去。"

白衣人道："你当然可以跟着去，不过你走得比我慢得多。"

荷衣当然见过这两个人的武功和轻功。

黑衣人道："你带着那小子先走，我和小姑娘这就跟过去。"

白衣人点点头，又看着荷衣，道："你同不同意？"

荷衣咬了咬嘴唇，道："你……保证他不会……不会……吗？"

白衣人道："我会尽力而为。"

荷衣道："那你……去吧。"

她的话音刚落，白衣人就带着慕容无风从船头一掠而出，在水中双足轻点，几个起落，便消失在了茫茫的江雾之中。

天山。

荷衣从小跟着街头艺人走南闯北，长大独自押镖，偌大一个中原，她没去过的地方还真不多。但天山在她的心目中，只不过是一个遥远的神话而已。

那一片地方属于于阗国管辖，不少汉人都是被朝廷流放的犯人。

近一百年来，江湖上关于那一带的传说，大约只限于天山冰王和昆仑二老而已。

若不是二十几年前突然有一个天山冰王大败了"嵩阳铁剑"的传人郭东阁，再加上去年"昆仑双剑"的突然崛起，江湖上的人只怕至今还不肯相信，在那么遥远的地方，那些传说中的神秘剑客仍然存在。

这些剑客罕履中土，来一次便要制造一次轰动。这些"轰动"刷新着被江湖渐渐遗忘的记忆，唤醒着他们对这片神秘之地的敬意。

自从二十年前飞鸢谷一役，天山便成了天下剑客朝圣之地。传说中，每隔几年便会有一些热血青年不远千里地赶到天山，寻找冰王，仅仅只为见他一面，试试自己的剑技。

他们当然从没有找到，也没有见过冰王。"冰王"只不过是他的外号而已，没有人知道他真正的名字。

一路上荷衣的心思，却完全与江湖传说无关。她拼命打着马，心里只想着慕容无风的安危。

那黑衣人的话原本很多，也喜欢打趣，看着她六神无主、答非所问的样子，便也不再找她搭话。

两个人几乎只是赶路、赶路、赶路。他们日夜兼程，每三天才歇息一次。等到他们终于到了天山脚下，骑马走了雪峰的一半，最后不得不施展轻功上山时，荷衣已累得连腿也抬不起来了。她几乎是被那黑衣人半拉半背上了山。

早已是冬季，漫天的大雪，刺骨的寒风。山路冰凌四布，滑不可当，稍有疏失，便足以丧身。两人在冰雪之中小心翼翼地前行，走了好几个时辰，才到达一处坐落在山峰侧面背风处的宅院。

宅子是巨石做成的，却早已被冰雪包裹得严严实实。若不是门前石廊下立着两个石柱，荷衣倒要以为自己是到了一所冰宫面前。那房子仿佛已有百年的历史，却一眼可知很牢固、很结实。

但她的心里还是直打鼓。这塞北苦寒之地，原本就不是慕容无风能待得住的地方，更何况是在最寒冷的天山之巅。他的风痹之症，连同随之而来的心疾，只怕会发作得更加频繁。

当荷衣战战兢兢地走进石宅，进了正堂，却发现屋内生着火，很温暖。所有的窗子都蒙着厚厚的兽皮，连地上也满铺着好几层珍贵的皮褥。屋内陈设简单，却看得出，房子的主人品味并不低。

白衣人坐在一张铺着狼皮的椅子上，早已听到了他们的脚步声，也早已料到是他们。

"他还活着。"他开门见山地道。

荷衣喜道："他在哪里？"

白衣人并不答话，却道："他仍然病得很厉害，还不能说话，却坚决不许我碰他。我只好每天点一次他的穴道，趁着他昏迷的时候给他换药。可惜他的身子不能承受长时间点穴，所以醒后的这十天里，他竟连一次澡也没有洗。"说罢，他忍不住道："他究竟哪来的这些怪脾气？"

荷衣一翻白眼，道："他的脾气一点也不怪，只不过是有洁癖而已。"

"有洁癖也要讲时机，你说呢？"白衣人大约是被慕容无风的脾气弄得大为恼火，不依不饶地道。

荷衣懒得与他争下去，叹了一口气，道："他吃得下东西吗？"

"几乎不吃什么。好在我趁他昏迷时，也给他喂了些雪莲丸。"

大约慕容无风吃东西也十分勉强，令白衣人大费脑筋，所以他说话的口气仍旧是气鼓鼓的，好像一辈子也没有见过这么难侍候的人。

荷衣柔声道："无论如何，我都要多谢你救了我的相公。我们夫妇欠你们两条命。"

她一会儿说"相公"，一会儿说"夫妇"。一想到自己还有和慕容无风一起生活下去的希望，心里早已乐开了花，只恨不得天下所有的人都知道他们已成婚的消息。

白衣人与黑衣人连忙说:"恭喜恭喜!"脸上的神色却一点也不吃惊。

荷衣道:"我和无风一直忘了请教两位前辈的尊姓大名。"

黑衣人道:"不要叫我们前辈,叫我们大叔好了。我姓山,叫山木。他姓陆,叫陆渐风。"

这两个名字,荷衣从来没有听说过,只好道:"我们有一位朋友叫山水,山大叔和山水可否相识?"

山木道:"他是我儿子,不过我们大约已有十几年没说过话了。"

难怪自己老在云梦谷里看见这两个人。既然是不愉快的家事,荷衣也不便多问,便掉转话题,道:"你们这儿,有鸡吗?"

陆渐风将她领到厨房,指着一个白色的东西,道:"寻常的鸡没有,这是天山雪鸡。"

荷衣道:"味道像什么?"

白衣人道:"像鸡。"

荷衣洗了手,卷起袖子,将鸡料理了一番,炖了一大锅鸡汤,里面放入一节人参。然后她把山木叫过来,道:"麻烦大叔替我看一会儿火。"

山木嘿嘿一笑,道:"看着火没关系,看完之后我能不能也喝一碗?"

荷衣笑了笑,道:"他最多能喝半碗,剩下的你们喝光好了。"

山木道:"你这丫头倒大方。"

陆渐风将她领到另一间房。天已渐渐暗了下来。

"他似乎有些怕光,所以我没在他的房里点灯。不过里面有一个火炉,想必就着火光,你还看得见东西。"

那房子并不大,却更加温暖。地上茵褥重叠,铺着毛茸茸的兽皮,竟有数尺之厚。荷衣除去靴子,行至榻边,跪了下来,将手伸入慕容无风的被子里。

他安静地躺着,似乎在昏睡之中。他的伤口一向愈合极慢,肿得似乎也很厉害。身子竟异乎寻常地消瘦了下去。一摸之下,瘦骨嶙峋。

她的手在他的身上游移着,半响,他却忽然惊醒,恼怒地抓住了她的手。荷衣当然知道慕容无风平日不喜与外人接触,自己只怕是唯一一个与他身体有密切接触的人。所以她没有放开自己的手。

慕容无风的手在她的手上抚摸了片刻,似乎在猜测什么,末了,却轻轻地将她的中指往相反的方向一折,那指便柔软地弯了下去。他的手便松开了,任由这只柔软的手在他的身体上逗留着。

巨创之后慕容无风之所以能够挺过来,便全靠每三日服食一枚天山独有的"豹胆"。豹胆取自天山雪豹。雪豹敏捷凶猛,虽是群居,捕捉却极为不易。

在这样漫天大雪的时候,要找到一只就已难如登天,更莫说是找到之后最好一剑之内便要结果了它,还要飞跑地将它送回来。

雪豹身上的任何一样东西在山下都十分值钱,而它的胆却只能是死后的一个时辰之内服食才有疗效。两个时辰之后,它便变得一钱不值,只不过一团绿色的苦水而已。

荷衣帮慕容无风洗完澡、喂完药,自己也累得快要倒下了。略略洗漱了一番,便轻手轻脚地睡到慕容无风的身旁。

经她这么一阵折腾,慕容无风蓦地醒了过来。

在黑暗中,她将手伸了过去,摸了摸他的脸:"你醒了?"

听到她的声音,慕容无风心中大喜,终于有了一丝说话的气力:"……你累了,睡吧。"

"睡不着。"她在黑暗中睁大眼睛,"我简直不敢相信你还活着。"

"我已觉得好多了。"他轻声道。

"莫忘了我们已拜了天地。"荷衣喜滋滋地提醒了他一句。

"什么时候?"他慢吞吞地道。

荷衣从床上翻起身来,提高嗓门:"你要反悔吗?你要反悔吗?"

慕容无风叹道:"你为什么这么傻,一定要嫁给我?"

"我一点也不傻,不嫁给你才傻呢。"荷衣把头埋进他的怀里,甜蜜蜜地道。

慕容无风苦笑,想着自己天生残疾,体弱多病,原本打算终身不娶,以免遗累他人。如今惨遭重创,自料此生不久,样子越发半人半鬼。虽荷衣谈笑间不以为忤,反而愈加呵护,自己心中却不禁大为伤感。

荷衣见他说话之间,神情失落,便柔声道:"你会慢慢好起来的,我……我再也不离开你了。"

慕容无风支起身子,见她双眼亮晶晶地看着自己,一副心满意足的样子,想到无论如何,两人终于逃过此劫,不禁俯下身去,深情地吻着她。

"荷衣,告诉我,那天……那天在山顶上,你是不是真跳下去了?"

"跳了。"

"跳了?"他急着道,"你糊涂了吗?要死的人是我,不是你,以后……以后不许你这么傻!"

"啊,你那时已昏过去了,没有神志。不然,我一定会叫醒你,往下跳的感觉真的很好。"怕他着急,她又加了一句,"尤其是跳到一半的时候,又被人救了起来。"

"是那个白衣剑客?"

荷衣点点头。

"现在,我们这是在哪里?"他举目四顾,觉得房子陌生得很。

"天山。你已在这里躺了二十几天了。"

"天山?"他还要问下去,躺在他怀里的人已然甜甜地睡着了。

次日清晨，慕容无风还在沉睡之中，荷衣便跟着陆渐风来到了茫茫深山。她不愿再麻烦他，一定要自己亲自捕杀雪豹。

一路上，为了让她跑得更快，陆渐风竟教了她几招轻功步法和换气吐纳的功夫。然后他叫她停下来，站在雪中，静静地看着前方。

漫天大雪，前方只是白茫茫的一片。

"你看见了什么？"他问道。

"雪。"荷衣道。

"仔细看。"

"还是雪。"荷衣一面说，一面很为自己的眼力难为情。

陆渐风道："你还认不认得回去的路？"

荷衣点点头。

陆渐风道："在你的左边，大约十几丈开外，有两团移动的白色。你可能看见？"

荷衣道："嗯。"

"上下移动着的是雪，左右移动着的是雪豹。现在，看见了？"

荷衣点点头。

"你的剑只能从它的眼睛刺进去，从后脑刺出来。因为雪豹的皮很珍贵，我可不想你刺得它满是窟窿。最好是在它发现你以前就进攻，然后迅速将它刺死。不然，它的胆汁就会变味。"

"我明白。"

陆渐风看着她，道："你现在为什么还不动手？"

荷衣道："你走了我就动手。"

她一回头，陆渐风已经不见了。

一连十日，慕容无风便日日都有新鲜的豹胆配药。他的身子虽然还很虚弱，却显然是度过了最危险的时期。

这一日，慕容无风醒过来的时候大约还是早晨，他自己无法知道确切的时间。屋内灯光昏暗，四周的窗子都已被厚厚的皮帘遮住。

荷衣已不在身边。她也有早起的习惯，他们住在一起的时候，荷衣几乎每次都比他起得早。她习惯在凌晨时分练剑，练完剑回屋时，慕容无风多数时候还没有醒。

现在他受着伤，躺在床上一动也不能动，就算他想出去看一看荷衣究竟在哪里，也是休想。

幸好这时他听见了敲门声。既然敲门，门外的人当然不会是荷衣，荷衣不用敲门就可以进来。

"请进。"

门开了，进来的是山木和陆渐风。

走进来的人是两位武林前辈，慕容无风觉得自己无论如何也不该再躺在床上。

他是个很有修养的人,病的时候绝不见客,更不会躺在床上和客人讲话。

但他现在这样子,他实在也不知道该怎样起身。好在床的上端不知什么时候悬了一个木环,木环不偏不倚,正吊在他胸前的上方。他便伸出右手拉住那个木环,左手用力撑着床沿,总算是将自己破碎的身子从被子里拉了起来。

这是他第一次坐起来,下身的伤口立时便如刀割一般地疼痛开来,冷汗不由得涔涔而下。

山木看着他吃力的样子,忍不住道:"你其实不必坐起来。"

慕容无风将身子靠在床头,以一种僵硬的姿势坐定,淡淡地道:"两位来了正好,请坐。我正有些事要问两位。"

山木道:"你问。"

慕容无风道:"那天,在云梦谷,是两位将我从湖里救了起来?"

山木道:"我们原本就没有走远。实际上你们说话时,我们俩正坐在那亭子的顶上。"

慕容无风冷冷道:"两位一向喜欢多事,自然喜欢坐在人家头顶上,以偷听他人私事为乐。"

陆渐风道:"老木,你听见了?人家并不领咱们的情。"

山木道:"这小子一向脾气臭,咱们不和他一般见识。"

慕容无风道:"我为什么要领你们的情?我求你们救我了吗?那时我若死了,荷衣便会很快忘掉我,也就不会再有此劫,她也不会……也不会为我而求死。这一切,全是因为你们多事!"一想到荷衣抱着他跳下万丈深崖的情景,他便不寒而栗。

陆渐风道:"你若还想死,只管去死。这一回,我们绝不拦你。"

慕容无风冷笑:"我现在还能随便死吗?就算是……就算是半人半鬼,我还得活下去。你们以为你们是什么?英雄吗?"说罢,情绪激愤,竟猛烈地咳嗽起来。

山木道:"我们救你,当然不是为了当英雄。"

陆渐风道:"我们救你,是因为我们有事要求你帮忙。"

慕容无风挖苦道:"两位前辈武功盖世,还有什么事会求我这个半点武功也不会的人?"

山木迟疑着,半晌方道:"我们常年住在这里,只因为几十年前我们无意中得到了一套武林秘籍。我们按书练习,目前已练到第九层,还有最后一层便大功告成。可是……可是……"

陆渐风道:"这套书一共有十册,前面九册都好懂,偏偏这最后一册文义古奥,杂有大量医家术语,我们逐字逐句地参悟了三年,也到处请教过方家,都不知所云。"

山木道:"这一套高深的武功,练到最后,越来越险,稍有闪失便会走火入魔。我们自然要十分谨慎。"

慕容无风"哼"了一声。

山木道："如若你肯帮我们弄明白这册书讲的究竟是什么,我们两个人就欠你一份大大的人情。"

慕容无风将眉一展,道："书在哪里?"

山木从怀里掏出一本并不厚的册子,递给他。

慕容无风一手据床,一手拿书,借着桌上的灯光,翻了片刻,道："这书上明明讲得很明白,为什么你们全看不懂?"

山木大喜,忙道："你说说看,怎样讲得很明白?为什么我们一点也不明白?"

慕容无风道："书上说,最后一关,只需在最寒冷的一天,将丹田之气沿全身经络循着子午流注穴道自然开阖的路径运转五个周天,便可大功告成。"

两人同时道："不错!不过,全身上百个穴道,这'自然开阖的路径'究竟是哪一条?"

慕容无风道："所谓自然开阖,当然指的是不能强力打开原本是关闭着的穴道。内息须得按照穴道在一天中自然开启的时间进入,在自然关闭之前离开。"

陆渐风道："这些穴道开阖的细节,武林中人从不计较,就是医书里,也无人提及。"

山木接着道："你莫要吃惊。这些年来,为了弄清这个问题,医家的著作,我们少说也查了一百本,全无半点线索。"

慕容无风道："只查了一百本,当然全无线索。在我所读的书里,至少有两本提到过穴道在子午流注中自然开阖的细节。实际上,人体的每一个穴道就像花朵一样,在一天某个时刻定时开阖。你们只需将所有开阖的时刻都记下来,按着它们的位置和先后的次序,计算出几条路径来即可。"

陆渐风道："第一,我们不知道每一个穴道的开阖时刻。第二,就算知道,要从中计算出一条安全的路径,也是很难的一件事。这几百个穴道开阖不定,几乎不可能算出来。"

山木连忙也道："可不是?首先这一天就有十二个时辰,无论我们选定哪一个时刻作为开始,在这个时刻之下的穴道开阖情况,和别的时刻便会完全不同。如若在这一时刻找不到一条路径能将真气自然运行一个周天,我们就得从头来找另一个时刻。这个且不说,就算是时刻选定,接下来还有成千上万种可能性。"

慕容无风道："阁下是说,连计算这种枯燥的事情,也要我来做?"

两人连忙道："拜托!拜托!"

慕容无风道："我有些口渴。"

山木忙不迭地道："我去给你泡茶。"不一会儿,给他端来一杯热腾腾的铁观音。

他居然知道慕容无风的习惯,给他装茶的竟是荷衣常用来给他盛药的茶碗。然后他递给慕容无风一沓纸、一支笔,作为他计算之用。

慕容无风腾出一只手,接过茶碗,道："穴道开阖的细节,说出来也枯燥得很,你们不记也罢。路径我已经替两位算出来了，一共只有八条。"

两人惊道："你已经算出来了？怎么算出来的？用什么来算的？"

慕容无风呷了一口茶，道："心算。"

山木瞪大眼睛，忍不住道："这么复杂的东西，你这么快就能算出来？"

慕容无风不理他，继续道："这第一条路径，从辰时二刻开始，走章门、期门、中府、人迎。在天突穴停一刻，再走璇玑、膻中、中脘。在中脘停三刻，走鸠尾，梁门停一刻，水分停半刻，神阙停一刻，入气海回丹田。"

山木忙道："你等等，说慢些，我记不住，是不是章门、期门、人迎？"

陆渐风道："我拿笔记下来。"

慕容无风便不耐烦地将书往地上一扔，道："刚刚说过的话也记不得，这么笨的人，还练什么绝世武功？"

陆渐风的脸一时气得通红，正待发作，忽听门上一响，荷衣道："我回来啦！"

山木连忙圆场："事关性命，自然会十分小心，那八条路径，会不会有错？你知道，哪怕是一个小小的错误，我们两个人都会立时走火入魔。"

慕容无风叹了一声，亦觉失言，取过笔墨，将八条路径写了下来："有两本医书谈到过穴位开阖的细节，一本是《叶氏脉读》，一本是《杏林杂笔》。两位想必不难借到。核对了这两本书上开列的所有子午流注穴道开阖的时刻，你们可以列出一个清单。仔细核对之后会发现，我所说的八条路径，绝对无误。各种可能性我已穷尽，一条不会多，一条不会少。我慕容无风从来不拿别人的性命当作儿戏。"

慕容无风说话的时候很平静，很自信。陆渐风抬起头，用一种奇异的眼光看着他，似乎想说点什么，过了片刻，却只是道："有劳了，你先休息，明天再写。"

荷衣掩上门，问道："他们找你有什么事？"

"没什么事，不过是有个问题要问我而已。"他飞快地把余下的路径写完，将笔一掷，"你把这两张纸交给那姓山的，就说我们明天离开这里。"

荷衣道："你的身子还没有大好，外面大雪封山，不住在这里，我们……我们住在哪里？"

慕容无风道："山下走不了多远便有城镇，随便找个地方住下便可。"

荷衣只当他与陆、山两人不合，却不知慕容无风其实是担心荷衣每日冒险猎捕豹胆，会不慎丧生于雪峰之下。见他决心已定，荷衣便道："好吧。"

回来时，慕容无风已昏昏沉沉地睡了过去，到了晚上，却又莫名其妙地发起烧来。一连高热了三日，躺在床上只是胡言乱语，直吓得荷衣六神无主寸步不离地守在身旁，衣不解带地照顾他。山木与陆渐风两人心中愧然，竟一改平日做派，时时过来嘘寒问暖，主动地做好一日三餐，连端汤倒水之事也一概揽了过去。

到了第四日，慕容无风身子稍复，便决意下山，山、陆二人又执意要送他下山。荷衣却早已在追逐雪豹时对上山下山的路径了如指掌，便不肯再给二人添麻烦。

山木道："无论如何你们都得再在这里留一晚,看天气,今夜会有暴雪,明日天气放晴下山会轻松得多。"

陆渐风道："等会儿我俩有事要外出,三日之后方归。所以如若两位执意要走,我们就此别过。"

山木道："你们房里的任何东西,只要你们需要,只管拿走。对了,"他指了指角落里放着的一对拐杖,道,"这双拐杖也请两位一定带上。路上雪深,以它探路,便不会一脚踩空。"

慕容无风道："多谢。"

两人正要离开,荷衣忽然道："前辈,既然好不容易来到天山,我向你们打听一个人。"

"请说。"

"你们可知道'天山冰王'的下落?"

两人忽然一阵沉默。过了片刻,陆渐风道："我就是。"

慕容无风抬起头,默默地打量着他。

荷衣道："请问,你认不认得一个名叫'慕容慧'的女人?"

陆渐风摇头。

荷衣看着他,目光十分专注:"二十二年前,就在你与郭东阁比武的那一天晚上,有一个名叫慕容慧的女子突然从云梦谷里失踪了,你知不知道这件事?"

陆渐风看着她的眼睛,面不改色:"我不知道你在说些什么。我根本不认得你说的这个女人。"说罢,他不容荷衣再问下去,道:"告辞。"

门一掩上,慕容无风就精疲力竭地倒在了床上。

荷衣将窗子的皮帘揭开小小的一角,看了看,道:"外面漫天大雪。"

说罢,走到厨房,自己马马虎虎地将中午的剩菜热了热,一扫而光,又给慕容无风做了一碗粥,逼着他全喝了下去。

然后,她便守在床边,用手指轻轻地捋着他的头发:"睡吧,你今天太累了。"

她的声音仿佛催眠一般,他昏昏沉沉地睡了过去。

窗外雪声与风声交织着、呼啸着,衬着屋内憧憧的灯影,越发衬出一种可怕的静。

她简直不敢相信在这风雪之夜,自己竟然和慕容无风孤独地待在天山的顶峰,待在她这一生走过的离天堂最近的地方。

而这里,居然还有一处温暖的小屋,可供重伤的人安歇。还有灵草奇约,足以挽救他的生命。她垂下头,心中默念,感谢上苍让她在绝望之中有了一线生机。

风声越来越大,狂怒地咆哮着,好像要将屋顶掀掉。她熟悉北方,也在最寒冷的季节领略过猛烈的北风,但这里的风声却是凄厉的、不间歇的,让她感到害怕。

她原本想说服慕容无风在这里再住几天,等病势略好再下山。现在,听了这可怕的风声,她动摇了。明日他们一定要住到山下去。

第十九章 天山

197

即便是山下，她也担心慕容无风的身体熬不熬得过这种极寒的气候。据她自己的估计，他至少还要留下来休养半年才能勉强动身回谷，他的身子已受不了半点颠簸。从天山回云梦谷，路途遥远，一路上走走停停，就算是一帆风顺，对他而言也至少要花四到五个月的时间。

而这里是完全陌生的地方。甚至，是一个陌生的国度。想到这里，她忽然感到自己的责任很重。她握着慕容无风的手，蹙眉思索，不知不觉中，竟在床边坐了一个多时辰，直到那只手忽然动了动。

"想什么呢？"慕容无风忽然醒了，问道。

"没想什么，瞎想。"她笑了。

"早些睡，你眼圈是黑的。"慕容无风内疚地看着她。

一连三日，荷衣都不曾合眼。她略略洗漱了一番，换了深衣，睡到床上。

"你问陆渐风是否认得我的母亲，为什么？"他忽然问。

"神农镇的人都传说'天山冰王'是你的父亲。"说着，荷衣便把那天孙福在听风楼的讲话，细细地和他说了一遍。

慕容无风听罢，皱起了眉头，甚觉荒诞不经。

荷衣道："传说虽然无凭无据，我却是个喜欢相信传说的人。"

"哦？"

"因为我从小就和大街小巷的人打交道，知道茶馆酒楼里消息传得飞快。有些酒楼专门有一套班子编写这些故事，只为了让酒客们能有些闲谈的话题，因此能多喝几杯酒，多吃几道菜。"

"你是说，这些故事原本就是假的？"

"开始大约是假的，后来感兴趣的人越来越多，故事就越编越真，因为不断有新消息补充进来。最后，故事一定版，便跟真的差不多。"她顿了顿，道，"所以虽然'天山冰王'不一定是你的父亲，我却以为，他多少跟这件事情有关系。"

慕容无风若有所思地看着她。

"我一听完这个传说，第二天就去了峨眉山。"

慕容无风道："这件事与峨眉山也有关系？"

"在飞鸢谷比剑时见过'天山冰王'且至今还活在世上的只有一个人，那就是峨眉派的掌门方一鹤。"

"我见过方一鹤一次。"慕容无风淡淡道，"我给他治过一次伤。现在想起来，大约是他与你师父比剑时受的剑伤。"

荷衣脸色微变，道："他也受了重伤？"不是病势垂危的人，一般也不会转到慕容无风的诊室。

慕容无风点点头："是贺回送他来的。"

"这么说来，方一鹤欠你一条命？"

"我治病从来只收诊金,没有欠谁的命这一说。"

荷衣笑道:"在江湖上,杀人固然要偿命,救人是要欠下一条命的。"

慕容无风道:"江湖上的规矩总是很古怪,有时候不讲道理。"

荷衣拿眼睛瞪着他。

慕容无风道:"就算你瞪着我,我也是这么想。"

荷衣笑道:"谁瞪着你啦?人家就是瞪你一眼,也不行吗?"说罢继续又道:"我见了方一鹤,他告诉我他见过'天山冰王',也见过你,但从长相而言,你们两个一点也不像是父子,所以线索就断了。"

慕容无风刮了刮她的鼻子:"是线索断了,还是某人不肯努力去找?"

荷衣道:"我找了。既然线索从这一头断了,我自然要去找另一头。你到云梦谷的第一天,是被别人送来的,那时你不过是几个月大的婴儿而已。知道此事详情的人,也只有一个。"

慕容无风道:"孙天德。"

"不错。听说他是你外公信任的人,是云梦谷的老总管。却不知为什么,早已不再当差,而成了一个远近有名的大厨。"

"你来云梦谷的第一天,想必尝过他做的'松鼠鳜鱼'。"慕容无风淡淡地道。

"他就是孙青的爹爹,对吗?"荷衣恍然道。

"不错,是我把他打发走的。因为我曾经问过他这件事,他死活也不肯告诉我真相。他曾对我外公发过誓,绝不和任何人说起此事。"

荷衣道:"他不肯告诉你,自然更不肯告诉我。所以你晓得,线索的这一头也断了。从那时开始,我就打算到天山来找'冰王'。只是……后来发生了那么多的事,调查没有继续下去。"

慕容无风叹道:"这事现在对我而言已不那么重要了。我不想你四处打探,为我涉险。"

"啊,几时晓得心疼起老婆来了?"她打趣道。

"这是真的,还是我的头发昏?荷衣,刚才好像有人敲门。"他突然道。

荷衣哧哧地笑了起来:"当然是你的头发昏了,这个时候,还有谁会到这种地方来?再说,这是一般的人上得来的地方吗?"

话音刚落,她的脸色就变了。

砰,砰,砰。果然有人敲门。

敲门的声音很轻,很斯文,也不是一直都敲,而是敲一阵,歇一会儿。

"是鬼!"荷衣一头钻进被子里,紧紧地缩在慕容无风的怀里。

"别怕。"慕容无风很想自己爬起来打开门,看看究竟是怎么一回事,但他寸步难移,连坐起来都很困难。

"你别动。我们死也不开门,它会走的。"

砰,砰,砰。

"无风,我承认,近来我杀了太多的豹子和雪鸡,还吃了不少壁虎。"荷衣连忙坦白。

"壁虎?"原本很紧张的,慕容无风却忍不住笑了。

"这里,这房子里的壁虎很多,而且……味道真的很好!用火一烤,撒上辣椒粉……很香的。"

"不用说了,这鬼一定是壁虎精,是来找你的。"

"那可不一定,你的肚子可是装满了豹子胆啊!焉知不是豹子精呢?"她争辩道。

"虽是我吃的,豹子不是你杀的吗?"

砰,砰,砰。门还在响。敲门的人好像很有耐心。

"荷衣,去开门吧。"他终于道,"一个人肯这么客气地敲了许久,而不破门而入,至少应该算是我们的客人。"

荷衣认认真真地穿好衣裳,将剑别在腰上,迟疑了片刻,打开门。

尽管有所准备,荷衣还是大吃了一惊。因为敲门的是个女人,一个极美的女人。她看上去要比荷衣大,却也绝对没有超过三十岁。

如此寒冷的天气,她只穿着一件很薄的貂袍。这种皮衣,一般是初冬的时候才有人穿。天一冷,上面一定还要再套一件大衣,不然,绝对抵挡不了刺骨的寒气。

貂袍是纯黑的,质地很好,她的穿着看上去十分优雅。她的手上居然还打着一把伞。伞上全是厚厚的雪。看见门开了,她将伞伸到廊外一抖,雪纷纷而落。

"抱歉,我看见廊上有灯光,就冒昧地敲了门。外面风雪阻道,我能不能进去喝杯热水?"她的声音很柔和,讲话也是彬彬有礼的样子。

荷衣笑着道:"当然,请进。"

陌生人一进来,便将外套脱去,她身材修长,穿着一件纯黑的丝袍,衬着她晶莹雪白的肌肤,煞是好看。

荷衣递给她一块白布,道:"头发上全是雪,用这个擦干。"

她头上有雪,全身仿佛都带着雪气,进来的时候,全身都笼罩在一层刺骨的寒雾之中。荷衣站在一旁,不由得激灵灵地打了一个冷战。慕容无风更是猛烈地咳了起来。

荷衣轻轻道:"抱歉,我相公正在病中,无法起身。"说罢,走到床边,将一张毛毯搭在他的绫被之上。

慕容无风却越咳越厉害,一点也止不住。

荷衣扭过头,发现女子身上的寒雾已然消失。屋内的气温,也渐渐地回转了过来。她垂下身子,想给他服点药,他却小声道:"我不妨事,你去招呼客人。"

陌生人安静地坐在炉边,伸着手,烤着火。

荷衣总觉得她有些作假。她明明看上去一点也不冷。荷衣给她倒了一杯热茶。

陌生人接过，谢了，便慢慢地喝了起来。

"客人深夜来此，莫非有什么事？"荷衣坐到她身边，问道。

"我是来访故人的。"她一笑。

原来是陆渐风和山木的老友。荷衣心下稍慰，态度也变得客气了许多。

"这里还有好几间房子，姑娘若是下山不便，可以暂住一宿。这里还有一个不错的温泉，洗浴也很方便。"她建议道。

"我能不能先吃一点东西？我的肚子实在很饿。"她淡淡地道。

"如若姑娘肯随我去厨房帮忙，我很乐意为姑娘烧两道小菜。"荷衣道。这人不知是敌是友，她不能让慕容无风和她单独在一起。

"抱歉得很，我实在是闻不得油烟。"陌生人断然地拒绝了。

荷衣冷笑："那我也很抱歉。我要留在这里伺候我的相公。"

陌生人道："你若不去烧饭，我就把你的相公杀了。"

荷衣站了起来。

慕容无风在床上道："荷衣，去给客人做饭。"

荷衣跺跺脚，道："那你……"

"去吧。我们与客人素昧平生，她不会伤害我们的。"

荷衣只好气呼呼地去了厨房。

屋内便只剩下了慕容无风和那陌生的女人。

"内子脾气有些急，却不是故意怠慢客人，客人莫怪。"慕容无风一边说着，一边一手拉着木环，一手扶着床沿，慢慢坐起身来，斜靠在床头。

陌生人却一直远远地看着他，过了一会儿，才幽幽地道："想不到床上的这个木环，还留到现在，居然还能用。"

慕容无风一怔，既而微哂："这个木环早就有了吗？我还以为是我妻子装上去的。"

陌生人摇了摇头："当然不是。"

慕容无风忍不住道："听起来，客人好像很熟悉这间屋子。"

她淡淡道："当然熟悉。这原本是我的屋子。里面的摆设，看样子也没什么变化。"

慕容无风讶然："你是说，这原是女人的闺房？"

"如果不是女人的闺房，为什么会有一张梳妆台？"

"这里还有一张梳妆台？"

"你住在这间屋子里，为什么连这么大的一张梳妆台都没看见？难道你的眼睛是瞎的？"女人冷笑。

"瞎子倒不是，我只是很少下床而已。"他叹道。

"你住在这里多久了？"

"一个多月。"

"你得了什么病？一个多月都不能下床？"

慕容无风没有回答，反而道："就算是这里有一张梳妆台，也不能说明这是你的屋子。"他在想，陌生的女人到这里来，是不是要将他们两个赶走。

女人道："床另一头的棉垫之下，有一个绣花的小荷包，是我亲手放的。你若不信，何不找找看？"

床的另一头虽近在咫尺，他却根本爬不动。实际上他还很不习惯自己刚刚少了一条腿的身体，所以他只好道："我现在行动不大方便。等我妻子过来了，她会替你找的。"

"等你妻子来了，你们能不能快些从这间屋子搬出去？我实在是不喜欢有别的男人睡在这张床上。"她站起来，用手抚摸着每一件家具，仿佛已陷入某种回忆之中。

不一会儿，荷衣终于端着两碟菜、一碗饭，走了进来。

"饭好了，请用吧。"荷衣道。

"我一个人想在这里静一静，两位请回避。"女人冷冷地道。

荷衣脸色微变，道："阁下这是什么意思？"

女人道："这里还有别的房间，麻烦两位搬出去。"

"是吗？"荷衣一阵风似的端起刚刚炒好的菜，打开门，连菜带碟全扔了出去。

女人玉指纤纤，在空中一弹，荷衣仅仅来得及抽出剑，身子却不听话似的软了下去。玉手将她一抓，眨眼间便点了她全身的穴道，将她扔到床边，自己竟施施然地回到炉边，继续喝茶。

"荷衣？"慕容无风掀开纱帐，伸手企图将她拉起，荷衣向他使了一个眼色。

这个时候，慕容无风的脸正朝向那陌生的女人，而陌生人正用一种奇异的目光盯着他，审视着他。

慕容无风给她盯得很不自在。

荷衣冷哼了一声，道："这是我的相公，你别老盯着他看。"

女人根本不理她。她的目光越来越迷惑，最后恍恍惚惚，似乎到了另一个世界。

一滴泪从她的眼中滴了出来，她忽然伤心地道："无风，你……什么时候回来的？你……你还晓得回来！"

陌生女人的这一句话，直说得慕容无风和楚荷衣面面相觑。

慕容无风立即道："阁下想必是认错了人，我根本不认得你。"

荷衣白眼一翻，道："不认得你，为什么叫得出你的名字？"说罢，便气呼呼地把头扭了过去。

"荷衣，看着我的眼睛。"慕容无风把荷衣的头搬过来，对着她的眼睛，道，"我不认得她。"

荷衣随即一笑,道:"是啦,这世上同名同姓的人多啦。"

女人幽幽地道:"你受伤了?是谁伤了你?"

荷衣道:"不关你的事!"

女人纤纤的双手又向她抓了过来。

慕容无风将她的手一格,道:"你别碰她。"

那手便又柔顺地垂了下去。

"我听你的。"女人轻轻地道,"你能回来,我……我便比什么都高兴。"

慕容无风小声对荷衣道:"她的神志有些不大对头。"

荷衣道:"你怎么知道?"

慕容无风道:"我是大夫。"

荷衣只好闭嘴。

慕容无风便对女人道:"你现在是不是还要赶我们走?"

女人道:"这床,你曾睡过,上面的木环,也是我为你装上的。你难道忘了?"

慕容无风道:"我什么时候睡过?"

女人道:"那一次,我们……交了手。你把我打败了,我……一生气,趁你洗澡的时候偷袭了你一掌。你……便大病了一场,是我照顾的你。这个你也忘了吗?"

她这么一说,荷衣的心里已经完全肯定她说的是另外一个人了。

慕容无风道:"后来呢?"

女人幽幽地道:"后来,你好了,便将我从这里赶了出去……不许我回来。"

"为什么?"

她垂下头,不说话,脸微微地发红。

慕容无风叹了一口气,道:"对不起,你真的是认错人了。"

女人抬起头,一双美丽的眼睛幽怨地看着他:"没有,我没认错。"

慕容无风沉吟半晌,道:"至少你认得的那个人,不会像我一样,双腿残废。"

女人嗫嚅了片刻,颤声道:"你……原本最恨别人说这个词的。"

慕容无风的头忽然"嗡"的一声,只觉鲜血上涌。

"你过来。"他突然伸出了痉挛的手。

荷衣退到一边。

女人走到床头,他的手忽然紧紧地抓住了她,手指微微一拂,也点了她的穴道。

女人一点也不惊讶,柔声道:"你不必点我的穴道,我……再也不会伤害你了。"

"你是说,以前躺在这张床上的那个男人,长得和我……一模一样?"

女人轻轻地道:"无风,你……真的不认得我了吗?我是……我是子澈啊!"

慕容无风的胸口因激动而喘息着,大声道:"你说的这个人,他……还活着?他在哪里?"

子澈轻轻叹道:"你……真的不认得我了?唉,你一定又和别人打架,又把头打昏了。"

慕容无风一张脸已因惊奇而变得苍白,听了这话,惨然道:"他……他还能和别人打架?"

子溦微微一笑,仿佛又想起了旧事,眸中便有了一种兴奋的光泽,道:"我的轻功还是你教的呢。你还记不记得,你教的步法太难,我……我老是走不对,你总拿拐杖敲我。"

在这种风雪之夜,她居然施施然地撑着伞便到了这万丈冰峰,便是荷衣也不能轻易做到,轻功当然不俗。

屋内忽然一片沉默,只听得见慕容无风吃力的喘息声。

子溦叹道:"多年不见,你的老毛病还是这样常犯。你还生我的气吗? 那天,我不是有意要伤你……我不知道你……你正在犯病。"

荷衣忍不住道:"请问,你认不认得一个名叫慕容慧的人?"

子溦毫无反应地道:"不认得。"

慕容无风低声对荷衣道:"你去废了她的武功。"

荷衣小声道:"为什么? 看样子她好像认得你的父亲。等你精神好一些了,我们再套她的话。"

"别心软。她方才那一针恶毒无比,险些杀了你!"

荷衣道:"我下不了手!"

他道:"那就让我来! 你去把她拉过来。"

荷衣不禁皱眉:"你的心几时变得这样狠? 她只不过是个痴情的女人而已。"

"这只是她头发昏的时候。过一会儿她清醒过来,又会要我们的命了。"

"我觉得,她只要看见你,就不会清醒。"

"哼。"

"无风,她说的那个人,会不会是你的父亲?"荷衣小心翼翼地问道。

"你是说,我是个残废,所以我的父亲也是一个残废吗?"他冷冷地道。

荷衣呆呆地望着他,他胸襟起伏,情绪又开始激动了起来。

荷衣走过去,将子溦扶了过来,道:"你是大夫,至少你有法子治好她。"

"荷衣,你疯了吗?"

"你没发现人家有多么可怜? 她刚才的样子,我看了都要落泪!"

"不。"

"这是你的针,拿着它!"荷衣递给他一根银针。

慕容无风怔怔地盯着她,半晌,叹了一口气,将针在那女人的头顶上扎了三下。

"解开她的穴道。"

"不。"

"无风!"

"我们不妨打个赌。我一解开她的穴道,她就会杀了你。"

"她不会!"

慕容无风拍开了她的穴道。

她站了起来,身子微微发颤。

荷衣道:"你去吧。"

子澈道:"你说什么?"

荷衣道:"我知道,这里曾是你伤心的地方。你离开了这里,心情就会好得多。"

子澈冷冷道:"你的男人虽然和我的男人长得相似,他们却明显不是同一个人。"

荷衣道:"你明白就好。"

子澈鄙夷地道:"我的男人心高气傲,就算是你打死了他,他也不会像一只虫子似的躺在床上。我实在是想不通,像他这样子的男人,为什么还要活在世上?为什么还不去死?"

荷衣气得浑身哆嗦了起来,拔出剑,怒叱道:"我现在就要你去死!"

子澈冷笑:"你以为你是我的对手?"

慕容无风在床上大喝一声:"荷衣!"

他的话音刚落,只听得门"砰"的一声开了,又"砰"的一声紧紧地关上了。

屋内一片安静。两个女人都不见了。

他忽然觉得浑身一片冰凉。

冷月。

四周一片茫茫的白色。远处山峰耸立,在月影之下,直插入空中,而山尖在漆黑的夜色中竟是深蓝的。

荷衣笑了笑,道:"今天老天爷对我们还算公平,雪已经停了。对了,忘了请教姑娘贵姓。"

子澈道:"姓杜。"

荷衣道:"我姓楚,楚荷衣。"

"荷花的荷?衣裳的衣?"

"不错。"

"典出《楚辞》,好名字。"

"抱歉,我没读过书,也不大识字。"

"你用剑?"

"不错。你用什么?"

"徒手。"

"小看我?"

"一个人倘若大字不识,她的剑也不会到什么境界。"

"读书的人都这么说。"

"你出手必死！"

"不一定吧。方才你不过是用暗器偷袭了我。"

杜子溦一伸手，做了一个请的姿势，很优雅地道："请，请动手。"

"承教了。"

那一剑光寒如水，在冷雾中散发着凛冽的杀机。她的人也跟着剑飞舞着，在空中，好像蝴蝶一般地变幻着姿势。只不过一眨眼的工夫，荷衣就已攻出三十六剑。杜子溦身形疾闪，玄衣飘动，竟也被这凌厉的攻势迫得倒退了几步。

然后子溦的手在空中轻轻一弹，"铮"的一声，似有某物破空而出，荷衣算准了方位，微微一让，剑一拨，那物便原路弹了回去。荷衣笑道："原来你用的是暗器！"

杜子溦脸色煞白，道："你果然有点道行。"

荷衣道："只是一点吗？你若只用暗器对付我的剑，我保管你过不了十招。"

实际上，两个人顷刻间已过了一百招。杜子溦终于从腰后取出一道软鞭，"啪"地一响，灵蛇般地向荷衣卷过来。

"终于亮了真家伙，这还差不多。"荷衣淡淡地道。

荷衣从来没有见过这种鞭法。那鞭尾似乎始终跟着她的身子，好像她是一个陀螺。

"哧"的一声，她的背后终于吃了一记，顿时整个身子都火辣辣地疼痛起来。

荷衣大怒。她忽然想起了小时候在鞭影下的生活，那一条鞭子动不动就向她甩过来。这个莫名其妙、不讲理的女人！

她轻叱一声，狂攻出七剑，在最后一剑时，她反身一扭，在空中循着鞭影滴溜溜地转了一圈，足尖在廊顶上轻轻一点，闪电般地向杜子溦的咽喉刺去。

情急之中，杜子溦已无法闪避，反应却很快。她抛出了自己的鞭子，鞭子的木柄，正好打在刺过来的剑尖上，剑头一偏，"哧"地刺在了她的肩上。血从她的手缝中渗了出来，一滴一滴，滴在雪上。那血是热的，落在松软的雪中，顿时便是一个小洞。

荷衣的剑指着她的脸，道："你输了。"

杜子溦道："我没有。"

荷衣道："我并不想杀你。不然，你避不开我这一剑。"

杜子溦道："如果算上我打你的那一鞭，我们只不过是打了一个平手而已。你刺我的这一剑，不过是外伤，我打你的那一鞭，却绝对是内伤。你一定听说过北冥神功和冰魄神针。"

荷衣暗暗抽了一口凉气。这两样武功是江湖上失传多年的绝学，根本没有人相信它们还真的有传人活在世上。

她的背已微微有些麻木。荷衣笑了笑，并没有放下手中的剑，道："无论如何，你若现在还不走，我至少还有气力杀了你。我的相公不会武功，我绝不会让你再踏入我们的屋子半步。"

杜子澂道："你的剑术，我承认，是一流的。像你这样的人该找个像样子的人做你的相公才对。"

"我的相公也是一流的。"

杜子澂似有所触，目光恍惚，仿佛又到了别处："我还清楚地记得见他第一面时的情形……

"那时候，这里的这个温泉孤零零地隔在院子的后面，还没有被盖进院子里。有一天，我拿着衣裳，正准备去温泉洗浴，却发现早已有一个男人赤裸裸地坐在里面。水是鲜红的，所以他虽然……虽然是赤着身子，倒……倒也并没什么。他安静地泡在水里，眼望着远处的山峰出神，手上端着一只酒杯，样子悠闲得好像是坐在自己家的后花园里晒太阳。"

荷衣道："这个男人想必也很英俊。"

"我从没有见过那么英俊的男人，看到他第一眼，就失魂落魄了起来。最有趣的是，他看见了我，一点也不觉得羞愧，也不准备起身让开，而是跟我打了一个招呼。他说：'你好！欢迎！'我当时就被他随便的样子惹恼了，我说：'这是我的温泉。'他笑着道：'这好像是天然温泉。'我说：'天然温泉天山上有很多，但唯独这一个，是我的。'他道：'看来我来错了地方。好在我已经泡了很久，也该回去了。我没穿衣裳，麻烦你转个身。'我生气了，怕他趁我转身的时候偷袭我，便道：'你很好看吗？我偏不转身！'

"他居然不恼，竟当着我的面从身后取出一双拐杖从水里站了起来，我吓得连忙闭了眼。再睁开时，他已穿好了一件灰袍。他的腿看样子残废了很久，而他的样子却十分坦然，仿佛一点也不为自己感到难过。实际上，他还回过头来，冲着我淡淡一笑，道：'位子让给你啦，慢用吧。酒还剩下半杯，也让给你啦。'说罢，拐杖轻轻一点，便飘然而去。我原以为他走路的样子会十分笨拙，却想不到他身法轻灵，毫不吃力，速度也极快，竟比我走路要快得多。"

荷衣悄悄道："他的功夫一定不错。"说罢，却觉得她的描述太过玄虚。

"所以我就冲着他的身后喊了一声，道：'你说得没错，这温泉确实是天然的，你随时都可以来。'"

荷衣忍不住笑了："你的态度变得真快。"

"人到了这个时候还能犯傻吗？好男人就好像是一只突然跳到你面前的野兔子，你若不立时抓住它，它一晃眼工夫可就不见了。"

"他后来又来了吗？"

"没有。我在那里等了他十天，连个影子都没有。最后，我只好满山遍野地找他。我踏遍所有的温泉，连天池、火龙洞都找了，就是不见他。过了一个月，有一天，我终于在一座山峰的顶上又看见了他。"

"他在干什么？"

"我不知道。他坐在一个巨石上，望着远处出神，思绪好像是飘到了天外。等我悄悄地靠近他时，他却立即觉察了，回过头来，指了指山顶，道：'怎么？这个山顶也是你的？'我便上去和他搭了几句话。我问他是哪里人，他便给我唱了一支小曲：'无风水面琉璃滑，不觉船移，微动涟漪，惊起沙禽掠岸飞。'我于是便知道他是西湖人氏。"

她竟真的把这一句迤迤逦逦地唱了出来，音调婉转柔和，抑扬顿挫，煞是好听。荷衣忍不住道："就是这么一支小曲，你便知道他是西湖人氏吗？"

"所以说，你若没读过书，这个时候就没法子了。"杜子澈有些得意地道。

荷衣道："他……他叫什么名字？"

"无风。"

荷衣心中一颤，道："有无的无？这也是个姓吗？"

杜子澈眉头微皱，道："怎么会是'有无'的'无'？当然是'口天吴'啦。"

荷衣的心怦怦地跳了起来，道："他现在在哪里？他还活着吗？"

杜子澈的脸上便立即浮现出一片迷茫之色，幽幽地道："我刚才还看见了他的……他受了伤，正躺在床上，我要去照顾他。"说罢，便要回到方才的屋子里去。

荷衣大惧，知道她的神志又糊涂了起来，将她一拦，道："他……他已经走了，到山下去了。"

"他伤成那样子，哪里还走得动？"杜子澈轻轻地叹了一声，满脸都是柔情，"一定……一定是别人将他赶走的。你告诉我，是谁？是谁？"

荷衣道："是陆渐风。他带着他去了昆仑山。他伤得真的很重，你要快些去追，不然……不然……"

她还想说第三个"不然"，杜子澈身形一晃，早已不见了。

这原本是天山顶峰人迹罕至之处，方才一番打斗留下的痕迹瞬时便已被狂风吹来的积雪掩盖了。

片时之间，好像什么也没有发生，天地复归宁静。风声越来越大，雪又开始纷纷地下了起来。

荷衣踏着雪走进院子。走廊的一角，传来轻轻的咳嗽声。借着朦胧的灯光，她依稀可以辨出一团白影似乎是蜷缩在一个避风的角落里。

这咳声，她当然十分熟悉，却不敢相信屋子里那个病得起不了床的人，又拖着身子爬了出来。

等她走到跟前，才发现慕容无风果然将自己包裹在重裘之中，倚靠在门边的墙壁上。他显然一直都在看着她。

她吓了一大跳，连忙赶过去，蹲下身来，道："你在这里等着我？"

他看着她，点点头。

"这里很冷！"她忍不住用自己热乎乎的手去暖他冻得冰冷的脸。

"我穿了足够的衣服，而且你莫笑，我爬了很久，刚刚才爬出来，现在还是满身大汗呢。"他自嘲地道，"你发现了没有，刚才雪停了一会儿，月亮钻出来了。在雪山上观月，这不是每个人都有机会的。"

他的心情总是和别人不同。荷衣忍不住笑了："还不快进屋去，这么冷的天，不把你冻病了才怪呢。"

慕容无风看着她，良久，忽然叹了一声，道："抱歉，每次出了事，总是你一个人独自抵挡。我……没法帮你。"

说这话时，他的双眼垂了下来，音调有些伤感。荷衣的心一酸，泪几乎要涌出来，却又强行压了下去，笑道："你瞧不起我的武功？怕我输了？"一边说着，她一边将他送回了床上。

慕容无风半坐着，道："过来，让我瞧瞧你的伤。"

荷衣顺从地趴在他面前。

"这可恶的女人！"看着那一道几乎是皮开肉绽的鞭痕，他忍不住骂道。

慕容无风净了手，轻轻地将药膏涂在伤口上。他的手只是很轻地碰了碰，荷衣便"哎哟"地叫了起来。

"很痛吗？"他吓了一跳。

"当然痛啦！"她大叫道，"我中了她的北冥神功呢！"

慕容无风知她怕痛，略有些痛便会大喊大叫，在那山村里便是这样。他只好点住她所有止痛的穴道。

"什么北冥神功？她诈你的。你只不过是受了这一鞭而已，是外伤，涂了我的金创药很快就会好。"

"什么？这是真的？她居然诈我！为什么方才我的背一直发麻？"

"你的背给人家打了一鞭，不发麻，难道发痒？"

"喂，慕容无风，你严肃一点！你怎么知道我没中北冥神功？"她气呼呼地道。

"因为我是个大夫。虽然对武功的各种打法不清楚，但打出来在别人身上会是什么效果，我却小有研究，为此还专门写过一本书。"

"哇，我晓得了！那本书叫《云梦伤科杂论》，我曾在我师父的书房里见过。他受伤的时候，我那几个师兄还专门拿出来研究过呢。那本书又破又旧，早被翻得乱七八糟，看来真的挺管用。"她扭过头来，冲着他的脸，笑逐颜开地道。

"你好像是在夸我。"慕容无风淡淡一笑。

"没有，是我自己扬扬得意。我的眼力好。"荷衣扬着头道。

慕容无风拍拍她的脑袋，道："眼力好的人，能不能替我倒杯茶？"

荷衣站起来，给他沏了一杯热茶，双手捧着，戏道："相公，请慢用。"

"谢了。"

她一股脑儿地换了衣裳,钻进被子里,挤到他身边,紧紧挨着他坐着,将头靠在他的怀里。

"你锁了门了?"

"嗯。这回就算是有天王老子来,我也不开门啦。"荷衣道。

烛影如豆。夜已深了。两人依偎着,却因为方才一番事,无法入睡。

"无风,你知不知道你的名字是谁给起的?"荷衣忽然道。

"不知道。难道不是我外公起的?"

"那女人的情郎也叫吴风,只不过是口天吴的吴。"

"天底下同名同姓的人很多。"他淡淡地道。

"可是他……他和你长得很像,又……又……"她原本想说"又是双腿残疾",终觉这句话说不出口。

"那只不过是巧合而已。"他呷着茶慢慢地道。

"你会不会还有一个哥哥?"她又猜道。

"荷衣,睡吧。"他开始不耐烦了。

"那女人看样子也就是二十七八岁,她的情人再比她大一些,做你的哥哥,岁数上正合适。"她不理他,自顾自地继续猜道。

"什么二十七八,人家已经四十二岁了。"他瞪了她一眼。

"四十二岁,你怎么知道?"荷衣扬着眉道。

慕容无风道:"我是大夫,看一眼就知道。"

荷衣拧着他的胳膊,道:"那你说说看,我有多少岁?"

慕容无风连忙道:"不知道。"

"你蒙我?"

"没有。"

"说吧,我倒要看看你的眼光准不准。"荷衣道。

"我真的不知道。"他道。

"那就奇了。怎么你看别人那么清楚,偏偏看我就不成呢?"

"你的情况特殊。"

"难道我是怪人,比别人的骨头多出几种?"

"怪人倒不是,只是我一看见你就犯糊涂。"

"你真的不说吗?"

"不知道怎么说嘛。"他死也不肯说。

荷衣又好气又好笑,毫无办法地看着他,继续道:"这么说来,这个人很可能就是你的父亲。至少我知道他是余杭人。你的老家,便是在余杭了。"

"这你又是从何得知?"

"那女人说，你父亲老是唱一首家乡小调，叫什么'无风那个水面呀，琉呀么琉璃滑……当那么当，当那么当，当那么当那么也么哥'的曲子。"她忘了后面的词，便胡乱地往上加了一句自己小时候沿街卖艺时常唱的小调。

"呵呵……"慕容无风听了笑得前仰后合，几乎要从床上一头栽下来。

"你笑什么嘛。她当时真的是这么唱的。"荷衣一把拉住他东摇西晃的身子。

"你还会什么，快多唱两首，好听死了。"他好不容易止住笑。

"真想听啊？"

"真的。"

"我给你唱个拿手的。"她清了清嗓子，竟也娇滴滴地唱了起来：

> 朝登凉台上，夕宿兰池里，
> 乘月采芙蓉，夜夜得莲子。
>
> 渊冰厚三尺，素雪覆千里。
> 我心如松柏，君情复何似。
>
> 涂涩无人行，冒寒往相觅。
> 若不信侬时，但看雪上迹。
>
> 炭炉却夜寒，重抱坐叠褥。
> 与郎对华榻，弦歌秉兰烛。

这曲子有几十首，却全是她小时候跟着卖艺的师傅学的，一口地道的吴声，婉转清丽，倒也字正腔圆。只是给她一唱，于寻常幽怨之处偏又多出了几分柔媚欢喜之意，只把慕容无风听得目瞪口呆，半晌，叹道："这《子夜四时歌》我只在书上读过，配上这么好听的曲子唱出来，却是大不一样。"

荷衣道："我师傅说，这是吴歌。我一直以为是村头小曲，想不到书上也有。对了，那个'无风水面'究竟是什么典故？"

"这是一首小令，叫作《采桑子》，一共有十首，讲的全是西湖的景色。"慕容无风道。

"所以，你父亲就是余杭人氏？"荷衣猜道。

"不是。这不是余杭的西湖，是颍州的西湖，风景也美得很。"

"你去过？"

"没有。只是可以从那十首小令里想象出来。"

"那么说来，你总算弄清了你的老家在哪里。嘿嘿，总算比我要强。"她自伤身世,不禁叹道。

"什么老家？这两个人和我根本没有关系。这一切只不过是巧合而已。"他淡淡地道。

"可是……"

"荷衣,我困了。"他竟把头一扭,缩进被子里,不理她了。

"生气啦？我只是猜猜而已嘛。"她伸出手,抱着他的腰,在他耳边轻轻地道,"你不喜欢听,我就不说了。"

慕容无风没有回答。

"我们明天就下山,好吗?"见他半天都不吭声,荷衣忍不住又推了推他。

"好。"他终于说。

哈熊客栈。戌时正。

老板娘阿吉正坐在柜台里,一边喝着一碗热腾腾的奶茶,一边拨着算盘。

漫天大雪的冬季,客栈的盈利十分有限。今天却是一个大大的晴天,客栈里便顿
时住进了不少人。她刚刚叮嘱伙计要将热水烧得充足,马料也要储备充分。厨房的
师傅们正在大烹大炒,饭厅里充满了一股烤羊肉的香味。

阿吉是一个二十五岁的妇人,穿着袷袢,外套一件猞猁皮的坎肩。算不上是绝
色,在方圆几十里,她也是个知名的人物。明明是穷人家的"克矢"(汉称"闺女"),
却凭着一脸明秀的长相嫁入了拥有这个小镇最大一家客栈的阿尔曼家,从此衣食不
愁,由牧民之女一变而成了地道的老板娘。

她已过了少女的年纪,给阿尔曼生了两个儿子,但她的身材看起来还修长窈窕得
好像是少女。这是她最为自得的地方。所以每当她在柜台漫不经心地打量着大厅里
的客人时,总能遇到几个大胆男人的眼光。然后她便去添酒,去说几句话,这些原先
打算只住一天的男人便会留下来,多住几天。

当然,这一切只是为了银子。穷人的女儿从小就知道没有银子是一件多么可怕
的事情。

今天是少有的晴天,门外的雪却很深,而且天气异常寒冷,竟比下雪的时候还要
冷得多。大厅里炉火熊熊,却掩饰不了刺骨的寒意。她不肯再多添炭了。冬季炭贵,
方圆几十里,也只有她这一家客栈能够整个冬季都不停地烧着炭。大多数地方烧的
是羊粪或驼粪,烟子老大,还有一股奇怪的气味。

她整理好一天的账目,再抬起头时,柜台前面不知什么时候突然站了一个小个子
的女人。女人看上去还像个十足的少女,却梳着一个抓髻,斜插着一支碧玉簪子,是
妇人的装扮。她仿佛刚赶了远路,背着一个与她的身材极不相称的大包袱,满脸是

汗地看着她。

她倒没有极美的长相,却让人看了很舒服、很顺眼。眼睛尤其生动,笑的时候眼如秋水,十分媚人。

阿吉先叽里咕噜地说了一串哈语,见那女人无动于衷,便连忙改用生硬的汉文打招呼。

"客人是要用饭,还是要小住? 我们这里好酒好菜,包热水,包喂马,有上房,伙计也多。"

女人笑着道:"我们先吃饭,再休息。请问,我能不能借用一下你的椅子?"

阿吉一听她说"我们",便知住客不止一位,越发高兴了,道:"当然当然!"

她坐的是一把有扶手的软椅,有一张厚厚的狼皮坐垫,靠腰的垫子是手绣的,十分别致。阿吉成天坐在柜台里,她的椅子当然比客厅内硬邦邦的木椅要舒服得多。看着她一脸的风尘,阿吉便帮着她把椅子抬到了靠近楼梯口的一处饭桌旁。那里离门口较远,是个僻静之处。

女人道了谢,将包袱打开,先将一张皮褥垫在地上,又将一张皮褥搭在椅子上。这皮褥是上好的豹皮,阿吉当然识得皮货,知它十分珍贵。做好了这一切,女人又将一个四四方方的皮枕头放在地上的那张皮褥上。转过头,看着一旁诧异的阿吉,笑了笑,却没有说话。

阿吉当然知道,这张椅子一定是留给一个很讲究的人的,心里不禁十分高兴。在她看来,讲究的人什么都讲究,所以讲究的人一定很会花钱。

然后女人离开了桌子走到门外,一位伙计背进来一个个子瘦长、全身裹在一件灰袍子里的男子。她看得出那灰袍子里面罩着一袭价值千金的貂裘。

这种貂裘之所以名贵,就是因为它又轻又软,却十分保暖。穿一件这样的貂裘在如此寒冷的季节便不需要再加其他的衣裳了。

那人面色苍白,两颊之间,却有一抹潮红,头发披散着,看上去浑身无力,一路上还不停地咳嗽。

女人吩咐伙计将男子放在椅上。那男人无疑是阿吉见过的最英俊的汉人。虽然身子如此虚弱,他的表情却十分淡定,看人的时候双目发寒,自有一股凛然的傲气。

他明明连坐着都很困难,腰却挺得笔直。而那女人弯着腰忙前忙后,男人无法动弹,只用一种温柔的眼光看着她。

"我没事,你别再忙了。"终于,他柔声地道。

他的嗓音低沉,听起来十分温和悦耳。那女人笑了笑,停住了手,坐到他的旁边。刚坐下,又站起来,对着阿吉道:"老板娘,能不能搬一个火盆过来,这里太冷,他正病着,只怕受不住。"

阿吉道:"我这就叫伙计送来。两位想要点什么?"

女人甜甜一笑,道:"我们是外地人,没吃过本地的东西。实在是……不知道该吃什么好。"

"有喀瓦甫、艾克曼、托客西、吉格德、波劳、帕尔木丁、纳仁、皮特尔曼达、沙木萨、米肠子、面肺子、油搭子、拉条子,还有奶茶、盖碗茶、高昌酒。"她的舌头好像抹了油似的,一连串地报出了一大堆叽里咕噜的名称,只听得桌边的两个人面面相觑。

女人眼珠子一转道:"这里最有名的菜是什么?"

"马腊肠。"

"什么肠?"

"三四岁的马驹肠子,将填料和上五味灌入肠中,三尺一束,烤干。味道好极了。"

女人笑着道:"那就来一盘马腊肠。这个喀瓦甫是?"

"烤羊肉串。"

"来一碟。"

"波劳?"

"羊肉抓饭。"

"米肠子、面肺子?"

"羊肺、羊大肠做的东西。"

"纳仁?"

"羊肉面。"

"那就再来一碗纳仁吧!"虽然对各色名目一无所知,她却果断地点了三个菜。

"这位公子要点什么?"阿吉又道。

"抱歉,不吃羊肉。"那男子淡淡地道。

"马腊肠怎么样?"

"也不吃马肉。"

阿吉绝望地看着他。

"有没有什么菜没有这两种肉的?"女人轻轻地问道。

"盖碗茶。"

"你不能又只是喝茶。"女人叹了一声,向阿吉问道,"请问,羊肉面里通常还有些什么?"

"鸡蛋、菠菜、花椒、蒜泥、醋、肉汤、羊尾油、辣椒油。"

女人立即道:"能不能用清汤给他下一碗鸡蛋面?只要菠菜和醋,其他一概不用。"

"辣椒也不要?"

"不要。对不起,他实在是很多东西不能吃,给你添麻烦了。你算另一碗纳仁的价钱好了。"女人很抱歉地道。

"不要紧。或许他能吃些鲜果?我们这里有苹果、葡萄、迦师甜瓜,要不要来一碟?"

那男人一听,点了点头,道:"那就要鲜果好了,鸡蛋面就免了。"

女人一听,便道:"这只是水果而已,吃了也不饱肚子。"

男人道:"我不爱吃面条。"他想了想,又加了一句:"我讨厌吃面条。"

女人长叹一声:"顽固不化的南方人!"

阿吉眨眨眼,道:"我们这里还有烤鱼。客人实在吃不惯面食我们也可以做炒饭。不过鱼很贵,通常很少有人点。"

男人道:"我不吃炒饭。"

阿吉苦笑着点点头。她觉得有趣,实在是没有见过吃东西这么刁钻的人。

女人有些不好意思地看着阿吉,道:"那就要一小碗煮饭,一小碟烤鱼,一碟鲜果,一个盖碗茶好了。他吃得很少。"

"盖碗茶里有茶叶、冰糖、葡萄干、桃仁、红枣、桂圆肉,这些东西客人都能吃吗?"

"我不吃桃仁。"男人淡淡道。

"那就去掉桃仁。"阿吉道,"就这么多,是吗?"

"暂时就是这些。"

"一共二两银子。"

"请问这一带用银票吗?"

"这里是商队往来的地方,许多票号的银票都用得,倘若是大通、百汇、隆源、宝丰四大家的,就更没有问题。"

女人掏出一锭元宝,道:"这是五两银子。"她刚要说"你找我二两银子就好了",男人就在一旁淡淡地道:"不用找了。我用自己带来的碗和碟子,可以吗?"

"你用什么都可以。"阿吉拿着元宝,接过女人递给她的一个杯子,笑逐颜开地走了。

阿吉一走,荷衣便道:"喂,老兄,你这人也太大方了吧? 这顿饭只不过是二两银子而已,你却要白送人家三两。"

慕容无风道:"你不是说我们有足够的钱吗?"

"那也不能这么花呀? 有钱也全给你送出去了。"

"荷衣,咱们不用为钱操心。"

"说是这么说,那也要节省。"

"我这已经很节省了。出门在外,钱能省却不少麻烦。你多给了她钱,等会儿她就会特别照顾我们。"他慢慢地道。

"我出来的时候赵总管给了我一卷银票,现在我却想不起来是哪一家的了。"

"不用想了,不是'大通'就是'隆源'。"

荷衣咻咻地笑起来:"你又不是我包袱里的虫子,你怎么知道得这么清楚?"

慕容无风道:"这两家票号都是云梦谷的产业,只是外人不知道而已。"

荷衣忍不住小声道："难怪唐门的人要绑架你，你这么有钱！"

慕容无风苦笑："有钱有什么用？"

荷衣叹了一口气，想起了自己小时候四处逃荒的日子："有钱总比没钱好。"

果然，伙计立时送过来一个火盆，放在慕容无风的身侧，还送来一个小巧的手炉。不一会儿工夫，所有的菜都上齐了。喀瓦甫是刚刚烤好的，还滋滋地冒着油，荷衣口味原本就重，一见到又香又辣的羊肉串，不禁吃得兴致勃勃，眨眼工夫就吃光了。马腊肠亦是辛辣之物，刚刚从烤炉里出来，十分松脆，吃一口，再配上纳仁的鲜汤，美味无比。她一边吃，一边啧啧称赞："无风，咱们就住在这里吧！这里的东西好吃，我不想走啦！烤鱼的味道如何？"

"凑合。"

她夹了一块尝了尝，道："这么好吃你还说凑合呀！"

"你说好吃，那就替我吃一点。我实在是一点也不饿。"他看着她吃得嘴边全是辣酱，淡淡地笑了起来。

荷衣抬起头，道："你总是吃得这么少吗？我真是不懂，你究竟是吃什么长了这么大？"

"我每一顿都吃得很少，但我一天吃很多顿。"

"可是……可是……我不知道呀！这些日子，我……我每天只给你做了三次饭。你是不是吃得很不习惯？"荷衣内疚地道。

"没关系，娶鸡随鸡嘛。"他笑。

荷衣的脸红了，把头埋下来，轻轻道："你干吗总是……总是照顾我？"

慕容无风不答，道："吃饭吧，哪来那么多的话。"

过了一会儿，荷衣抿着嘴，又道："我喝一点酒，成不成？"

"成啊。你想喝什么就喝什么。"

"无风，为什么我和你在一起就这么自在呢？"

"不自在你干吗要和我在一起？嗯？"

"无风，侧耳过来，我也有一句话儿。"

他歪过头去。

"我真的是特别喜欢嫁给你。"荷衣得意扬扬地道。

慕容无风微笑不语。

酒送了上来，是本地产的高昌酒。

"你晓不晓得我的酒量很好？"荷衣举起杯，对着慕容无风道。

"不晓得。我正要看一看你的酒量究竟如何。"慕容无风故意道。

荷衣一仰头，一饮而尽，然后给他看空空的杯底。

"味道怎么样？"他问。

"没劲儿，好像是米酒。"为了显示自己的酒量，荷衣又干了一杯。

"不会吧。书上说,这种酒的后劲很大呢,也许你喝到第三杯就该醉了。"慕容无风故意又道。

"通常情况下,我喝五杯才会醉。"她马上又喝了一杯。

"头开始昏了?"他看着她。

"怎么会呢!"她笑吟吟地道,说罢,头一歪,倒在了桌上,死死地醉了过去。

"我忘了告诉你,这酒的别名叫作'三杯倒'。"慕容无风摸了摸她的头,淡淡地道。

慕容无风是故意让她喝醉的。因为他知道荷衣至少已有五天没有好好地睡过觉了。自己的身子偏偏一点也不争气,夜里老是犯病。越是这样,荷衣越不敢睡着,常常整夜整夜地守着他。所以她现在一定要好好地休息一下。只有这个办法才能让她真正地睡上一觉。

慕容无风打了一声招呼,阿吉一阵小跑地奔了过来。

"劳驾,你们这里还有没有空房?"

"有,有,上房全在楼上。"

"能不能麻烦你送她到楼上的客房去歇息?她累了一天,也醉了。"

"好说好说,天字第一号房如何?"

"就是它了。麻烦你将她放到床上,替她盖好被子。"

"没问题,客人要住几天?"

"一天就够了,也可能会多住,她喜欢你们这里的菜。"

阿吉一听,欢喜得身子一阵乱摇:"上房是三两银子一天,给两位打个折,二两五分就够了。"

慕容无风很斯文地一笑,有些不好意思地道:"我这就给你钱。"

他伸手想到荷衣的腰袋里拿银子,刚伸出手却怕阿吉误会,连忙解释道:"她是我的妻子,钱在她的身上。"

"请便请便!"阿吉心里道,"你们俩不是夫妻才怪呢,这么亲密的样子。"

慕容无风掏出一锭银子,递给她,道:"如果还有多的,就算是在下的一点心意,麻烦你了。"

那一锭银子几乎有十两重,阿吉一看,高兴得眼发了花,忙不迭地答应下来。她将荷衣扶到楼上,替她宽衣解带,掩好被子,垂下帘帐,便掩了房门,将钥匙递给慕容无风。

慕容无风接过钥匙,又不放心地问了一句:"她没吐吧?"

"没有,只是睡过去了而已,放心吧。"阿吉道,"还有什么事需要我做的?"

"没有了,多谢。"

阿吉刚要走开,却忍不住叮嘱了一句:"客人身子不方便,要帮什么忙,请尽管打招呼。"

"好的。"慕容无风淡淡地道。

慕容无风一坐就是整整两个时辰。阿吉充满同情地看着这个一脸病容的青年。他明明很年轻,居然很有定力,能够在一张椅子上一动不动地坐上好几个时辰。

大厅里客人已几乎散尽了。伙计们擦好了桌子,扫好了地,将椅子全搬到了桌子上。

已到了打烊的时间。阿吉原本该熄掉大厅的炭炉以节省木炭,她却没有这样做。她默默地陪着他,过了子时,又到丑时。大厅里只剩下了他一个人,连阿吉自己也呵欠连天起来。她给他端了一杯盖碗茶,道:"很晚了,客人还不休息?"

他摇了摇头:"我一点也不困。"

"我叫人送你上楼?"她又试探着道。

"我不想上楼。"

"难道客人要在这里坐一通宵?"她吃惊地道。

"我妻子已经睡着了,我不想打扰她。"他轻声地道。

"这里很冷!"

"我旁边有火。"

"可是……"她终于放弃了游说,交给他一个摇铃,道,"有什么事就摇这个铃找我吧。我得去睡了。"

"不好意思,麻烦你了,我不会有事的。"他将摇铃还给她。

阿吉刚要离开大厅去后门的卧室,门忽然又被敲响了。

进来的是一个黑衣的男人,三十来岁的年纪,身子瘦削而灵敏,却有一双眯起来的眼睛。大雪天气,他只穿着一件薄薄的黑袍。宽宽的黑皮腰带上斜插着一柄形式奇窄的乌鞘长剑。

他无声无息地走了进来,看了看饭厅,很快就注意到坐在远角上喝茶的慕容无风。

"客人要住宿,还是要吃东西?"阿吉问道。

这里半夜常有商队经过,夜半来客并不是一件稀奇的事情。阿吉绝不放过任何一个客人。

黑衣人道:"我吃东西,顺便在这里等一个人。"

"请,请进。"

黑衣人走进大厅,却发现所有的桌了上都倒摆着一圈椅子。

这些当然是伙计们为了扫地方便摆上去的。一般到了凌晨的时候,才由当班的伙计撤下来。他便径直走到慕容无风的那张桌子旁,准备坐下来。

慕容无风立即道:"这里似乎还有很多张桌子,阁下何必一定要和我挤在一起?"他一向讨厌和陌生人搭话,更不喜欢和陌生人聊天。

"和你挤在一起的好处,你很快就会知道。"

黑衣人偏偏不买账地坐了下来。不但这么说,还偏偏就坐在了慕容无风的正对面,用一双眯眼瞪了他一下。

他目光如刀,突然瞪眼的样子实在是有些可怕。阿吉哪里敢惹,连忙道:"客人要点什么?"

"两碗纳仁,三碟喀瓦甫,可有沙木萨?"

"有。"

"来一斤,再来半斤高昌。"他的样子看上去虽是地道的汉人,却好像对这里的饮食十分熟悉。

"一共是二两三分银子。"阿吉道。

黑衣人将一小锭银子掷给她。

阿吉转身正要招呼值班的师傅炒菜,黑衣人又道:"老板娘,我向你打听一个人。"

"什么人?"

"这里可有一个女人,腰上别着一把紫鞘的剑?"

"走这条道的客人,哪个人不带剑?我怎么记得?"

"有人看见她进了这里。"

"现在人人都已睡了。"

"不要紧,我在这里等着她就行了。她早上总要出来的。"他淡淡地道。

说罢,他的一双眼便定在慕容无风的脸上。

热腾腾的饭菜端了上来,黑衣人开始慢慢吃菜。他吃东西的样子竟十分斯文,一口菜,一口饭,一口酒。他刚吃了三口,门"砰"的一声被砸开了,四个灰衣人冲了进来,片时便已到了桌前。

他们的手上有的拿着刀,有的拿着斧子,有的拿着枪。最先砸过来的,却是三节棍。

黑衣人一手还拿着筷子,另一只手"锵"的一声抽出剑。剑光只是无声地闪了一下,四个人全都倒了下去。他站起身来,一手提着一个人,打开门,将他们全扔到门外。

黑衣人喝了一口酒,道:"和我挤在一张桌子上怎么样?"

慕容无风淡笑:"的确不是件坏事。"

他的神情漠然,方才那四个人张牙舞爪地扑过来,他竟毫无所动。

"你看样子不会武功,想不到定力还不错。"黑衣人看着他道。

慕容无风发现黑衣人常常有意无意地盯着他的脸,这让他十分不自在。若在往日,他会扭头就走,只可惜现在的自己动弹不得。

"我姓顾,排行十三,江湖上的人都叫我顾十三。你叫什么?"黑衣人忽然道。

"我只是这里的一个匆匆过客,又何必要知道名字。"

"你好像是南方人。喝酒不喝？"

"南方人就不喝酒？"

"可是你一直都在喝茶。你可晓得，这盖碗茶是甜的，是女人喝的东西。"

"吃进肚子里的东西也分男女？"他揶揄。

黑衣人看着他，不禁笑了，道："你说话的口气和我认识的一个人很相似。实际上，你们长得也很相似。我刚才一直看着你，希望你不要介意。我已经有二十几年没有见过他了。乍一见你，我还以为他又回来了，实在是有些吃惊。"

"这世上长得相似的人岂非很多？"慕容无风淡淡地道。

"当然，是我认错了。他当时和你现在的年纪差不多，但谁又想得到二十几年以后他会是个什么样子。"

顾十三的脸上浮现出一丝柔和的神态，仿佛忆起了一件温馨的往事。

慕容无风看着他，欲言又止。他身后的楼梯传来一阵脚步声。

顾十三抬起头，看见从楼上走下来一个小个子的女人，一脸惊慌失措，见了坐在自己对面的那个人，却又松了一口气。

那女人冲他一笑，对着桌对面的人道："和朋友在这里聊天呢？"

她笑起来的样子很柔媚。

"这么快就醒了？"桌对面的人，一反冷漠的口气，竟柔声地道。

"看，你的袜子掉了。"那女人跪了下来，从皮褥上拾起一只棉袜。

慕容无风有些发窘，忙道："我自己来。"

他扶着桌子，正要弯腰，荷衣一把按住他，道："坐着，别动。"

荷衣将袜子放在火盆上烤了烤，等它变得暖和了，才轻轻地套在他的足上。

慕容无风的脸顿时有些发红，因为顾十三一直盯着荷衣，盯着她腰上的那柄鱼鳞紫金剑，然后又偏过头来将他来回打量，似乎在揣摩他们两个人的关系。

他观察良久，突然对慕容无风道："你晓不晓得方才给你穿袜子的这个人，在江湖名剑谱中排名第几？"

慕容无风莫名其妙地看着他："我对武林中的事情一向不清楚。"

顾十三指了指荷衣的剑："虽然说出来很多人不肯相信，这柄剑的主人现在排名第一。"

荷衣站起身来，皱眉看着顾十三。

顾十三瞪着慕容无风，一字一字地道："你叫这双手来给你穿袜子，这是她自己的耻辱，也是每一个练剑的人的耻辱。"

想不到他突然会说出这么一句，慕容无风愣住了："是吗？"然后他的眼中忽然有了一丝笑意，慢慢地接着道："我一直以为，这只不过是我妻子的手而已。"

顾十三顿时大为尴尬，觉得自己方才的那一番话很愚蠢。人家是夫妻，莫说是穿袜子，比这更说不出口的事情都可以照干不误。

顾十三咳嗽了一声,转身对荷衣道:"我是专程来找你的,什么时候约个时间,我们俩切磋一下?"

荷衣看了一眼他腰后的剑,眼睛一亮:"顾……十三?"

"不错。"

"我也一直很想见识见识顾大侠的'流风回雪剑'。"

顾十三是西北年轻一辈中最出名的剑客,还是有名的大侠。

"要不,我们现在就切磋一下?"

"可以。外面?"

"后院?"

两人正待商量,门外忽然一片哄闹,似乎有马队停了下来。一群鬈发碧眼的波斯人在几十个腰背钢刀的汉人护拥下走了进来,其间夹杂着几个从头到脚披着大幅长纱的波斯女人。这种长纱称作"幂离",是胡装,唐时曾经大为流行。这一群人涌进来,片刻便将大厅挤了个水泄不通。阿吉早已迎了出来,忙前忙后地搬椅子、挪桌子,招呼客人坐下。一碟碟胡饼、烤包子、烤羊肉,一碗碗的奶茶、高昌酒端了上去。几个波斯男人已不客气地大嚼了起来。顾十三叹了一口气,对荷衣道:"波斯的商队来了,现在不成了,后院肯定被他们的马占满了。"

那群波斯人似乎与顾十三熟识,有人远远地向他打招呼,顾十三只得上前说话。荷衣正准备拉着慕容无风回屋,不料阿吉走过来,拍了她一下:"你们去哪儿?"

"小江南。"

"这条路上有马匪出没。波斯人雇了刀客,你们若要往东,和他们搭伙最安全。赶紧和他们的头人说说,他们吃了饭就要赶路。"

"可是,我完全不认得他们……"

"那位顾先生就是他们雇的刀客,你去求他说就好。"

岂料顾十三愿意效劳,那波斯头人却死活不肯,说这一趟带的货多,路上是肯定会遇到响马的。照他们的规矩,到时候所有的男人都要拿着刀出来拼命,而慕容无风一身是病,跟他们走不但帮不上忙,还是个负担。

"他是不能帮,但我可以啊!"荷衣急道。

"你是女人,女人只能待在马车里。"波斯人用生硬的官话说道。

"我——"

"我来跟他说吧。"一旁一直默不作声的慕容无风突然插口,继而右手抚胸,向那头人行了一个礼,用优雅的语气和他说了一长串波斯话。

波斯人吃惊地瞪大眼,忽然很激动地叽里呱啦地不停地和他说了起来。

慕容无风从容而流利地回应着,说出来的话,荷衣和顾十三连半个字都听不懂。

交谈片刻,波斯人哈哈一笑,将慕容无风拥抱了一下,还拉着他的手叽里咕噜地又说了一会儿,便很客气地跟荷衣点了一下头,离开了。

荷衣有些陶醉地看着慕容无风："什么时候会说这胡人的话了？"

"会一点点而已。"

"看样子他是答应了？"

"嗯。准备行李吧。再过半个时辰就出发了。"

第二十一章

马贼

马车里垂着厚厚的车帘,但在这样子的天气里,还是显得很冷。

荷衣找了一个波斯小伙子替他们赶车,这样她可以陪着慕容无风待在马车里。

这一路行程不短,地形崎岖,马车颠簸得很厉害。她总算是从波斯人那里买来了一个很大、绣得很精致的软垫垫在皮褥之上,扶着慕容无风坐了上去。他的身旁有一个小小的取暖用的火盆。

有了这个火盆,整个车子总算不是太冷,却也绝对谈不上暖和。两人只好将身子裹在毛毯里,紧紧地靠在一起。

马车随着车队在黑夜中缓缓地前行。四周一片安静,只听得见踢踏的马蹄声。

大约过了两炷香的工夫,马车忽然飞驰了起来,片刻间又忽然变缓,四面传来杂乱的吆喝声、驼铃声、女人惊惶的叫声。

车厢外一个波斯人大吼一声道:"响马来啦!女人、小孩全进马车,男人统统出来!"

荷衣立即将剑拾到手中,跳出车外。

响马在前方一字排开。

波斯人这一趟带着重货,探马来报是十几车珠宝。车队从哈熊客栈刚一出发,他们就已经知道了消息。

知道消息的响马一共有三路,分属不同的头领,但趁天明之前偷袭却是他们的一贯作风。

荷衣赶到刀客的马队时,波斯人托木尔正骑着一头和他一样剽悍的黑马,检视着自己的防卫。

托木尔是头人托喀桑的儿子,走这一线生意已有十次之多。关外的各路响马都和他熟识,远远地都叫他"小托"。

"小托,这一回又是你？带了什么好东西？上次的那五箱宝石多谢了！"

这是西路的响马头子"鬼头刀"龙海常用的招呼。

"真对不住,小托,您又遇上咱们啦。实在是不好意思来抢你们,一百多号人要吃饭哪。我们要得不多,您看着办吧,给一半的货我们就放行。还有,咱们不代表本国文明,回去可不能说咱们不是礼仪之邦哟！"东路的老刀把子外号"斯文",讲话特别斯文,行伍出身,手里提着一柄狼牙棒。

北路的响马头子人称"光鲜",每次打劫,所有的人都是鲜衣怒马,轻裘缓带,打扮得跟过节一样。使用的兵器却是流星锤、飞镖、毒蝎子,各种各样能把人迅速弄死的东西。他们所有的兵刃都淬着不知解药的剧毒,若是不小心伤了自己的人也一样无救。发起话来倒是比较干净利落:"男人通通滚蛋,妇人、珠宝、骆驼和马留下。"

托木尔每次走这一趟,都只指望能留下一半的货物,剩下的一半原本就没打算留得住。即使如此,他还要为剩下的那一半绞尽脑汁。

不过这一次他花的是大价钱,一流的刀客几乎全被他雇用了,包括这里最好的剑客,他的老熟人——顾十三。

托木尔身形高大,隆鼻、深目,不到三十,是个英俊的波斯人,汉语讲得很生硬,倒还连贯。他眼睛是天蓝色的,是让波斯女人一看就着迷的眼睛,他是女人的宠物,从来不缺女人。此时他便用湛蓝的眼珠扫视着自己手下的刀客。然后他就看见里面夹着一个小个子女人,骑着高头大马,穿着一件窄窄的皮衣,腰上居然别着一把剑。那马头一扬,几乎就将她的全身挡住了。

托木尔一踢马腹,飞驰过去,用马鞭指着那个女人道:"你！女人！回去！这里不是你待的地方！"

女人仰起头来,看着他的蓝眼睛,有些吃惊,道:"你不是说,所有的男人都出来吗？"

"不错,不过你不是男人。"托木尔不耐烦地道。

"我男人不能出来,他叫我代他出来。"女人道。

"你叫什么名字？"

"楚荷衣。"

这名字很拗口。

"你的男人为什么不能出来？"

"他……他病了！"

"呸,装的！临阵脱逃,胆小鬼,还让自己的女人来顶班！这种男人！不要脸！呸！呸！"托木尔气呼呼地骂道。他知道的汉文能骂人的就只有这么多。

荷衣不吭声。

"你！回去！你的男人不能来,你也不要来！"他道。

"我还替一个人。"

"你替谁?"

"顾十三。"

"什么?!"他这才发现顾十三也不在队伍之中。这还了得!

"顾十三?你替得了吗?你知道我花了多少钱雇他?"

"顾十三得照顾我的男人。一个萝卜一个坑,我来顶他的位子。"那女人慢吞吞地道。

"你!你们汉人!疯啦!"托木尔气得哇哇大叫,"来人,给我找顾十三!"

已经来不及了,响马的马铃一响,已杀了过来。

"我回来再找他算账!"托木尔咬牙切齿地道,"你跟着我!别乱跑。"

"嗯。"女人一策马,来到他的身边。

"人家的箭若射过来,你躲在我马后,明白?"他是大男人,大男人在任何时候都要保护女人。

"明白。"女人的声音很轻。

一路疾驰而上,冲入阵中,等候他们的是西路的龙海。

托木尔弯刀一挥,一路上便砍掉了好几个响马的胳膊。他不得不承认,打仗的时候,若有一个女人跟在他身侧,他的精力就格外旺盛,可能运气也会格外好。

他带着头已冲进了响马群中,听见龙海跟他招呼了:"小托,咱们又见面了!上回你的那点东西,也太不够意思了吧?怎么,结婚了?恭喜恭喜,打仗连夫人也带上了?"

上回他们没有讨得多少便宜,只抢了几箱他们为掩人耳目而故意装的劣质珠宝。

"哪里哪里!"这一句谦逊的话,却不知他是从哪里学来的。托木尔回头一瞧,那女人冲着龙海轻轻一笑,忽然一掠三丈,剑光如闪电,匹练般地向龙海刺去。

她根本不要马,在空中飞掠时右足居然在托木尔的头顶上轻轻点了一下。

"乖乖!"龙海倒抽一口凉气,那剑气几乎要将他的骨髓都冰透了。他倒退数丈,居然连还手之力都没有。他只好用脚一顶,从腰后顶出他的大刀,大刀在空中一转,他正要伸手接住,却感觉自己胳膊一寒,整条右臂飞了出去,飞出去的时候,他的手还握在刀柄上。

女人冷笑一声,双足一踢,将他的身子踢出马外,腰一拧,坐在他的马上,淡淡地道:"还有谁想上来?"

人群一阵惊恐,响马们拖起在地上痛得乱滚的龙海,眨眼间消失得干干净净。

不仅是响马惊呆了,连托木尔和跟在他身后的一群刀客也惊呆了。这女人的剑变化之快,身手之快,令人不可思议!

荷衣跳回自己的马,对托木尔道:"我们是不是可以回去了?"

托木尔疑惑地看着她,道:"你不是一般的女人,你是谁?"

女人道:"我一名剑客,中原人士。"

"了不起的女人！请问，可以嫁给我吗？"托木尔怔怔地看着她，激情澎湃地道。

"我已嫁人了。"猛然听他这么一说，女人的脸一红。

"我不在乎娶再婚的女人！"他突然跳下马，牵着她的马绳，仰着头，看着她道。

女人淡淡一笑，道："抱歉，我没看上你。"

车队决定暂时在原地休整两个时辰。方才被那响马的马队一冲，死了好几匹骆驼，货物要取出来重新分配，分装到其他的骆驼上。

为了表示敬意，托木尔派人送来了两个精致的黄铜火炉。这是波斯工匠所制，上面雕镂着奇异的花纹。炭在炉膛中旺旺地燃烧着，发出蓝色的火焰。车厢里一下子变得很热。

"你记不记得那个山水？他以前曾经给我看过一幅他画的画。"慕容无风忽然道。

"他是画画的？"

"不错。那幅画上画着一只蜗牛。"

"什么样的蜗牛？"荷衣马上挤到了他身边挨着他坐了下来。

"坐过去，我们说正经的事儿呢。"他将她推了回去，"一般的蜗牛，最常见的那种。"

"就是一只蜗牛？"

"嗯。他问我他画的是什么，因为连他自己也不知道他画的是什么。"

"我知道。"荷衣道。

"你知道？"慕容无风有些吃惊地看着她，"说说看。"

"他画的是恐惧。"荷衣道。

慕容无风彻底地愣住了。

"我小时候曾经仔细地观察过蜗牛的壳。你绝对不相信世间会有这么匀称这么优美的形状，好像是老天爷按照某种复杂的规则精心设计出来的。"荷衣笑着道，"如果这个时候，蜗牛那柔软完全没有什么规则的身子突然缓缓地从壳子里爬出来，保证吓你一跳。你实在想不通，为什么在一个这么规则的壳里会藏着一个一点也不规则的身体。没有形状的东西总是让人感到恐惧。"

"怎么我觉得你好像是在说我？"慕容无风半笑着道。

"啊，我这就要说到你了。"荷衣看着他，"什么时候你从你的壳子里爬出来？"

车门忽然被敲响了。

打开门，车外一个小厮恭恭敬敬地道："楚姑娘！托木尔公子请姑娘和这位公子一起到他的帐内小坐，喝杯奶茶。"

隆冬，一望无际的草原上白雪茫茫，北风呼啸。

在这种可怕的天气里,草原就像是一片白色的沙漠、白色的海。这里是丝绸古道,东西商旅往来必经之处。草原深处,却有一大片被白雪覆盖着的帐篷。

一月初三,清晨。

龙泉刚刚从自己温暖的帐篷里走出来,在纷飞的大雪里,沿着一条刚刚刨了雪的小道缓缓步行。他看着这些还没有燃起烛火的帐篷,还有在沉睡中的女人和孩子,脸上泛起了一种满意的微笑。

龙泉身高九尺,经历复杂,打过仗,因军功还当过小官,后来犯了事,下过大牢,本当处死,却被他的结拜兄弟龙海从牢里救了出来。龙海为此却断送了一家老小的性命。次日,他的家人便被官府捕获,于那一年秋月的第一天全部处斩。

兄弟俩在一群捕头的追赶下仓皇地逃到了西北,东躲西藏,为了活命,干过各种营生。最穷的时候当过铁匠、泥瓦匠,讨过饭,睡过街头,后来终于当上了响马。龙泉对这一行相当满意,也相当上手。除了名声不好之外,这一行的实际操作和打仗没有什么不同。他们干得很顺手,大哥龙海终于又有一个新家,有了两个孩儿,龙泉却始终独身。

他觉得自己对不起龙海,眼睁睁地看着他的一家老小上了刑场。他本不姓龙,也不叫龙泉,但自从龙海救了他,他便彻底地改了姓。

他沿着小道走了一大圈,便俯身钻进了自己的帐篷,开始洗澡。他洗的是冷水,上面还浮着雪。从他到这里的第一天起,他每天必洗一次这样的冷水澡,已坚持了整整七年。

十年前他在牢里被牢头用了酷刑,出来的时候发现他已不再是个有用的男人,不论他想什么法子都无法补救。这个秘密没有人知道,连龙海也不知道。

他从不近女人,一看见女人便抑制不住露出厌恶痛恨的眼光。寨子里除了龙海的老婆,所有的女人都怕他怕得要命。

他穿好一身劲装,披上大衣,正准备迎接大约这时候就该回来的龙海,却远远地听见一声惨号。他豹子般地冲出帐外,飞上马,蹿了出去。一群人正抱着在狂痛中的龙海疾驰而归。

他接过满身是血浑身发抖的龙海,冲进帐内,用毛毯将他紧紧地裹住。

伤口太大,金创药一涂上就被喷涌而出的血冲了个干净。龙泉一咬牙,拿出一只烧红的烙铁在龙海的断臂之处狠狠地一烙。

"嗞……"随着一股带着烤焦的皮肉而泛起的青烟,龙海彻底地昏死了过去。

龙泉果断地替他扎好伤口,将他送到自己温暖的大床上,很细心地替他掖了掖被子。

挤在帐内的十几个手下看了龙泉这个动作,心下不由大为感动。

龙泉很镇定地坐了下来,沉着脸道:"是谁砍了他的手?"

"一个小个子的女人,和托木尔走在一起。"

在这里扎了近七年的根,龙泉对这一带究竟有些什么人了如指掌。他知道托木尔雇了二十九个刀客和一个在这里最出名的剑客顾十三,而他自己的商队连同女人加在一起,也不过十五个人而已。

他知道刀客中有十个人是连他自己也觉得棘手的人物,其中最厉害的是一个十八岁的少年,只知道他的名字叫"小傅",传说与昔年江湖上刀法第一的傅红雪有着某种亲戚关系。他的刀法曾得过傅红雪的亲手指点。

这些消息在商队到达哈熊客栈之前他就已经知道了,所以龙海这一趟原本是虚晃一招,查查虚实而已。他带了近七十个人,却实际上并不想抢东西。

那三十个护卫已然棘手,想不到其中还藏有一个这么厉害的女人。

"来人,备马。"龙泉道。

手下人给他牵来了三匹马。他每次出门至少要带三匹马,交换骑用,以保证他随时都有足够的马力去应付最艰苦最消耗体力的事情。

帐篷很大,很宽敞,里面放着四个漆黑沉重的箱子。

慕容无风坐在箱子旁边,伸手向一旁的铜炉取暖。

他和荷衣在托木尔的帐篷里没坐多久,他正在为满屋子的奶茶味悄悄地反胃,突然无数支飞箭暴雨般地射了过来,瞬时间便将帐篷打成了一个蜂窝。离他最近的一支钉在他的椅背上,离他的脑袋不到半寸,把在一旁忙着挡箭的荷衣吓得魂飞魄散。

混乱之中,慕容无风被荷衣推进了这个帐篷,荷衣让他坐在四个箱子的中间。

"我不喜欢坐在这里。"慕容无风道,他感觉自己好像就是一只箱子。

"只有两个帐篷你可以去。一个帐篷里坐着五个波斯女人,另一个就是这里。你挑哪一个?"

"这里不错。"慕容无风马上道。

荷衣没忘了顺手给他端来一只铜炉。这个帐篷原本是放货的地方,帐里帐外一般冷。

"我们的马车……"他又问。

"马被射死了,车子也烧光了。"荷衣扭头就要走。

"荷衣,"慕容无风又叫住她,"小心些。"

"嗯。你也小心,马上会有个人进来陪你。"那衣裳一闪便不见了。

她的话音未落他就听见了脚步声,个黑衣少年慢吞吞地走了进来,拿了把椅子,坐在他的对面。

黑衣少年个子并不高大,腰上别着一把漆黑的刀。漆黑的刀把,漆黑的刀鞘,黑得就像他的眼睛。他的手始终放在刀把上,好像一副随时准备拔刀的样子。

"我姓傅,这里的人都叫我小傅。"他一进来就说道。

"我姓林。"慕容无风道。实在是太冷,虽然穿着大衣,腿上也盖着毛毯,左边还有取暖的火炉,他还是不由自主地打起了哆嗦。而黑衣少年只穿着一件单衣,却是一副一点儿也不冷的样子。

小傅看了看他,又看了看四周的箱子。慕容无风觉得这个少年看他的神情与看箱子没有什么不同。他苦笑,自己果然是一个到哪里都要给别人添麻烦的人。

帐外是一片打斗之声。箭"嗖嗖嗖"不断地从四面射进来,钉在那四只巨大的木箱上。

"你好像应当出去看看。"慕容无风建议道。

正说着,忽然"砰"的一声,头顶的帐篷被乱箭刺出了一个大洞,几个东西从天上掉下来,劈头盖脸地向慕容无风砸下来。他的身子并不灵活,正要想法子避开,忽见刀光一闪,"啪"的一声,几只巨大的蝎子掉在地上,已被刀劈成了数段。

蝎子通身是雪白色的,尾部毒钩卷起,发着碧青的光芒。慕容无风皱眉道:"这蝎子有剧毒,沾人必死。"

"这是'光鲜'的宝贝。我进来的时候,已有四个人毒死在了门外。"小傅哼了一声。

他的刀快如闪电,慕容无风坐在他对面,而且面对着他,却既没有看清他拔刀的动作,也没有看清他收刀的动作。那刀竟好像是自己从刀鞘里跳出来的。

慕容无风俯身拾起那半截蝎子,仔细查看:"这种天山雪蝎实在很罕见,我以前只在书上听说过。"

"它有毒,你不怕?"黑衣人讶然地道。

慕容无风一笑,道:"我有解药。"他从椅侧的一个小兜里掏出一物,掷给黑衣人,道:"你吃了它就不会有事。"

小傅接过来一看,却是一颗小孩子吃的棒棒糖,上面用花花绿绿的糖纸裹着,不禁愣了愣,道:"这真的是解药? 你是不是拿错了?"

"没错。"他淡淡地笑了笑,"内人不肯吃任何苦东西,我只好把解药做成这个样子。"

小傅道:"你的头往左!"

慕容无风立即将头往左一偏,那刀光忽又一闪,一只手不知从什么地方弹了出来,在天上画了一个弧线,掉在对面的箱子上。

手上的流星锤带着极强的余力,竟将箱子的木盖砸了一个大洞。如果小傅的动作稍慢,那流星锤便早已砸在了慕容无风的头上。

箱子的背后传来一声狂呼,接着便是"嗖嗖"的暗器之声,似有援兵赶到。小傅已蹿了过去,箱外兵刃交接,火星四射。

然后血便像泼出来的水一般浇了过来,淋在慕容无风雪白的大衣上,他无计回避,正在踌躇之中,一个黑衣人从另一个角落突然冲了过来,手里挥着一柄大刀。

身后抵着两只箱子,慕容无风已没有退路,只好一动不动地看着大刀向他挥过来。那一招叫作"横扫千军",足以让他身首异处,情急之中,他拎起铜炉向那人砸去。

"哐啷"一声,铜炉正砸在那冲过来的人的腿上,里面的炭顿时倒了出来,只听得"嗞"的一声,炭火炙热,那人吃痛,几乎跪了下去。趁着这工夫,慕容无风从椅后掏出拐杖,架住那人挥过来的大刀。

"当"!两物相交,发出金属相撞之声。那拐杖似是奇物所制,竟异常坚硬,看上去竟连个缺口也没有。

慕容无风愣了愣,身子却被大刀传过来的大力一震,几乎要从椅子上跌下来。便在这一眨眼的工夫,那人一跳三尺,挥着大刀又砍了过来。

慕容无风的身边却已没有任何可以用来抵挡的东西。那人狂笑着,举着大刀从慕容无风的头顶劈了下去。他的动作够快,刀光掠过时带起的刀风将慕容无风的长发都吹得飘了起来。

刀光一闪,消失,与刀光同时飞起来的还有那个人的头颅。头颅越过慕容无风的头顶,掉在地上。

慕容无风扭过头,看见了小傅,他接过那柄大刀,将它往地上一扔。

慕容无风道:"虽然我满身是血,但并没有受伤。"

"你当然没有。"小傅缓缓地道。

打斗的声音越来越大,外面似乎已打得天翻地覆。

雪蝎正从四面八方爬过来,有几只已爬到了慕容无风腿上的毯子上。刀光忽闪,蝎子被削成两半,跌落在地。

小傅"咔咔"几声,又踩死了几只,对慕容无风道:"你不能坐在这里,外面大约已守不住了,这里已是最危险的地方。"

慕容无风苦笑:"我哪里也不能去。"

说这句话时,只听得"叮叮"数声,他背后的那只箱子已中了一排飞箭。等他回过神来,头顶的帐篷已"轰"的一声燃起了大火。小傅一把抓起他,两个人飞出帐外,正好落在迎面撒来的一张大网上。

小傅抽出刀用力猛砍,那网看似柔软,却像是用钢丝做成的,根本削不断。那网越逼越紧,已将两个人紧紧地缠住。

这时他们才看见外面的情形,所有的帐篷和车子都在滚滚的浓烟之中,所有的波斯女人早已被绳索捆成了一团,而他们的帐外躺着七八具被乱箭射死、被毒蝎毒死的尸首,仔细一看,却都是跟随车队的刀客。

小傅这才发现,站在自己面前的两个骑着马的人,一个是龙泉,一个是光鲜。他们的身后站着不下三百名喽啰。两路响马倾巢而出,居然联手袭击了他们的商队。

这当然是响马们有史以来的第一次合作。据他所知,三路响马之间因为彼此的过节,互相仇杀,从不往来。

"一共是三十个箱子,上面我们已标了号。这里四只箱子是重货,你们拿一箱,我们拿两箱,留下一箱给小托。剩下的二十六箱,抽签决定。风兄以为如何?"

和光鲜的做法不同,龙泉通常不杀商队的波斯人,也从来不抢个精光,总给他们留下点什么。

"他们下次还要来的,不要断了货源。"

光鲜的真实姓名无人知晓,只知道他姓"风"。

光鲜道:"龙兄公平,在下佩服,就依你说的办,我们这就把货押回去。"

抽好了签,验完了货,光鲜心花怒放地指挥手下将分到的箱子一一捆在骆驼上带走了。

龙泉的几个手下却早已七手八脚地将小傅团团绑住,见慕容无风双腿残废,便也不在意,将他捆在马上。

慕容无风对绑他的那个喽啰道:"能不能麻烦老兄把我的椅子也带上?"

那个喽啰瞪了他一眼。

慕容无风道:"难道你愿意整天扛着我走来走去?"喽啰便"呼啦"一下,把他的轮椅也绑在了马上,一群人向草原的深处进发。

慕容无风举目四顾,发现马队后面跟着一辆大车,大车的后面一群喽啰拥着一匹马,马上捆着一个小个子的女人,女人垂着头,风雪中她只是一个小小的人影。

慕容无风当然认得这个人影,哪怕她的人影变成了一个小点,他也可以立即认出来。他的心顿时沉了下去。

"老大的情形怎么样?"龙泉一下马就问留守在营地的蒋七。

在天山脚下的悍匪中立足,光靠龙氏兄弟两个人当然不够。所以他们一共有七个结拜兄弟,蒋七论年纪最小,论功夫却排在第二。因要照料受伤的龙老大,这一次七年以来草原上最辉煌的行动他没有参加。

"大哥一向是硬骨头,早就醒过来了。"蒋七粗着嗓门道。

龙泉走进帐篷,发现龙海居然下了床,披着大衣,坐在青铜火盆的旁边烤火。

火盆里飘着淡蓝色的火焰。火光映在他那张皱着眉、咬着牙、因痛苦而不停抽搐着的脸上。

龙泉用眼角扫了扫龙海的右臂,一阵无法克制的伤感袭入他的心底。他们是响马,是草原上最粗糙的生命。从他诞生的那一天起,他便历经苦难挫折,把对世界的那点温情一点一点地抛在脑后。

龙泉的世界是一团乱草,一团连他自己也说不清的因果,每时每刻,他都感到自己好像是那颗悬浮在蛋清中的蛋黄,一世混沌。

在这一片混沌中,只有一样东西是清晰的,是温暖的,是他随时都可以用心感受得到、用手摸得到的。那就是他与龙海的关系。

如果龙海现在需要他的手,他会毫不犹豫地砍下来,送给龙海。如果龙海要他去死,他也绝不皱一下眉头。因为龙海也曾是个官,官阶比他还要高,为了兄弟情谊,他抛弃了自己的一切,包括前途,包括一家人的性命。

可就是在最艰苦最落拓的时候,他也会把讨到手的最后一碗饭、最后一口水留给龙泉。龙海对他的感情,有时候连龙泉自己也不明白。

"大哥。"龙泉垂首走到他的身边,感到他因疼痛而发出的粗重的呼吸。

"东西已到手了?"龙海抬起了憔悴的脸。

龙泉点点头,有些迟疑地道:"点子扎手,我去找了光鲜。"

"你不该找他。"龙海沉着脸道。

接着便是一阵难堪的沉默。

过了半晌,龙海抬起头,目光如隼:"你难道已忘了六弟的脑袋是光鲜劈下来的?我们两家仇深似海,不共戴天。"

龙泉低声道:"我明白。"他顿了顿,又接着道:"我原本也不想这么做。只是……只是想抓住那个砍了大哥右臂的人,给大哥报仇……六弟的仇,我早晚也要报。"

龙海闭了闭眼,仿佛看见紫色的剑光一闪,他的身子轻轻一震,那只手臂便脱离了他向前飞去。那女人的个子很小,用的剑也比常人略短。

"那是一个女人,一个小个子的女人。"

"不错,我已抓到了她,还有她的相公。此外,还有别的刀客,其中有小傅。"

"小傅?那个杀了老三的小傅?老天爷总算是还公平!你今天抓到的人的确不少。"龙海开始微笑,"只是为什么还不把他们带进来?"

"他们就在门外。"

"请弟兄们进来,顺便带些好酒。这种冻死人的鬼天气,大家没事便只好闷在帐篷里,总得有些娱乐才好。"

说完这话,龙海哼了一声。他的胳膊实在是痛不可当。

楚荷衣与小傅五花大绑地被拖进了帐篷。慕容无风却是坐着轮椅被一个喽啰推进来的,他的双手被麻绳牢牢地捆在一起。

"这个残废就是这女人的老公?"龙海看着慕容无风,愣了愣,扭过头问龙泉。

"不错。"龙泉垂首,恭敬地道。

"哈哈哈……"帐内的喽啰大笑了起来。

"我听说江湖上有些残废的武功很不错,这小子的老婆武功如此了得,莫非他也是个练家子?"

"他不是,他半点武功也不会,连腿都抬不起来。你若将他往地上一推,他只能像一只蚯蚓似的满地乱爬。"龙泉轻蔑地扫了一眼慕容无风,却发现慕容无风也在盯着他,目光冷如天山顶上的万年寒冰。

龙泉见过各种各样的人,也见过各种各样的眼光,但慕容无风的眼光却使他很不舒服。那是一种彻底的漠然,带着一种刺骨的讥讽,却如远山上云雾般虚无缥缈。

然后他发现这个人虽是残废,坐着的时候腰杆挺得笔直,头也抬得很高,保持一种很高贵、很傲然的姿势。慕容无风听了龙泉的一番话,毫无怒意,只是淡淡地回了一句:"腿抬不起来总比另一样东西抬不起来要好,龙先生,你说呢?"

他的话音一落,帐篷里突然安静了下来,安静得只听得见帐外的雪声。

再蠢的人都明白这一句话是什么意思,何况龙泉多年不近女色,对此,他身边的人早有各种各样的猜测。

荷衣的心已然吊在了嗓子眼上。她知道慕容无风绝不是个轻易受辱的人,但他至少该想一想说出这一句话的后果。

龙泉满脸通红地捏起了拳头,骨节咯咯作响,他的脑海里已然闪出了一百种折磨慕容无风的办法。

"还有你,"慕容无风对着龙海道,"你以为断了这只胳膊还能活很久吗?我妻子的剑上淬了毒,没有解药,你绝对活不过今天。"

龙海冷笑:"你小子以为我们是三岁的孩儿呢?敢在你爷爷面前诈人!"

"你若用内力同时冲撞俞海和神泉两穴,就会发现这两个穴道已然自动封闭。这便是中毒的症状。不信你可以试一试。"

龙海表面虽说不信,却不由得暗自运气轻轻地试了试那两个穴位,突觉天旋地转,浑身发软,竟"咕咚"一声,倒在地上,昏死了过去。

龙泉目眦尽裂,突然大吼一声,将慕容无风从椅子上拖了下来,往地上猛地一掷,一只脚狠狠地踢在他的胸口上。

所有的人都听得见慕容无风肋骨断裂的声音。然后他从火盆里拾起一只通红的烙铁,"哧"的一声,将烙铁捅在他的右肩上,道:"解药交出来!不然我杀了你!"

慕容无风咬着牙,忍着炙痛,脸上毫不变色:"你要解药,必须先松开我的手。"

"你以为你逃得了吗?"龙泉一剑挑开他手上的绳索,却将剑锋按在他的颈子上。

慕容无风的手心果然有一颗鲜红色的药丸。龙泉伸过手去,刚要接过,慕容无风的手却突然一抬,将那药丸投入火盆之中。

龙泉怒吼道:"你……"原本想一剑斩掉慕容无风的人头,却发现自己的手已经麻痹,接着便是一阵晕眩,身子软绵绵地倒了下去。

瞬时间,帐篷内的人除了荷衣,已全部倒了下去。

"无风!你……"荷衣看着慕容无风一动不动地躺在地上,自己却被捆得好像是一个粽子,只得远远地叫了一声。

他一定受了很重的内伤。荷衣喊了几声便停住,实在不忍心叫醒他。那地上的人终于动了动,慢慢地向她爬了过来,不顾身上剧痛,用随手捡来的剑割开她的绳索。

"我已忘了我们还有一颗'欢心'。"荷衣释然道。

慕容无风常要服用各种药丸,为了方便起见,荷衣便将所有日用防身的药丸都装在轮椅扶手上的一个小匣子里。方才慕容无风双手被绑,只能勉强活动手指,便趁着说话的工夫将那颗荷衣原本到唐门救人时用剩下的"欢心"拿到手中。

"欢心"是云梦谷特制的迷药,药力在火中方能挥发出来。

荷衣忙将慕容无风扶起来,又将解药喂入众人口中。过了片刻,小傅终于能站起来,两人便拾起了自己的兵刃。

喽啰们已然从门外跑了进来。

"你带着他走,我来断后。"小傅挥起刀,劈开一条血路。荷衣带着慕容无风便在他的护卫下,跳上了一匹马。正要策马狂奔,忽见前面一个黑影向她横掠过来,脚尖在空中轻轻一点,又如疾隼般地滑了过去,却是一掠十丈,跳到小傅身边。

顾十三。

荷衣倒抽一口凉气。她一直以为自己的轻功不错,而顾十三的身手之敏捷,动作之快之美,却似在她之上。然后她便看见了他的剑。

她不得不承认除了陆渐风之外,这是她见过的最快最凌厉的剑。他的剑又窄又长,刺出去的时候,只看得见手腕闪动,却没有半分声响,不仅快,而且动作潇洒随意,每一招每一式都如春花秋月般自然。

他挥剑的时候一直眯着眼,却根本没有看他面前的人。荷衣怀疑他根本就不需要观察对手,仿佛他全身的感官都可以给他提示,可是他使出的招式却绝对凌厉有效。

"你承认也罢,不承认也罢,"托木尔来到荷衣的身边,道,"老顾的剑是我所见过的剑当中最快的。"

荷衣哼了一声,不服气地道:"是吗?"

托木尔连忙改口:"当然,这是在我见到楚姑娘之前。嗯,你们两个人有得一比。比的时候,莫忘了叫上我。"

说罢,他看了看慕容无风,又道:"你相公的伤势只怕不轻,那里有我们的马车,你先把他送到车上。我们需要你时,再来叫你。"

商队终于到了小江南。

托木尔一行早已夺回那一半货物,救回了那五个波斯女人。

快到小江南的时候,他们遇到了斯文,却没有大打出手。如果顾十三和小傅都在,斯文通常不怎么敢抢。小傅曾经削掉过他的一只耳朵,并逼他发誓,只要是小傅护送的商队,斯文便不能碰。这也是托木尔不论花多少钱都一定要雇到小傅的原因。

托木尔辞别众刀客,继续上路,他要去的地方是伊犁,离这里并不远,一路上却有官府的重兵屯扎,所以这一带是响马的禁区。

在顾十三的帮助下,荷衣当天下午便找到了一处招租的房子。

那是一个富人的别院,有一道独立朝向街口的小门。地上铺着地炕,在最寒冷的时候屋内也十分温暖。院子四周有一道回廊,中间是一个不大不小的庭院,一口井,四周种着几株杨柳桑杏。其他设施一应俱全,屋内的陈设甚为讲究,虽远不如竹梧院,但这样的房子在这一带也算是屈指可数。

富人因这院落租给了两个看上去十分安静的南方人,在租金上也并没有和他多费口舌,心里很是高兴。于是每天都会有一个仆人过来,替他们将井水打到厨房的水缸里,临近傍晚的时候,又将洗澡用的热水烧好。

慕容无风昏迷了足足两天,醒来的时候发现自己躺在一张靠近窗子的松木软榻上。

雪白的床单,雪白的绫被,屋子出奇地温暖,窗子垂着轻幔,却开了一道小缝。一缕雪后清新的空气从小缝里钻进来,刺眼的阳光透过雪白的窗纸,照在他的被子上。

他扭过头,发现床边还有一个熏炉,炭火毕剥,缓缓升起的暖气将隆冬的寒意挡在了门外。

"醒了?"一个柔和的声音在他的耳边轻轻地道。同时,一只温暖的小手摸了摸他的脸。

他回过头,对荷衣笑了笑:"我们终于到了?"

"到了。我们要在这里好好地住一阵子。"

"这里是哪里?"

"小江南。汉人最多的地方。这里的人除了羊肉之外,总算还吃别的东西。"荷衣冲他挤了挤眼。

慕容无风很困难地笑了笑,又皱了皱眉,呼吸的时候胸口总有一阵尖锐的刺痛。

"痛得很厉害吗?"荷衣坐到他面前,有些紧张地道。

"不要紧。"他缓缓地吐出一口气,尽量让胸口的起伏平静下来,然后淡淡地笑了笑。

"顾十三想见你。"荷衣道,"他每天都来一次,在客厅里等了很久了。"

"想见我?"慕容无风觉得很奇怪,"为什么?"

"他说有点事情要问你。"

慕容无风只好请顾十三进屋。寒暄了两句之后,顾十三道:"我是来还拐杖的。"说罢,从身后拿出那双陆渐风送给他的黑木拐杖。

"多谢,我以为它已遗失在路上了。"

荷衣递给顾十三一杯茶,从他手上接过拐杖,心中暗忖:这人明明看上去好像是有很重要的事情要说,怎么一张口却成了来还拐杖的?

顾十三道:"你能不能告诉我,这拐杖是谁送给你的?"

慕容无风一笑,道:"顾兄轻功绝世,好像不应该对拐杖这种东西感兴趣。"

顾十三道:"因为我知道这拐杖不是你的,这拐杖原本是另一个人的。"

他说这话的时候很认真,神情很严肃,连慕容无风都被他严肃的样子吓了一跳。

慕容无风道:"这拐杖原本是谁的?"

顾十三道:"这拐杖原本是我师父的。"

"你师父? 你师父是谁?"

荷衣插嘴道:"你师父是不是姓吴,叫吴风?"

顾十三抬起脸,看着她,点头:"不错,你怎么知道?"

慕容无风默默地看了他一眼,片刻方说:"你师父……他还健在?"他问这一句话的时候,心里一阵哆嗦,仿佛就要触及那个他等待了多年的秘密。

顾十三苦笑:"师父生性旷达,一生好游名山大川,总是神龙见首不见尾。我虽已离开他二十几年,却一直相信他还在这个世界的某处,相信有一天他会重回天山,会顺道看一看我这不争气的徒弟。"

慕容无风脸色惨白:"这么说来,他……有可能还活着?"

顾十三道:"自我见你的第一面起,我就猜想你可能会和师父有某种关系,只可惜我从没有听师父提起过他还有一个儿子。这拐杖是南海黑木所制,又硬又轻,刀剑不入。我原本早该认出来的，只是这上面多了两块柔软的皮垫。"他笑了笑，道："我师父双腿虽废，却偏偏喜欢折磨自己。他的拐杖乃原木做成，每一处都是硬邦邦的。我猜想他用起来定是一点也不舒服。不过他武功既高，拐杖又从不离手，现在这样东西却到了你的手中，可见他……多半是……多半是……"他看着慕容无风，下面的话便说不下去了。

慕容无风沉吟片刻，道："到现在为止，我还没有想出来我与你的师父有什么直接的关系。"

顾十三道："你们俩长得几乎一模一样。我见我师父的时候，他还很年轻，只有二十几岁。我和他在一起的日子，加起来也不过三年而已。"

"天下长得相似的人岂非很多？"

顾十三道："可是师父身上的病，你好像也全有。这是不是太巧合了？"

慕容无风的脸沉了下来。

荷衣道："你师父武功既高，身体应当很好才是。"

顾十三道："他只要是不犯病，身体就很好，但他和尊夫一样，激动起来脸色发紫，此外还有风湿。原本就是听说天山的温泉对风湿有特别的疗效，他才特地赶来的。不过，他性情诙谐开朗，很少生气，我也很少见他发病。"

慕容无风道："荷衣，你把拐杖拿过来给我看看。"

荷衣拾起拐杖递给他。慕容无风浑身全无半点气力，只用手轻轻地抚摸着拐杖靠近肋处的皮垫。皮垫是纯黑的兽皮所制，绣功十分精致，里面填着厚厚的软棉，上面居然还绣着花。

他的手轻轻地抚摸着，忽觉皮垫的底部似乎有些凹凸不平。莫非连这种不起眼的地方也绣上了花？

他心中一动，忽然道："荷衣，你去拿一盒印泥、一张白纸过来。"

印泥是书香人家的必备之物。荷衣搬进来的时候，这屋子的书桌上便放着好几套文房四宝，朱砂印泥也有好几盒。

慕容无风将印泥涂在那凹凸不平之处，白纸往上面轻轻一拍，便将那花纹拓了下来。

那是两个汉字——如樱。

荷衣在一旁轻声辨认："如……这个是樱花的'樱'字，对吗？如樱是谁？"

慕容无风长叹一声："那是我母亲的字。"

顾十三见他神色痛苦，不忍再说下去，便道："无论如何，你总算成了我的师弟。虽然我不认得师母，但我以我的所见保证，你父亲是一位旷世奇才，做他的儿子，是一件很幸运很值得骄傲的事情。我实在是很羡慕你。"

"应当是我羡慕你才对。"慕容无风苦笑，"至少你还见过他，还和他说过话。"

顾十三道："你难道真的姓林？"

"我姓慕容,慕容无风。"

顾十三讶然:"你就是那个神医慕容?"

荷衣连忙道:"是啊!没错!谁要是做了神医的父亲,那也不是一件掉价的事情啊!"话音未落,脑门子便被慕容无风拍了一下:"什么'没错',什么'掉价'?也不晓得谦虚一下。"

顾十三将话题又兜了回来:"你还没有告诉我,这拐杖是何人所赠?"

"陆渐风。"

顾十三道:"这么说来,陆渐风一定是最后一个见到我师父的人。"

慕容无风道:"我猜也是。"

荷衣道:"我猜陆渐风大约是……大约是……"她原本想说"大约是杀了吴风,这才将他从不离身的拐杖拿到手里",转念一想,吴风已变成了慕容无风的爹爹,这么说似乎不妥,便又将话咽了下去。

慕容无风却已明白了她的意思,看了她一眼,颔首道:"我也这么想。"

荷衣又道:"倘若……"她本想说"倘若我们现在就去天山找到陆渐风,便可问个究竟",转念一想,慕容无风现在一定比自己更急着想见陆渐风,只是病得起不了床,还是不提这个为好。

慕容无风却仿佛又明白了她的意思,叹道:"不错。"

顾十三莫名其妙地看着眼前这两个好像是打哑谜的人。

荷衣道:"可是顾……"她想说"可是顾大哥可以替我们跑一趟,问个究竟。何况他也想知道自己师父的下落"。

慕容无风却一股脑儿地打断了她的话,坚决地道:"不行。我一定要亲自去。"

在这种情况下,顾十三只好喝茶。

荷衣又道:"顾大哥,你可听说过慕容慧这个名字?"

听了这个问题,顾十三那一口茶几乎要呛到嗓子里去:"慕容慧与慕容无风……"

荷衣道:"是母子。"

顾十三道:"糟了,这下我知道陆渐风为什么要杀我师父了。"

荷衣与慕容无风齐惊道:"为什么?"

顾十三道:"慕容慧是陆渐风的妻子。"

荷衣道:"是吗?"

慕容无风沉默。

顾十三道:"我师父曾带我去见过陆渐风一次。他说是去见个熟人。陆夫人也在那里。我记得那时我还是个少年,不大懂事,听她的口音不是本地人,便问她是从哪里来的。她告诉我她姓慕容,还给我做了一碗担担面。这种双姓并不多见,我记得很牢。"

慕容无风的曾祖父是蜀人，谷里的家人和厨师都喜欢蜀味，他却因身体欠佳，很少吃味道很重的东西。他记得外祖父常常说，母亲小时候最喜欢吃的一样东西就是担担面。

听了这话，慕容无风的脸色越发苍白，他的手一直撑着床沿，现在却不由自主地抖了起来。荷衣扶着他的肩，轻轻地道："这都是二十几年前……上辈人的事情，你不要太往心里去。"

慕容无风道："这么说来，你连我的母亲也见过？"

顾十三道："她是个很美丽的女人，任何一个人只要见了她一眼，便会记住她。"

"你见她的时候，她看上去高兴吗？"

"很高兴……她对我特别好。现在想起来，大约是看在我师父的分上。"

慕容无风道："等过些时候，我的身子好些了，我会去一趟天山。"

顾十三点点头："我原本明天就想去，但我们还是一起去比较好，路上多一个照应。倘若我师父真的不在了，倘若陆渐风真的是杀害他的凶手，我一定会替师父报仇！"

他说这话的时候，语气很平静，好像这是件早已决定的事情。

慕容无风苦笑："就算他真杀了我父亲，我这副样子，也不能把他怎么样。"他双手紧紧攥着床单，手上青筋暴起，脸已因激动而发红。说出的话，却充满了辛酸与嘲讽。

荷衣握住他的手，道："我可以替你报仇。"

她的手温暖，而他的手却是冰冷的。他垂下头，竭力控制着自己的悲愤。

虽然他从小就在不断地想象着父亲与母亲的故事，等到快要知道真相的那一刻，他却犹豫了起来。

他仿佛已隐隐猜测出真相的可怕，仿佛已嗅到了一团血腥。最可悲的是，他是一身残障，对于这个故事的任何结果，都已无能为力。这不是他想听到的故事。

他抬起头，看着荷衣，良久，忽然一字一字道："荷衣，这件事与你一点关系也没有，我不许你有这个念头。"

荷衣挺直脊背："当然有关系。我是你妻子。"

慕容无风道："我和顾兄一起去天山，你留在这里。"

荷衣道："我一定要跟着你，无论你到哪里我都要一步不离地跟着你。"她说话的时候态度无比坚决。

慕容无风叹道："那就跟着吧。"说罢，有些窘然地看着顾十三。

顾十三眯着眼，眼中带着一种难以捉摸的笑意。

慕容无风斜倚着长榻，透过菱花窗格的一道小隙，看着窗外那一角天井。这是这么多天以来，他对于这所房子唯一比较熟悉的地方。

天井的不远处似乎连着一道垂花小门。荷衣每天出门买菜，便是从这道门走出去，又走回来。

晴日，她喜欢坐在井边洗衣裳。由于慕容无风的洁癖，她每天都要洗一大盆东西：床单、枕套、深衣、长裤、手绢、毛巾、白绫绷带……她总要洗上一个多时辰，才能将所有的东西洗到她认为慕容无风可以接受的"干净"。

晾好了衣裳，她便一阵小跑地出去买菜，因为已要到做午饭的时间了。

慕容无风吃得很少，而且只吃藕、笋、蘑菇、豆腐之类味道清淡的菜。偏偏这些蔬菜只在南方生长，运到北方便全成了腌干的食物。他很少吃肉，只吃鸡肉与有限的几种鱼肉。羊肉他一闻就要头昏。

总算他对菜的炒法没什么特殊的要求。这几样东西，只要把它们弄在一起，加一点盐、一点油炒熟，他通常都能吃得下。

他喝茶也很讲究，一般的茶叶他连碰都不碰。便是好茶叶，也要按照他吩咐的法子去泡，经过七八道一丝不苟的工序，他才认为可以喝。

自从荷衣学会泡茶，她便发誓自己再也不喝茶了，改成喝白开水。喝一口水要这么麻烦，真是神经！

他吃饭细嚼慢咽，荷衣已吃完了两碗，他半碗还没有吃到。

如果你问他为什么要吃这么慢，他便说这样吃有利于消化。荷衣只好耐心地等他吃完，收拾了碗筷，到厨房里洗碗。

尽管这样，荷衣还是认为慕容无风的日子实在是过得很糟糕。风湿越来越严重，关节越来越痛，新伤未愈旧伤复发。荷衣开始猜想他究竟还有没有余力回家，或许要等一两年之后才能远行。

慕容无风的风痹已逐渐转移到他的左臂。左臂是他全身唯一完全健康的地方。他写字、诊脉，用的都是这只手。但他已感到这只手渐渐地变得不大灵活。寒冷的时候，肘关节和手腕都会有一种刺骨的疼痛。也许就在不久的一日里，他醒过来，会发现他的双手因风湿而变得僵硬。那时候，连吃饭这种简单的动作，他都会大感困难。

他努力不让这种想法进入他的大脑，可是他偏偏在夜里不停地想着这些事情。无论如何，他得在自己完全变成一个废人之前将自己结束掉。在他还有力气死之前，他一定要死去。他绝不能活得像一个婴儿，连一点起码的尊严也没有。

夜半，他为了自己即将来临的苦难而彻夜难眠，瞪大眼睛看着无边的夜色。身边的人却始终平静地睡着。她的睡眠是那样安稳。

对明天，她总是充满信心。

"无风，你想想看，多少人在父母的训斥下度日，悲惨地受着老人意志的左右。没有父母，这种运气并不是每个人都有。"有一天她居然说出这种大逆不道的话来。

当然，她是弃儿，难免对父母有一种怨气。她的身上没有任何痕迹，足以让她找到自己的历史。她像一团飘浮的气体没有归处。

"荷衣,如果有一天,你终于找到了你的父母,发现他们还活着,你会高兴吗?"有一天夜里,两个人聊兴大发,一直谈到深夜,他这样问道。

"我不知道,因为我根本不会去找我的父母,而且也早已发誓不再想这个问题。"她淡淡地道。

"我来替你想办法。我们雇人,掘地三尺也要把你的亲生父母找出来。"他道。

"无风,这世上并不是每个人都和你想的一样。"她嗤了一声。

有时候慕容无风觉得他并不了解荷衣,她的内心深处仿佛也有一个打不开的硬核。

第二十三章

真相

漫长的冬季终于走到了尽头,虽然室外还是一片苦寒,庭中的小树却已开始发芽。风吹到脸上,已不再刺骨。

三月初的时候慕容无风的骨伤已基本愈合。就在这个月的中旬,三个人又来到了天山。

那一条静静坐落在草原尽头的山脉,山顶上仍是终年不化的积雪,小河的流水却已充盈起来。山路上四处都是缓缓流动的小溪。

临近那所巨大的石屋,廊檐高高翘起,几乎要钩住天边飘来的一道白云。

"你们说陆渐风住在这里?"顾十三忽然问。

慕容无风道:"这里难道不是你见到我母亲的地方?"

顾十三叹道:"我去的时候是个大雪天,这屋子在冬雪中看起来一定很不一样。"

荷衣点点头,不得不承认这石屋几乎变得有些认不得。

院门大开,院子中间放着一把藤椅。一个白衣人静静地坐在藤椅上喝茶。

春日的太阳很温暖地照下来,照在他的肩上。他的身旁站着一袭黑衣的山木。

"我知道你一定会再来找我。"陆渐风看着慕容无风,淡淡地道,"所以我在这里等你。"

慕容无风第一次注意陆渐风的眼睛。他的眼珠是浅灰色的,看人的时候并不专注,好像是这世上值得让他仔细看的人不多。

慕容无风转动轮椅,来到他的面前,道:"我有事情要问你。"

陆渐风打量着荷衣与顾十三,道:"你还带来一位客人,想必也是来找我的。"

顾十三沉声道:"我姓顾,'南海神鞭'吴风是我的恩师。"

山木道:"顾十三是西北第一剑客,楚姑娘的鱼鳞紫金剑现在剑榜上排名第一。今天来看我们的人,总算还够资格。"

荷衣道："阁下想必就是二十几年前在飞鸢谷里观战的那位神秘剑客。传说你是海南剑派的。据我看来,就算你的人不是,你的剑绝对是。"

海南派一向以剑法狠辣、变招奇快出名。他们的用剑又窄又薄。

山木道："你说得不错。"

顾十三道："我以前见过你。那一次,我师父带我来天山看一个熟人,那个熟人就是你。"

山木苦笑："吴风是我的同门师弟。他到这里,原本就是我叫他来的。"

慕容无风双眼瞪着他。

山木道："你不必用眼瞪着我,我叫他来,是因为这里的温泉能治疗他的风湿。想不到这里却成了他的鬼门关。"

慕容无风冷冷道："难道不是你们把我的母亲绑架到了这里?"

"绑架?"陆渐风道,"你的母亲不是一般的女人。二十六年前的那一夜,是她来找的我,要我把她带走。她说她恨她的父亲,只想赶快从家里逃出来。我把她带到了天山,成了婚。她原本已嫁给了我,过了没多久,却又看上了你父亲。她不论在婚前还是婚后,都很有主见。"

说这话时,他口气里充满着嘲讽。

荷衣紧紧握着慕容无风的手,却发现他的手在不停地颤抖。她忽然冒出了一句:"也许她并不了解你,当时嫁给你只是凭着一脑子的幻想。"

"我没有必要变成她脑子里的那个人。"陆渐风冷冷地道,"她对我不断地失望。可惜她爱上的那个人比我还要高傲,你母亲曾经劝他共同逃走,他却没有答应。恰恰相反,他直截了当地来问我能不能允许他把你的母亲带走。"

冰王,传说中神话一般的人物,天山上绝世的剑客,绝不是一个可以忍受耻辱的人。

屋里静得出奇,所有的人都屏气凝神,等着他说下去。

"我是一名剑客,一年之中,有九个月会隔离人世,到一个荒僻无人的地方练功。我这一脉剑法与功法,原本传自天竺。只有在闭门苦思之中,绝智弃欲,方能悟道。她嫁给我,正是因为她不了解我。她要嫁给一个绝世的剑客,原本就要忍受绝世的寂寞。"

慕容无风道："我父母与阁下的恩怨,与我无关。我只想知道,他们是否……还活着?"

山木从腰下解开一物,扔给他。那是一条漆黑的蛇皮长鞭,鞭柄上钉着一个闪闪发光的金环。

慕容无风的瞳孔突然收缩,呼吸立刻变得急促了起来。

"这是你父亲的武器,他原本也是当时天下武功最好的青年高手之一,外号叫作'南海神鞭'。不过他生性高傲,一生好游名山大川,极少在江湖上露面。山木虽是他的师兄,却对他的身世一无所知,只知道他从不挣钱,也从不缺钱。他初到南海的时候原本身边跟着六个随从,后来全被他一个一个地赶走了。"陆渐风道。

荷衣皱着眉道:"你杀了他?"

"不错。不过我想他不会有任何怨言。因为我们原本是决斗,如若死的人不是他,便是我。你看这里!"

他褪掉长衫露出自己的脊背,上面纵横交错着几道又深又长的鞭痕。

"当时我刚胜了郭东阁,以为自己的剑法不可一世。你父亲却是一位真正的无名高手。我杀了他之后,元气大伤,整整十年才恢复过来。"

荷衣冷笑:"你们打算通过决斗,来决定谁带走慕容慧?"

"不错。他若能胜过我手中的剑,便可以带走我的妻子。"

"这并不奇怪,"她的嘴角浮出一丝讥讽,"女人原本就是供男人交换用的,原本就不是人,只是个战利品,所谓'抱得美人归'就是这么一回事。"

陆渐风挺直了背,冷冷地道:"不是交换,是荣誉。这是男人之间的事情,你们女人不懂。"

荷衣道:"决斗?那只不过是你们男人之间的一场游戏,自己要把它瞧得那样认真,还要恭维它是一种荣誉,我也无话可说。"

山木彻底怔住,呆了半晌,对慕容无风道:"兄弟啊,这女人太危险,千万娶不得!"

慕容无风看着荷衣,眼中闪过一丝暖意,道:"是吗?我却觉得她说得一点儿也不错。"

荷衣看着陆渐风,继续问道:"他既是无名高手,你是怎么赢的?"

"只可惜他双腿残废。他若有一条腿是好的,我只怕就不是他的对手。何况,即使是这样,我们还是过了六百多招。最后,他的力气突然不济,我便一剑刺中。"

"力气不济?"

陆渐风道:"高手相搏,计在分秒,何况他比我少两条腿,体力上自然要大大地吃亏。他临死的时候,求我不要把他死去的消息告诉给你的母亲。说罢,便自己滚下了万丈冰峰。"

慕容无风怒道:"我为什么要相信你的话?"

山木道:"他说的全是真的,当时我就在旁边。"

荷衣道:"你亲眼看着你的师弟去死?"

山木道:"他是我师弟没错,陆渐风却是我的朋友。我谁也不能帮。"

慕容无风冷笑:"朋友?"

荷衣吃惊地看着慕容无风,他的眼中有一种近乎疯狂一般的神色。

慕容无风冷冷地对陆渐风道:"如果我父亲真的抢了你心爱的女人,你为什么不恨我,还要屡次三番地救我?为什么你的心中有歉意?是你们两人联手杀的他,对不对？”

荷衣吃惊地看着陆渐风与山木，喃喃地道："你们联手？这怎么可能？"

陆渐风沉默。

慕容无风冷冷地道："山木，你敢将你的脊背也露出来给我瞧一瞧吗？"

沉默，长久的沉默。

良久，山木道："这里是你的老家。"他用剑尖点了点地毯，"你就是在这房子里出生的。渐风，我想我们该带他去看一看他的母亲。"

慕容无风苍白的脸上，冒出几滴冷汗："我的母亲……还活着？"

山木道："你跟我来就知道了。"

一行人随着山木沿着院子的山墙走入一个地道。地道内冰寒刺骨。

地道很浅，走了没多久眼界忽开，却是一个巨大的石室。

一走进这寒冷的地下室，荷衣的心便沉了下去。这绝不是可以住人的地方，只可能是慕容慧的墓室。

烛火幽微地闪烁着，依稀可辨四张雪白的石床整齐地摆在正中。仔细一看，石床并非石制，而是四个巨大的冰块。

其中一块巨冰上静静地躺着一个穿着藕色花裙的女人，四肢纤细，身形修长，有一张和慕容无风一样白皙的脸与柔和的轮廓。她的长发披散，脸上已结了一层薄霜。她显然已去世了很久，肌肤已失去了弹性，浑身僵硬得好像一个冰塑的雕像。

荷衣觉得她的衣裙仿佛是她死后才套上去的。她的表情也很奇特，脸上的肌肉扭曲着，皱着眉，显出很痛苦的样子，嘴角却微微挑起，好像是在微笑。任何人看到这样的表情都会觉得有些毛骨悚然。

女人身体的右侧放着一个婴儿。

荷衣轻轻问道："这里为什么还有一个婴儿？"

那婴儿包在一个雪白的小被子里，闭着眼，荷衣想将他抱起来，却发现被子已被寒冰凝在了冰床上。她微一用力，只听得"啵"的一声，冰块断裂，那婴儿便被她抱在了手中。

那是具婴儿的尸体，脸还是皱巴巴的，显然死的时候离出生并不久。她瞧了瞧婴儿，又瞧了瞧慕容无风，发觉两个人长得有些相似，便将婴儿递给了他。

慕容无风久久凝视着手中已然逝去的小生命，扭过头，看着山木，问道："他是谁？"

"你的孪生弟弟。你母亲难产，你出来的时候勉强还有一口气，后出来的那个婴儿只活了不到一个时辰。"

他的手臂不由得颤抖起来，心已沉浸在一种无法逃脱的悲伤之中。手一抖，"叮咚"一声，那婴儿竟掉落在地。

那声音听着让人胆寒。荷衣连忙将婴儿从地上拾起，却发现他的一只手因方才那一跌,便像一具摔倒的石像一般断裂开来。

慕容无风漠然地看着她手足无措地将婴儿的断臂塞进小被之中,原样包好。

"你害怕?"他看着她,平静地道。

"不……不害怕。"虽这么说,荷衣的声音却直打哆嗦。

他叹了一声:"你不该陪我来看这些……死人。"

荷衣握住他的手,柔声道:"他们也是你的亲人。"

慕容无风想了想,霍然抬起头,对山木道:"你说我的母亲难产,孩子明明已经生了出来。"

山木看着他,迟疑着:"这个……"

慕容无风淡淡道:"荷衣,扶我到冰台上去,我要看看她究竟是怎么个难产法。"

他轻轻地解开了女人腹上的衣带,身子猛地一震,只觉眼冒金星,天旋地转。

荷衣连忙扶住他因愤怒而摇晃的身体,可是连她自己也被眼前的景象惊呆了。

被衣裙掩盖住的腹部敞露开来,上面竟有一道长长的、破裂的刀口!豁开的一道缝中,内脏清晰可见!

慕容无风一把拉住山木的衣袍,吼道:"是谁杀了她?是谁!难道你们连妇人和孩子也杀吗?!"

陆渐风冷冷道:"你放开他,你母亲也是我杀的!是她求我杀死她的!"

"求你?为什么要求你?疯了吗?"

"因为她难产,折腾了两天,孩子始终不出来。后来流血太多自己快不行了,便求我杀了她,剖腹救出你们兄弟俩!我便照着她的话去做了。"

屋子里鸦雀无声,所有的人都听得惊呆了。

慕容无风哽咽:"我不相信!她为什么要这样做?"

陆渐风道:"你自己是大夫,当然知道这是真的。"

荷衣轻声道:"可是你们为什么不葬了她,让她入土为安?"

陆渐风道:"她说她要和你父亲合葬,而你父亲却早已跌下了万丈深崖。虽然我们一直隐瞒他的死讯,你母亲却已猜出他有了不测。那时她已有五个月的身孕。"

山木道:"你母亲临死之前,吩咐我们将你送回云梦谷,交给你的外公抚养。你的名字是她事先起好的。我便将你连同你母亲交给我的信物一起送回了云梦谷。我什么也没有告诉你外公,只说他的女儿难产身亡。"

陆渐风缓缓地道:"你母亲是我见过的最勇敢的女人。当时……我觉得自己对不起她。无论她如何求我……我都下不了手。她用最后一点力气打了我一耳光。"他苦笑,"我想她一直都想打我耳光的。"

慕容无风手指疾点,忽然点住了山木身上的穴道。

陆渐风怒道:"你想干什么?"

慕容无风道:"我点的穴道谁也解不开,你最好不要过来。"说罢,掀开山木背后的衣裳。

　　微弱的烛光下,他的背上清晰可见三道浅浅的鞭痕。慕容无风捏紧拳头,狠狠地道:"我果然猜得没错! 他明明对你手下留情,你却与这……与这无耻之徒联手杀了他!"

　　山木道:"我原本只在一旁观看,可到了后来他却几乎快杀了渐风,我只好跳进去帮忙。打到最后,我们都已变成了野兽,都已陷入疯狂之中,失去了理智。现在不论你想把我怎么样都没有关系。我与你父亲,原本也是……也是师兄弟一场。"

　　慕容无风冷冷地道:"兄弟! 亏你说得出口! 原来你就是这样对待兄弟的!"

　　山木神色一凛,道:"你父亲一生特立独行,眼高于顶,他的眼里原本也没有我。这一场决斗对他们来说是胜负之争;对我而言,却不过是在两人之中选择一位留下来,继续做我的朋友。"

　　慕容无风吼道:"住口! 不许你侮辱我的父亲!"

　　山顶上有一座小小的坟茔。他们便将慕容慧与孩子葬在了吴风倒下的那座山峰之上。

　　干完了这一切,夕阳正将它最后的一缕余晖柔和地洒在坟茔的尖顶。

　　顾十三默默地站在他们身后。

　　慕容无风道:"我们准备这就下山。你和我们一起走吗?"

　　顾十三道:"你的事已完了,我的却还没有。"

　　慕容无风一怔,道:"难道你真的要为你师父报仇?"

　　顾十三点点头。

　　荷衣想了想,道:"我见过他出手,也见过你的。恕我直言,你不是陆渐风的对手。如若我们两人联手,或许还有一线机会。"

　　慕容无风道:"荷衣,这里面没你什么事。"他转过头,对顾十三道:"你们剑客之间的事情我不懂,但死在这个人的手下实在是不值得。何况,他们已经走了。"

　　顾十三吃惊地道:"走了?"

　　慕容无风道:"他们已去了天竺。"

　　顾十三忍不住道:"难道你一点也不想报仇?"

　　"他们救过我,也救过荷衣,是我的仇人,也是我的恩人。"

　　回去的路上慕容无风好像变了一个人。他一直都在低头沉思,也很少与荷衣搭话。回到小江南,他们精疲力竭地倒在床上睡了整整一天。

　　荷衣已学会了沉默,也不再追问他在唐门受刑的各种细节。慕容无风的沉默却十分可怕,她总觉得会有什么事情发生。

　　第三天的早上,两个人吃完早饭,她正要收拾碗筷,慕容无风忽然将她叫住:"荷衣。"

"什么事？"

沉默片刻，慕容无风看着她，道："我请求你离开我。"

荷衣愕然："为什么？"

慕容无风道："我欠你太多，今后只会更加拖累你，何况我什么也不能给你，连你最想要的孩子也……也不能给你。"他说这话时，嗓音哽咽，却带着一丝解脱，似乎已考虑了很久，终于将自己要说的说了出来。

荷衣颤声道："不！我不！"

慕容无风看着她，沉默良久，道："我是一个废人，和我生活在一起，没有半分好处。我看着你整天为我忙前忙后，心里……心里十分愧疚。你是一个快乐的人，应当有更快乐的生活，不必为了照顾我葬送了你的后半生。"慕容无风不让她回话，接着又道："你比我想得开，这些事情……这些与我在一起不愉快的事情、烦恼的事情，你很快就能忘掉。我请求你忘掉我。"

荷衣道："我和你在一起很愉快，并没有烦恼。"

慕容无风神色凄然地看着她，眼中带着恳求之色。

荷衣黯然一笑，道："只有我离开了你，你才会好受，是吗？"

慕容无风垂首，良久，点点头。

"你看着我整天照顾你，便觉得我好像是在受罪，便心如刀绞，觉得自己不是一个好男人，不是一个称职的丈夫，是吗？"

他不语。

荷衣叹了一口气，怅然道："你不必担心，我当然可以离开你，无论如何，我也不能让你难受。"

她站起来，找到自己的包袱，将它摊开，打开衣柜，开始一件一件地装自己的衣裳。

慕容无风看见了那件他们第一次见面时她穿的衣裳，忽然道："这件衣裳能不能送给我？"

荷衣将那衣裳叠好，塞进包袱里："既然要忘，就一定要忘得彻底才好。"

他苦笑："我只是求你忘了我。我永远也不会忘记你。"

荷衣道："不要这样说。我们只有彼此相忘，才会彼此好受。"

慕容无风知道她生气了，默然地看着她收拾自己的东西。

她的东西并不多，很快就装好了。过了一会儿，她又道："你一个人住在这里，我很担心。"

慕容无风看着她，认真地说："你不必为我担心，我一个人会过得很好，我一向都能照顾自己。"

荷衣想了想，笑道："不错，你原本在竹梧院里也是独自生活的。"

慕容无风也笑了，努力装出一副轻松的样子："我也不担心你。你武功这么高，不论你遇到谁,该担心的那个人绝对不是你。"

荷衣将包袱搭在肩上,将鱼鳞紫金剑别在腰上,道:"那就……别了。"

慕容无风心中伤痛,几乎不可忍受:"荷衣,你会去哪里?"

荷衣抓了抓脑袋,想了想,道:"寿宁。"

"寿宁?"他一愣,荷衣从没有提过这个地方,那是福建的一个小县,离这里几乎有三千余里。

荷衣的口音南腔北调,她会说七八种方言,便是慕容无风那颇似蜀地的口音她花了不到一个月的工夫也学了个八九成。

"嗯,那里大约是我的家乡……我们的孩子也葬在那里,我好久没有去看他了。"她淡淡地道。

慕容无风点点头,道:"什么时候等你安顿下来,想出来逛一逛,路过我这里,莫忘了来看看我。"

荷衣笑了,拍拍他的肩,道:"你不打算回云梦谷了?"

"嗯。我喜欢这里,这里原也是我的出生地。"他缓缓地道。

荷衣看着他,忽然跪下来,握住他的手,凝视着他的双眼道:"无风,我要你答应我一件事。"

他也凝视着她:"什么事?"

荷衣道:"你要尽力好好地活着,永远也不要想到'死'这个字。"

慕容无风沉默,过了好久,咬着牙,努力克制住心中涌起的伤感与绝望,点点头:"我答应你。"

荷衣道:"那么……就再见了,你好好保重。"说罢转身要走。

慕容无风连忙转动轮椅跟了上去,道:"我送送你。"

荷衣拦住他,道:"不用,我不喜欢你送。"

说罢,她身影一飘,便不见了。

慕容无风追上去,赶到门口,想再看一眼她的背影,却只看见一片灿烂的阳光宁静地洒在空荡荡的长街上。

他冲回屋内,开始找任何一件她留下来的东西,她却好像带走了属于她的一切,只有枕上几缕遗落的长发似乎还带着她身体的余香……他小心翼翼地拾起来,将它们收到一个手帕里。这便是她留下的,唯一属于她的东西。

他来到厨房,厨房收拾得干干净净,青花瓷罐里装着几颗蒜瓣、几枚干姜。瓶瓶罐罐很多,每一样都擦得一尘不染,就好像是刚买回来的。

为了他的洁癖,她自己也渐渐变成了一个有洁癖的人。他一个人在院子里转着圈儿,难过得几乎要发狂。

"我是对的,这样做她虽会难过,但却是对她好。"他反复地说服自己。

"荷衣一向是个想得开的人,说什么也不能拴住她,她会渐渐忘掉我的。"

"我原本就是个废人，原本就不该耽误她太多。"

"你若爱着一个人，便不能自私，便要时时刻刻为她的长远幸福着想。"

像这样的理由，他可以想出一千条来证明自己的正确。可他却不明白为什么自己会这么软弱，会突然间变得根本离不开这个女人。

出门往右不远处，便有一个小酒馆。他买了三大瓶酒，回到自己的屋子，一杯接着一杯地灌了下去，直到大醉为止。他醉醺醺地摔倒在地，也懒得爬起来，便醉醺醺地在地上睡了一夜。

半夜，他掏出一把小刀，疯狂地想结果自己，耳边却响起了荷衣的话："永远也不要想到'死'这个字！"

慕容无风凝视着寒光闪闪的刀锋，良久，又将它藏到枕头之下。

第二日，慕容无风从宿醉中醒来，刺眼的阳光透过窗棂，直射到他的脸上。

他便只好从地上爬起，换上干净的衣服，将呕吐之物打扫干净，敞开门窗，将屋子里飘荡着的一股酒味散去。他收拾出一点精神，来到厨房，为自己煎了两个鸡蛋。

然后他咬咬牙，将心头的悲伤深深地埋在心底。活下去，只要还活着，就得活下去！既然要活下去，当然要想一想自己该怎样活下去！

老天爷给我的东西，我全都用了，也算没枉到这人世上走一遭。他暗暗地想。

于是他找出笔墨，又找了一块木板，在上面写了四个大字——林氏医馆，将它挂在自己大门的旁边。

挂木板的时候，正好有一个路人经过。那人拉住他道："先生莫不是疯了？这个镇子里已有了一间这一带最大的医铺，老先生姓叶，名满西北，人称'塞外医仙'。你挂这牌子，岂不是存心要抢他老人家的生意？"

慕容无风怔了怔，道："可是写《叶氏脉读》的叶士远先生？"

路人道："不错。他手下打杂的人倒有一大堆，因老先生脾气怪，至今还没有收到一个徒弟。"

慕容无风苦笑，道："这又是为什么？"

"他老人家常说，学生若是和老师一般聪明，学成了出来，大约也只有老师一半的成就。学生只有比老师聪明，才堪传授。老人家直到现在也没有找到一位比他还聪明的学生，所以跟着他学医的人倒不少，却没有一个行过拜师之礼。"

医界常有性情执拗古怪之人，他不以为奇，漫不经心地道："这原本是出家人的禅理，行医的人倒不必那么讲究吧？"

路人道："你若跟他这么说，他老人家就会翻白眼，说你恶俗。"

慕容无风笑了笑，没有搭话，继续往木板上钉钉子。

路人打量着他，道："你就是这个'林氏'？"

"嗯。"

路人道:"你这样子也是大夫?"

慕容无风转过身来,拿眼盯着他,恶狠狠地道:"我这样子又怎么啦?"

路人愣了愣,觉得这句话不好回答,只好道:"这招牌就算是要挂,也要挂得高些。"

慕容无风现在站起来还很困难,便道:"我只能挂这么高。"

路人道:"你难道要让病人弯着腰来找你的招牌吗?"

"为了治病,弯弯腰又怕什么?"

路人道:"我可以帮你把它钉到门顶上去。"

他道:"这木板就钉在这儿。"

路人叹了一口气,道:"也罢,我看先生你不是本地人,找生意不容易,我有一个妹妹正病着,明天我送她来你这里。"

慕容无风道:"你为什么不把她送到叶先生那里?"

路人道:"送到他那里,光诊费一次就要一两银子。"

慕容无风道:"我的诊费也不便宜。"

"你的大名是?"路人道。

"林处和。"他淡淡地道,"也就是与人相处一团和气的意思。"

招牌挂出去之后,他便去找隔壁的房东。

略谈了谈,房东便答应自己的小厮每日去集市买菜时,顺便也给他带回来一份,所需的费用从房租中结算。

慕容无风知道出门往左,再走小半里地便有一个极大的集市,荷衣总是在那里买菜。

那集市是这小城最热闹的地方,每天天不亮就开张了。四处的商贩涌进来,人声鼎沸,推车的推车,赶马的赶马,晴天的时候尘土飞扬,雨天的时候满地泥泞。

他最讨厌的就是热闹。这种嘈杂的地方,他永远也不会去。

房东姓万,人们都叫他万员外,是个又高又胖满脸大胡子的男人,说起话来嗓音洪亮,性子十分豪爽。

"你或许需要几个丫鬟?我可替你去买,十二岁的小姑娘在市面上最多三两银子一个。"

慕容无风皱了皱眉。这人明明在谈一个活人,口气却像是在谈一匹马。

"我不需要丫鬟,却需要一头骆驼。"他道。

他忽然想起自己如若出门,骑骆驼会比较方便。

"骆驼就贵了,上好的只怕要三十两银子。我叫行家去帮你弄一头,你可以放在我的马厩里养着,用的时候牵走就行。"

"就依你说的,这是三十两银子。多谢了。"他递上银票,告辞了出来。

房东果然讲信用,中午时分便派人送来了他一天要吃的菜,还告诉他骆驼也买好了。

慕容无风到厨房里折腾了半天，打破了两个小碗，总算是给自己弄了一碟味道不错的小炒。接着他便从井里打了几桶水，去洗了早晨换下的衣物。

那一桶水在井中晃来晃去，十分沉重，好不容易升到了井口，俯身接住时，腰一软，那桶水便仰面向他泼了过来，将他的半身淋个透湿。

初春的井水已不那么寒冷，浇在身上却冻得他直打哆嗦。他只好回到屋内将湿衣服脱下来，换了一身干燥的白袍。椅上的坐垫湿了，他只好拿下来，放到火盆上烘烤。

烤完了一面，他将坐垫翻过来，却愣住了。坐垫的一角用红丝线绣着两个小小的人头，绣工粗糙，线条歪歪扭扭，一看便知是荷衣的手笔。

左边的一个，头顶上绣了几根长线，大约是头发，旁边绣着"荷衣"两个字。右边的一个，头顶上没有长线，却绣着一个圆髻，一旁是"无风"两字。两个人头紧紧挨在一起，咧嘴大笑，一副兴高采烈的样子。

慕容无风呆呆地凝视着那两个快乐而简单的人头，眼睛一阵发酸。

她一向写不好那个"无"字，嫌它笔画太多，写出来总比"风"字要胖一倍。她也一向写不好"慕"字，写出来又比其他三个字要长出一倍。

她还说，那死去的孩子，她起的名字叫"慕容丁一"。虽然前面两个字笔画复杂，无法避免，但总算后面两个字写起来会省不少劲儿。

他记得自己当时笑着道："你何不干脆就叫他'慕容一'？"

"这个……不大妥吧？他叫'慕容一'，老二岂不得叫'慕容二'？我怎么听着这么难受呀？"

他凝视着那幅画，目光模糊了起来。忽然间，他觉得自己错了。

他们在一起的确有很多快乐的时光。现在回想起来，这一两年荷衣给他的快乐，远远要大于自己前二十年所有快乐的总和。

可是，荷衣也快乐吗？她的身世比自己还要凄凉，却总是一副兴致勃勃的样子，连他自己也不知道她究竟是不是真的快乐。

是的，她是的！不然她不会将自己的快乐画出来，希望他们永远快乐下去。既然彼此快乐，为什么不能在一起？为什么还要想那么多？

他错了！简直错得一塌糊涂！想到这里，他开始沿着街道的商铺、酒馆、客栈，一家一家地询问。

"请问这位大哥，昨天可曾见过一位穿淡紫色衣裳的小个子女人？她背着一个红色的包袱，腰上别着一把紫色的剑。"

"小个子的女人？没有。"

他便转身进入另一家商肆，问了同一个问题，待别人摇着头说"没有"，他方坐回骆驼，继续往前走。

他知道自己的样子不寻常,路上注意他的人很多,有些人站在一旁,负着手,从头到尾肆无忌惮盯着他看。这是江湖,不是去梦谷,他只好忍受这些好奇的目光。

他看着路旁有几个卖喀瓦甫的小摊,也俯下身来打听。荷衣到了这里,最喜欢吃的一样东西便是烤羊肉串,而且她一向是心情越不好,吃的东西越多。

但卖喀瓦甫的老头一个劲儿地摇头:"老汉在这里烤了十几年的羊肉,也没见过这样一位姑娘。"

"瞎说瞎说,你老头儿烤起东西来烟熏火燎的,便是有头大熊从你面前爬过,你也看不见!"旁边摊子的那个人道,"公子,你莫信他的话。我倒是瞧见过你说的那个女孩子,她还在我这里买了四串喀瓦甫呢!"

他愕然:"是吗?什么时候?"

"昨天上午。"

"她和你说了什么吗?"

"什么也没说。她看上去好像一副愁眉苦脸的样子,买了东西就往前走了。"

"谢谢你。"他沮丧地抛给他一两银子。

那小贩喜出望外,道:"公子,你要几串?"

"我不吃,你留着卖给别人吧。"慕容无风黯然地道,却仍不死心,继续往前一家一家地问着。

长街的尽头连接着一条漫长的官道,越过一个大草原之后,通往另一座城市。官道的起点之处,有家不大不小的客栈,是这条街上最后一个商铺。

伙计告诉他,的确有一位如他所说的女人进客栈的饭厅里要了一杯奶茶,还向他打听往东边靠海的地方怎么走。

伙计便指给了她这条官道。她喝完了茶,付了钱,就走了。

听了这话,慕容无风只好掉转方向,失魂落魄地骑回屋内。

初春的阳光柔和地洒过窗棂,窗外传来一阵轻快的鸟鸣。

慕容无风精疲力竭地倒在床上,头脑一片空白。

身子原本虚弱,被那桶井水一淋,再加上昨天酒后在地上睡了一夜,沾了冷气,到了下午,他便开始发起了高热。

他本想咬着牙起床,给自己找一点药,无奈头昏脑涨,身子发软,便索性躺在床上,迷迷糊糊地睡了过去。

半夜里他口干舌燥,想喝水,眼皮子却沉重地睁不开,手伸到桌前乱摸了一气,没摸到水杯,只好继续蒙昏昏睡。

也不知睡到什么时候,突然有个人使劲地摇着他的身子。他勉强睁开眼,天早已大亮,一个穿青袍的中年人站在面前。

他糊里糊涂地问道:"阁下是谁?怎么跑到我的屋子里来啦?"

那人道："林大夫，不认得我啦？我是昨天你挂招牌时跟你说话的那个人啊。我姓费，叫费谦。"

慕容无风闭上眼，道："不管费钱还是不费钱，今天我不开张。"

费谦大声道："喂！你这人说话怎么不算数呢？昨天你明明答应替我妹妹看病的。"

凭他说得舌烂口焦，慕容无风倒头就睡，再也不理他了。

"现在都快下午了！你怎么还不起床？有你这么懒的大夫吗？我大老远地带着病人过来，容易吗？姓林的，你今天究竟看不看病人？"费谦气得叉起腰，站在他床边破口大骂。

他的嗓门奇大无比，吼得慕容无风耳根发麻。

却听见一个极细小、极秀气的声音轻声道："哥，我……我们还是走吧。这位大夫……我看他是病了。"

"病了？胡说，他自己就是大夫，怎么会生病？"

"你看人家脸都是通红的……莫不是正……正发着烧？"

费谦将手往慕容无风额上一摸，吓了一跳，道："他果然病了。"便又推了推他，道："喂，你在这里有什么亲戚没有？我替你去叫他来。你病了，总得有个人照顾你才好。"

慕容无风无法，只好睁开眼，却见费谦身后站着一个小个子的女孩子，头上戴着一顶大帽子。那女孩子一张瓜子脸，眉清目秀，身材与荷衣相仿。

一想到荷衣，他头一昏，又闭上了眼睛。

女孩子道："哥，咱们走吧。他好像病得不轻。咱们过……过几天再来。"

费谦无法，正欲转身，却见慕容无风坐了起来。

"大夫，你没事吧？"他试探着问道。

"没事，偶感风寒而已。"慕容无风咳嗽了两声，道，"抱歉，我无法下床，麻烦你搬张椅子过来，叫病人坐到我面前。"

费谦连忙找了一把椅子，道："小敏，过来，坐在这儿。"

那女子迟疑着，满脸羞得通红，一步三蹭地走了过去，坐在椅子上。

慕容无风面无表情地看了她一眼，对费谦道："劳驾端一盆水过来，我要净手。"

他仔细地洗了洗手，拿细绢拭净。

"今年多大了？"他一边拿脉，一边问道。

女子怯生生地道："十五。"

"把帽子揭下来。"他又道。

她的脸更红了，垂着头，犹豫良久，揭开帽子。她的头上长满了癞痢，连一根头发也没有。

慕容无风痴痴地望着那一头高一个低一个、恶疮一般丑陋的大疤，不知为什么，思绪飘了出去，又想起了荷衣。过了一会儿，他缓过神来，洗净双手，将那些大疤逐个地摸了一遍，便拿起墨笔，写了甲乙丙丁四张方子。

费谦看着他，道："你看样子是个高明的大夫。以前别的大夫看了，都只开一种方子。"

慕容无风淡淡一笑："她头上的癣可不是一种，需用不同的药分别去治。令妹是我的第一个病人，诊费就免了吧。"

费谦垂首道："那就多谢了。我们这就买药去，告辞。"

传杏堂。

冯老九手执药方，一只手将盛着药的八角形圆柜拨得滴溜溜直转，眨眼工夫便依着费谦递上去的四张方子按量将药抓了出来。

等到包药时，他突然停住了手，问道："奇怪，这药方子好像不是叶老先生开的。"

叶老先生的处方用的是统一的素云花笺，右下角上，印着"传杏堂"三个字。

这方圆一百里，倒是有十几家药铺，医馆却只有一个，便是叶氏的传杏堂。这一带的人都知道：药，以传杏堂所藏最全；大夫，以传杏堂的叶老先生最好。

传杏堂里除了叶先生之外，只有两位坐堂大夫可以开处方——虽然不论他们如何恳求，叶先生都坚决不同意收他们为徒。这两位大夫，一位姓张，一位姓耿，都已年近四十，而他们用的也是传杏堂专用花笺。

费谦也是传杏堂的常客。大家都知道他有一个长相不错却有一头癞痢的妹子。为了这个病，他来这里配药，没有一百次，也有九十次。

而这一回他手里的药方却只是随便从哪家纸铺里买来的梅花笺，写的字是清一色整齐圆秀的赵体，属名"林处和"三字，却是极为陌生。

"这个林大夫是谁？"冯老九不禁问道。

"新来的大夫，今天刚开业。"费谦老老实实地答道。

"新来的？我怎么没听说？有人推荐吗？"

大夫行医都得要同行推荐方立得住脚跟。这人初来乍到，就算不肯拜见同行，也得至少递个帖子知会一声，就这么没头没脑地开了业，岂不是存心不把叶老先生放在眼里？

"我不知道，大约没有。"费谦答道。

"这你就不对了，"冯老九正色道，"他说他是大夫，难道他就真的是了？这年头坑蒙拐骗的人还少吗？江湖郎中行医最为鲁莽，将方子一扔，赚了钱就跑，哪里管病人的死活？你看这方子里的药，都是重剂。我老头子抓了几十年的药，也没见过那么狠的方子。你妹子一个十三四岁的小丫头，受得了吗？若是涂了有个三长两短，那可怎么办？"

他这么一说，费谦也吓得不吭声了。过了半晌，才吞吞吐吐地道："不会吧？他看上去倒年轻得很,只有二十来岁。诊费却要三两一次,不大像是江湖郎中啊!"

"什么?三两一次?这不是宰人吗?叶老先生年高德劭,当了几十年的大夫,也才收一两银子一次。年轻人想发财也不能这么急呀!"冯老九气不打一处来,觉得兹事体大,便将方子拿到了内屋,请叶先生过目。

费谦只好在门外等着,心里也是七上八下,暗自庆幸那姓林的并没有收取他的诊费,不然白花花的银子,还不扔到了水里?

过了一会儿,叶士远从屋内踱了出来。

他是一个高个子的老人,面如满月,眼光慑人,手捋着五绺长须,见了费谦,道:"费兄弟,你说的这林大夫住在哪里?"

"嗯,这个,他住在穿山甲胡同,万员外家的隔壁。"费谦道,"门边有个招牌,写着'林氏医馆'。"

"嗯,能否请老弟通报一声,说我叶士远想上门拜访。"

冯老九听了这话,不免一愣。拜访?这话也太客气了吧?

"这个……这个……他今天可能不大方便。他好像病得很厉害,而且……而且他的腿也不大方便……"费谦支支吾吾地道。

"哦?"叶士远暗暗吃惊。

"他是一个人住,还是与人合住?可有家眷?"

"一个人住,据我看院子里没有别人。我们去的时候,他正躺在床上昏睡,好像病了很久,也没人理他。那样子……怪可怜。"

"那我更要去瞧一瞧了。来人,备轿。冯九,药你只管按方抓给他。这个林处和,可不是一般的大夫。"

第二十四章

相逢一笑

轿子拐了七八道弯，终于停在了林氏医馆的门口。叶士远下了轿，命轿夫在门外候着，便敲了敲院门。

无人答应。

莫非林处和病已重，不省人事？

院门并没有锁，敞着一道缝，叶士远只好推门而入，客厅无人，庭院萧条，正是午饭的时间，厨房里烟火寂寂，一副冷清的模样。

他走进内室，又敲了敲门，却听见门内有个低沉的声音，咳嗽了半响，问道："是谁？"

"叶士远。"他道。

"是叶老先生？"慕容无风正在半梦半醒之间，听了这个名字，忙道，"请稍等，我……我这就起来。"

慕容无风更了衣，坐到轮椅上，打开了门。

叶士远只见一个脸色苍白、模样却是极清秀英俊的青年，挺直着身子坐在一张精巧的轮椅上。似乎极为畏寒，在这初春的天气里，他下半身还盖着一条厚毯。

叶士远谢了座，看着他，道："林先生不是北方人？"

"嗯，原是客住此地，混几个钱交房租而已。"

"中原人才济济，老夫早有所闻。方才看了林先生那张方子，高明高明，佩服佩服。"

"叶先生的《叶氏脉读》晚生曾再三细读，实是传世之作，尤以第六第七卷脉法最为精到，发人深省。今日相见，幸何如之！请稍坐，我去泡茶。"

他这么一说，正中叶士远下怀。原来这两章最有创意，他亦深为得意，顿时感到心满意足。

慕容无风转身往一旁的茶炉里添了几颗炭,放上茶壶,又用清水洗了两个茶杯。

叶士远见他微一俯身,一只手便要紧紧地扶在扶手上,行动甚为不便,心中不禁暗自叹息。

"晚生闻得先生一向在秦凤一带行医,为何却到了这里?"慕容无风问道。

"唉,时运不济,命途多舛,得罪了官府,便逃到这里。好在这里住的都是些得罪官府的人,无非是些倒台的政客、失意的文人,地虽偏僻,亦全非蛮夷,老夫倒是如鱼得水,其乐融融。只是偏居漠北,于中原之事倒是越来越生疏了。林老弟高才,就方才那一张方子,老夫一看便知不是凡家。敢问老弟家居何处,馆落何方?"叶士远微笑着道。

慕容无风明白医林人物天底下厉害的,数来数去就那么几个,而林处和这三个字实在是太陌生了,便道:"晚生家居江东,世代行医,谨遵家训,述而不作,是以默默无闻,只是一般的郎中而已。"

叶士远点点头:"江左才俊,代有名家,藏龙卧虎,不邀名利。非像老夫这样的野人可以管窥蠡测。所谓'务正学以言,无曲学以阿世'。中原正学,老夫向往已久。"

慕容无风道:"老先生不必自谦。《叶氏脉读》必将名垂医史。"

叶士远道:"老弟住在中原,可曾拜访过云梦谷的慕容先生?"

慕容无风正在喝茶,听了这话,差一点呛住,连忙道:"不曾。晚生行动不便,很少外出。这一次……这一次远行实属偶然。"

叶士远叹道:"老夫倒是极想见他一见,问问他的《云梦验案类说续编》什么时候出来。只可惜前些日子听到一个消息,说他几个月前已突然去世。云梦谷为此举办了隆重的葬礼,杏林同仁纷纷前去吊唁。真是天妒英才,可惜啊可惜。"

慕容无风只好也跟着道:"可惜可惜。"

暗想荷衣把蜀中唐门搅得一团糟,又抱着自己从悬崖上跳了下去,只怕有人看见。云梦谷当他们双双去世,也并不奇怪。

叶士远道:"我也派了一名不成气的学徒前去,走到那儿大约也要四个月,顺便看看云梦谷里可还有些他未写完的新书没有。"

慕容无风道:"啊……这个只怕没有。不过那里还有一位蔡大夫和陈大夫,也时时写书的。"

原来这叶士远乃是西北名士,少有文名,自视甚高。虽出身名医世家,颇受熏陶,却始终不肯以此为正业。不料科场黑暗,屡试不第,这才一怒之下放弃了举业,专心做起了大夫。来了这里,远近内外,在医术上跟他相提并论的,连一个也没有。见了慕容无风,知他是行内之人,水平也不在他之下,顿时觉得得了知己,不禁喜出望外,便把这多年不谈的行话、医书优劣、杏林掌故,对着他大谈特谈了起来。一直洋洋洒洒,讲了两个多时辰,还住不了口。若不是看着慕容无风身体不适,他只怕早要和他"抵足而眠,秉烛夜游"了。

慕容无风却偏偏是个寡言少语,不喜和陌生人交谈的人,只有在荷衣一人面前才活泼自在,敢开些大胆的玩笑。见了同行,他总是一副言语审慎、公事公办的样子。

快近掌灯时分,叶士远这才告辞,回到家里。却又想到慕容无风孤身一人,病倒在异乡,不胜唏嘘。赶忙叫童子送来一盒精致的糕点和几样治风寒的药丸,又约他隔日病好一定要到传杏堂来与他的几个弟子小聚,以便"亲聆謦欬"。慕容无风虽不喜热闹,见老先生盛情如此,而自己也是长夜难眠,实难打发,便如约而至。

五个月一晃而过,转眼间便已到了八月初。塞北这时的气候,早已热得与江南没有任何分别。"林氏医馆"的生意一日好过一日。慕容无风不愿抢了叶先生的生意,加之自己身体虚弱,不耐久劳,便将诊费一涨再涨,以期减少病人。却不知他医术太高,一传十,十传百,号一次脉要收十两银子,大门外的病人还是有增无减。他干脆在门外贴了一个告示,言明自己一天最多只看十个病人,绝不多看。开头大家还只当他是开玩笑,诊费要得这么高,不挣白不挣嘛。不料,告示一贴,看完了十个病人,虽还是中午,他便将大门一关,任你在门外苦缠硬磨,绝不理睬。慕容无风的脾气,大家这才明白。

傍晚时分,镇子里家家炊烟袅袅,小镇的夜是如此安详。慕容无风吃了晚饭,自己洗了碗,又洗了澡,便斜倚在窗前的软榻上,默默地看着窗外四角天空中的几粒星光。庭花早已开放,绿树如荫,给这方小小的院落带来一股清凉之意。

他慢慢地喝了一口茶,体会着这难得的西北夏夜。

温暖的季节他总是精力充沛。他一生中写书的时光大多都在夏季。而小镇的人情温暖,更让他觉得日子并不孤单。且不说时时过来关照他的房东,只要他开口,万事莫不与之方便;就是叶士远,也是三天两头地带着弟子们过来聊天,谈医务。两人互相钦佩,越谈越拢,竟花了四个月的时间,合作写了一本有关西北药材的专书,慕容无风坚持将它命名为《传杏堂本草集录》。前天,叶士远将一本泛着油墨香气、首页上署着"叶士远、林处和"字样的书交到他的手中,扬扬得意地道:"林老弟,这一回你可是犯了家训哪。明明说'述而不作',你在我们这里,可是'又述又作',回去给你父亲听见了,还不家法伺候?"

慕容无风微笑不语。

如若两人有五天不见,慕容无风倒没什么,叶士远必想得慌,必要寻个理由拉他去酒馆喝酒,或是去路边的小摊小酌。一行人醉醉醺醺,就着豆干、花生米、茴香豆,便能聊到天之将白。

他渐渐觉得,和一群人在一起,时间过得很快,也不需要想太多,笑着闹着,便过了一天。这样的日子,他以前从不曾有过,现在想起来,却也不坏。

只是每日夜深人静之时,他便不由自主地想起荷衣,一想到她,脑海里的记忆便翻腾了起来。他记得和她在一起的每一个细节,她的衣裳,她的眼神,她的玩笑,她的手……她睡觉的样子,吃饭的样子,洗衣裳时的样子……

倘若有哪一处的记忆有些模糊，他甚至会努力地将那模糊之处想了又想，忆了又忆，直到每个细节在他的脑子里清晰起来，这才作罢。

有时他会为她在某一件事里究竟穿着哪一条裙子，裙子上的纽扣是什么样子，花边是绣在上边还是下边而绞尽脑汁。他怕忘了，便在宣纸上将她画了下来，一连六幅，全裱好贴在卧室里。又怕给叶士远瞧见了胡说，故意在荷衣的身下又添上一只老虎，或一只豹子。实是荷衣脸上的神情，既不像淑女，又绝不类花木兰，传统的"斗猫图""展绣图"，或"游春图"，都无法将她的表情安插进去。若问他画的是什么，他便答曰"山鬼"。

"老弟呀，你这'山鬼'画得挺不错呢！想不到你小子的丹青这么好。早知道这样，咱们那本书里的那些古怪草药全让你画得了。这旁边的字也写得好，不如送给我一幅吧？"叶士远捋着胡须，远远地欣赏着道。

"这不是最好的，我另画一幅给你好了。"他连忙道。

这一夜他辗转难眠，天刚亮就起床了。炎夏时分，天亮得很早。他穿了件灰袍，便骑上骆驼，在长街上慢慢地逛着。

虽然平日极少出门，慕容无风的名声却已是家喻户晓。他的样子也与常人大不相同，是以走到街上，认得他的，不认得他的，都和他打招呼。

"林大夫，出门逛啊？早！"

慕容无风仔细一瞧，却不认得打招呼的人，顿觉十分羞愧，只得一阵支吾了事。

他放松了缰绳，一路上心不在焉地胡思乱想，骆驼却带着他走进了一条岔道，越岔越远。他开始还不放在心上，后来路就渐渐变得不大认得了。

左转右转，他终于弄明白自己要回去的路，必得经过那个嘈杂的菜市不可。无奈，他便随着从四面八方涌来赶集的商贩走了进去。展眼一望，四处人头攒动，人挨着人，肩并着肩，一副乱糟糟却热闹非凡的景象。

幸亏他骑着骆驼，比旁边的人都要高一头，才不至于被这窒息的空气呛坏。

他笑了。觉得这里虽然拥挤，也不是什么来不得的地方。

那些小贩为了一个铜板愿意和客人磨破嘴皮。一个铜板也是钱，一个努力赚钱养家的人，不论他的职业是什么，都值得人尊敬。

然后，便在这乱哄哄的市场里，有一个声音突然格外清晰了起来，突然直直地钻入了他的耳朵："胡饼，胡饼，刚出炉的胡饼。大哥您来一个？这可是双层的，里面夹着羊肉、十七种香料，还有牛油和辣酱。您吃一个，今天一天便不用下厨了。便宜，十个铜子儿一个，两个我算您十八文。"

慕容无风一听见这个声音，浑身一震，停下骆驼，举目四顾。只见人群熙熙攘攘，摩肩接踵，泥流一般围绕着他。空中似有上千种声音，各种各样说不清名目的声音好像大海掀起的浪头向他打过来，而那卖胡饼的声音却消失不见了。一时间，他竟连那声音究竟是在他的前方还是后方都没有听清。

他屏住呼吸,闭目等待那个声音再度向他传过来。

过了一会儿,果然,那声音又叫了起来:"胡饼! 胡饼! 刚出炉的新鲜胡饼!"

他眼皮一动,人河之中涌动的身影暗淡了下来,远处却有一个灰影好似水墨画中的重笔,从整个卷着尘埃的街景中凸现了出来。

他顿时目不转睛地盯住了一个离他还有好几丈远的灰色人影。那背影却是完全陌生的,一个矮胖的女人。从背后看,她的腰粗得好像水桶一样。

他的全身却因那声音,已激动地发起抖来,几乎要从骆驼上掉下来。他拍了拍骆驼,慢慢走到那个背影之后,却还在犹疑。

只见那女人一手叉着腰,正在埋头数着铜板。数罢,一五一十地装入衣袋之内。然后又拿着一个大火钳,从烤炉里夹出一个又大又厚的面饼,大声叫道:"胡饼! 胡饼! 新鲜的胡饼!"

有一个男人从她面前经过,她便不由分说地拉住他,道:"新鲜的胡饼,大哥,来一个吧! 只要十个铜子儿!"

那男人理也不理,将手一甩,道:"我不要,别拉拉扯扯的!"

女人不管,便又拉住一个上了年纪的女人:"大嫂,新鲜的胡饼,十个铜子儿一个。看您年纪大,便宜一点,给八个铜板拿走。"

那上了年纪的女人看了看胡饼,想了想,道:"五个铜板我就要了。"

"五个? 那也太……便宜了吧? 看您有心,我吃个亏,打掉牙齿和血吞,七个铜板好了。"她兴致勃勃地道。

上了年纪的女人头一拧,便往前走。

"喂……喂……大嫂,别走嘛。算了,五个铜板就五个铜板,我卖啦!"说罢,接过铜子,用一张纸将胡饼一包塞在那女人的包里。

慕容无风看着那背影,那女人又侧过身来,准备从炉子里再夹出一个胡饼。

她的肚子极大,看上去已有了七八个月的身孕,却穿着一件显然是用以往的旧衣裳改制的布袍。肚子被箍得紧紧的,显得极不合身。而她身上除了脸以外的其他地方,看上去好像都比往日胖了足足一倍,只是她的神情还是一副雄赳赳的样子。她的头发仍是那么长,马马虎虎地卷成一团,用木簪子缩住,却像是好久都不曾洗过,上面蒙着一层若隐若现的油烟。脸虽被炉火烤得满头大汗,却是又光又亮。全身充满着一股羊油的味道。

慕容无风呆呆地看着她,努力控制着自己的心跳,眼泪几乎要夺眶而出,却又被他强行忍了回去。

"荷衣。"

他的声音一向很低,一出口便被那茫茫的嘈杂之声淹没了。那胖女人却立时转过身来,一见是他,有些吃惊,却笑了起来,冲他打了一个招呼:"你好呀! 慕容无风!"

慕容无风拍了拍骆驼,让它跪下来,将轮椅放到地上,坐上去,驶到她面前,不管三七二十一,死死抓住她油腻腻的手。

"干吗呢?放手嘛!人家还要做生意呢!哎!胡饼!"她要挣开,却发现自己的手被他死死地捏着,根本不放。

"荷衣……你……你几时怀孕了?"他看着她巨大的肚子道。

废话,他是大夫,当然知道那是八个月的身孕。荷衣离开他的时候,已然怀孕两个月了。他心中暗暗将自己大骂了一顿。那时他只顾养伤,一心只想着自己的家事,不然早就该知道了。

"我……"

荷衣刚要答话,却见一个男人道:"胡饼多少钱一个?"

荷衣道:"十……"

慕容无风打断她的话,将一锭银子抛给那男人,道:"这是五两银子,这里的胡饼你全拿走。"

那男人目瞪口呆地看着他,心道:又给钱又送胡饼,这人一定是疯了。世上还有这么好的事?生怕他反悔,将胡饼一股脑儿地装进口袋里,一阵风似的跑了。

荷衣气得直跺脚,道:"慕容无风,你怎么搅我的生意呀!"

慕容无风不理,又对旁边一个卖胡饼的老头道:"这炉子你要不要?"

老头道:"这么好的炉子,谁不想要?"

他递给老头一张银票:"炉子连里面的东西全送给你,我还给你二十两银子,只求你快些把它拉走。"

那老头接过银票,将荷衣的烤炉往板车上一放,忙不迭地溜了。

荷衣大声道:"喂!喂!老头儿站住!还我的炉子!"

那老头一听,溜得更快,顿时便没了影。

荷衣跺着脚,过来拧慕容无风的肩膀:"慕容无风!你中什么邪了?干吗卖了我的家当?我怎么一见你就倒霉呀!"

慕容无风道:"随你怎么说吧。告诉我,你怎么……你怎么……"他心里一阵发酸,道,"挺着一个大肚子还要卖东西糊口?"

荷衣愈加把肚子挺得高高的,道:"你管得着吗?我从小就喜欢卖东西,我就高兴卖东西!"

慕容无风又道:"你为什么不去寿宁?为什么还留在这里,却不来找我?这些日子……你住在哪里?又……又受了哪些折磨?"

"什么折磨呀?我这不是好好的嘛。"她的心软了,摸了摸他的头,道,"这地方你从来不来的,今天发了什么神经了?"

慕容无风一声不吭地看着她,过了一会儿,道:"你住在哪里?"

荷衣咬咬嘴唇,"我为什么要告诉你?反正你也不想知道。"

慕容无风垂下头，心绪起伏，无法自已。

良久，他勉强平静下来，道："告诉我，我想知道。"

"就在这菜市的旁边。"

慕容无风道："你带我去。"

"偏不。"她拔腿就想溜。

慕容无风一把将她拉住，紧紧地拽着她的手腕："哪里去？"

"你不是要我走吗？拉着我干什么？放手，我这就走。"她猛地瞪了他一眼，使劲地挣脱着。

"要走也行，到哪儿我都跟着你。"他淡淡地道，手是越拉越紧。

那是一排为了方便做生意临时搭起的房子，有不少是储物之用，其中有几间门口砌着几个简易的灶台，那便是有人家了。小屋的门口清一色地朝着喧闹的菜市，一天都闻得鼎沸的人声。

荷衣打开其中一间房子的铁锁，推开门，慕容无风便跟了进去。

那屋子极小，有一张小小的胡床，一张桌子，一把椅子，仅此而已。那床，在慕容无风看来，勉强容得下荷衣现在的身子，要想翻个身，只怕就要掉到地上。那桌子摆了一副碗筷，两个碟子，就再也放不下别的东西了。可是屋内每一样东西都摆得很整齐，很干净。小小的窗台上，挂着淡紫色的窗帘，窗帘的旁边，居然养着一盆小花。

荷衣坐在床上，道："怎么样？我的屋子看上去不错吧？我可是天天打扫的。看，这是我绣的！很不错吧？"她指着窗帘角上的一团线条。

不知怎么，她又笑嘻嘻了起来。

慕容无风仔细分辨一番，那线条左看右看都像是一群蟑螂，不禁称赞道："嗯，这是蝶恋花吧？真不错呀！荷衣，你几时绣得这样好了？"

"哈！你一眼就瞧出来了，眼光真是了得。隔壁的大娘还硬说这不是。"

"她哪儿瞧得出来呀！"

"得啦，慕容无风！我绣的是一群蟑螂。这窗子上老有蟑螂爬来爬去，我故意绣了一大群，让它们以为是敌人，好将它们吓走。你老兄居然说是蝶恋花，呵……"她又笑得前仰后合。

慕容无风也禁不住莞尔。她还是那副心满意足满不在乎的样子，即使是住在这样狭小逼仄的房间里。

过了一会儿，好不容易等荷衣的笑停了下来，他又道："荷衣，究竟出了什么事？有人偷光了你的钱吗？"他记得临走时，自己执意让她带走大半的银票，那钱足以让她过十几年的日子。

她露出愁眉苦脸的样子："嗯，全偷光啦，连衣裳都偷去了。"

"我那儿有钱，你为……为什么不来找我？"

"就是在找你的那一天夜里丢的。"

那是一大笔钱,赵谦和交给她的时候说这是从慕容无风自己的诊费里开出来的。她从没有赚过那么多钱,当然也从没有丢过那么多钱。一想到这里,心里便老大不舒服,不禁有些结结巴巴:"那一天,人家……人家悄悄地去看你,你浑身滚烫,将你……将你浸在冷水里你也没醒过来……折腾了一晚上,好不容易烧退下去了。人家……人家一回客栈,什么都没了,整个包袱都被偷走了。你说,这小偷怎么这么黑心哪……"

慕容无风怔了半晌,道:"那是你走后第二天的事。都说好不再见了,你为什么还不走……为什么还要来理我?"

荷衣道:"你明明说我走了你的心里才会好受,为什么我走了你却去喝酒,还要喝得烂醉?你这样……这样的身子能像那样喝吗?"

慕容无风道:"第一天晚上你……你也在……"

荷衣道:"人家把你像死人一样地扛到阴沟里乱吐……陪了你几个时辰,你倒好,一醒过来就去找匕首。我越瞧越气,懒得理你,又把你扔回地上啦。"

慕容无风道:"好吧,荷衣,你原来时时过来看我,却又……不让我知道。你这人是怎么啦?怎么就赶不走呢?"

"你还说呢!"

"难道你打算一个人独自生下这孩子?"

"那又有什么稀奇?难道我生不出来吗?"她抬起头,冲他翻了一个白眼。

"你……"他张口结舌。

"好啦,你看见了我,我也看见了你,大家都是老熟人,也寒暄了,你可以回去啦。方才你砸了我的生意,明儿我还得去买炉子。这钱你得赔给我,二十两。"她从床上站起来,好像要送客的样子。

"荷衣,你还要干哪?"

"怎么不干?我烤的胡饼卖遍小江南,是这里味道最好的胡饼。下一回你来,我做一个给你尝尝。"

慕容无风一言不发,将她的床单掀起来,将摆在床头的几叠衣物统统塞到床单里,然后床单一卷,打成一个包袱。

"喂,你干什么呢?把我的衣裳拿到哪里去?人家明天还要穿的!"

慕容无风根本不理她,出门去雇了一顶轿子。

"上轿吧。"他对她道。

"哪儿去?"

"回家去。"

"哎,这个……说走就走,说回就回,我荷衣也太没面子了吧?"她又不服气地大声嚷嚷起来。

"进去坐着吧。"他拍拍她的脑袋,"哪儿来的那么多话。"

荷衣一笑，头一低，乖乖地坐进了轿子。

一乘小轿抬进林氏医馆的时候，天已大亮。趁着病人们还没有赶来，慕容无风连忙将"闭馆三月"的牌子挂了出去。烧好一桶热水，挽起袖子，一言不发地替荷衣洗起澡来。

洗了三遍，她那被油烟熏得枯涩的头发终于露出了光泽。

荷衣道："其实我自己可以洗……"

慕容无风道："坐着别动。"说罢，他开始洗她的身子，洗得越发一丝不苟，好像她是一只刚从泥地里拔出来的白萝卜。

"那两个人，他们真的去了天竺?"她坐在澡盆里问道。

"至少临走的时候他们是这么跟我说的。"

"那你是不是已原谅了他们?"

他道："没有，我只是想快些忘掉他们而已。"

"你还伤心吗？为你父母亲的事情。"

慕容无风叹了一声，摇了摇头："他们的痛苦，随着他们自己的死，都已消失了。而活着的人，不该为过去的事情背负太多。"

"你背负得太多的东西不是过去，是你自己。"不知为什么，荷衣也跟着叹了一口气。

"我这只蜗牛，是不是已从壳子里爬出来了?"他苦笑。

她伸出手，拍了拍他的后脑勺："每个人都是一只蜗牛。"

"洗好了，我抱不动你，你得自己从桶里爬出来。"他笑道。

话音未落，荷衣手扶桶沿，一眨眼工夫便从桶里跳了出来。她的肚子虽然很大，跳得还是很高、很快，落地却轻得好像一片羽毛。

慕容无风的脸都吓白了，伸过手，扶着她的腰，道："这个时候不许你用轻功。"

"知道了。"她吐吐舌头。

荷衣躺在软榻上，身上搭着一块薄毯。慕容无风拿起梳子，替她将一头长发梳得整整齐齐，然后用一块干布包好，放在一旁。

"现在舒服些了吗?"他坐在榻旁，微笑看着她。

"嗯。"她拉着他的手放在自己的脸边，点点头。

"口渴吗？我去给你泡茶。一大早吆喝了那么久。"

"我饿……"

"糟了，还没吃早饭呢。我煎鸡蛋去。"

"不吃鸡蛋，要吃胡饼。"

"隔壁酒馆里就有卖的，我去买。要不要奶茶?"

"要……"

慕容无风正准备走，又折了回来："荷衣，趁我出去这当儿，你不会溜了吧?"

"不会……"

"真的不会？"

"真的不会。"

"你抬抬头，"他指着她头顶不远处的一根房梁道，"看见那根木梁了吗？"

"看见了。"

"你若溜了，我就吊死在那里。"

慕容无风抛下这句话，关门而去。

慕容无风的屋子雅洁可喜，一如他的人。她身旁远处一个不显眼的矮几上，放着几卷书，紫檀木笔架子上的几支笔，虽常用，也洗得发白。

桌子永远擦得一尘不染。床上的被子也叠得整整齐齐，就算是一个女孩闺房里的被子，大约也没有他叠得规矩，叠得讲究。

荷衣躺在床上胡思乱想，慕容无风已端着个托盘进来了，将早餐放到床边的矮几上。

荷衣很少看见他笑，他就算是很高兴，也很少笑。但他的心情，她却可以立即嗅出来。

"趁热吃吧。"他扶着她坐了起来，还在她的腰后垫了两个枕头。

荷衣深吸一口气，开始享受这一生中难得的温馨早餐。那奶茶泛着浓香，胡饼已切成小块，又松又脆。

慕容无风在一旁默默地看着她，也不说话。

"好吃吗？"过了一会儿，荷衣将盘子上的东西席卷一空，他才问道。

"撑死啦。"她笑。

"荷衣，我错了。"他忽然抱住了她，一只手轻轻地抚摸着她的肚子，"这孩子……无论……无论是什么样子，将来都会找到自己的快乐。"

"无风……你别吓我，方才洗澡的时候你老摸我的脉。这孩子是不是有什么地方不对劲？"她脸"唰"的一下变白了，"他在肚子里很乖，动……动得也不多。"

"是个女孩。"他轻轻地道，"你别担心。"

荷衣忽然手脚发凉，忧心忡忡地看着他。

"她生下来，会……吗？"她战战兢兢地问道。

"不会。"慕容无风笑了笑，柔声地安慰道，"她会很健康的。"其实他的心中毫无把握，充满了忧虑，却不想让她知道。

中午，他在井边洗她换下来的衣裳。她一直坐在一旁，见他洗完了衣裳，忽然大声道："无风，咱们再也不要分开了！"

这一天天朗气清，风和日丽，庭花怒放，蝉声轻噪。昨夜的一场暴雨早已将铺着青石板的小院洗得干干净净。

两人手挽着手,头挨着头,坐在井边,喃喃絮语,过了很久,才听见有人干咳了一声。回头一看,叶士远领着两个学生站在门口。

院门并没有锁,叶士远常来,因为慕容无风行动不便,也懒得叫门,便推门直入。看了这一景,想避开却已不可能,便只好干咳了一声。

荷衣的脸顿时飞红了起来。

叶士远笑而不语。慕容无风性情颇为内向,在众人面前说话不多,亦从未向他们提起过荷衣。大家只当他年轻,尚未婚娶。此时却见他身边坐着一个大肚子的女人,均十分纳罕,一时便也愣在那里。半晌,才恍然大悟,打趣道:"这位姑娘想必是你画的那个'山鬼'了……"

慕容无风微微发窘:"这是内子……刚回来看我。"

荷衣却早已知道那是叶士远,忙道:"诸位请屋里坐。我去泡茶。"说罢,满脸通红,一溜烟地逃到厨房里去了。

见他们夫妻团聚,叶士远不敢多扰,讲了几句话,喝了几口茶就出来了。不多会儿,又差人送来了一大盒糕点、几匹缎子。他果然心细,看着荷衣穿着慕容无风的白袍子走来走去,便知她没有足够的衣服,连忙叫人买了送过来。

"这位叶先生,可真是古道热肠啊。"慕容无风陪着她在院子里慢慢地散步的时候,荷衣叹道。

"在我们这一行里,好人总是特别多。"慕容无风笑了笑道。

黄昏的时候,慕容无风给她做了她最爱吃的红烧肉。

晚上,夜空升起了紫色的星辰,两个人便坐在井台边乘凉、闲话。遥远的小镇,昏暗的街道,深夜中,一切仿佛都已入睡。

饮罢最后一杯茶,两个人手挽着手,一起走进梦乡。

不久,好奇的小镇人发现这对夫妇的家中时时传来婴儿的啼哭声。那是一个完全健康的女孩儿,啼声嘹亮,笑声也很大。

于是,他们带着孩子在小江南又住了半年,方随着一个商队,辗转地回到了久别的云梦谷。

此时,他们离开云梦谷已快两年了。

第一个见到慕容无风的是赵谦和,那天他正在大门里像往常一样地接待一个药商。慕容无风进门的时候,他以为是借尸还魂,五十多岁的人,竟激动得手舞足蹈,一连喝了两杯水才镇定下来。

谷里所有的人都为这突然而至的好消息而欣喜若狂。

云梦谷并没有多大变化,以前慕容无风常常生病,人们早已习惯了谷主"不在"的日子,各自按各自的职责工作。这两年,他们便只当慕容无风又生了一场病而已。

第二日,慕容无风将赵谦和叫到了自己的书房:"我与荷衣虽已成婚,却一直没有好好地庆祝一番,今晚我想好好地请大家吃一顿,热闹热闹。"

"这个当然!属下这就去安排,保证谷主满意。"赵谦和一个劲地点头。

不料,慕容无风接下去的话却又是个难题:"可是我与荷衣,都不爱热闹,所以这一顿你们尽管吃,我们俩是不会参加的。"

赵谦和道:"这个不妥,明明是谷主与夫人请客……主人不到……"

慕容无风道:"就是这样,余下的事情,你自己想法子。"

那是一个晴朗清凉的仲夏之夜,所有的灯笼都是红的。竹梧院外,一片少有的喧闹。

"子悦是不是已睡了?"慕容轻轻地问道。

他们的女儿,名字便叫慕容子悦。

荷衣点点头。

那孩子穿着一个紫色的兜肚,正睡得满头大汗。她还很小,皮肤却极白,模样像极了慕容无风。

"有我们来照顾她,她会是个很幸福的孩子。"慕容无风道。

"是啊。"

"将来长大了,希望她也有勇气寻找自己的幸福。"

"那当然,幸福也需要胆量……"

版权合同登记号：图字：11-2018-583 号

图书在版编目(CIP)数据

迷侠记 / 施定柔著. —杭州 : 浙江文艺出版社,
2019.2

ISBN 978-7-5339-5457-4

Ⅰ. ①迷⋯ Ⅱ. ①施⋯ Ⅲ. ①长篇小说—中国—当代
Ⅳ. ①I247.5

中国版本图书馆CIP 数据核字(2018)第 249068 号

选题策划　柳明晔
责任编辑　关俊红　王晶琳
装帧设计　嫁衣工舍
内文设计　吕翡翠
责任校对　许龙桃
责任印制　吴春娟

迷侠记
施定柔　著

出版　浙江文艺出版社
网址　www.zjwycbs.cn
经销　浙江省新华书店集团有限公司
制版　浙江新华图文制作有限公司
印刷　杭州广育多莉印刷有限公司
开本　710 毫米×1000 毫米　1/16
字数　352 千字
印张　17
插页　1
版次　2019 年 2 月第 1 版　2019 年 2 月第 1 次印刷
书号　ISBN 978-7-5339-5457-4
定价　39.80 元